比较文学与世界文学 研究丛书

主编 曹顺庆

初编 第 **27** 册

布拉格汉学的中国现代文学阐释模式研究

袁 喆 著

花木兰文化事业有限公司

国家图书馆出版品预行编目资料

布拉格汉学的中国现代文学阐释模式研究／袁喆 著 —— 初版

—— 新北市：花木兰文化事业有限公司，2022〔民 111〕

目 2+232 面；19×26 公分

（比较文学与世界文学研究丛书 初编 第 27 册）

ISBN 978-986-518-733-0（精装）

1.CST：汉学研究 2.CST：捷克布拉格

810.8   110022073

ISBN-978-986-518-733-0

9 789865 187330

比较文学与世界文学研究丛书

初编　第二七册　　　　　　　　　ISBN：978-986-518-733-0

布拉格汉学的中国现代文学阐释模式研究

作　　者 袁　喆

主　　编 曹顺庆

企　　划 四川大学双一流学科暨比较文学研究基地

总 编 辑 杜洁祥

副总编辑 杨嘉乐

编辑主任 许郁翎

编　　辑 张雅淋、潘玟静、刘子瑄　美术编辑 陈逸婷

出　　版 花木兰文化事业有限公司

发 行 人 高小娟

联络地址 台湾 235 新北市中和区中安街七二号十三楼

　　　　　电话：02-2923-1455 ／传真：02-2923-1452

网　　址 http://www.huamulan.tw 信箱 service@huamulans.com

印　　刷 普罗文化出版广告事业

初　　版 2022 年 3 月

定　　价 初编 28 册（精装）台币 76,000 元

布拉格汉学的中国现代文学阐释模式研究

袁喆 著

作者简介

袁喆，四川大学文学博士，曾为韩国又松大学孔子学院志愿者教师，加拿大不列颠哥伦比亚大学访问学者，现为四川大学讲师。长期从事东欧马克思主义理论、东欧汉学、中华文化国际传播等若干领域研究。曾参与国家级重大课题项目，编纂汉语国际教育教材，并在学界高水平期刊上发表多篇论文。著作《理论、现象与路径——论中华文化符号的海外传播》被吉林大学出版社广泛推介。

提　　要

在汉学史上，布拉格汉学学派曾在东欧汉学界处于主体地位，在其发展过程中，出现了诸多优秀的汉学家，并产生了包括文学、语言、历史、政治等诸多领域的研究成果。中国现代文学研究是布拉格汉学家继中国古典文学研究之后的主要研究课题，其研究成就在二十世纪五六十年代达到顶峰，这与当时如火如荼的社会主义运动息息相关。本著作以布拉格汉学家为主要阐述对象，这些学者著有丰富的学术成果并形成了严谨的学术传统，他们对中国文学的研究深入且透彻。布拉格汉学家的研究路径不仅呈现出相似性，还表现出承继性，他们对中国现代文学研究的发展起到了不可忽视的促进作用。在研究视角上，书中主要从布拉格汉学家研究中国现代文学的几种阐释模式进行分析讨论，这主要包括马克思主义理论视角、布拉格结构主义研究视野、比较文学阐释方法等研究模式的探讨。在研究布拉格汉学学者的著作同时比较其与中国学者和英美汉学家的异同，借此突显布拉格汉学家研究方法的特性以及他们对中国现代文学发展做出的贡献。

比较文学的中国路径

曹顺庆

　　自德国作家歌德提出"世界文学"观念以来，比较文学已经走过近二百年。比较文学研究也历经欧洲阶段、美洲阶段而至亚洲阶段，并在每一阶段都形成了独具特色学科理论体系、研究方法、研究范围及研究对象。中国比较文学研究面对东西文明之间不断加深的交流和碰撞现况，立足中国之本，辩证吸纳四方之学，而有了如今欣欣向荣之景象，这套丛书可以说是应运而生。本丛书尝试以开放性、包容性分批出版中国比较文学学者研究成果，以观中国比较文学学术脉络、学术理念、学术话语、学术目标之概貌。

一、百年比较文学争讼之端——比较文学的定义

　　什么是比较文学？常识告诉我们：比较文学就是文学比较。然而当今中国比较文学教学实际情况却并非完全如此。长期以来，中国学术界对"什么是比较文学？"却一直说不清，道不明。这一最基本的问题，几乎成为学术界纠缠不清、莫衷一是的陷阱，存在着各种不同的看法。其中一些看法严重误导了广大学生！如果不辨析这些严重误导了广大学生的观点，是不负责任、问心有愧的。恰如《文心雕龙·序志》说"岂好辩哉，不得已也"，因此我不得不辩。

　　其中一个极为容易误导学生的说法，就是"比较文学不是文学比较"。目前，一些教科书郑重其事地指出：比较文学不是文学比较。认为把"比较"与"文学"联系在一起，很容易被人们理解为用比较的方法进行文学研究的意思。并进一步强调，比较文学并不等于文学比较，并非任何运用比较方法来进行的比较研究都是比较文学。这种误导学生的说法几乎成为一个定论，

一个基本常识，其实，这个看法是不完全准确的。

让我们来看看一些具体例证，请注意，我列举的例证，对事不对人，因而不提及具体的人名与书名，请大家理解。在 Y 教授主编的教材中，专门设有一节以"比较文学不是文学比较"为题的内容，其中指出"比较文学界面临的最大的困惑就是把'比较文学'误读为'文学比较'"，在高等院校进行比较文学课程教学时需要重点强调"比较文学不是文学比较"。W 教授主编的教材也称"比较文学不是文学的比较"，因为"不是所有用比较的方法来研究文学现象的都是比较文学"。L 教授在其所著教材专门谈到"比较文学不等于文学比较"，因为，"比较"已经远远超出了一般方法论的意义，而具有了跨国家与民族、跨学科的学科性质，认为将比较文学等同于文学比较是以偏概全的。"J 教授在其主编的教材中指出，"比较文学并不等于文学比较"，并以美国学派雷马克的比较文学定义为根据，论证比较文学的"比较"是有前提的，只有在地域观念上跨越打通国家的界限，在学科领域上跨越打通文学与其他学科的界限，进行的比较研究才是比较文学。在 W 教授主编的教材中，作者认为，"若把比较文学精神看作比较精神的话，就是犯了望文生义的错误，一百余年来，比较文学这个名称是名不副实的。"

从列举的以上教材我们可以看出，首先，它们在当下都仍然坚持"比较文学不是文学比较"这一并不完全符合整个比较文学学科发展事实的观点。如果认为一百余年来，比较文学这个名称是名不副实的，所有的比较文学都不是文学比较，那是大错特错！其次，值得注意的是，这些教材在相关叙述中各自的侧重点还并不相同，存在着不同程度、不同方面的分歧。这样一来，错误的观点下多样的谬误解释，加剧了学习者对比较文学学科性质的错误把握，使得学习者对比较文学的理解愈发困惑，十分不利于比较文学方法论的学习、也不利于比较文学学科的传承和发展。当今中国比较文学教材之所以普遍出现以上强作解释，不完全准确的教科书观点，根本原因还是没有仔细研究比较文学学科不同阶段之史实，甚至是根本不清楚比较文学不同阶段的学科史实的体现。

实际上，早期的比较文学"名"与"实"的确不相符合，这主要是指法国学派的学科理论，但是并不包括以后的美国学派及中国学派的学科理论，如果把所有阶段的学科理论一锅煮，是不妥当的。下面，我们就从比较文学学科发展的史实来论证这个问题。"比较文学不是文学比较""comparative literature is not literary comparison"，只是法国学派提出的比较文学口号，只是法国学派一派的主张，而不是整个比较文学学科的基本特征。我们不能够把这个阶段性的比较文学口号扩大化，甚至让其突破时空，用于描述比较文学所有的阶段和学派，更不能够使其"放之四海而皆准"。

法国学派提出"比较文学不是文学比较"，这个"比较"（comparison）是他们坚决反对的！为什么呢，因为他们要的不是文学"比较"（literary comparison），而是文学"关系"（literary relationship），具体而言，他们主张比较文学是实证的国际文学关系，是不同国家文学的影响关系，influences of different literatures，而不是文学比较。

法国学派为什么要反对"比较"（comparison），这与比较文学第一次危机密切相关。比较文学刚刚在欧洲兴起时，难免泥沙俱下，乱比的情形不断出现，暴露了多种隐患和弊端，于是，其合法性遭到了学者们的质疑：究竟比较文学的科学性何在？意大利著名美学大师克罗齐认为，"比较"（comparison）是各个学科都可以应用的方法，所以，"比较"不能成为独立学科的基石。学术界对于比较文学公然的质疑与挑战，引起了欧洲比较文学学者的震撼，到底比较文学如何"比较"才能够避免"乱比"？如何才是科学的比较？

难能可贵的是，法国学者对于比较文学学科的科学性进行了深刻的的反思和探索，并提出了具体的应对的方法：法国学派采取壮士断臂的方式，砍掉"比较"（comparison），提出比较文学不是文学比较（comparative literature is not literary comparison)，或者说砍掉了没有影响关系的平行比较，总结出了只注重文学关系（literary relationship）的影响（influences）研究方法论。法国学派的创建者之一基亚指出，比较文学并不是比较。比较不过是一门名字没取好的学科所运用的一种方法……企图对它的性质下一个严格的定义可能是徒劳的。基亚认为：比较文学不是平行比较，而仅仅是文学关系史。以"文学关系"为比较文学研究的正宗。为什么法国学派要反对比较？或者说为什么法国学派要提出"比较文学不是文学比较"，因为法国学派认为"比较"（comparison）实际上是乱比的根源，或者说"比较"是没有可比性的。正如巴登斯佩哲指出："仅仅对两个不同的对象同时看上一眼就作比较，仅仅靠记忆和印象的拼凑，靠一些主观臆想把可能游移不定的东西扯在一起来找点类似点，这样的比较决不可能产生论证的明晰性"。所以必须抛弃"比较"。只承认基于科学的历史实证主义之上的文学影响关系研究（based on scientificity and positivism and literary influences.）。法国学派的代表学者卡雷指出：比较文学是实证性的关系研究："比较文学是文学史的一个分支：它研究拜伦与普希金、歌德与卡莱尔、瓦尔特·司各特与维尼之间，在属于一种以上文学背景的不同作品、不同构思以及不同作家的生平之间所曾存在过的跨国度的精神交往与实际联系。"正因为法国学者善于独辟蹊径，敢于提出"比较文学不是文学比较"，甚至完全抛弃比较（comparison），以防止"乱比"，才形成了一套建立在"科学"实证性为基础的、以影响关系为特征的"不比较"的比较文学学科理论体系，这终于挡住了克罗齐等人对比较文学"乱比"的批判，形成了以"科学"实证为特征的文学影响关系研究，确立了法国学派的学科理论和一整套方法论体系。当然，法国学派悍然砍掉比较研究，又不放弃"比较文学"这个名称，于是不可避免地出现了比较文学名不副实的尴尬现象，出现了打着比较文学名号，而又不比较的法国学派学科理论，这才是问题的关键。

当然，法国学派提出"比较文学不是文学比较"，只注重实证关系而不注重文学比较和文学审美，必然会引起比较文学的危机。这一危机终于由美国著名比较文学家韦勒克（René Wellek）在 1958 年国际比较文学协会第二次大会上明确揭示出来了。在这届年会上，韦勒克作了题为《比较文学的危机》的挑战性发言，对"不比较"的法国学派进行了猛烈批判，宣告了倡导平行比较和注重文学审美的比较文学美国学派的诞生。韦勒克作了题为《比较文学的危机》的挑战性发言，对当时一统天下的法国学派进行了猛烈批判，宣告了比较文学美国学派的诞生。韦勒克说："我认为，内容和方法之间的人为界线，渊源和影响的机械主义概念，以及尽管是十分慷慨的但仍属文化民族主义的动机，是比较文学研究中持久危机的症状。"韦勒克指出："比较也不能仅仅局限在历史上的事实联系中，正如最近语言学家的经验向文学研究者表明的那样，比较的价值既存在于事实联系的影响研究中，也存在于毫无历史关系的语言现象或类型的平等对比中。"很明显，韦勒克提出了比较文学就是要比较（comparison），就是要恢复巴登斯佩哲所讽刺和抛弃的"找点类似点"的平行比较研究。美国著名比较文学家雷马克（Henry Remak）在他的著名论文《比较文学的定义与功用》中深刻地分析了法国学派为什么放弃"比较"（comparison）的原因和本质。他分析说："法国比较文学否定'纯粹'的比较（comparison），它忠实于十九世纪实证主义学术研究的传统，即实证主义所坚持并热切期望的文学研究的'科学性'。按照这种观点，纯粹的类比不会得出任何结论，尤其是不能得出有更大意义的、系统的、概括性的结论。……既然值得尊重的科学必须致力于因果关系的探索，而比较文学必须具有科学性，因此，比较文学应该研究因果关系，即影响、交流、变更等。"雷马克进一步尖锐地指出，"比较文学"不是"影响文学"。只讲影响不要比较的"比较文学"，当然是名不副实的。显然，法国学派抛弃了"比较"（comparison），但是仍然带着一顶"比较文学"的帽子，才造成了比较文学"名"与"实"不相符合，造成比较文学不比较的尴尬，这才是问题的关键。

美国学派最大的贡献，是恢复了被法国学派所抛弃的比较文学应有的本义——"比较"（The American school went back to the original sense of comparative literature ——"comparison"），美国学派提出了标志其学派学科理论体系的平行比较和跨学科比较："比较文学是一国文学与另一国或多国文学的比较，是文学与人类其他表现领域的比较。"显然，自从美国学派倡导比较文学应当比较（comparison）以后，比较文学就不再有名与实不相符合的问题了，我们就不应当再继续笼统地说"比较文学不是文学比较"了，不应当再以"比较文学不是文学比较"来误导学生！更不可以说"一百余年来，比较文学这个名称是名不副实的。"不能够将雷马克的观点也强行解释为"比较文学不是比较"。因为在美国学派看来，比较文学就是要比较（comparison）。比较文学就是要恢复被巴登斯佩哲所讽刺和抛弃的"找点类似点"的平行比较研究。因为平行研究的可比性，正是类同性。正如韦勒克所说，"比较的价值既存在于事实联系的影响研究中，也存在于毫无历史关系的语言现象或类型的平等对比中。"恢复平行比较研究、跨学科研究，形成了以"找点类似点"的平行研究和跨学科研究为特征的比较文学美国学派学科理论和方法论体系。美国学派的学科理论以"类型学"、"比较诗学"、"跨学科比较"为主，并拓展原属于影响研究的"主题学"、"文类学"等领域，大大扩展比较文学研究领域。

二、比较文学的三个阶段

下面，我们从比较文学的三个学科理论阶段，进一步剖析比较文学不同阶段的学科理论特征。现代意义上的比较文学学科发展以"跨越"与"沟通"为目标，形成了类似"层叠"式、"涟漪"式的发展模式，经历了三个重要的学科理论阶段，即：

一、欧洲阶段，比较文学的成形期；二、美洲阶段，比较文学的转型期；三、亚洲阶段，比较文学的拓展期。我们将比较文学三个阶段的发展称之为"涟漪式"结构，实际上是揭示了比较文学学科理论的继承与创新的辩证关系：比较文学学科理论的发展，不是以新的理论否定和取代先前的理论，而是层叠式、累进式地形成"涟漪"式的包容性发展模式，逐步积累推进。比较文学学科理论发展呈现为层叠式、"涟漪"式、包容式的发展模式。我们把这个模式描绘如下：

法国学派主张比较文学是国际文学关系，是不同国家文学的影响关系。形成学科理论第一圈层：比较文学——影响研究；美国学派主张恢复平行比较，形成学科理论第二圈层：比较文学——影响研究＋平行研究＋跨学科研究；中国学派提出跨文明研究和变异研究，形成学科理论第三圈层：比较文学——影响研究＋平行研究＋跨学科研究＋跨文明研究＋变异研究。这三个圈层并不互相排斥和否定，而是继承和包容。我们将比较文学三个阶段的发展称之为层叠式、"涟漪"式、包容式结构，实际上是揭示了比较文学学科理论的继承与创新的辩证关系。

法国学派提出，可比性的第一个立足点是同源性，由关系构成的同源性。同源性主要是针对影响关系研究而言的。法国学派将同源性视作可比性的核心，认为影响研究的可比性是同源性。所谓同源性，指的是通过对不同国家、不同民族和不同语言的文学的文学关系研究，寻求一种有事实联系的同源关系，这种影响的同源关系可以通过直接、具体的材料得以证实。同源性往往建立在一条可追溯关系的三点一线的"影响路线"之上，这条路线由发送者、接受者和传递者三部分构成。如果没有相同的源流，也就不可能有影响关系，也就谈不上可比性，这就是"同源性"。以渊源学、流传学和媒介学作为研究的中心，依靠具体的事实材料在国别文学之间寻求主题、题材、文体、原型、思想渊源等方面的同源影响关系。注重事实性的关联和渊源性的影响，并采用严谨的实证方法，重视对史料的搜集和求证，具有重要的学术价值与学术意义，仍然具有广阔的研究前景。渊源学的例子：杨宪益，《西方十四行诗的渊源》。

比较文学学科理论的第二阶段在美洲，第二阶段是比较文学学科理论的转型期。从 20 世纪 60 年代以来，比较文学研究的主要阵地逐渐从法国转向美国，平行研究的可比性是什么？是类同性。类同性是指是没有文学影响关系的不同国家文学所表现出的相似和契合之处。以类同性为基本立足点的平行研究与影响研究一样都是超出国界的文学研究，但它不涉及影响关系研究的放送、流传、媒介等问题。平行研究强调不同国家的作家、作品、文学现象的类同比较，比较结果是总结出于文学作品的美学价值及文学发展具有规律性的东西。其比较必须具有可比性，这个可比性就是类同性。研究文学中类同的：风格、结构、内容、形式、流派、情节、技巧、手法、情调、形象、主题、文类、文学思潮、文学理论、文学规律。例如钱钟书《通感》认为，中国诗文有一种描写手法，古代批评家和修辞学家似乎都没有拈出。宋祁《玉楼春》词有句名句："红杏枝头春意闹。"这与西方的通感描写手法可以比较。

比较文学的又一次危机：比较文学的死亡

九十年代，欧美学者提出，比较文学作为一门学科已经死亡！最早是英国学者苏珊·巴斯奈特 1993 年她在《比较文学》一书中提出了比较文学的死亡论，认为比较文学作为一门学科，在某种意义上已经死亡。尔后，美国学者斯皮瓦克写了一部比较文学专著，书名就叫《一个学科的死亡》。为什么比较文学会死亡，斯皮瓦克的书中并没有明确回答！为什么西方学者会提出比较文学死亡论？全世界比较文学界都十分困惑。我们认为，20 世纪 90 年代以来，欧美比较文学继"理论热"之后，又出现了大规模的"文化转向"。脱离了比较文学的基本立场。首先是不比较，即不讲比较文学的可比性问题。西方比较文学研究充斥大量的 Culture Studies（文化研究），已经不考虑比较的合理性，不考虑比较文学的可比性问题。第二是不文学，即不关心文学问题。西方学者热衷于文化研究，关注的已经不是文学性，而是精神分析、政治、性别、阶级、结构等等。最根本的原因，是比较文学学科长期囿于西方中心论，有意无意地回避东西方不同文明文学的比较问题，基本上忽略了学科理论的新生长点，比较文学学科理论缺乏创新，严重忽略了比较文学的差异性和变异性。

要克服比较文学的又一次危机，就必须打破西方中心论，克服比较文学学科理论一味求同的比较文学学科理论模式，提出适应当今全球化比较文学研究的新话语。中国学派，正是在此次危机中，提出了比较文学变异学研究，总结出了新的学科理论话语和一套新的方法论。

中国大陆第一部比较文学概论性著作是卢康华、孙景尧所著《比较文学导论》，该书指出："什么是比较文学？现在我们可以借用我国学者季羡林先生的解释来回答了：'顾名思义，比较文学就是把不同国家的文学拿出来比较，这可以说是狭义的比较文学。广义的比较文学是把文学同其他学科来比较，包括人文科学和社会科学'。"[1]这个定义可以说是美国雷马克定义的翻版。不过，该书又接着指出："我们认为最精炼易记的还是我国学者钱钟书先生的说法：'比较文学作为一门专门学科，则专指跨越国界和语言界限的文学比较'。更具体地说，就是把不同国家不同语言的文学现象放在一起进行比较，研究他们在文艺理论、文学思潮，具体作家、作品之间的互相影响。"[2]这个定义似乎更接近法国学派的定义，没有强调平行比较与跨学科比较。紧接该书之后的教材是陈挺的《比较文学简编》，该书仍旧以"广义"与"狭义"来解释比较文学的定义，指出："我们认为，通常说的比较文学是狭义的，即指超越国家、民族和语言界限的文学研究……广义的比较文学还可以包括文学与其他艺术（音乐、绘画等）与其他意识形态（历史、哲学、政治、宗教等）之间的相互关系的研究。"[3]中国比较文学早期对于比较文学的定义中凸显了很强的不确定性。

由乐黛云主编，高等教育出版社 1988 年的《中西比较文学教程》，则对比较文学定义有了较为深入的认识，该书在详细考查了中外不同的定义之后，该书指出："比较文学不应受到语言、民族、国家、学科等限制，而要走向一种开放性，力图寻求世界文学发展的共同规律。"[4]"世界文学"概念的纳入极大拓宽了比较文学的内涵，为"跨文化"定义特征的提出做好了铺垫。

随着时间的推移，学界的认识逐步深化。1997 年，陈惇、孙景尧、谢天振主编的《比较文学》提出了自己的定义："把比较文学看作跨民族、跨语言、跨文化、跨学科的文学研究，更符合比较文学的实质，更能反映现阶段人们对于比较文学的认识。"[5]2000 年北京师范大学出版社出版了《比较文学概论》修订本，提出："什么是比较文学呢？比较文学是一种开放式的文学研究，它具有宏观的视野和国际的角度，以跨民族、跨语言、跨文化、跨学科界限的各种文学关系为研究对象，在理论和方法上，具有比较的自觉意识和兼容并包的特色。"[6]这是我们目前所看到的国内较有特色的一个定义。

---

1 卢康华、孙景尧著《比较文学导论》，黑龙江人民出版社 1984，第 15 页。

2 卢康华、孙景尧著《比较文学导论》，黑龙江人民出版社 1984 年版。

3 陈挺《比较文学简编》，华东师范大学出版社 1986 年版。

4 乐黛云主编《中西比较文学教程》，高等教育出版社 1988 年版。

5 陈惇、孙景尧、谢天振主编《比较文学》，高等教育出版社 1997 年版。

6 陈惇、刘象愚《比较文学概论》，北京师范大学出版社 2000 年版。

具有代表性的比较文学定义是 2002 年出版的杨乃乔主编的《比较文学概论》一书，该书的定义如下："比较文学是以跨民族、跨语言、跨文化与跨学科为比较视域而展开的研究，在学科的成立上以研究主体的比较视域为安身立命的本体，因此强调研究主体的定位，同时比较文学把学科的研究客体定位于民族文学之间与文学及其他学科之间的三种关系：材料事实关系、美学价值关系与学科交叉关系，并在开放与多元的文学研究中追寻体系化的汇通。"[7]方汉文则认为："比较文学作为文学研究的一个分支学科，它以理解不同文化体系和不同学科间的同一性和差异性的辩证思维为主导，对那些跨越了民族、语言、文化体系和学科界限的文学现象进行比较研究，以寻求人类文学发生和发展的相似性和规律性。"[8]由此而引申出的"跨文化"成为中国比较文学学者对于比较文学定义所做出的历史性贡献。

我在《比较文学教程》中对比较文学定义表述如下："比较文学是以世界性眼光和胸怀来从事不同国家、不同文明和不同学科之间的跨越式文学比较研究。它主要研究各种跨越中文学的同源性、变异性、类同性、异质性和互补性，以影响研究、变异研究、平行研究、跨学科研究、总体文学研究为基本方法论，其目的在于以世界性眼光来总结文学规律和文学特性，加强世界文学的相互了解与整合，推动世界文学的发展。"[9]在这一定义中，我再次重申"跨国""跨学科""跨文明"三大特征，以"变异性""异质性"突破东西文明之间的"第三堵墙"。

"首在审己，亦必知人"。中国比较文学学者在前人定义的不断论争中反观自身，立足中国经验、学术传统，以中国学者之言为比较文学的危机处境贡献学科转机之道。

三、两岸共建比较文学话语——比较文学中国学派

中国学者对于比较文学定义的不断明确也促成了"比较文学中国学派"的生发。得益于两岸几代学者的垦拓耕耘，这一议题成为近五十年来中国比较文学发展中竖起的最鲜明、最具争议性的一杆大旗，同时也是中国比较文学学科理论研究最有创新性，最亮丽的一道风景线。

---

7 杨乃乔主编《比较文学概论》，北京大学出版社 2002 年版。
8 方汉文《比较文学基本原理》，苏州大学出版社 2002 年版。
9 曹顺庆《比较文学教程》，高等教育出版社 2006 年版。

　　比较文学"中国学派"这一概念所蕴含的理论的自觉意识最早出现的时间大约是 20 世纪 70 年代。当时的台湾由于派出学生留洋学习，接触到大量的比较文学学术动态，率先掀起了中外文学比较的热潮。1971 年 7 月在台湾淡江大学召开的第一届"国际比较文学会议"上，朱立元、颜元叔、叶维廉、胡辉恒等学者在会议期间提出了比较文学的"中国学派"这一学术构想。同时，李达三、陈鹏翔（陈慧桦）、古添洪等致力于比较文学中国学派早期的理论催生。如 1976 年，古添洪、陈慧桦出版了台湾比较文学论文集《比较文学的垦拓在台湾》。编者在该书的序言中明确提出："我们不妨大胆宣言说，这援用西方文学理论与方法并加以考验、调整以用之于中国文学的研究，是比较文学中的中国派"[10]。这是关于比较文学中国学派较早的说明性文字，尽管其中提到的研究方法过于强调西方理论的普世性，而遭到美国和中国大陆比较文学学者的批评和否定；但这毕竟是第一次从定义和研究方法上对中国学派的本质进行了系统论述，具有开拓和启明的作用。后来，陈鹏翔又在台湾《中外文学》杂志上连续发表相关文章，对自己提出的观点作了进一步的阐释和补充。

　　在"中国学派"刚刚起步之际，美国学者李达三起到了启蒙、催生的作用。李达三于 60 年代来华在台湾任教，为中国比较文学培养了一批朝气蓬勃的生力军。1977 年 10 月，李达三在《中外文学》6 卷 5 期上发表了一篇宣言式的文章《比较文学中国学派》，宣告了比较文学的中国学派的建立，并认为比较文学中国学派旨在"与比较文学中早已定于一尊的西方思想模式分庭抗礼。由于这些观念是源自对中国文学及比较文学有兴趣的学者，我们就将含有这些观念的学者统称为比较文学的'中国'学派。"并指出中国学派的三个目标：1、在自己本国的文学中，无论是理论方面或实践方面，找出特具"民族性"的东西，加以发扬光大，以充实世界文学；2、推展非西方国家"地区性"的文学运动，同时认为西方文学仅是众多文学表达方式之一而已；3、做一个非西方国家的发言人，同时并不自诩能代表所有其他非西方的国家。李达三后来又撰文对比较文学研究状况进行了分析研究，积极推动中国学派的理论建设。[11]

　　继中国台湾学者垦拓之功，在 20 世纪 70 年代末复苏的大陆比较文学研

10 古添洪、陈慧桦《比较文学的垦拓在台湾》，台湾东大图书公司 1976 年版。
11 李达三《比较文学研究之新方向》，台湾联经事业出版公司 1978 年版。

究亦积极参与了"比较文学中国学派"的理论建设和学科建设。

季羡林先生 1982 年在《比较文学译文集》的序言中指出："以我们东方文学基础之雄厚，历史之悠久，我们中国文学在其中更占有独特的地位，只要我们肯努力学习，认真钻研，比较文学中国学派必然能建立起来，而且日益发扬光大"[12]。1983 年 6 月，在天津召开的新中国第一次比较文学学术会议上，朱维之先生作了题为《比较文学中国学派的回顾与展望》的报告，在报告中他旗帜鲜明地说："比较文学中国学派的形成（不是建立）已经有了长远的源流，前人已经做出了很多成绩，颇具特色，而且兼有法、美、苏学派的特点。因此，中国学派绝不是欧美学派的尾巴或补充"[13]。1984 年，卢康华、孙景尧在《比较文学导论》中对如何建立比较文学中国学派提出了自己的看法，认为应当以马克思主义作为自己的理论基础，以我国的优秀传统与民族特色为立足点与出发点，汲取古今中外一切有用的营养，去努力发展中国的比较文学研究。同年在《中国比较文学》创刊号上，朱维之、方重、唐弢、杨周翰等人认为中国的比较文学研究应该保持不同于西方的民族特点和独立风貌。1985 年，黄宝生发表《建立比较文学的中国学派：读〈中国比较文学〉创刊号》，认为《中国比较文学》创刊号上多篇讨论比较文学中国学派的论文标志着大陆对比较文学中国学派的探讨进入了实际操作阶段。[14]1988 年，远浩一提出"比较文学是跨文化的文学研究"（载《中国比较文学》1988 年第 3 期）。这是对比较文学中国学派在理论特征和方法论体系上的一次前瞻。同年，杨周翰先生发表题为"比较文学：界定'中国学派'，危机与前提"（载《中国比较文学通讯》1988 年第 2 期），认为东方文学之间的比较研究应当成为"中国学派"的特色。这不仅打破比较文学中的欧洲中心论，而且也是东方比较学者责无旁贷的任务。此外，国内少数民族文学的比较研究，也应该成为"中国学派"的一个组成部分。所以，杨先生认为比较文学中的大量问题和学派问题并不矛盾，相反有助于理论的讨论。1990 年，远浩一发表"关于'中国学派'"（载《中国比较文学》1990 年第 1 期），进一步推进了"中国学派"的研究。此后直到 20 世纪 90 年代末，中国学者就比较文学中国学派的建立、理论与方法以及相应的学科理论等诸多问题进行了积极而富有成效的探讨。

---

12 张隆溪《比较文学译文集》，北京大学出版社 1984 年版。
13 朱维之《比较文学论文集》，南开大学出版社 1984 年版。
14 参见《世界文学》1985 年第 5 期。

刘介民、远浩一、孙景尧、谢天振、陈淳、刘象愚、杜卫等人都对这些问题付出过不少努力。《暨南学报》1991 年第 3 期发表了一组笔谈，大家就这个问题提出了意见，认为必须打破比较文学研究中长期存在的法美研究模式，建立比较文学中国学派的任务已经迫在眉睫。王富仁在《学术月刊》1991 年第 4 期上发表"论比较文学的中国学派问题"，论述中国学派兴起的必然性。而后，以谢天振等学者为代表的比较文学研究界展开了对"X+Y"模式的批判。比较文学在大陆复兴之后，一些研究者采取了"X+Y"式的比附研究的模式，在发现了"惊人的相似"之后便万事大吉，而不注意中西巨大的文化差异性，成为了浅度的比附性研究。这种情况的出现，不仅是中国学者对比较文学的理解上出了问题，也是由于法美学派研究理论中长期存在的研究模式的影响，一些学者并没有深思中国与西方文学背后巨大的文明差异性，因而形成"X+Y"的研究模式，这更促使一些学者思考比较文学中国学派的问题。

经过学者们的共同努力，比较文学中国学派一些初步的特征和方法论体系逐渐凸显出来。1995 年，我在《中国比较文学》第 1 期上发表《比较文学中国学派基本理论特征及其方法论体系初探》一文，对比较文学在中国复兴十余年来的发展成果作了总结，并在此基础上总结出中国学派的理论特征和方法论体系，对比较文学中国学派作了全方位的阐述。继该文之后，我又发表了《跨越第三堵'墙'创建比较文学中国学派理论体系》等系列论文，论述了以跨文化研究为核心的"中国学派"的基本理论特征及其方法论体系。这些学术论文发表之后在国内外比较文学界引起了较大的反响。台湾著名比较文学学者古添洪认为该文"体大思精，可谓已综合了台湾与大陆两地比较文学中国学派的策略与指归，实可作为'中国学派'在大陆再出发与实践的蓝图"[15]。

在我撰文提出比较文学中国学派的基本特征及方法论体系之后，关于中国学派的论争热潮日益高涨。反对者如前国际比较文学学会会长佛克马（Douwe Fokkema）1987 年在中国比较文学学会第二届学术讨论会上就从所谓的国际观点出发对比较文学中国学派的合法性提出了质疑，并坚定地反对建立比较文学中国学派。来自国际的观点并没有让中国学者失去建立比较文学中国学派的热忱。很快中国学者智量先生就在《文艺理论研究》1988 年第

---

15 古添洪《中国学派与台湾比较文学界的当前走向》，参见黄维梁编《中国比较文学理论的垦拓》167 页，北京大学出版社 1998 年版。

1 期上发表题为《比较文学在中国》一文，文中援引中国比较文学研究取得的成就，为中国学派辩护，认为中国比较文学研究成绩和特色显著，尤其在研究方法上足以与比较文学研究历史上的其他学派相提并论，建立中国学派只会是一个有益的举动。1991 年，孙景尧先生在《文学评论》第 2 期上发表《为"中国学派"一辩》，孙先生认为佛克马所谓的国际主义观点实质上是"欧洲中心主义"的观点，而"中国学派"的提出，正是为了清除东西方文学与比较文学学科史中形成的"欧洲中心主义"。在 1993 年美国印第安纳大学举行的全美比较文学会议上，李达三仍然坚定地认为建立中国学派是有益的。二十年之后，佛克马教授修正了自己的看法，在 2007 年 4 月的"跨文明对话——国际学术研讨会（成都）"上，佛克马教授公开表示欣赏建立比较文学中国派的想法[16]。即使学派争议一派繁荣景象，但最终仍旧需要落点于学术创见与成果之上。

比较文学变异学便是中国学派的一个重要理论创获。2005 年，我正式在《比较文学学》[17]中提出比较文学变异学，提出比较文学研究应该从"求同"思维中走出来，从"变异"的角度出发，拓宽比较文学的研究。通过前述的法、美学派学科理论的梳理，我们也可以发现前期比较文学学科是缺乏"变异性"研究的。我便从建构中国比较文学学科理论话语体系入手，立足《周易》的"变异"思想，建构起"比较文学变异学"新话语，力图以中国学者的视角为全世界比较文学学科理论提供一个新视角、新方法和新理论。

比较文学变异学的提出根植于中国哲学的深层内涵，如《周易》之"易之三名"所构建的"变易、简易、不易"三位一体的思辨意蕴与意义生成系统。具体而言，"变易"乃四时更替、五行运转、气象畅通、生生不息；"不易"乃天上地下、君南臣北、纲举目张、尊卑有位；"简易"则是乾以易知、坤以简能、易则易知、简则易从。显然，在这个意义结构系统中，变易强调"变"，不易强调"不变"，简易强调变与不变之间的基本关联。万物有所变，有所不变，且变与不变之间存在简单易从之规律，这是一种思辨式的变异模式，这种变异思维的理论特征就是：天人合一、物我不分、对立转化、整体关联。这是中国古代哲学最重要的认识论，也是与西方哲学所不同的"变异"思想。

---

16 见《比较文学报》2007 年 5 月 30 日，总第 43 期。
17 曹顺庆《比较文学学》，四川大学出版社 2005 年版。

由哲学思想衍生于学科理论，比较文学变异学是"指对不同国家、不同文明的文学现象在影响交流中呈现出的变异状态的研究，以及对不同国家、不同文明的文学相互阐发中出现的变异状态的研究。通过研究文学现象在影响交流以及相互阐发中呈现的变异，探究比较文学变异的规律。"[18]变异学理论的重点在求"异"的可比性，研究范围包含跨国变异研究、跨语际变异研究、跨文化变异研究、跨文明变异研究、文学的他国化研究等方面。比较文学变异学所发现的文化创新规律、文学创新路径是基于中国所特有的术语、概念和言说体系之上探索出的"中国话语"，作为比较文学第三阶段中国学派的代表性理论已经受到了国际学界的广泛关注与高度评价，中国学术话语产生了世界性影响。

四、国际视野中的中国比较文学

文明之墙让中国比较文学学者所提出的标识性概念获得国际视野的接纳、理解、认同以及运用，经历了跨语言、跨文化、跨文明的多重关卡，国际视野下的中国比较文学书写亦经历了一个从"遍寻无迹""只言片语"而"专篇专论"，从最初的"话语乌托邦"至"阶段性贡献"的过程。

二十世纪六十年代以来港台学者致力于从课程教学、学术平台、人才培养，国内外学术合作等方面巩固比较文学这一新兴学科的建立基石，如淡江文理学院英文系开设的"比较文学"（1966），香港大学开设的"中西文学关系"（1966）等课程；台湾大学外文系主编出版之《中外文学》月刊、淡江大学出版之《淡江评论》季刊等比较文学研究专刊；后又有台湾比较文学学会（1973 年）、香港比较文学学会（1978）的成立。在这一系列的学术环境构建下，学者前贤以"中国学派"为中国比较文学话语核心在国际比较文学学科理论、方法论中持续探讨，率先启声。例如李达三在 1980 年香港举办的东西方比较文学学术研讨会成果中选取了七篇代表性文章，以 *Chinese-Western Comparative Literature: Theory and Strategy* 为题集结出版，[19]并在其结语中附上那篇"中国学派"宣言文章以申明中国比较文学建立之必要。

学科开山之际，艰难险阻之巨难以想象，但从国际学者相关言论中可见西方对于中国比较文学学科的发展抱有的希望渺小。厄尔·迈纳（Earl Miner）

---

18 曹顺庆主编《比较文学概论》，高等教育出版社 2015 年版。

19 *Chinese-Western Comparative Literature：Theory & Strategy*，Chinese Univ Pr.1980-6

在 1987 年发表的 *Some Theoretical and Methodological Topics for Comparative Literature* 一文中谈到当时西方的比较文学鲜有学者试图将非西方材料纳入西方的比较文学研究中。(until recently there has been little effort to incorporate non-Western evidence into Western com- parative study.) 1992 年，斯坦福大学教授 David Palumbo-Liu 直接以《话语的乌托邦：论中国比较文学的不可能性》为题（*The Utopias of Discourse: On the Impossibility of Chinese Comparative Literature*）直言中国比较文学本质上是一项"乌托邦"工程。(My main goal will be to show how and why the task of Chinese comparative literature, particularly of pre-modern literature, is essentially a *utopian* project.) 这些对于中国比较文学的诘难与质疑，今美国加州大学圣地亚哥分校文学系主任张英进教授在其 1998 编著的 *China in a polycentric world: essays in Chinese comparative literature* 前言中也不得不承认中国比较文学研究在国际学术界中仍然处于边缘地位（The fact is, however, that Chinese comparative literature remained marginal in academia, even though it has developed closely with the rest of literary studies in the United Stated and even though China has gained increasing importance in the geopolitical world order over the past decades.）。[20]但张英进教授也展望了下一个千年中国比较文学研究的蓝景。

新的千年新的气象，"世界文学""全球化"等概念的冲击下，让西方学者开始注意到东方，注意到中国。如普渡大学教授斯蒂文·托托西（Tötösy de Zepetnek, Steven）1999 年发长文 *From Comparative Literature Today Toward Comparative Cultural Studies* 阐明比较文学研究更应该注重文化的全球性、多元性、平等性而杜绝等级划分的参与。托托西教授注意到了在法德美所谓传统的比较文学研究重镇之外，例如中国、日本、巴西、阿根廷、墨西哥、西班牙、葡萄牙、意大利、希腊等地区，比较文学学科得到了出乎意料的发展（emerging and developing strongly）。在这篇文章中，托托西教授列举了世界各地比较文学研究成果的著作，其中中国地区便是北京大学乐黛云先生出版的代表作品。托托西教授精通多国语言，研究视野也常具跨越性，新世纪以来也致力于以跨越性的视野关注世界各地比较文学研究的动向。[21]

---

20 Moran T . Yingjin Zhang, Ed. China in a Polycentric World: Essays in Chinese Comparative Literature[J].现代中文文学学报,2000,4(1):161-165.

21 Tötösy de Zepetnek, Steven. "From Comparative Literature Today Toward Comparative Cultural Studies." CLCWeb: Comparative Literature and Culture 1.3 (1999):

以上这些国际上不同学者的声音一则质疑中国比较文学建设的可能性，一则观望着这一学科在非西方国家的复兴样态。争议的声音不仅在国际学界，国内学界对于这一新兴学科的全局框架中涉及的理论、方法以及学科本身的立足点，例如前文所说的比较文学的定义，中国学派等等都处于持久论辩的漩涡。我们也通晓如果一直处于争议的漩涡中，便会被漩涡所吞噬，只有将论辩化为成果，才能转漩涡为涟漪，一圈一圈向外辐射，国际学人也在等待中国学者自己的声音。

上海交通大学王宁教授作为中国比较文学学者的国际发声者自 20 世纪末至今已撰文百余篇，他直言，全球化给西方学者带来了学科死亡论，但是中国比较文学必将在这全球化语境中更为兴盛，中国的比较文学学者一定会对国际文学研究做出更大的贡献。新世纪以来中国学者也不断地将自身的学科思考成果呈现在世界之前。2000 年，北京大学周小仪教授发文（*Comparative Literature in China*）[22]率先从学科史角度构建了中国比较文学在两个时期（20世纪 20 年代至 50 年代，70 年代至 90 年代）的发展概貌，此文关于中国比较文学的复兴崛起是源自中国文学现代性的产生这一观点对美国芝加哥大学教授苏源熙（Haun Saussy）影响较深。苏源熙在 2006 年的专著 *Comparative Literature in an Age of Globalization* 中对于中国比较文学的讨论篇幅极少，其中心便是重申比较文学与中国文学现代性的联系。这篇文章也被哈佛大学教授大卫·达姆罗什（David Damrosch）收录于《普林斯顿比较文学资料手册》（*The Princeton Sourcebook in Comparative Literature*，2009[23]）。类似的学科史介绍在英语世界与法语世界都接续出现，以上大致反映了中国学者对于中国比较文学研究的大概描述在西学界的接受情况。学科史的构架对于国际学术对中国比较文学发展脉络的把握很有必要，但是在此基础上的学科理论实践才是关系于中国比较文学学科国际性发展的根本方向。

我在 20 世纪 80 年代以来 40 余年间便一直思考比较文学研究的理论构建问题，从以西方理论阐释中国文学而造成的中国文艺理论"失语症"思考

---

22 Zhou, Xiaoyi and Q.S. Tong, "Comparative Literature in China", Comparative Literature and Comparative Cultural Studies, ed., Totosy de Zepetnek, West Lafayette, Indiana: Purdue University Press, 2003, 268-283.

23 Damrosch, David (EDT)*The Princeton Sourcebook in Comparative Literature*: Princeton University Press

属于中国比较文学自身的学科方法论，从跨异质文化中产生的"文学误读""文化过滤""文学他国化"提出"比较文学变异学"理论。历经 10 年的不断思考，2013 年，我的英文著作：*The Variation Theory of Comparative Literature*（《比较文学变异学》），由全球著名的出版社之一斯普林格（Springer）出版社出版，并在美国纽约、英国伦敦、德国海德堡出版同时发行。*The Variation Theory of Comparative Literature*（《比较文学变异学》）系统地梳理了比较文学法国学派与美国学派研究范式的特点及局限，首次以全球通用的英语语言提出了中国比较文学学科理论新话语："比较文学变异学"。这一新概念、新范畴和新表述，引导国际学术界展开了对变异学的专刊研究（如普渡大学创办刊物《比较文学与文化》2017 年 19 期）和讨论。

欧洲科学院院士、西班牙圣地亚哥联合大学让·莫内讲席教授、比较文学系教授塞萨尔·多明戈斯教授（Cesar Dominguez），及美国科学院院士、芝加哥大学比较文学教授苏源熙（Haun Saussy）等学者合著的比较文学专著（Introducing Comparative literature. New Trends and Applications[24]）高度评价了比较文学变异学。苏源熙引用了《比较文学变异学》（英文版）中的部分内容，阐明比较文学变异学是十分重要的成果。与比较文学法国学派和美国学派形成对比，曹顺庆教授倡导第三阶段理论，即，新奇的、科学的中国学派的模式，以及具有中国学派本身的研究方法的理论创新与中国学派"（《比较文学变异学》（英文版）第 43 页）。通过对"中西文化异质性的"跨文明研究"，曹顺庆教授的看法会更进一步的发展与进步（《比较文学变异学》（英文版）第 43 页），这对于中国文学理论的转化和西方文学理论的意义具有十分重要的价值。（"Another important contribution in the direction of an imparative comparative literature-at least as procedure-is Cao Shunqing's 2013 *The Variation Theory of Comparative Literature*. In contrast to the "French School" and "American School" of comparative Literature, Cao advocates a "third-phrase theory", namely, "a novel and scientific mode of the Chinese school," a "theoretical innovation and systematization of the Chinese school by relying on our *own* methods" (*Variation Theory* 43; emphasis added). From this etic beginning, his proposal moves forward emically by developing a "cross-civilizaional study on the heterogeneity between

---

24 Cesar Dominguez, Haun Saussy, Dario Villanueva Introducing Comparative literature: New Trends and Applications，Routledge, 2015

Chinese and Western culture" (43), which results in both the foreignization of Chinese literary theories and the Signification of Western literary theories.）

　　法国索邦大学（Sorbonne University）比较文学系主任伯纳德·弗朗科（Bernard Franco）教授在他出版的专著（《比较文学：历史、范畴与方法》）*La littératurecomparée: Histoire, domaines, méthodes* 中以专节引述变异学理论，他认为曹顺庆教授提出了区别于影响研究与平行研究的"第三条路"，即"变异理论"，这对应于观点的转变，从"跨文化研究"到"跨文明研究"。变异理论基于不同文明的文学体系相互碰撞为形式的交流过程中以产生新的文学元素，曹顺庆将其定义为"研究不同国家的文学现象所经历的变化"。因此曹顺庆教授提出的变异学理论概述了一个新的方向，并展示了比较文学在不同语言和文化领域之间建立多种可能的桥梁。（Il évoque l'hypothèse d'une troisième voie, la « théorie de la variation », qui correspond à un déplacement du point de vue, de celui des « études interculturelles » vers celui des « études transcivilisationnelles . » Cao Shunqing la définit comme « l'étude des variations subies par des phénomènes littéraires issus de différents pays, avec ou sans contact factuel, en même temps que l'étude comparative de l'hétérogénéité et de la variabilité de différentes expressions littéraires dans le même domaine ».Cette hypothèse esquisse une nouvelle orientation et montre la multiplicité des passerelles possibles que la littérature comparée établit entre domaines linguistiques et culturels différents.）[25]。

　　美国哈佛大学（Harvard University）厄内斯特·伯恩鲍姆讲席教授、比较文学教授大卫·达姆罗什（David Damrosch）对该专著尤为关注。他认为《比较文学变异学》（英文版）以中国视角呈现了比较文学学科话语的全球传播的有益尝试。曹顺庆教授对变异的关注提供了较为适用的视角，一方面超越了亨廷顿式简单的文化冲突模式，另一方面也跨越了同质性的普遍化。[26]国际学界对于变异学理论的关注已经逐渐从其创新性价值探讨延伸至文学研究，例如斯蒂文·托托西近日在 *Cultura* 发表的（Peripheralities: "Minor" Literatures, Women's Literature, and Adrienne Orosz de Csicser's Novels）一文中便成功地将变异学理论运用于阿德里安·奥罗兹的小说研究中。

25　Bernard Franco La littératurecomparée: Histoire, domaines, méthodes，Armand Colin 2016.

26　David Damrosch Comparing the Literatures,Literary Studies in a Global Age,Princeton University Press,2020.

　　国际学界对于比较文学变异学的认可也证实了变异学作为一种普遍性理论提出的初衷，其合法性与适用性将在不同文化的学者实践中巩固、拓展与深化。它不仅仅是跨文明研究的方法，而是一种具有超越影响研究和平行研究，超越西方视角或东方视角的宏大视野、一种建立在文化异质性和变异性基础之上的融汇创生、一种追求世界文学和总体问题最终理想的哲学关怀。

　　以如此篇幅展现中国比较文学之况，是因为中国比较文学研究本就是在各种危机论、唱衰论的压力下，各种质疑论、概念论中艰难前行，不探源溯流难以体察今日中国比较文学研究成果之不易。文明的多样性发展离不开文明之间的交流互鉴。最具"跨文明"特征的比较文学学科更需要文明之间成果的共享、共识、共析与共赏，这是我们致力于比较文学研究领域的学术理想。

　　千里之行，不积跬步无以至，江海之阔，不积细流无以成！如此宏大的一套比较文学研究丛书得承花木兰总编辑朴洁祥先生之宏志，以及该公司同仁之辛劳，中国比较文学学者之鼎力相助，才叫顺利集结出版，在此我要衷心向诸君表达感谢！中国比较文学研究仍有一条长远之途需跋涉，期以系列丛书一展全貌，愿读者诸君敬赐高见！

曹顺庆

二零二一年十月二十三日于成都锦丽园

目次

前　言

在汉学史上，布拉格汉学学派曾在东欧汉学界处于主体地位，在其发展过程中，出现了诸多优秀的汉学家，并产生了包括文学、语言、历史、政治等诸多领域的研究成果。中国现代文学研究是布拉格汉学家继中国古典文学研究之后的主要研究课题，其研究成就在二十世纪五六十年代达到顶峰，这与当时如火如荼的社会主义运动息息相关。本著作以布拉格汉学家为主要阐述对象，这些学者著有丰富的学术成果并形成了严谨的学术传统，他们对中国文学的研究深入且透彻。布拉格汉学家的研究路径不仅呈现出相似性，还表现出承继性，他们对中国现代文学研究的发展起到了不可忽视的促进作用。在研究视角上，书中主要从布拉格汉学家研究中国现代文学的几种阐释模式进行分析讨论，这主要包括马克思主义理论视角、布拉格结构主义研究视野、比较文学阐释方法等研究模式的探讨。在研究布拉格汉学学者的著作同时比较其与中国学者和英美汉学家的异同，借此突显布拉格汉学家研究方法的独特性以及他们对中国现代文学发展做出的贡献。

第一章主要从四个方面对论著作总体上的材料说明。一是布拉格汉学家的中国文学研究著作。二是国内外目前相关研究的学术成果及其存在的不足之处。三是论著所采用的论证方法和新颖之处。四是本著作的意义。研究布拉格汉学学派的中国现代文学成果不仅为研究布拉格汉学提供了理论研究基础，同时也是东欧汉学研究的敲门砖。

第二章是马克思主义理论部分的阐释模式研究。普实克是布拉格汉学的引领者，他认为新文学产生的基础是新的社会阶级的出现，文人打破传统的文学模式，从新阶级的视角来看待文学和创作文学。马克思主义倡导劳动阶级即无产阶级打破资产阶级统治，创造一个以唯物主义精神主导的新世界。这一观点不仅贯穿了普实克对中国现代文学研究的始终，也影响了其他布拉格汉学家的研究思路，成为了他们研究中国现代文学的根本观点之一。具体说来，可以从文学是作者经验下社会历史的反映、现实主义文学的三重维度、无产阶级革命背景下的文学现实和马克思主义视角下的世界文学观几个角度进行讨论。马克思主义理论是布拉格汉学家研究中国文学的理论基础，文学反映社会现实这一基本观点贯穿了研究始终。无论汉学家使用何种方法解析中国文学，比如结构主义、传记批评、比较文学方法等等，都离不开马克思主义方法论的指导。马克思主义理论塑造了布拉格汉学学派的文学史观，也同时指导了文学研究的方法论。这一基本认识是布拉格汉学家研究中国现代文学的前提。

第三章是布拉格结构主义视阈下的传记批评研究与文本分析。布拉格汉学家兼顾了研究文学的历时与共时的研究，无论是文本内容的分析还是对文学结构形式的研究都时刻贯穿着对文学发展历程的关切。在传记批评研究中，布拉格汉学家希望通过研究作家生活时代的发展变化来关注作家作品中文学思想的变化。这样个人经历的变化反映了时代的变化，也同时造就了文学思想的发展变化，这是在结构主义的视阈下对文学的外部世界进行的探究。而在结构主义视角下的文本分析，则是对文学内部世界的解构研究。除少量论文对文学作品进行纯文本的解读之外，多数研究不仅仅关注单一作品的结构形式，还关注文学结构的发展变化，布拉格汉学家尤其关注中国旧文学向中国新文学过渡期间，文学结构的变化历程。就文学发展的动力而言，布拉格汉学家认为这分为内部动力和外部动力，内部动力是文学发展的根本基础，而外部动力则是文学发展的必要条件。

第四章是比较文学阐述方法的研究。布拉格汉学学者的比较文学研究有以下特点。布拉格汉学家从史学的角度来评价中西方文学的对抗和交融。他们并非为了比较而比较，而是利用比较文学方法来理清中国文学发展的历史。以史学的眼光来做文学史的比较研究，这使得布拉格汉学家的研究得以从历史纵向发展的角度来分析中国文学的发展历程。高利克将中西文学之间的对抗过程细化到各个文学元素之间的相互作用过程。比如，不同文学之间的共同"意象"是高利克常常考察的对象。这些共同要素的形成往往有两个成因，一是"遗传关系"，二是"接触关系"。遗传关系是一种历时的承继关系，而接触关系则是一种共时的相互作用关系。接触关系还分为"内部接触"关系和"外部接触"关系。在高利克看来，这两种关系共同组成了世界文学发展的有机系统。本章还比较了中国学者与布拉格汉学家对相同现代文学专题的比较文学研究，意在于说明中国学者与布拉格汉学家二者之间在研究方法和研究内容上的相似性。同时还说明了中捷学者之间观点上的相通性，由此证明意识形态的相似性导致了二者在研究结论上的统一。

书中最后对全文的核心思想进行了总结和延伸。主要包括以下几个方面的内容，一是完备而系统的阐释模式，"师承体系"是布拉格汉学学派形成系统的阐释模式的载体。普实克并不完全是学生研究的"指导者"，他更是亲密的合作者和伙伴。布拉格汉学学派并不是有着明确组织存在的汉学团体，实质上是在普实克的带领下，一批对汉学感兴趣的东欧学者对中国学的一场多方位的探究。那么，从历史的延续性来看，布拉格汉学家研究中国文学的主要历程总结如下：首先，从布拉格结构主义的视阈下运用传记批评的方式对中国作家的主要写作背景进行研究，得出传记性质的文学写作是中国现代文学的重要特点的结论。这成为中国现代文学主观主义和个人主义的理论前提。在此基础之上，运用欧洲流行的形式主义、结构主义的文学批评方法对中国文学的形式和结构进行分析。研究中国文学发展的结构变化的前提是将中国文学放入世界文学的背景下，通过比较文学研究来反观中国文学在世界文学当中的地位。二是迈向"自我"的"他者"研究。布拉格汉学家研究文学是在异域文化背景下进行的一场对同类意识形态国家民族文学的文学研究活动。在学派产生之初，研究成果的确以"他者"的形象出现，是汉学界对中国现代文学最客观权威的解读。随着世界文学研究活动的发展，中国本土学者吸收认同了布拉格汉学学派的诸多观点。此时，普实克等人的研究成果已经融合成为本土中国文学研究的重要组成部分。就此所见，此刻的"他者"正向"自我"迈进，虽然这些东欧汉学家并非中国本土学者，但其研究思想和方法可谓很"中国"。第三是对未竟之话题进行引申讨论。最后则总结了布拉格汉学学派的缺陷。

总之，布拉格汉学学派是汉学史上不容忽视的重要力量，由于时代的限制，普实克等人几乎在现代文学产生之后就跟进了中国文学发展的研究。这就高度还原了中国文学发展的现状，同时也保证了材料的可靠性、实证研究的可信度。然而，由于布拉格汉学家对中国现代文学的研究很快停滞，后期就不再涌现出大量的研究成果和观点。所以布拉格汉学学者的研究传统在后期就出现了历史的断裂，除高利克还在继续关注后期现代文学的发生发展，再鲜有布拉格汉学学者在这个领域做出具有影响力的研究。这就需要学者们根据实际情况进行深入讨论。汉学研究并非如一些国内学者所指出的那样，是歪曲中国历史文化的"他者"之作。分析汉学、了解汉学有利于跳出本土学者研究视野的局限，文学研究只是汉学研究的冰山一角，想必在更广阔的领域有更多值得中国学者发现的宝藏等待挖掘。

第一章　布拉格汉学研究总述

在汉学史上，布拉格汉学学派在东欧汉学界处于主体地位，在其发展过程中，衍生了诸多优秀的汉学家，并产生了包括文学、语言、历史、政治等领域的研究成果。中国现代文学研究是布拉格汉学家继中国古典文学研究之后的重要课题，二十世纪五六十年代，对中国现代文学的研究成为布拉格汉学学派的主要课题。这与中国和捷克斯洛伐克两国当时红红火火的社会主义运动息息相关。时至今日，中国国家实力日渐强大，国家主体开始关注中国在世界视野下的形象和地位，海外汉学在此环境下就成为了一个热门话题。目前，海外汉学学界以英美汉学为主导，处于欧美世界非主流地位的东欧汉学未受到应有的重视，再加之语言的障碍，使得东欧汉学发展得并不顺利。不仅如此，布拉格汉学学派虽然在国内汉学研究中常被提及，但却很少被仔细地研究和分析。所以具体而深入地研究布拉格汉学当是目前东欧海外汉学研究的应有之义，这就需要对布拉格汉学学派的研究模式做到整体上的把握。总之，研究布拉格汉学学派的中国现代文学阐释模式有利于了解布拉格汉学家的总体研究思路以及发展轨迹。

一、布拉格汉学之中国文学研究硕果[1]

布拉格汉学的中国文学研究成果丰富而繁杂，其中包括古典文学研究和现代文学研究，下面就其主要研究成果进行介绍。布拉格汉学的历史最早可追溯到19 世纪 60 年代，布拉格汉学研究先驱者尤利西斯·泽耶尔曾撰写诗剧《比干的

---

1 本小节涉及到的著作参考马立安·高利克著《捷克与斯洛伐克汉学研究》中第四章第二小节《布拉格汉学派》。

心》，鲁道夫·德沃夏克出版过捷译版《老子》，而博胡米尔·马瑟希斯则翻译并改编了中国的传统诗歌，这些研究为捷克学者提供了研究汉学的重要资料。然而，布拉格汉学学派正式形成于 20 世纪 50 年代，其创始人是在汉学界家喻户晓的代表人物——雅罗斯拉夫·普实克。他曾发表过多部著作，其中《中国——我的姐妹》在中国广受好评。学者李欧梵更是将他的代表作集结成册出版，即后来在中国引起强烈反响的《抒情与史诗——普实克中国现代文学论文集》。

除此之外，1964 年，《中国现代文学简介》在柏林出版，这是一部由普实克编辑的论文集，内容主要是米莲娜、史罗夫等布拉格汉学学者对中国现代文学的早期研究。值得注意的是，《论文集》和《文学简介》在研究过程中很容易混淆，主要原因是二者的英文题目几近相同[2]。不过，在中文翻译版本中，中国学者李燕乔将前者翻译为《普实克中国现代文学论文集》，后者则在高利克的著作中被翻译为《中国现代文学简介》，后者成为了布拉格汉学学派进入中国现代文学研究领域的奠基性成果。此外，普实克另有著作《中国文学的三幅素描》是他对中国现代文学的初期研究成果，其中包括三位作家——茅盾、郁达夫、郭沫若。这本着作深入研究了三位作家的创作风格、创作背景和创作方法，是普实克研究中国现代作家作品的代表作之一，为布拉格汉学学派研究中国现代文学提供了研究范式。

另外，普实克的著作《话本的起源以及作者》和《中国历史与文学——1970 年以来的学术论文集》是他古典文学研究的代表性作品。前者详细地论述了话本的起源、性质和目的等问题。这当中既有史学的探讨，也有文学的评述，是一部不可多得的话本研究论着。不仅如此，普实克着此书为他日后研究中国现代文学提供了很多帮助。后者是普实克最为重要的传统文学研究成果，其中对明清小说的研究可谓详尽而丰富，从这部著作中可见普实克研究现代文学的前提是对中国传统小说的充分认识和掌握。这样他就延续了古典文学研究的传统和经验，并以此来确立中国现代文学研究的独特地位。遗憾的是，据高利克所说："没有一本普实克研究中国传统文学的著作被翻译成中文，而这些著作中绝大多数是关于话本小说和台词本的。[3]"

---

2 分别是 The Lyrical and the Epic: Studies of Modern Chinese Literature 和 Studies in Modern Chinese Literature.

3 [斯洛伐克]马立安·高利克，《捷克与斯洛伐克汉学研究》，北京：学苑出版社，2009 年，第 169 页。

在普实克的带领下，布拉格汉学学派学者产出了诸多中国文学研究成果。普实克的学生，同时也是他的教席继承人——王和达[4]，不仅翻译了大量的中国文学著作，更有《中国小说艺术》作为他研究《儒林外史》的代表著作产生了深远影响。他主张贯彻捷克结构主义以及俄国形式主义，并与人合着《亚洲现代文学的复兴和发展研究论文集》。就古典文学研究而言，王和达的主要著作有《红楼梦的象征模式及其在中国美学思想中的背景》、《中国古典小说〈儒林外传〉中的几种艺术手法》、《传统与变迁（文心雕龙中古典主义的本质）》。[5]另外，米莲娜也是布拉格汉学学派的重要代表人物之一，作为普实克最忠实的追随者，她著有《世纪之交的中国小说》[6]，而她的《鲁迅的"药"》被高利克认为是"布拉格结构主义方法论运用到中国文学中的完美例证[7]"。此外，米莲娜有些论文已经被翻译成中文发表在国内刊物上，有林盼翻译载于《复旦学报》的《思维方式的转型与新知识的普及——清末民初中国百科全书的发展历程》，董炎翻译并在《当代作家评论》刊载的《文化记忆的建构——早期文学史的编纂与胡适的〈白话文学史〉》，张丽华在《北京大学学报》上翻译了她的《一部近代中国的百科全书：未完成的中西文化之桥》，也有中文写作原文发表在《中华读书报》上的《创造崭新的小说世界：中国短篇小说 1906-1916》等。同米连娜一样，史罗夫也是普实克的忠实追随者，他对老舍作品的解读详尽而深刻，著有《中国现代作家的发展——老舍传记体小说解析及著作书目附录》，《〈儒林外史〉——文学分析浅尝》。高利克认为最能体现史罗夫学术水平的论文便是《师陀的世界》，《〈春秋左传〉的文学结构》同样吸引着读者阅读。此外，王和达和乌金等人作为布拉格汉学学派的重要代表人物，著有从比较视野研究亚洲现代文学的《机遇与变革——亚洲现代文学的复兴》，而曾为普实克最年轻的学生的玛歇拉则撰写了学术著作——

---

4 中文名字为"王和达"，也有译文名字"奥德瑞凯·克芬"。

5 原文名称为 The symbolic formula of The Story of The Stone and its setting in Chinese aesthetic thought,Journal of Sino-Western Communications, 2015、Several Artistic Methods In The Classic Chinese Novel Ju-Lin Wai-Shin.Archiv orientální32, 1964、Tradition and Change -The Nature of Classicism in Wen Hsin Tiao Lung.Acta universitatis carolinae-philologica 5, 1970.

6 M.D·维林吉诺娃《世纪转折时期的中国小说》，胡亚敏、张方译，武汉：华中师范大学出版社，1990 年。

7 [斯洛伐克]马立安·高利克，《捷克与斯洛伐克汉学研究》，北京：学苑出版社，2009 年，第 187 页。

《冰心的故事》[8]，并出版了布拉格汉学学派在文学批评领域最重要的著作之一——《现代诗歌的基础——1917-1925 年新诗的理论与批评》。

此外，斯洛伐克汉学家马立安·高利克是一位多产的学者，其博士论文《茅盾和中国现代文学批评》是在普实克的指导下完成的。另外，他还发表了两部为中国学界所广泛接受的著作——《中国文学批评发生史（1917-1930)》以及《中西文学关系的里程碑（1898-1979)》。这两部著作可以称为姐妹篇，前者是对中国文学批评的史学描述，后者是对中国现代文学作品的比较研究，二者都以捷克比较文学理论家朱立申的文学理论研究为基础，详细地描述了中国现代文学的发展历程。此外，高利克近年来逐渐将学术研究的重点转移到《圣经》在中国的接受，著有《影响、翻译和比较——〈圣经〉在中国研究选集》。作为一位多产的学者，高利克已发表论文 270 多篇，其中被翻译成中文并发表的有 38 篇之多。首先，高利克的《捷克和斯洛伐克汉学研究》为中国学界提供了一个较为全面的介绍，促进了布拉格汉学研究进入中国学界。其次，高利克本人撰写的多篇文章也经国内学者翻译发表在国内期刊之上。有在《中华读书报》上刊载的由陈菁霞翻译的《中国比较文学的两次"回归"》、载于《中国比较文学》由梁新军翻译的《我的学术之路：中西比较文学 50 年》，还有刘忠光、刘燕翻译的《论 1992-2015 年间"世界文学"概念的界定》被载于《江汉论坛》、林振华译的《尼采在中国（1902-2000)》则被发表在《江汉学术》上。2016 年，《歌德〈神秘的合唱〉在中国的译介与评论》则通过李敏锐和王爽的翻译被登载在《汉语言文学研究》上，最后高利克还有发表在《现代中文学刊》上的《茅盾先生笔名考》、《王独清〈威尼市〉与中国颓废主义文学及欧洲文学传统》、载于《长江学术》的《1932：歌德在中国的接受与纪念活动》。诸如此类的文章还有几十篇之多，这就在一定程度上直接对中国学界产生了较大的影响。

除此之外，斯洛伐克还有许多杰出的汉学家，他们的汉学研究延续了布拉格学派的传统，成为了布拉格学派学术话语体系中重要的谱写者。如安娜·德丽扎洛娃-弗尔高娃，她的博士论文《郁达夫以及文学创造的独特之处》是郁达夫文学研究的经典著作。此外，她研究伤痕文学以及寻根文学的著作——《中国当代小说〈1979-1980 年代早期〉的新特点》成为了她最后学术研究课题的结晶。除此之外，她还有一篇长篇论作《五四运动：革命的主角》，

8　此文被收录在《中国现代文学简介》当中。

以及《1981 年对剧本〈苦恋〉及其作家白烨的两波批评浪潮》。除对中国现代小说研究之外，一些布拉格汉学家还对中国戏剧进行了深入研究。如《中国戏剧》和《亚洲戏剧》这两部著作中囊括了丹娜对中国传统戏剧的研究。特别是《中国戏剧》对女性作家们补充了大量生动的说明。《亚洲戏剧》则是丹娜的最后一本着作，其中包括三个部分，分别是《古代戏剧能否长存》《永恒挑战》以及《亚洲戏剧艺术的生命传统》。由于本文不涉及中国戏剧的研究，所以在此只做简要介绍。

以上所述布拉格汉学学派的研究成果基本囊括了本文所有研究对象，布拉格汉学学派的研究成果纷繁众多。根据现任布拉格查理大学东方学研究主任——罗然的研究《超越学术与政治：了解二战后中国与捷克斯洛伐克汉学》和高利克在《捷克和斯洛伐克汉学研究》中的文章《雅罗斯拉夫·普实克和布拉格汉学学派》对布拉格汉学研究的介绍，罗然认为"从 1945 年布拉格查理大学开始将其（汉学）作为一门独立的学科直至 1959 年中苏分裂。[9]"这段时间是"布拉格汉学"的形成时期，在此期间布拉格汉学学派以普实克为主要角色，结合了其学生的研究结果以及各大会议的交流成果，中国现代文学研究得到了长足的发展。在罗然看来，1960 年中苏关系破裂开始，中捷之间国家层面的学术交流和留学生交换开始受到影响，但是由于捷克斯洛伐克开始掀起民主自由运动，再加之 1968 年"布拉格之春"的影响，实际上布拉格汉学的学术研究活动并未受到根本上的打击，依旧蓬勃发展。如此看来，从时间段上进行划分就可以将布拉格汉学学派的中国现代文学研究成果锁定在 1945 年以后，而大部分研究中国现代文学的成果基本都在 1945 到 1980 年间，这一时期布拉格汉学学派的中国文学研究成果将成为本论著重点关注的对象。此外，需要特别说明的是，因布拉格汉学学派著名汉学家高利克至今仍在汉学领域研究中国文学，他又是普实克最为重要的弟子之一、布拉格汉学斯洛伐克一支的主要代表人物，故本研究试图将高利克所有出版的中国现代文学研究纳入研究范围，这其中就包括 2017 年最新出版的专著《从歌德、尼采到里尔克：中德跨文化交流研究》。事实上，布拉格汉学团体至今仍然存

---

9 Olga Lomová and Anna Zádrapová ,"from 1945 when it was first established as an independent academic discipline at Charles University in Prague to 1959 when the Sino-Soviet split occurred." Beyond Academia and Politics: Understanding China and Doing Sinology in Czechoslovakia after World War II,from China Review ,The China University Press, 2014.

在，近些年来也出版了多部著作，但传统意义上的"布拉格汉学学派"还是指 1968 年"布拉格之春"运动之前布拉格汉学家的学术研究活动。如高利克所说："'布拉格之春'的压迫彻底结束了前捷克斯洛伐克中捷克领地上富有前景的发展。"[10] 在此之后，斯洛伐克汉学一支的高利克、安娜二人继续沿袭了此前布拉格汉学家研究中国现代文学的传统。

基于此，本专著的研究对象主要以 1945 年到 1980 年前后的布拉格汉学研究为主，研究内容上则选择中国现代文学研究以及与现代文学相关的古典文学研究为对象，选取的汉学家则以围绕普实克为中心的布拉格汉学家为主要人物。这些汉学家有着丰富的学术成果和严谨的学术传统，其对中国文学的研究深入且透彻，其研究路径不仅呈现出了相似性，还出现了承继性，对中国现代文学研究的发展起到了不可忽视的作用。所谓"承继性"，在布拉格汉学研究中表现为"师承关系"，这指的是学生对老师观点的传承和深化，与中国的"师生关系"不同，普实克并不完全是学生研究的"指导者"，他更是亲密的合作者和伙伴。布拉格汉学也并不是有着明确组织存在的汉学团体，实质上是普实克带领下一批对汉学感兴趣的捷克学者对中国学的一场多方位的探究。由此看来，他们之间的关系具有互为存在性，即普实克个人对其学生以及同事并非只存在单向影响，而是互相学习促进的过程。普实克在其中更像是一个精神领袖，带领着学术团体积极前进。在布拉格汉学研究当中，普实克与其他学者之间经常存在对共同观点的相互引用，对共识结论的相互佐证。从这个角度来说，布拉格汉学学派可谓是一个严密的具有鲜明特征的汉学研究团体，其对中国文学的研究自成一体，研究方法具有代际传承性。

二、国内外研究现状及存在的问题

目前，中国学界大部分的布拉格汉学研究停留于介绍作者的生平事迹、间歇做些简要评论的阶段。除对普实克有些许专论研究以外，对布拉格汉学的其他学者的研究成果并无深入的探索，造成这种现象的原因是多样而复杂的。首先，受两国政治环境的影响，捷克和斯洛伐克原为一个国家，斯洛伐克于 1993 年与捷克和平分离，此时，捷克国内政治环境复杂，学术研究自然受当时的政治环境影响。如王和达的译著《文心雕龙》，在 1969 年便翻译完

---

10 [斯洛伐克]马立安·高利克，《捷克与斯洛伐克汉学研究》，北京：学苑出版社，2009 年，第 170 页。

毕，由于政治原因，直至 30 年后才得以出版。而中国在上个世纪也经历了复杂的社会变革，这就导致了布拉格学派的汉学研究不能及时有效地为中国学界所接受。其次，语言问题。过去的中国学术界，英语世界的汉学研究占主导地位，小语种的汉学研究成果常常被边缘化，这不仅仅是因为英语世界国家的实力雄厚，还在于英语的广泛普及。那么，对于中国学者来说，英语世界的研究要易于小语种国家的研究。布拉格汉学研究的著作虽然有相当一部分被翻译成了英文和中文，但是更多有价值的研究是用捷克语和斯洛伐克语撰写的，这就增加了对其研究的难度。最后是国内学界的认识问题，从前学界对中国文学以及中国语言的研究存在一种看法，即中国文学以及语言文化的研究应由中国学者主导，国外学者的研究是片面而不忠实的。随着跨文化交际机会的增多，中国学者慢慢认识到，从海外汉学的研究中能够从客体的角度认识一个全新的中国学。

目前，虽然国内学者对布拉格汉学的研究停留在初级阶段，但已经有越来越多的人开始关注这个课题。具体来看，研究布拉格汉学的中国现代文学成果有张勇的《以中国为中心的文学观——布拉格汉学派的中国现代文学研究》，文中主要陈述了布拉格汉学的"中国"中心主义与英美汉学研究本质差异。另外，由于布拉格汉学起源之初捷克与斯洛伐克还未独立为两个国家，所以布拉格汉学如今 11,186 应包括捷克和斯洛伐克两个国家的汉学成果。国内有一部分学者主要关注捷克的汉学研究。目前这些学者致力于引介捷克汉学的历史和现状的工作上。这其中有徐宗才的《捷克汉学家》，这是较为早期介绍布拉格汉学家的翻译著作，原文由马立安·高利克用英文书写。后来这篇文章又被收入他的著作《捷克和斯洛伐克的汉学研究》的中文翻译版本当中。这篇文章涵盖了布拉格汉学家的生平事迹以及主要研究领域和代表著作，这使得它成为介绍布拉格汉学研究成果的重要参考文献。除此之外，关于捷克汉学研究的论文还有白利德作、徐宗才翻译的《捷克汉学研究概述》，文章主要讨论了捷克汉学的发展史，同样也是一篇较早介绍捷克汉学发展情况的文章。另外，还有姚宁的《捷克汉学简史和现状》、《捷克东方研究所》，由奥古斯丁·帕拉特作、王骏翻译的《19 世纪末至今的捷克汉学史》。[11]

---

11 本段涉及文章的出处依次为：张勇《以中国为中心的文学观——布拉格汉学派的中国现代文学研究》，载《兰州学刊》2016 年第 8 期、徐宗才《捷克汉学家》，载

另外，针对捷克汉学家个人著作的研究则主要面向普实克个人的较多。这与普实克在中国的声望息息相关。其中主要分为三类，一是介绍普实克的生平及研究成果，如《回忆捷克的鲁迅翻译者普实克博士》、《如何了解汉学家——以普实克为例》、《普实克的学术活动1943-1980》、《普实克和他的东方传奇》、《布拉格学派的领军人普实克》。二是将普实克与夏志清进行对比研究，对二者关于中国文学研究的方法和特点进行比较研究。主要有李昌云的《论夏志清与普实克之笔战》，张德强的《论夏志清〈中国现代小说史〉的文学史建构方式、文学史观和批评标准》，陈国球的《"文学批评"与"文学科学"——夏志清与普实克的文学史辩论》，赵小琪的《普实克与夏志清中国现代诗学权力关系论》，张慧佳、赵小琪的《普实克与夏志清中国现代诗学形象建构方式论》等，这些文章多数以"普夏之争"为背景，对二者的中国文学史的基本研究方法和研究路径进行探讨，但并未对普实克研究本身进行细致的品评。第三是对普实克的中国现代文学观点的一些解读，主要从两个角度进行研究，一是对普实克的文学史观进行分析。如路杨的《理论的张力：在史观与方法之间——重读普实克〈抒情与史诗：中国现代文学论集〉》，文章主要讨论了普实克的中国文学研究的方法，认为普实克将文学作品作为内部结构单元来书写中国文学的抒情性和叙事性体现了普实克文学研究中的"整体性"视野。而王静的《浅论普实克的中国现代文学研究——评〈抒情与史诗〉》，则主要陈述了普实克将中国文学反映现实的基本模式概括为抒情与史诗的结合，而马克思主义与结构主义的双重影响使得普实克的研究明显有别于其他中国现代文学研究的特征，这种价值评判却对自己左翼社会历史观的局限缺乏反省。尹慧珉《普实克和他对我国现代文学的论述——〈抒情诗与史诗〉读后感》总结了普实克的几个主要观点，与以上几篇论文不同，这篇文章主要讨论了普实克关于鲁迅、茅盾、郁达夫等几位中国现代文学家的研究，并从研究内容和研究方法的角度对普实克的研究进行了点评。陈雪虎的《史诗的还是抒情的？——试谈普实克的文学透视及其问题意识》则以更加诗意的语言来说明普实克运用"史诗"这

《中国文化研究》1996年第11期、白利德《捷克汉学研究概述》徐宗才译，载《东欧》1996年第2期、《捷克汉学简史和现状》、《捷克东方研究所》，载《国际汉学》2000年第2期、奥古斯丁·帕拉特《19世纪末至今的捷克汉学史》王骏译，载《国际汉学》2006年。

一概念来诉说中国文学的内涵。他认为"普实克启用史诗的概念并非指向西方古典的范畴，显然更与卢卡奇'小说'理论气息想通，指向资本主义世界形成以来的市民史诗内涵。"文章将普实克与卢卡奇联系起来，通过"史诗"这一意象来讨论二者为何具备同样的问题意识。作者认为普实克的"整体性"思想受到了卢卡奇"总体性"思想的深刻影响，他的文学史观处处闪现了马克思主义者的光辉。[12]

在对普实克的研究中，除对他的文学史观和文学思想的解读，还有对文学批评研究的分析。如费冬梅的《"怀旧"的主题与形式——对普实克论文的再讨论》，文章中探讨了被普实克重新定位的鲁迅作品——《怀旧》，并分析了他对文章形式层面所做的研究。刘燕的《从普实克到高利克：布拉格汉学派的鲁迅研究》则主要介绍了普实克、高利克、米莲娜三位布拉格汉学学者的鲁迅文学作品研究，并认为三者都受到了结构主义的影响，遗憾的是，这篇文章并没有对三人的研究进行内容上的对比分析。杨玉英、廖进的《普实克的郭沫若早期小说研究——〈中国文学的三幅素描：郭沫若〉》则主要节选了普实克对郭沫若文学作品的研究，文章较为全面地呈现了普实克的观点，但作者并没有对其进行评价。除以上谈到的普实克研究外，国内学者还对他在布拉格建立的鲁迅图书馆进行了大量的引荐。有《汉学家普实克

---

12 本段涉及文章的出处依次为：戈宝权《回忆捷克的鲁迅翻译者普实克博士》，载《鲁迅研究月刊》1990 年第 3 期、陈国球《如何了解汉学家-以普实克为例》载《读书》2008 年第 1 期、白利德《普实克的学术活动 1943-1980》李梅译，载《国际汉学》2009 年第 1 期、陈漱渝《普实克和他的东方传奇》载《上海鲁迅研究》2010 年第 1 期、《布拉格学派的领军人普实克》，载《湖南人文科技学院学报》，2009 年第 5 期、李昌云《论夏志清与普实克之笔战》，载《西华大学学报（哲学社会科学版）》2008 年第 2 期、张德强《论夏志清〈中国现代小说史〉的文学史建构方式、文学史观和批评标准》，吉林大学硕士论文 2006 年、陈国球《"文学批评"与"文学科学"——夏志清与普实克的文学史辩论》，载《北京大学学报（哲学社会科学版）》2011 年第 1 期、赵小琪《普实克与夏志清中国现代诗学权力关系论》，载《广东社会科学》2014 年第 5 期、张慧佳、赵小琪《普实克与夏志清中国现代诗学形象建构方式论》，载《中南民族大学学报（人文社会科学版）》2014 年第 6 期、路杨《理论的张力：在史观与方法之间——重读普实克〈抒情与史诗：中国现代文学论集〉》，载《云梦学刊》2014 年第 6 期、王静《浅论普实克的中国现代文学研究——评〈抒情与史诗〉》，载《文学界理论版》2013 年第 1 期、尹慧珉《普实克和他对我国现代文学的论述——〈抒情诗与史诗〉读后感》，载《文学评论》1983 年第 3 期、陈雪虎《史诗的还是抒情的？——试谈普实克的文学透视及其问题意识》，载《中国图书评论》2014 年第 2 期。

造就的布拉格"鲁迅图书馆"》、《鲁迅、普实克与捷克的鲁迅图书馆》、《鲁迅图书馆与越南村》。这些论文都高度评价了普实克为中国文学所做出的贡献。[13]

除以上研究外，刘云多年来对普实克进行了系列专题研究，她在武汉大学的博士学位论文《普实克中国现代文学研究的科学主义倾向》是目前较为深入研究普实克汉学著作的专论。文章主要讨论了普实克汉学研究的特点，从普实克的文学观念研究、文学功能研究、文学叙事研究、文学类型研究等几个角度来分析。遗憾的是，论文的研究对象较少，主要对普实克的两部已被翻译成中文作品的专著进行了挖掘，这就难免使得其论述具有一定的片面性。虽然如此，值得肯定的是，刘云追溯了普实克中国现代文学研究的思想文化渊源，梳理其中国现代文学研究的脉络体系、理论框架以及对中国现代文学研究发展的影响，并且对普实克在中国现代文学学术发展史中的价值与地位进行了重新评价。此外，刘云另有论文《普时克论中国文学的抒情传统》则认为普实克将中国文学看作是中西文学抒情结合的产物。而《中国文学的整体观及其独特性》则认为普实克将中国文学放入了历史发展的角度，并由此来讨论普实克的中国文学整体观和抒情观。此外，她的《结构主义视域下普实克中国现代文学审美功能论——由"普夏之争"说起》和《由"普夏之争"论普实克文学研究的科学化路径及其理论价值》则从普实克与夏志清的论战的角度探索二者关于文学研究的科学路径和其理论贡献。刘云认为普实克倡导的科学化路径有三："第一，文学研究的目的是发现客观真理；第二，文学研究的态度是克服个人偏见；第三，文学研究的方法是历史视角和系统分析。"普实克以一种更加客观的角度来审视中国文学的发展和体系。总的来看，刘云研究普实克的著作主要从以下几个方面进行。首先，以"普夏之争"为背景，对普实克研究中国文学的科学化路径进行研究。其次，研究普实克对汉学研究的科学主义倾向。最后是普实克

---

13 本段涉及文章的出处依次为：费冬梅《"怀旧"的主题与形式——对普实克论文的再讨论》，载《现代中文学刊》2015 年第 2 期、刘燕的《从普实克到高利克：布拉格汉学派的鲁迅研究》，载《鲁迅研究月刊》2017 年第 4 期、杨玉英、廖进《普实克的郭沫若早期小说研究——〈中国文学的三幅素描：郭沫若〉》，载《现代中文学刊》2012 年第 5 期、徐伟珠《汉学家普实克造就的布拉格"鲁迅图书馆"》，载《北京第二外国语大学学院学报》2016 年第 4 期、张娟《鲁迅、普实克与捷克的鲁迅图书馆》，载《上海鲁迅研究》2017 年第 1 期、长安《鲁迅图书馆与越南村》，载《书城》2017 年第 5 期。

在结构主义和马克思主义的影响下对中国文学的解读。总之，刘云对普实克的成果研究较为立体、系统而深刻。[14]

　　除普实克之外，捷克汉学家米莲娜也被国内学者所重视。冉正宝的《文学史的描述和结构主义的文本分析——捷克汉学家米莲娜〈从传统到现代〉对中国晚清小说的解读》主要认为米莲娜受结构主义和形式主义的影响，她研究中国文学的方法值得中国文学界借鉴。[15]

　　布拉格汉学的另一大谱系是斯洛伐克汉学。由于捷克和斯洛伐克特殊的历史渊源，斯洛伐克汉学也有着布拉格汉学的理论血统。文章《当代斯洛伐克的中国研究》主要介绍了从上个世纪至今的斯洛伐克汉学家和汉学研究的现状。斯洛伐克最重要的布拉格汉学家当属高利克，学界对高利克的研究较多。陈圣生的《高利克的〈中国现代文学批评发生〉的简介》开始将高利克的著作引入中国。另有述闻的《奥·克拉尔、高利克访问红楼梦研究所》则简要介绍了一次高利克的到访。孙中田则发表《高利克印象——〈中西文学关系的里程碑〉》，主要从比较文学的角度对高利克的中国文学批评进行研究，他认为高利克允分运用了比较文学"影响研究"的方法且受到了"原型批评理论的影响"，并把中国文学放在"接受—创造过程"中进行研究。王炜的《"对抗性"与文学接触的踪迹——高利克关于现代中国文学国外因素及其转化的论述》则主要将中西文学的"对抗性"作为重点讨论，他认为高利克揭示了在创作和批评两个层面现代中国文学所接受的外国影响。高利克认为由于中西文化的差异，文学之间的连续性是通过某种对抗来实现的。在文学创作上的对抗性主要表现在意象（母题）的源生和接受者之间的变异，而在批评实践上的对抗性主要表现为在大致相同的理论框架内，对特定观念、语词在不同语境中的价值偏爱。彭松的《对抗与交融中的中西文学关系——论高利克

---

14 本段涉及文章的出处依次为：刘云《普实克中国现代文学研究的科学主义倾向》，武汉大学博士论文 2014 年、《普时克论中国文学的抒情传统》，载《安徽大学学报》2015 年第 1 期、《中国文学的整体观及其独特性》，载《河南大学学报（社会科学版）》2016 年第 6 期、《结构主义视域下普实克中国现代文学审美功能论——由"普夏之争"说起》，载《新疆大学学报（哲学人文社会科学版）》2016 年第 4 期、《由"普夏之争"论普实克文学研究的科学化路径及其理论价值》，载《中山大学学报》2017 年第 2 期。

15 本段涉及文章的出处为：冉正宝的《文学史的描述和结构主义的文本分析——捷克汉学家米莲娜〈从传统到现代〉对中国晚清小说的解读》，载《齐齐哈尔大学学报》2000 年第 2 期。

的中国现代文学研究》则认为，高利克深入考察了文学形态内在的创造性变化；同时又密切追踪中国现代文学批评发展的轨迹，在宏大的社会历史总体结构中探寻批评家本身的"变量"意义。《汉学大师高利克》主要介绍了高利克的研究和他在中国学习的生平事迹。同样，《瞿秋白研究文丛》发表了汤淑敏的《高利克和他的瞿秋白研究》，这篇文章也介绍了高利克的生平以及学术专著。此文丛还于 2013 年登载了《毕克伟对高利克、施耐德的评价》。唐均的《高利克与红学》则主要梳理了高利克红学研究的过程与脉络。文章基本上囊括了高利克关于红楼梦的研究，据此便可以看出高利克研究世界文学的视野、文本细读的手段和结构剖析的模式在具体作用于文本时的水乳交融，同时昭示了上述研究之于红学的启迪意义。而张勇的《高利克的中国现代文学研究及启示》则仔细讨论了高利克如何运用系统—结构的方法研究中国文学的路径。[16]

除以上研究高利克作品的文章外，一些学者也对高利克的访谈进行了记录，这之中有余夏云、梁建东的《现实与神话——汉学家高利克教授访谈》，杨治宜的《中国情铸五十秋——汉学家高利克访谈录》，刘燕的《漫漫求索之路：汉学家马瑞安·高利克博士 80 寿辰访谈》。这些记录都有力地说明了高利克对中国文学研究之深、之热爱。国内学者中，目前还有一位专门研究高利克的学者——杨玉英。她翻译整理的《马立安·高利克的汉学研究》在 2015年由学院出版社出版，这本著作比较全面地展现了高利克的中国文学研究成果。遗憾的是，由于语言的限制，著作中主要就高利克的汉语和英语论著进行了讨论，并未对高利克其他语言书写的论文进行总结和介绍。除此之外，杨玉英还发表了以下几篇研究高利克的论文，其中《茅盾论文人、文学的本

---

16 本段涉及文章的出处依次为：赵燕平《当代斯洛伐克的中国研究》，载《国外社会科学》2011 年第 4 期、陈圣生《高利克的〈中国现代文学批评发生〉的简介》，载《中国现代文学研究丛刊》1987 年第 2 期、述闻《奥·克拉尔、高利克访问红楼梦研究所》，载《红楼梦学刊》1990 年第 1 期、孙中田《高利克印象——〈中西文学关系的里程碑〉》，载《文艺争鸣》1993 年第 5 期、王炜《"对抗性"与文学接触的踪迹——高利克关于现代中国文学国外因素及其转化的论述，载《山西大学学报》2007 年第 1 期、彭松《对抗与交融中的中西文学关系——论高利克的中国现代文学研究》，载《兰州学刊》2009 年第 3 期、王勇《汉学大师高利克》，载《国际人才交流》2009 年第 10 期、汤淑敏《高利克和他的瞿秋白研究》，载于《瞿秋白研究文丛》第六辑、唐均《高利克与红学》，载《红楼梦学刊》2015 年第 6 期、张勇《高利克的中国现代文学研究及启示》，载《中国现代文学研究丛刊》2016 年第 6 期。

质及其功能——谨以此译文献给高利克先生八十岁生日》和《马立安·高利克的茅盾研究》，主要翻译并介绍了高利克茅盾文学的研究经过和成果。《玛利安·高利克的郭沫若唯美——印象主义批评研究》则主要介绍了高利克的郭沫若研究。另有何俊的《一位斯洛伐克汉学家眼中的郭沫若——评杨玉英的〈马立安·高利克的汉学研究〉》，此文主要对杨玉英的著作进行了分析和评价。[17]

　　与此同时，除大陆学者外，港台学者与国外学者目前也有一些针对布拉格汉学的研究。例如，前文提到的《超越学术与政治：了解二战后中国与捷克斯洛伐克汉学》，这篇文章作者是现任布拉格查理大学东亚研究所主任罗然，她在文中介绍了二战后布拉格汉学的研究成果，这对研究当代布拉格汉学具有一定的借鉴意义。而《后共产主义国家的汉学：来自捷克、蒙古、波兰和俄罗斯的观点》，则是台湾学者石之瑜从社会学的角度对后社会主义国家汉学进行的学术探讨。另有《在汉学和社会主义之间：20 世纪 50 年代捷克汉学家的集体记忆》是郑得兴围绕普实克学生的回忆录从集体记忆的角度对布拉格汉学的发展历程以及社会政治环境进行的深入探讨。林莳慧的《捷克汉学家话语中"中国"身份的语言选择》则主要从语言学的角度研究布拉格汉学学者在语篇中对"中国"一词的认同，利用批评话语分析理论对布拉格汉学研究成果进行分析。[18]

17　本段涉及文章的出处依次为：余夏云、梁建东《现实与神话——汉学家高利克教授访谈》，载《书城》2010 年第 3 期、杨治宜《中国情铸五十秋——汉学家高利克访谈录》，载《国际汉学》2017 年第 1 期、刘燕《漫漫求索之路：汉学家马瑞安·高利克博士 80 寿辰访谈》，载《国际汉学》2014 年第 1 期、杨玉英《茅盾论文人、文学的本质及其功能——谨以此译文献给高利克先生八十岁生日》，载《茅盾研究》第 12 辑、《马立安·高利克的茅盾研究》，载《茅盾研究》第 13 辑、《玛利安·高利克的郭沫若唯美-印象主义批评研究》，载《郭沫若与文化中国——纪念郭沫若诞辰 120 周年国际学术研讨会论文集上卷》2012 年、何俊的《一位斯洛伐克汉学家眼中的郭沫若——评杨玉英的〈马立安·高利克的汉学研究〉》载《郭沫若学刊》2016 年第 1 期。

18　本段涉及文章的出处依次为：Olga Lomová and Anna Zádrapová, Beyond Academia and Politics: Understanding China and Doing Sinology in Czechoslovkia after World war II. China Review .The China University Press, 2014; CHIH-YU SHIH, Sinology in Post-Communist State: Views from the Czech Republic ,Mongolia, Poland and Russia,Hong Kong Chinese University Press, 2016 ; Ter-Hsing Cheng,Between Sinology and Socialism: Collective Memory of Czech Sinologists in the 1950s .Mogolian Journal of International Affairs, 2014;Melissa Shih-hui Lin ,Linguistic choices for the identity of "China"in the discourse of Czech Sinologists.Mongolian Journal of International Affairs , 2014.

综上所述，以上国内外研究现状可以总结为以下几个问题。首先，目前国内此类的研究多数致力于汉学家个体的研究成果进行分析，而对布拉格汉学的整体宏观认识不足。其次，布拉格汉学在国内的研究并未形成一个完整的体系。个别学者仅对某个汉学家的研究进行解读，缺乏对布拉格汉学系统性的梳理和认识。再者，国内有关布拉格汉学的研究多主要关注布拉格汉学与结构主义的关系，较少重视布拉格汉学的东欧马克思主义基因以及马克思主义符号学的理论基础。最后，目前国内学者对布拉格汉学的最新发展方向认识不足。就台湾以及国外相关研究成果而言，目前多数学者主要停留在对布拉格汉学家生平事迹的解读阶段，这其中包括社会学、语言学等多方面的成果，这与国内目前的研究现状存在的问题较为一致。实质上布拉格汉学学派是以普实克为首的自成体系的中国学研究团体，学派内部各汉学家有各自的研究领域，互不重叠，各有分工。在统一的理论指导和方法论影响下，形成一套逻辑严密，内容丰富，材料完整的学术共同体。研究布拉格汉学，应该秉持对学派的整体认识，不能够单纯从个别汉学家的研究成果的角度进行评价和分析。处理好局部与整体之间的关系，才能正确地认识汉学家们的研究成果。

三、阐释方法

基于目前国内研究现状的缺陷，本著作主要从以下几个方面进行补足。

一方面从材料选择的角度来看。目前，布拉格汉学学派的中国现代文学研究成果有相当一部分已经被翻译成中文并出版，国内学者大都在这部分中文译本的材料基础之上进行引介研究。基于此，本人搜集整理现有的中译本材料，试图探求布拉格汉学研究的理论阐述模式。中译本是目前研究布拉格汉学的主要材料之一，从引介研究进入文本研究是必要的工作。其次，布拉格汉学家有相当一部分英文撰写的著作，这部分著作几乎囊括了中国现代文学研究的所有学术成果。这些材料的来源主要来自海外，这将作为本书的主体被细致地解读分析。这两部分材料将基本涵盖布拉格汉学关于中国现代文学的所有研究成果。这里需要特别说明的是，由于涉及到的研究对象众多，研究成果浩如烟海，以一人之力不能穷尽布拉格汉学的中国现代文学研究。再加之该学派兴盛于二十世纪五、六十年代，此时研究成果最为丰富，当时该学派研究课题主要着眼点于在文学界引起强烈反响的中国现代文学。所以本书的研究对象基本都产生于这个时期，同一时期的研究成果能够形成完整的逻辑体系，正是基于此等原因，本论著才将取材范围限定为布拉格汉学学派在二十世纪中后期的中国现代文学研究成果。

另一方面则集中在研究方法上。本研究将通过对材料的梳理，理清布拉格汉学家研究中国现代文学的基本脉络，师生之间的传承模式，以及研究中国文学的理论范式。除此之外，还将通过对比英美汉学、布拉格汉学、中国本土研究三个方面的研究成果，研究三者之间的融合与对抗关系，探讨布拉格汉学家研究中国文学的独特之处。目前国内学者普遍认为，布拉格汉学家主要受到了布拉格结构主义、俄国形式主义、东欧马克思主义的影响。这种影响是多方面的、也是多角度的。既有历史发展的因素，又有学派本身师承关系的影响。通过在海外搜集研究材料的过程中可以发现，除以上理论范式的影响之外，布拉格汉学家还运用了传记批评方法来研究中国现代文学，这一结构主义视角下的批评方法曾被布拉格汉学家广泛运用到各个汉学领域的研究中。由此，本论著从以下几个角度对布拉格汉学进行阐述。第一是布拉格汉学学派的马克思主义理论阐释模式研究。布拉格汉学学者与东欧马克思主义密切相关，布拉格汉学奠基人普实克与东欧马克思主义文艺理论家代表卢卡奇曾是好友兼同事，普实克的汉学研究深受马克思主义理论思想的影响。那么，布拉格汉学学者如何从马克思主义理论的角度阐释中国现代文学就成为此问题的研究重点，同时，这也从侧面印证了由国内学者提出的布拉格汉学研究是以"中国"为中心的汉学研究的观点。第二，在进入中国现代文学研究之前，因研究对象的国别差异，布拉格汉学家运用了欧洲传统的文学批评方法，即传记批评方法。对中国作家如茅盾、冰心、郭沫若等人的生平事迹进行了评介研究。布拉格汉学学者相信通过这样的方法能够清晰地认识中国作家所处的时代背景，对进一步研究作家作品有着至关重要的作用。事实上，这部分传记批评研究成果奠定了布拉格汉学学派对中国现代文学的基本认识——即中国现代文学的主观主义和个人主义倾向。必须要注意的是，布拉格汉学的传记批评研究并不是对作家个人事迹的无差别的白描，而是将作家放入个人书写史的结构当中，构建文学结构外部世界的有机系统。这成为布拉格结构主义视阈下汉学研究的重要组成部分。另外，就文本内部结构而言，布拉格结构主义代表人物穆卡洛夫斯基与俄国形式主义理论家什克洛夫斯基的理论观点为布拉格汉学家所广泛应用。由此就形成了结构主义方法论下的文学研究的阐述模式，这主要表现在文学文本的内部结构研究上。虽然国内学者也讨论过这一话题，但这些理论上的阐释并不深入透彻。通过研究布拉格汉学学派在叙事结构、叙事手法领域的中国文学研究能够发现布拉格汉学学者评介中国现代文学的系统—结构方法。第三，经过漫长的探索中国文学史的历程，布拉格汉学学者逐渐打开了比较文学研究的视野。从中西文学之间的关系来考察不同民族之间的相互作用力，进而比较文学阐释模式成为布拉格汉学学派研究中国文学的重要方法之一。总之，布拉格汉学将"史"引入文学评论当中，突出了历史维度在文学研究中的地位。由于社会历史因素的介入、师承关系的维系，布拉格汉学的理论传承有着自己独特的特点，这也成为了国别化汉学研究的一个典型案例。值得注意的是，以上各类研究模式并非布拉格汉学独有的研究方法，英美汉学家以及国内学者的研究中，对中国现代文学的探讨也时常需要运用以上研究方法，通过比较研究可以发现这当中的异同。由此可见不同国家学者对中国现代文学的理解程度受其自身的教育背景和身份认同的影响。

　　针对布拉格汉学研究的上述问题，本论著力图在三个方面实现创新。首先是研究视野上的创新。一是整理布拉格汉学家的中国现代文学研究成果，对学派内部各汉学家的研究方法进行归纳、总结。二是通过对比分析各汉学家的研究思路和方法，为布拉格汉学研究建立理论传承谱系，并对该学派产生的成因进行研究和讨论。三是通过布拉格汉学研究与其他英美汉学家以及国内相关中国文学研究的对比分析，以跨文化传播的角度来分析三者之异同。

　　其次是研究方法上的创新。布拉格汉学学派奠基人普实克提出要将历史维度纳入对文学文本的分析当中来。在布拉格汉学家的中国文学研究中，可见历时的角度被广泛地用作分析作家文本的方法中，而对系统与结构的把握也是布拉格汉学研究的主要特点之一。本研究也借鉴了布拉格汉学的研究方法，以历时的眼光来分析布拉格汉学的发展脉络，力求在方法上取得创新性的成果。除此之外，本文也将采用总体性方法与文本细读、经典文献的重释、最新文献译介、理论比较和跨学科意识相结合等方法展开论文的研究。一是总体性方法与文本细读相结合的方法。本文需要对布拉格汉学的研究有一个总体性的认识。要针对布拉格汉学家的代表著作进行深入分析，并找到他们共同的理论来源和理论基础。这既需要一个宏观的总体认识也需要一个微观的问题意识，在文本细读的同时对其研究要有一个总体脉络的把握。二是经典文献的重释与最新文献译介的结合。本论著对几位布拉格汉学家为代表的经典文献进行再读，并对最新的译介成果进行跟踪，以此来分析布拉格汉学理论发展的最新动向，以求梳理中国现代文学研究在布拉格的发展历程。三是理论比较和跨学科意识相结合的方法。理论比较是本文的重中之重，布拉格汉学是一个以中国为中心的汉学研究学派，但其理论基础又与西方文学理论密不可分。各学者之间又有着千丝万缕的联系，这其中有政治、历史、社会等种种因素掺杂其中。此外，比较文学研究不仅可以对比文学之间的异同，同时也能够比较文学研究之间研究方法的异同。本研究试采用比较文学方法做比较的比较，也就是对比各国学者对相同目标对象研究的异同。最后，跨学科意识是每位学者必备的技能，布拉格汉学研究涉及语言学、社会学、文学等多个学科领域，本专著也会特别注意这一问题。

三是研究内容上的创新。内容上的创新往往来源于材料上的积累，本人经过布拉格、加拿大、中国海内外三地搜集材料整理之后，将对布拉格汉学家包括米莲娜、王和达、史罗大、玛歇拉、安娜等人的研究进行梳理解读，这些材料多数属于首次被引入国内研究，具有较强的创新意义。另外，布拉格汉学的中国文学研究纷繁复杂，在传统的译介研究基础上，综合比较文学影响研究和平行研究的方法，对内容自身进行归纳探讨并与国内的相关研究进行对比也不失为一个崭新的研究内容。

四、研究布拉格汉学的意义

捷克作为"一带一路"国家政策的参与国，虽地处中欧，但素来被学者认为是东欧国家的主要成员国之一。捷克斯洛伐克原为社会主义国家，随着东欧剧变、苏联解体之后，捷克成为资本主义国家。经历了几十年的发展变化后，那段社会主义的历史记忆逐渐被捷克忘记，也被世界人民忘记，曾经红极一时的汉学研究中心也因为社会变革而突然衰落。在这之后，英美汉学彻底主导了国际汉学研究的主要发展方向。如果将历史比作一个被多个玻璃横截面包裹的发光体，那么每一个横截面都会根据发光体的颜色变化而折射出不一样的光芒。在历史的洪流中，布拉格汉学正是一个在不断发展变化着的横截面，它的兴衰也折射了世界话语权在以苏联为首的社会主义阵营与以美国为首的资本主义阵营之间的角逐转换。那么，研究布拉格汉学的终极意义也正体现于此。

布拉格汉学学派最初由普实克建立，在社会主义运动席卷世界之时，普实克也成为了捷克共产党的一员。怀着对社会主义中国的同情和热爱，普实克曾多次来到中国，并与当时的现代文学作家进行了亲密的交流。不得不说，这为普实克及其弟子的汉学研究工作打下了坚实可靠的基础。由此可见，研究布拉格汉学也是对我国现代文学史的重新解读。从某种意义来说，布拉格汉学家相较于其他英美汉学家更注重还原中国现代文学的真实面貌，客观科学地还原文学发展的历史轨迹，强调布拉格汉学对中国现代文学的贡献，则是强调一种以"中国"为中心的话语体系，以"中国"为"中国"的西方视角的建立。同时，与其他英美汉学学者的对比研究，也能够显现布拉格汉学研究体系的优势与不足之处，这就为我国学者研究中国现代文学提供了的参考系。反观国内学者的研究，对比与布拉格汉学之间的异同，能够比较"他者"视角与本土视野之间的差异，海外汉学与本土学者的研究之间也存在着主体"间性"。参照高利克所运用的"文学间性"理论，二者之间同样存在着互为影响、相互对抗的"文学间"进程。海外汉学为中国现代文学的研究提供了理论支持，中国本土学者在批评的过程中接受了部分海外汉学的理论研究方法，这样就产生了中国本土的现代文学批评研究成果。那么，中西文学批评之间的对抗交融现象也就成为了本研究的重点关注对象之一。

海外汉学研究已有20余年的发展历史，学界对东欧国家的汉学研究一直处于初级阶段，目前多数关于布拉格汉学的研究都停留在介绍、翻译的阶段上，对布拉格汉学学派研究的理论探讨较少。布拉格汉学深受欧美批评理论的影响，对中国文学的批评有着独到的见解。从理论的角度对它的研究特点以及研究成果进行梳理，是当前国内学界对此领域研究的必经之路。基于此，本文试图在原有的评介研究的基础之上，对布拉格汉学家的中国现代文学研究进行理论层面上的整理。关注汉学学者的研究内容，思考该学派研究的理论范式，提出研究海外汉学的理论方法。紧跟学术研究前沿问题，探讨海外汉学研究方法是目前学界的热门话题。海外汉学研究包括语言、文化、政治、军事、历史等多个课题，目前经常被提及的领域还属于文学文本的翻译和阐释范畴。那么确立海外汉学文本研究的理论框架则可以为未来其他领域的汉学研究提供理论范式。

从国家发展的层面上看，关注海外汉学的发展是国家综合实力强大以及国际地位攀升的体现。现代中国作为一个全新的民族品牌需要考察自身在世界市场中的影响力，海外汉学是用户体验的一个重要调查窗口。文学作为民族文化的重要组成部分，精神文明的输入工具，必然需要首当其冲地作为研究对象进行剖析。本课题的研究目的不仅是将几近被人遗忘的布拉格汉学家的研究成果重新评价和定义，也是在英美汉学主导的场域中，为中国现代文学的评价体系提出新的参评标准。布拉格汉学学派从亚洲文学乃至世界文学的角度确立了中国现代文学在世界文学史上的价值和地位，打破了英美汉学的价值定位，为单一的英美汉学话语体系提供了新的视角和理论方法。诚然，对中国现当代文学的批评已经成为布拉格汉学的历史，但重新肯定它的价值更有利于建立我国的文学评价体系，世界文学批评话语体系。此外，除布拉格汉学之外，其他东欧国家如匈牙利等还有大量的汉学研究成果没被人挖掘。研究布拉格汉学仅仅是为了敲开研究东欧汉学的一把钥匙。这扇东欧汉学之门被打开之后，相信会有越来越多的学者投入其中，挖掘更高质更丰富的汉学研究成果以充实海外汉学研究的宝库。

综上所述，研究布拉格汉学学派的中国现代文学成果为研究布拉格汉学提供了理论研究基础，是东欧汉学研究的敲门砖。在共建新的经济共同体、人类共同体之前，需要明确各国在文化上、历史上的亲善程度。如此，才能更为顺利地谈合作、求发展，进而实现中华民族文化的复兴。

第二章　马克思主义视阈下的中国文学研究

马克思主义理论是布拉格汉学家研究中国文学的基础，在众学者的研究中，时刻闪烁着马克思主义的光辉。这其实与普实克本人的观点密切相关，在普实克看来，中国新文学是："打破旧的意识形态，坚持一种新的唯物主义世界观，清算封建文学，建立现实主义的现代文学同时重新评价全部文学遗产，发掘其中的民间的和进步的成分——所有这一切任务都要由这一代作家来完成。因为这一代人从整个生活方式、思想和感情上都脱离了过去统治阶级的文人和官吏的影响，站到了劳动阶级即无产阶级和农民的立场上。"[1]显然，普实克认为新文学产生的基础是新的社会阶级的产生，文人打破传统的文学模式，从新阶级的视角来看待文学和创造文学。马克思主义倡导劳动阶级即无产阶级打破资产阶级统治，创造一个以唯物主义精神主导的新世界。这一观点，不仅贯穿了普实克对中国现代文学的所有研究，也影响了布拉格其他汉学家的研究思路，成为了布拉格汉学家研究中国现代文学的根本观点之一。本章就布拉格汉学的马克思主义理论阐释模式进行深入探讨。

---

1 [捷]雅罗斯拉夫·普实克《普实克中国现代文学论文集》，李燕乔等译，长沙：湖南文艺出版社，1987年，第54页。

第一节　文学是作者经验下社会历史的反映

一、马克思主义的文学史观

　　"文学"和"历史"之间的关系是文学研究领域的一个基本问题。布拉格汉学是一个主要由师生关系组成的学派，这就决定了其成员共同的老师——普实克影响了整个学派的发展走向。普实克早期是捷克斯洛伐克共产党的成员，这不仅奠定了他研究中国文学的基本视角，也决定了普实克运用马克思主义理论的观点来审视"文学"与"历史"的关系。文学史观是研究文学的宏观理论基础。研究布拉格汉学的文学史观，就要从普实克的中国古代文学研究谈起。普实克认为文学反映社会历史的发展方向，也是作者社会经验的反映，这一观点贯穿了他研究中国文学的主体脉络。在《中国历史与文学——1970 年以来的学术论文集》当中，普实克讨论了文学与历史之间的关系，"文学和历史一样；相同的感知现实存在于两者的背景中，以此决定了它们的形式。"[2]由此看来，普实克的文学史观深受马克思主义的影响。也就是说，文学同历史一样具有相同的特性，感知现实的过程中反映现实，在发展的过程中记录了社会历史的变迁。从这个角度来说，普实克的文学史观带有一种"社会史视角"的意识。周维东认为："换句话说即'一个时代有一个时代之文学'，文学研究要追究种种'价值判断'的兴起，就必须回归到社会史的广阔空间中。"[3]文学反映所处时代的历史，是社会生活的重要组成部分，这强调的是文学的社会功用。在周维东看来，"重新认识文学与社会的关系，文学不是外在于社会自成一个世界，而是社会生活的一个部分，它与社会之间的关系具有多元性。"[4]这与普实克的基本观点具有相似之处。国内学者朱晓进认为，20 世纪 50 年代，学界进入到了集体编写文学史的高峰期，此时的文学史观呈现出历史唯物主义的特点，这个阶段也正是布拉格汉学家研究中国现代文学的高峰期。朱晓进说："由于强调社会存在与社会意识的关系问题，文学现象的政治经济等社会的背景受到了充分的关注，这帮助人们从一个相当重

2　Jaroslav Průšek,"With some exaggeration I would formulate my thesis as follows: as literature is, so is history; the same perception of reality is in the background of both and determines their form." Chinese History and literature.Prague: Czechoslovak Academy of Sciences, 1970.p.17.

3　周维东《大文学史的边界》，载《扬子江评论》2017 年第 4 期。

4　周维东《大文学史的边界》，载《扬子江评论》2017 年第 4 期。

要的方面去认识文学现象的原始起因和最终决定因素，使许多文学现象的存在之由、变迁之故得到了更加合理的解释。"[5]这样，文学作为社会精神生活的重要反映就被纳入社会发展的变迁史之中。这一点还可以从著名的"普夏之争"中看出端倪。

实质上，"普夏之争"从侧面证实了布拉格汉学的马克思主义文学史观。分析普实克的《中国现代文学史的根本问题——评夏志清的〈中国当代小说史〉》一文可以发现，他认同中国文学中左翼文学的立场，并肯定了文学的社会功用，即文学与政治、社会革命之间的关系。"假如他着手描述一下这一文学革命的社会背景，他就会做出合乎逻辑的回答。然而，在这些方面，他从未做过努力，因为那样一来就马上明显地表明，马克思主义理论家们把新文学于其中发展起来的这一时期称为旨在扫除封建主义余孽和反抗外国帝国主义的革命时期是完全正确的。"[6]从普实克反对夏志清的观点中可见，他肯定中国文学中的马克思主义倾向。在中国文学研究的方法上，普实克认为夏志清"未能把他在研究的文学现象正确地同当时的历史客观相联系，未能将这些现象同在其之前发生的事件相联系或最终同世界文学相联系。"[7]显然，他认为夏志清评论中国文学过于主观，其立场是站在资产阶级文学背景之上的。实际上，夏志清的确存在普实克提出的问题，朱晓进认为："'英美模式'的不注重体系，实际上也容易忽略文学历史的演进规律，如果止于考证，止于作品欣赏，止于单个作品的分析，缺少以文学史观对文学现象的统摄，文学史研究的'史'的品格便会丧失。"[8]由此看来，普实克与中国学者都看到了英美模式体系下，对文学缺乏史学的探寻会造成削弱文学作为社会历史发展中重要元素的地位。文学史的失格就将文学置于静态的环境当中。所以，普实克在受马克思主义影响同时在当时本国社会主义国家的意识形态背景下就能够对中国的无产阶级文学、革命文学有着更清晰地认识。这种认识基于历史唯物主义史观的基础之上，认为作家所处的社会环境决定了作家创作的底层结构和思想，这样就能够使人们从阶级和社会学的角度去理解社会生活如何

---

5 朱晓进《二十世纪中国文学史观的反思》，载《中国社会科学》2006 年第 1 期。

6 [捷]雅罗斯拉夫·普实克《普实克中国现代文学论文集》，李燕乔等译，长沙：湖南文艺出版社，1987 年，第 216 页。

7 [捷]雅罗斯拉夫·普实克《普实克中国现代文学论文集》，李燕乔等译，长沙：湖南文艺出版社，1987 年，第 220 页。

8 朱晓进《二十世纪中国文学史观的反思》，载《中国社会科学》2006 年 01 期。

通过作家这个中介反映在文学作品当中。那么，作家的文学史从某种意义上来说就成为作家的生活史，进而就进入了社会史的视野当中。

再看国外学者里昂在《"文学科学"和"文学批评"：普夏之争》中，总结了两句话来概括普实克和夏志清的观点，即普实克的文学史观是"真诚地努力掌握整个复杂的过程，并以客观公正的方式展现它。"[9]这是一种科学客观的文学史观。而夏志清的文学史观是："文学史家的首要任务总是发现和评价优秀。"[10]他的文学史观更重视文学史的主体性，即对文学作品的主观评价和定性。普实克与夏志清截然不同的文学史观其实代表了两种主流的史学视角，"夏志清是一名在耶鲁大学接受培训的中国学生，耶鲁大学是美国'新批评'文学批评学派的堡垒，夏志清在他的中国文学评论中使用了欧洲文学的基准，他的思想倾向于英美自由主义，他强烈反对共产主义和共产主义政权。普实克过去和他对中国的想象变得越来越依恋，如果我们考虑到他的政治思想，不难理解他的同情心：他最初被国家自由化吸引，后来在社会主义中找到了自己的理想。"[11]值得注意的是，由于意识形态和文化教育背景的影响，夏志清虽然是中国学生，但其理论视野和文学史观却秉承了欧美"新批评"的传统。普实克虽然是捷克学者，由于是共产党员，并对社会主义有着坚定的信念和理想，其观点则表现出对中国革命和社会运动的同情。在当时的世界格局和背景下，"双方都指责对方有政治偏见，并且各自宣称自己是文学艺术价值的捍卫者。因此，文学和政治在辩论中以一种令人窒息的方式交织在一起。尽管两位辩论者对'文学'和'政治'的巧妙而严肃的思考确实令人钦佩，但

9　Leonard K.K.CHAN, "An honest endeavor to grasp this whole complex process and to present it in an objective and unbiased way." Crossing between traditon and modernity. In Kirk A.Denton ,ed. Prague: Karolinum Press, 2016. p.25.

10　Leonard K.K.CHAN, "The literary historian's first task is always the discovery and appraisal of excellence." ed.Crossing between traditon and modernity. Kirk A.Denton ,ed.Prague: Karolinum Press, 2016. p.25.

11　Leonard K.K.CHAN, "A Chinese student trained at Yale University-a bastion for the American 'New Criticism'"school of literary criticism-Hsia uses the benchmark of European literature in his review of Chinese literature. His thinking tends towards Anglo-American liberalism, and he strongly resists Communism and Communist regimes.Průšek was primarily trained in the European theoretical tradition.That the curosity and imagination he had for China grew into fond attachment and sympathy is not difficult to understand if we take into consideration his political thinking: he was first attracted by national liberalization, and later found his ideal in socialism." Kirk A.Denton,ed. Crossing between traditon and modernity. Prague: Karolinum Press, 2016. p.27.

重要的是要记住，冷战政治确实在辩论中发挥了重要作用。"[12]可见，意识形态的确影响了汉学家研究中国文学的立场，普实克运用的是文学艺术的"社会"功能概念，又填入人文主义马克思理论的版式，而夏志清则并不认同这种模式。普实克对中国现代文学的梳理，是一种归纳演绎的方法，在里昂看来，"普实克并没有对批判性评价领域做出贡献，而是对分析领域做出了贡献。他对中国现代文学中'抒情'和'史诗'趋势的观察，对晚清和二十世纪中国文学的研究产生了强烈的影响。这里必须提到的是，普实克对文学史发展的把握不是基于逻辑排列或科学测量；这是一个归纳的过程，基于他对当时文学活动的仔细观察和他自己的经历。"[13]普实克与夏志清之间的分歧，不仅仅是两种意识形态背景下的理论观点之间的分歧，同时也是两种文学史观的分歧。以普实克为首的布拉格汉学学派，用发展的眼光来观察文学发展的历史，从历史唯物主义的角度来探寻文学发展的规律，文学植根于社会土壤，社会形态的突变就会产生新的文学。他认为，新型的文学观产生新的文学，文学成长于新的生活方式和精神环境中，新的科学技术促进新文学的诞生，新形态的文学家给新文学输入新的观念。那么，如果想要全面而完整地了解一部文学作品，就必须把它们放在特定的时代背景下，与背景相融合，我们的任务就是找出作品和背景的想通之处，描述并解释它们。分析中国新文学的发展规律是普实克研究中国现代文学的根本目的。如里昂所言，他的重点不在于主观评价在于实证分析。这当中包含了浓郁的马克思主义的气息，正如恩格斯所说，"一切历史现象都可以用最简单的方法来说明，而每一历史时期的观念和思想也同样可以极其简单地出这一时期的生活的经济条件以及由这些

12　Leonard K.K.CHAN, "Both parties accuse the other of politiacal bias,and each declares himself defender of the artistic value of literature.Literature and politics thus intertwine in a most suffocating way in the debate.While the two debaters' ingenious and serrious thoughts on 'literature'and 'politics' are indeed admirable,it is important to bear in mind that Cold War politics does play a significant role in the debate." Kirk A.Denton,ed.Crossing between traditon and modernity. Prague: Karolinum Press, 2016. p.29.

13　Leonard K.K.CHAN, "Průšek, on the other hand, has made contributions not to the field of critical evaluation, but analysis. His observations on the "lyric" and "epic" trend in modern Chinese literature have made a strong impact on the study of late Qing and twentieth-century Chinese literature. It has to be mentioned here that Průšek grasp of the development of literary history is not based upon logical permutation or scientific measurement; it is a process of induction based on his close observations of literary activities at that time and on his own experience." Kirk A.Denton ,ed.Crossing between traditon and modernity. Prague: Karolinum Press, 2016. p.43.

条件决定的社会关系和政治关系来说明。"[14]马克思主义文艺理论以反映论为基点，认为文学反映了社会历史的发展脉络。社会形态和政治意识是决定历史发展的根本要素，每一时期的文学思想在一定程度上都反映了这两者。

普实克运用欧洲传统文学批评方法研究中国现代文学，深受马克思主义理论的影响，关注文学与现实之间的紧密联系。他的文学史观是客观的唯物主义历史观。夏志清则是在传统汉学的基础之上，以一种反传统的姿态对中国文学进行评价，这种英美新批评方法打破了欧洲主流汉学研究传统，进而从纯文学的角度对中国现当代文学进行分析。他是一种以主观感受为基础的反对庸俗唯物主义的历史观。"普夏之争"在中国现代文学史的研究中是一个旧问题，学界普遍认为这两种中国文学批评观是相互对立的。实质上，纵观二者的中国文学批评观、批评语境、学术背景和时代背景都有显着的差异。正是这种差异衍生出了两种既互为对立也互为补充的学术观点。

布拉格汉学家认为文学与历史之间是一种相互作用的过程，这是一种客观的辩证的发展过程。卢卡奇在《历史与阶级意识》中谈到"在一切形而上学中，客体，即思考的对象，必须保持未能触动和改变，因而思考本身始终只是直观的，不能成为实践的；而对辩证方法说来，中心问题乃是改变现实。如果理论的这一中心作用被忽视，那么构造'流动的'概念的优点就会全成问题，成为纯'科学的'事情。"[15]普实克坚持以客观的角度来审视文学与历史之间的相互关系，夏志清则认为文学批评是主体经验的一种美学价值判断。在普实克看来，这种直观的判断不能够成为评判文学价值的标准。从历史的眼光来分析，他将文学看作是"流动的"发展的客观对象，这个对象可以用一种近乎科学的方法解读和评判。在普实克的影响下，布拉格汉学学者尤其重视中国古代文学与中国现代文学之间的潜在联系，将中国文学看成是一个不可割裂的整体。这一视角，让其研究更有历史的厚重感。

在很长一段时间内，中国现代文学史与中国古代文学史是断裂开来的，学者朱晓进认为这与当时新中国成立初期将现代文学与古代文学分科的实际需要息息相关，更重要的是，当时为了"更明确的革命功利主义的目的：通

---

14 [德]弗·恩格斯《卡尔·马克思》（1877年），《马克思恩格斯全集》（第19卷），北京：人民出版社，2006年，第122-123页。

15 [匈]卢卡奇，《历史与阶级意识——关于马克思主义辩证法的研究》，杜章智等译，北京：商务印书馆，1996年，第50页。

过对历史的重新描述，论证新的革命政权及其革命意识形态的历史合法性，并为新政权制定的新文艺政策提供历史的根据。"[16]这样，古代文学与现代文学之间的联系就被切断。反观布拉格汉学研究，由于没有学科分科、政治政策的需要，汉学家研究中国现代文学史始终没有将古代文学抛弃。普实克非常重视新旧文学之间的关系，"他的发现也为中国文学史的研究提供了新的视角：例如，他认为'旧'和'新'文学之间的'联系'非常重要，因此选择晚清时期作为他研究的重点之一。"[17]并在此基础上提出中国新文学作家的任务是："打碎旧的意识形态，坚持一种新的唯物主义世界观，清算封建文学，建立现实主义的现代文学同时重新评价全部文学遗产，发掘其中的民间的和进步的成分——所有这一切任务都要由这一代作家来完成。因为这一代人从整个生活方式、思想和感情上都脱离了过去统治阶级的文人和官吏的影响，站到了劳动阶级即无产阶级和农民的立场上。"[18]研究明清时期的文学主要是为了理清中国传统文学的写作特点和结构，将古代文学与现代文学有机统一起来，这就为研究中国新文学打下了坚实的基础。诚然如此，普实克的观点也存在一些问题，如朱晓进所说，强调无产阶级文艺、社会主义现实主义就导致过分重视民间文学的重要性，历史唯物主义恰恰强调人民创造历史，"这就要求研究者对文学创作与'人民创造历史'之间的关系作出合理的解释。在当时文学史的写作中努力找寻文学创作与'人民'的相关性。"[19]这也就解释了为何布拉格汉学学者对现实主义文学高度肯定、对"左翼文学"充分认可。也正基于这个原因，布拉格汉学家与英美汉学家发生了激烈的争论，二者在如何评价无产阶级文艺的问题上有着巨大的分歧。

从以上论述可知，在普实克看来，新文学不是突然间发生的，而是从旧文学的基础之上发展而来。具体分析作家作品可知，普实克认为鲁迅在连接

---

16 朱晓进《二十世纪中国文学史观的反思》，载《中国社会科学》2006 年第 1 期。

17 Leonard K.K.CHAN, "His findings also threw new light on the study of Chinese literary history: for example, he regarded the 'link' between 'old' and 'new' literature as highly important, and therefore chose the late Qing period as one of the focal points of his research." Kirk A.Denton,ed.Crossing between traditon and modernity. Prague: Karolinum Press, 2016. p.33.

18 [捷]雅罗斯拉夫·普实克《普实克中国现代文学论文集》，李燕乔等译，长沙：湖南文艺出版社，1987 年，第 54 页。

19 朱晓进《二十世纪中国文学史观的反思》，载《中国社会科学》2006 年第 1 期，第 149 页。

旧文学与新文学的问题上起到了关键性的作用。他认为鲁迅创作了新的叙事方法，对旧文学进行了"取其精华，去其糟粕"的处理，"鲁迅在新的层面上，在新的背景下，为了新的目的，使用了旧文学的所有正规手法，这为新文学保留了旧文学最有价值的方面。"[20]鲁迅将旧文学的创作方法运用到新文学中来，以现实为基础，创作出新时代经验下的具有自传性质的新文学，这就使他成为中国新文学中承前启后的重要作家。在布拉格汉学家的研究中，中国文学中的现实主义和自传性问题也充分地在鲁迅研究中体现出来，后文将进行详细论述。再如，普实克认为郁达夫和郭沫若的作品都受到了古代文学的影响，他们喜欢古代文人的风格，并且会选择一些古代文学中的主题和风格做些类比。与其达成共识的还有他的学生安娜，"可以这样假设，在他对文学真实性的理解中，郁达夫受到了中国古典文学思想的影响，从古典文学思想中可见，只有真的、具有可信价值的才是逼真的，也就是说，亲身经历才是真实。"[21]郁达夫无限接近个人生活经历的写作手法在某种程度上来说受中国古典文学的技法影响。这种真实的现实主义并非如诸多学者研究的那样，完全受西方现实主义小说的摆布。此外，米莲娜曾这样论述现代中国文学的发展，主要有两个特征——白话文和小说。"现代中国文学的崛起应该被理解为一个持续过程中的一部分，在这个过程中，即使是最不连续的革命时期和最强大的外来影响也必须融合在一起。同样重要的是语言和文学发展之间的密切联系。对这种发展的理解将解释为什么小说——中国传统文学中的弃儿——成为了中国现代文学的主导文学流派。"[22]中国小说在古代文学中并非主流

---

20 Jaroslav Prušek ，"Lu Hsün used all the formal means of the old literature at a new level, in a new context and for a new purpose in the new literature, and this preserved the most valuable aspects of the old literature for the new." Lu Hsün the Revolutionary and the Artist.Orientalistische Literaturzeitung.Volume 55. Issue 1-6.

21 Anna Doležalová, "It may well be assumed that in his comprehension of truthfulness in literature Yü Ta-fu was influenced by Chinese classical literary thinking according to which only that is true and therefore trustworthy which is authentic, that is to say which is real experience." YU TA-FU: Specific traits of his literary creation. Czechoslovakia: The Slovak Academy of Sciences · London C.Hurst&Comoany · NewYork Paragon book reprint corporation, 1971.p.109.

22 Milena Doleželová-Velingerová,"The rise of modern Chinese literature, therefore, should be understood as part of a continuous process into which even the most discontinuous revolutionary periods and strongest foreign influences have to be integrated. Equally significant is the close connection between the developments of language and literature. A better understanding of these developments will explain why fiction, the outcast in traditional Chinese literature, became the dominant literary genre in modern

的文学形式，进入现代社会后，由于白话语言的普及和西方小说的影响，使得旧有的非主流文学形式成功登上了文学史的主舞台。

由此看来，正是唯物辩证的文学史观使得布拉格汉学研究形成了一个完整的时间线，从古典文学到现代文学，各汉学家都能够从一个宏大的历史视角来研究目标时段的文学。他们会考虑中国文学在历史长河中的变化，并时刻思考中国现代文学与中国古代文学之间的关系。布拉格汉学家运用马克思主义理论学说，以唯物史观的角度构建研究中国文学的历史观，确立作家在文学历史发展中的主体地位，文学同社会之间形成了二元对立的有机整体，这对应了社会意识与社会存在之间的关系。可见，研究布拉格汉学学派的马克思主义阐释模式就必须研究文学、作家、社会这三者的关系。

二、文学、作者与社会的关系

布拉格汉学学者认为文学的发展是随着社会历史的变迁而变化的。这一观点贯穿了该学派文学研究的始终。就作者、社会、文学作品三者的关系而言，普实克从文学发展的角度做了充分的研究。"从非常普遍的意义上讲，每一部艺术作品取决于三个互相联系、共同作用的因素，作家的个性，最广义的现实性以及艺术传统。"[23]由此，研究文学同社会的关系，是文学研究的基本问题。高利克认为："文学是民族精神与社会生活的反映。"[24]文学反映社会环境的真实，就产生了现实主义文学，那么社会环境的变化就对文学的发展起着决定作用。普实克非常重视社会环境对文学发展的影响，他认为外部刺激是产生新文学的必要不充分条件，外在刺激对文学内部结构的变化是必要的，也就是说，社会环境的变化会刺激新文学的产生，尤其在社会文化环境开始变得更加多元之后，文学更容易呈现出新的结构状态。作家作为文学与世界之间的中间单位，是文学发展链条不可忽视的一环。创造文学的作家生活在社会中，那么，作家与社会生活的关系就成为文学研究的另一个基本问题。普实克认为，作家的心灵与他社会生活及其组成部分的周围环境通信，如果作家真诚地希望将生活中

Chinese literature." in Merle Goldman.ed.Modern Chinese Literature in May Fourth Era. Massachusetts,and London,England: Harvard University Press Cambridge, 1977.pp.17-18.

23 [捷]雅罗斯拉夫·普实克《普实克中国现代文学论文集》，李燕乔等译，长沙：湖南文艺出版社，1987年，第83页。

24 [斯洛伐克]玛丽安·高利克《中国现代文学批评发生史》，陈圣生等译，北京：社会科学文献出版社，1997年，第218页。

的美通过作品描绘出来，那么文学必然就是时代精神的代表。世界处在不断地运动变化发展之中，社会形态也在不断改变，为适应社会生产方式的进步和变革，就必然产生社会革命。而作家又因生活在不同的时代而具备不同的社会经验，作家与社会之间的关系涉及到人的主观能动性问题。

另外，普实克不仅论述了文学、社会、作家共时的关系，同时试图分析历时的变化，将三者的动态关系表现出来。普实克在《中国文学的三幅素描》的引言当中有一段经典论述，"作家试图抓住生活的主要特征，并渗透到它背后的规律中去，这样就可以帮助读者了解围绕生活展开的故事，以此影响他们的看法。文学希望深入了解人类和生活的各种事物，同时希望服务并唤醒人类的活动，他不仅是生活的一面镜子，也是一个号角。"[25]每一个作家与生活接触的点点滴滴，都是作家的一手材料，因此他们阐述的观点，自己感知世界与现象的办法总归与他人不同。由此，新文学突出表现了作者的个性以及崭新的艺术方法。从这一论断可见，普实克对文学本质的根本认识带有极其强烈的马克思主义色彩。文学是现实生活的反映，也反过来影响着现实生活的发展。而作家介于文学与现实生活之间，作为"号角"来引领时代的前进。中国新文学发展的动力之一是作家个性的发展以及其艺术创作方法的变化。

文学是作者在社会历史经验下对它的一种反映，社会的变迁也会使得作家的历史经验发生变化，进而创造出新文学。普实克认为新文学的出现与时代的变革有着密切的关系，而身处新时代的作家，只有在新的社会历史经验在头脑中产生以后，才能够创造出新的文学。相反，文学也对社会历史的发展起着反作用，新文学的发展能够引领社会历史的发展，引领新的思想潮流。在普实克看来，中国的五四新文学运动就具有这样的特点："与所有类似的社会形态一样，中国上个时代的基本特征是强大的统治和社会成员之间生活方式的一致性。"[26]这与中国自古以来的集体主义精神息息相关，人们的活动乃

---

25 Jaroslav Průšek."Writers attempt to seize the main features of this life, to penetrate to the laws underlying it, to help their readers to understand the processes unfolding around them and to influence their orientation. Literature wishes to gain an insight into men and affairs, but at the same time also aims to serve and rouse to action, to be not only a mirror of life, but also a trumpet-call." Three Sketches of Chinese Literature. Prague: Oriental Institute in Academia.1969. p.5.

26 Jaroslav Průšek ,"The basic trait of the preceding epoch in China, as in all similar social formations, was strong regimentation and a striving after uniformity among the

至文学创作都受到传统文学的限制。中国古代文学的特点是形式的僵化，"八股文"使得作家无法充分彰显自己的个性，现代文学则彻底打破了这样的模式，个人主义得到极大宣扬，传统的文学创作习惯就被打破。在他看来，中国传统文学对待现实的态度始终未得到改变，但是新文学的发展在于每一部作品都打上了作者不可磨灭的印记。

　　具体来说，布拉格汉学学者研究中国现代作家始终围绕着文学、作者、社会三者的关系来谈。例如，普实克在分析茅盾文学作品时写道："相反，茅盾从一开始就亲近马克思主义并很快就活跃在共产党中，他寻求决定个人和集体命运的力量，这种力量不是自然，而是社会现实。"[27]人是一切社会关系的总和，社会塑造了个人，从人与社会之间的关系出发可以有效地解释作家的文学创作思想和文学批评脉络。社会在一定的规律中发展，研究茅盾个人在社会运动中的行动轨迹，能够反映他艺术创作的道路。这样，茅盾研究的重点也就集中在他的政治观点以及对马克思主义的理解上。此外，普实克的学生高利克在他对茅盾的论述中则进一步深化了这一理论。例如，在《茅盾和中国现代文学批评》中，高利克这样论述："我们认为，他对文学和生活关系的表达是他精神发展的晴雨表。1920 年，文学对他来说是生活的一种表达。1922 年，这是生活的反映，是司汤达的镜子，他在镜子中看到了一切好与坏，白与黑，爱与恨。"[28]显然，高利克在研究茅盾文学观念的发展历程时，将马克思主义对他思想的影响充分考虑其中。"他声明将马克思主义文学批评纳入他的体系，根据这一声明，文学是超越经济基础的上层建筑。在他看来，这是文学领域的研究者必须明确的一个基本概念。另一个基本观点是文学不能独立的说法。它总是由社会和创造它的环境决定的。通常，它反映了社会中最复杂的意识，也就是统治阶级的

members of a certain society and in their style of life." Three Sketches of Chinese Literature. Prague: Oriental Institute in Academia.1969. p.6.

27 Jaroslav Průšek , "On the contrary, Mao Tun ,who from the first was a near-Marxist and soon was politically active in the Communist Party, seeks the forces determining the fate of the individual and also of whole collectives not in natural determination, but in social reality." Three Sketches of Chinese Literature. Prague: Oriental Institute in Academia.1969. p.30.

28 Marián Gálik,"we stated that his expression of the relation of literature and life is a sort of barometre of his mental development. In 1920 literature had been to him an expression（piao-hsien） of life. In 1922 it was a reflection（fan-ying） of life, a Stendhalian mirror in which he sees everything good and bad, white and black, worthy of love and of hatred." MaoTun and Modern Chinese Literature Criticism. Germany: Franz Steiner Verlag Gmabh · Wiesbaden, 1969.p.93.

意识。"[29]也就是说，高利克认为茅盾文学批评观的基础是马克思主义文学批评理论。就文学与社会的关系而言，茅盾深深被中国当时社会现实所影响，除创造社外，中国社会的滞后不断影响着现代生产。中国当时文学批评界的普遍态度是艺术应该具有"时代精神"和具有"社会意义"，而不具备这种素质的艺术只能被谴责，或者被冷静的接受，高利克认为茅盾的态度就是如此。因此，茅盾对当时的先锋艺术采取了冷静地接受的态度，即在确定了这类艺术具有现实意义之后才坦然接受。由于强调文学艺术的"人民性"，所以茅盾过分重视文学艺术反映时代精神的必要性，现实主义被提到了空前重要的位置。

另外，高利克在对瞿秋白的研究中也非常鲜明地体现了这一观点，"文学的使命，对鲁迅，尤其在他年轻时，是使社会向好的方向发展，是改造社会；而对瞿秋白，思想因素却是最为显要；改变社会上人们普遍的世界观，由此社会会自行改变。"[30]高利克认为瞿秋白从社会、思想与创造文学的个人三个方面去评价文学。社会的变动影响思想，思想的变化影响文学，这种影响不能倒置。瞿秋白的文学观中社会情绪起着重要的作用。艺术观也更是如此，艺术是表达当代生产关系所产生的社会情绪的工具，它协调这些社会情绪，并服务于当前的劳动工会组织，这强调了文学艺术的社会功用。然而，瞿秋白的研究中缺乏对文学本质的探讨，忽视了文学作为主体的决定性地位。这就导致他的研究视野局限于文学的社会功能和政治功能的藩篱中。

由此可见，布拉格汉学的中国文学研究强调文学是作家社会历史经验的反映，文学的发展与时代的变革有着密切的关系。认同这一观点的还有布拉格汉学家——米莲娜，她认为，"进一步去发现作者个人生活与其文学创作之间的这种联系可以更好地了解作者的个性和他的作品。"[31]也就是说，分析文

---

29 Marián Gálik, "He encloses into his system the statement of Marxist literary criticism according to which literature is a superstructure over the economic basis. In his view,this is a basic idea of which investigators in the literary field must become conscious. Another basic idea is the statement that literature cannot be independent. It is always determined by the society and the milieu in which it is created. Usually it reflects'the most sophisticated consciousness of its society,'hence the consciousness of the ruling calss." MaoTun and Modern Chinese Literature Criticism. Germany: Franz Steiner Verlag Gmabh·Wiesbaden, 1969.pp.106-107.

30 [斯洛伐克]玛丽安·高利克《中国现代文学批评发生史》，陈圣生等译，北京：社会科学文献出版社，1997 年，第 207 页。

31 [加]米莲娜，《鲁迅的〈药〉》，乐黛云编，《国外鲁迅研究论集》，北京：北京大学出版社，1981 年，第 497 页。

学作品内部的结构有利于更好的了解当时作者所处的社会状况，更有利于还原当时的社会历史现状。于是她在分析中国文学时，更倾向于运用结构主义语言学的方法，对文学作品的内部结构进行系统的分析。普实克与米莲娜完满地阐述了文学作品与作家社会历史经验之间的关系。通过对作家的生平以及社会历史背景的考察，可以更好地分析作家创作作品的意图以及作品内部的结构。相反，通过对作品内部结构的解读，也能够更好地分析作家的历史背景。于是，作者、社会历史、文学作品就形成了一个动态的闭合关系。三者的正向关系即社会历史的演变导致作者历史经验的变化，作者历史经验的变化就导致文学作品的内部结构发生了变化。反之则形成一种反向关系，从文学作品的角度出发就能推测作者以及社会历史发生的变化。

　　将视角转回中国，"文学反映论"曾一度是我国文学创作的指导方针，这其中有着很深厚的历史原因和现实原因。长期以来，文学反映社会现实的议题被国内学者反复辩驳，围绕文学主体性的问题也曾经一度引起激烈的讨论。总的来说，文学需要反映社会发展变化的观点被国内大多数学者认同，甚至有学者专门为"文学反映论"辩护，杨正润认为："不管什么样的创作主张和使用什么样的艺术表现手段，不管他的作品有多么强烈的主观色彩，社会生活总是不以他的愿望和意志为转移而出现在文学作品中。"[32]由此看来，评价文学的首要标准还是作品是否真实地反映了生活。然而，为了避免评价文学最终走向"文学反映现实"的单一标准，上个世纪八十年代，中国学者进行了一场"文学本质论"的论辩。其主要目的并非彻底否认文学的社会功能，而是避免文学研究走向庸俗的唯物主义。

　　总的说来，布拉格汉学家们就文学、作者、世界三者关系的论述基本与国内文艺理论界的研究思路一致。但是，在布拉格汉学家的研究中，文学和作家都无法超越时代的束缚，社会经验挟持了文学创作的高度，作家无法摆脱个人的家庭背景和人生经历创作出超越历史的文学。现在看来，这种看法未免过于绝对。富有天赋的作家是能够创作出领先于当时社会经验的文学作品的。不仅如此，在文学反映论指导下现实主义也就成为中国现代文学评价体系的唯一准则，这也忽视了其他类型的文学作品和作家。

---

32 杨正润，《为文学反映论辩护》，载《文艺理论与批评》1987 年第 5 期。

第二节　现实主义文学的三重维度

"现实主义文学"是 19 世纪欧洲的一场文学浪潮，在欧洲由封建社会到资本主义社会的变革中，文学完成了从浪漫主义向现实主义的过渡。中国现代文学产生于同样的社会革命背景下，处于欧洲文化背景的布拉格汉学学者自然就关注到了当时中国文学的现实主义转向。

布拉格汉学学派产生之初，捷克由共产党执政。当时的普实克，对社会主义运动抱有一腔热血，并且对同为社会主义国家的中国，有着深深的同情和好感。这在某种程度上决定了普实克研究中国文学的方法和视角，并以此奠定了布拉格汉学研究中国文学的基本理论思想。这与当时欧美新批评影响下的汉学家的研究方法和研究思路有很大的不同。如上文所述，"普夏之争"在汉学史上有着光辉的一页，普实克关于中国文学中的现实主义论断，夏志清不置可否。夏志清认为文学史不应该是单纯反映历史的一面镜子，过分强调文学反映现实只会忽视文学本身应有的美学价值。"普夏之争"看似是一场文学史观的争辩，实质上，抛开政治立场的偏见，二者对中国文学的观点正弥补了对方的不足。追本溯源，普实克受欧洲传统文艺理论的影响，认为文学反映客观现实，研究文学应从社会历史背景的角度出发。而夏志清则受英美"新批评"的影响，认为研究文学应从读者的主观感受入手，发现并且评价优秀的作品。普、夏二人的论辩，其实是英美"新批评"与欧洲传统文艺理论方法之间的角逐。对中国文学这个目标对象来说，两种研究方法能够更为全面地描绘中国文学的发展历程。诚然，夏志清所代表的"新批评"汉学家的研究视角较为新颖，但普实克为代表的布拉格汉学作为研究中国文学的先锋队，提出了中国文学的现实主义转向的论断，为中国文学研究打下了的坚实基础。

普实克在《中国现代文学研究》引言中提到："中国新文学的基本倾向是现实主义，作家们力图通过分析的方法表述现实中不同的现象及其关系并创造出典型形象。"[33]也就是说，普实克指明了布拉格汉学研究中国现代文学的基本方向，即现实主义的发展趋势以及典型形象的表现手法。在布拉格汉学学派的众多研究中，《中国文学的三幅素描》是探讨"现实主义"的典型代表，

---

33 [捷]雅罗斯拉夫·普实克《普实克中国现代文学论文集》，李燕乔等译，长沙：湖南文艺出版社，1987 年，第 59 页。

在布拉格汉学家看来，中国旧文学到新文学转变的关键之处便是文学对现实的描写。普实克在文中谈到："我们将在此尝试指出新时代三位著名作家创作方法的几个不同之处。我们将努力表明他们以何种方式努力理解现实，他们从这个现实中选择什么，他们组织材料的方式。"[34]由此可见，普实克对中国现代文学的研究是基于对作品如何反映现实、如何构建现实的基础之上进行解读的，其研究视角以马克思主义理论为根基。

此外，普实克指导了两位学生对郁达夫和茅盾分别做了博士论文的专题研究，即高利克的《茅盾和中国现代文学批评》[35]以及安娜的《郁达夫：其文学创作的特点》[36]，这两部著作可谓是普实克观点的具体呈现。他的另一位学生米莲娜则有论文《郭沫若的自传式著作》[37]，其中详细论述了郭沫若的生平经历与他的自传式文学作品之间的密切联系。以上几部论著，基本完整地呈现了布拉格汉学家研究中国文学中"现实主义"的主要观点，即在马克思主义理论思想背景下文学反映主观现实和客观现实的三重维度。

一．文学反映客观现实：茅盾现实主义文学的叙述模式

普实克指出，在中国新文学运动之后，文学打破传统的禁锢，其中一个尤为重要的特点是文学同现实的关系更加密切了。中国新的文学艺术的现实主义基础是："象现代文学那样，力求真实地反映现实，了解和描绘个别现象之间的联系，这是努力把文学当作一种特殊认识手段的表现。文学的目的不再是对现实的一种观望，不再是通过观望和品评来享受，而是要熟悉现实，了解现实，认识现实的规律。"[38]在普实克看来，文学是一种认识现实、把握

34 Jaroslav Průšek,"We shall try here to point out several differences in the creative methods of three well-known writers of the new era. We shall endeavor to indicate in what way they strive to apprehend reality, what they select from this reality, the manner in which they organize their materials." Three Sketches of Chinese Literature. Praguc: Oriental Institute in Academia, 1969. p.8.

35 Marián Gálik,MaoTun and Modern Chinese Literature Criticism. Germany: Franz Steiner Verlag Gmabh · Wiesbaden, 1969.

36 Anna Doležalová,YU TA-FU: Specific traits of his literary creation. Czechoslovakia: The Slovak Academy of Sciences · London C.Hurst&Comoany · NewYork Paragon book reprint corporation, 1971

37 Milena Doleželová-Velingerová,Kuo Mo-jo's autobiographical works. Jaroslav Průšek ed. Berlin. Akademie. Verlag: Studies in modern Chinese literature, 1964.

38 [捷]雅罗斯拉夫·普实克，李燕乔等译《普实克中国现代文学论文集》，长沙：湖南文艺出版社，1987年，第45页。

规律的手段。这一论断从卢卡契的观点中也可体现，"每一个著名的现实主义作家对其所经验的材料进行加工（也利用抽象这一手段），是为了解释客观现实的规律性，为了揭示社会现实的更加深刻的，隐藏的，间接的，不能直接感觉到的联系。"[39]普实克以马克思主义理论为基础来分析中国文学的现实主义倾向，他认为中国新文学的特点是反映社会客观现实，并随着现实的发展而不断变化。这种对现实的反映，并非单一机械的记录，而是从众多现象中抽象出规律。这样的结果便是"每一个作家不得不在某种程度上形成他自己的创作方法，而作家所接近的每一个新的现实又需要他不断修正这种方法。"[40]即作家在通过作品反映客观现实并抽象出规律和方法的同时，也要受到社会现实不断变化的制约，进而不断反思和修正自己的创作方法和观念。

在茅盾研究中，普实克详细地分析论证了这一点。"在成为历史之前，立即以最准确的方式把握现实，是茅盾艺术的基本原则。"[41]他认为，茅盾文学的最大特点，就是准确的把握对现实的描写。茅盾坚持认为感知力和洞察力是最重要的，学习自然主义的真实性，才能避免肤浅化。这种对现实的关注，使得茅盾开始使用一种新的形式来创作文学。"茅盾采用的形式是当时文学中不同趋势的表现形式，即表达作者个人经历和感受的倾向（即叙述者的激活）。"[42]这种现实更贴近于作者的现实。作家在创作作品时，为了抓住现实的描写，坚持以作者本身的时代经验和个人经历为基石，创作出的作品必定能够在一定程度上反映社会的变迁。虽然如此，普实克认为茅盾文学中的"现实主义"是对客观现实的忠实反映，这在一定程度上忽略了文学作为艺术创造的虚构性，也就会说，文学虽能够在一定程度上书写真实，但文学的目的并不是机械的记录历史。王中忱在 1983 年发表的论文中有着极为相似的论述，他在文章中强调："茅盾从文学客观真实性的重要内容——文学反映社会

---

39 [匈]卢卡契：《现实主义辩》，《卢卡契文学论文集》，第 2 册，卢永华译，北京：中国社会科学出版社，1981 年，第 13 页。

40 [捷]雅罗斯拉夫·普实克《普实克中国现代文学论文集》，李燕乔等译，长沙：湖南文艺出版社，1987 年，第 96 页。

41 Jaroslav Průšek ,"To grasp reality instantly and with the utmost accuracy, before it becomes history, is the basic principle of MaoTun's art." Three Sketches of Chinese Literature. Prague: Oriental Institute in Academia.1969.p.11.

42 Jaroslav Průšek ,"Mao Tun adopts a form which was the expression of quite of different trend in the literature of that time, namely, the tendency of express the personal experiences and feelings of the author（that is activization of the narrator." Three Sketches of Chinese Literature. Prague: Oriental Institute in Academia.1969.p.23.

人生的广阔性的角度，论证了新文学作家不要内向地沉溺于个人的情感，而要外向地审视社会的各个方面。"[43]也就是说，中国学者认同茅盾更倾向于文学反映客观现实的观点。这也正是茅盾文学思想的独特性所在，他强调文学不能仅仅反映个人主观的现实，应该反映社会的"全般现实"，站在俯瞰社会的视角上环顾"真实"的历史变局。在这一问题上，王德威则有不同的见解，"不同于普实克的观点，我认为茅盾致力于为现在作史，是为了让我们更加确认什么不是历史。他的小说只有在真正的大'叙事'也就是——正史（History）——还没有出现以前，才展现其功能———一种过渡性的叙事。"[44]他着眼于茅盾如何通过虚构的小说来展现作家个人的历史，如何完成真实与虚构之间的对话。那么实质上，普实克与王德威的观点是对立统一的，普实克从马克思主义立场来考察茅盾文学反映客观现实的真实性，王德威则关注茅盾如何通过文学的虚构性来表现历史的真实性。茅盾文学的虚构性与反映现实的真实性由此在对立统一的场域中被充分讨论。

普实克的另一重要观点是重视文学作品中典型的重要性。他认为"艺术家们所要反映道德不仅仅是单一的感情或事实，而是一般规律和典型的现象，他们所展示的画面不仅要反映诸现象的细微末节，还要对大量的现象进行概括和分析，使人们可以根据艺术家的想象来了解和评价它们。"[45]基于对典型现象的理解，普实克认为茅盾创作文学的真正目的是："描绘社会状况，女主角的真正功能是记录并对外在现实做出反应。到目前为止我们所说的一切都表明，茅盾的兴趣主要集中在某种特定情况，某种特征现象，而不是个人事件或个人故事。他描绘而不是叙述。"[46]在普实克看来，茅盾更加关注对社会现实的描述，而并非对典型人物本身的刻画。这一观点契合了马克思主义关

---

43 王中忱《论茅盾现实主义文学观的基本特征》，载《茅盾研究论文选集》，长沙：湖南人民出版社，1983 年。

44 王德威《写实主义小说的虚构：茅盾，老舍，沈从文》，上海：复旦大学出版社，2011 年，第 38 页。

45 [捷]雅罗斯拉夫·普实克《普实克中国现代文学论文集》，李燕乔等译，长沙：湖南文艺出版社，1987 年，第 47-48 页。

46 Jaroslav Průšek,"give a picture of social conditions and the heroine's true function was to record, and react to, outer reality. All that we have so far said shows that Mao Tun's interest was focused first and foremost on a certain situation, on a certain characteristic phenomenon and not on an individual happening or personal story. He depicts rather than narrates." Three Sketches of Chinese Literature. Prague: Oriental Institute in Academia.1969.p.24.

于现实主义的论断，"据我看来，现实主义的意思是，除细节的真实外，还要真实地再现典型环境中的典型人物。您的任务，就他们本身而言，是够典型的；但是环绕着这些人物并促使他们行动的环境，也许就不是那样典型了。"[47]所以文学中的现实主义，不仅仅要描绘典型人物，更要重视典型环境。普实克关于文学典型的观点是受到马克思主义理论的影响的，并将其运用到中国文学的研究中来。他认为茅盾在塑造典型人物时，"这种悲剧感由于这样一个事实而被提升到了巨大的层面，那就是，利害攸关的绝不是个人或单个家庭的命运，而是整个国家的命运。一般来说，茅盾描述了整个集体，甚至当他讲述一个人的整个群体的命运时，这种情况并不是一个人的，而是很多人的。"[48]他认为茅盾塑造的人物往往不是代表其个人的命运，而是代表一个阶级或者一个群体的命运。这样的人物便具有典型性。实质上，恩格斯非常强调典型环境的重要性，典型人物必须在典型环境中才能发挥应有的作用，否则就是死板的人物肖像画。他认为："在现有的一切绘画中，始终没有把这些人物真实地描绘出来，而只是把他们画成一种官场人物，脚穿厚底靴，头上绕着灵光圈。在这些形象被夸张了的拉斐尔式的画像中，一切绘画的真实性都消失了。"[49]恩格斯尤其重视典型环境的塑造，而普实克认为，茅盾创作文学真正关注点正是对典型环境的描述，是非常典型的现实主义文学。其中人物的刻画，更是要符合典型环境中的状态，茅盾文学中的主角是为典型人物服务的，要时刻对典型环境中的变化做出反应。以上可见，普实克关于典型环境的观点与恩格斯的观点相一致。在这一问题上，另有汉学研究者伯明翰森的观点则大为不同，他认为茅盾并没有塑造典型人物和英雄，原因可能是因为他认为典型人物和英雄值得被书写，普通人在社会浪潮下的沉浮也值得被塑造。另一种解释可能与他倾向于建立人物之间的辩证关系有关。"他要么建立了两个不同的角色作为彼此的陪衬，每个角色代表一个矛盾或冲突的自我，

---

47 [德]恩格斯《致·哈克奈斯（1888 年 4 月初）》，《马克思恩格斯全集》（第三十七卷），北京：人民出版社，2016 年，第 41 页。

48 Jaroslav Průšek,"this feeling of tragedy is raised to gigantic dimensions by the fact that it is never the fate of an individual or of a single family that is at stake, but of a whole nation. MaoDun, as a rule, describe whole collectives, and even when he tells the story of an individual of the fate of a whole group, that the situation is typical not of the one, but of the many." Three Sketches of Chinese Literature. Prague: Oriental Institute in Academia.1969.p.28.

49 [德]马克思、恩格斯《〈新莱茵报。政治经济评论〉第四期发表的书评》（1850 年 3-4 月），《马克思恩格斯全集》（第七卷），北京：人民出版社，2016 年，第 313 页。

要么他把矛盾具体化为一个角色，先塑造一面，然后再塑造另外一面。"[50]伯明翰森的观点提供了一个新的角度，他认为茅盾没有塑造典型人物的原因可能是茅盾希望通过多个人物来制造辩证关系，使得人物之间相互映衬，以此来展现角色的特点。通过对比两者观点可以发现，普实克更倾向于从马克思主义文艺理论的角度来研究茅盾文学的现实主义手法。就"典型"问题而言，王中忱认为茅盾很重视人的社会性和社会背景的作用，塑造典型环境中的典型人物一直都是茅盾创作的重要原则。这与布拉格汉学学派的观点基本一致。

普实克的学生高利克强调："文学的主要目的是尽可能客观地呈现客观现实的画面。应该特别强调的是，茅盾没有谴责现代文学运动。"[51]这就是说，茅盾所述现实，是更加客观的现实，而非单纯的主观个人情感的渲染。他关注的中国新文学的趋势是现实主义和自然主义，其自身也受这两种文学思潮的深刻影响。这或许能够说明茅盾关注的现实是一种客观的描写。在高利克看来，茅盾对文学现实主义的态度是，文学要反映客观真实的世界，这种现实并非个人内心世界的展现。"茅盾希望作家积极参与他们描述的生活。对'彻底观察'或'客观观察'的要求确实与这一愿望密切相关。"[52]普实克分析了茅盾对现实主义文学的理解并阐述了现实文学的标准，高利克则在此基础上深化了研究，总结了创作现实主义文学的方法。为了创造文学典型，就要从客观环境中抽象出典型环境和典型人物，那么，作家就要接近现实，感受现实，并描绘现实。正如卢卡契所说，为了创造典型，"它就必然要到人们中间，到人与人的关系中间，到人们活动的场所去寻找这样持续的特点。"[53]这个特

---

50 John Berninghausen, "He either established two different characters as foils to each other, each representing one-self of a contradiction or conflict, or he embodied the contradiction in a single character, pulled first one way and then the other. " The Central Contradiction in Mao Dun's Earliest Fiction. In Merle Goldman ed. Modern Chinese Literature in the May Fourth Era, Cambridge: Harvard University Press, 1977, p.256.

51 Marián Gálik, "The principal aim of the literature is to present as objective a picture of objective reality as possible. It should be particularly underlined that Mao Tun did not condemn modern literary movements." MaoTun and Modern Chinese Literature Criticism. Germany: Franz Steiner Verlag Gmabh · Wiesbaden, 1969.p.88.

52 Marián Gálik, "Mao Tun wanted writers to take an active part in the life they described. The demand for a 'thorough observation' or 'objective observation' was really strongly bound to this wish." MaoTun and Modern Chinese Literature Criticism. Germany: Franz Steiner Verlag Gmabh · Wiesbaden, 1969.p.88.

53 [匈]卢卡契《现实主义辩》，见《卢卡契文学论文集》第2册，卢永华译，北京：中国社会科学出版社，1981年，第21页。

点便是发现规律并呈现人类发展的客观倾向,这也正是现实主义文学的愿望。在高利克看来,新的现实主义正肩负着这样的任务,他对比了旧的现实主义和新的现实主义之间的关系。茅盾认为旧的现实和新的现实的区别是旧的现实主义指出了已经存在的问题,但是并没有提出解决方法,而新的现实主义则两者都指出了。旧的现实主义批判和分析现实,而新的现实主义即便是在最艰难的现实中,仍旧彰显着未来的胜利。旧的现实主义认为人只是一个生存于宇宙中的有机体,而新的现实主义则是把人们看成神,能够开拓自然,改变环境进而创造新的世界。高利克显然将文学看成一个主体,并强调了新文学主体的主观能动性。新的现实主义不仅仅是要认识世界,而是要进一步的改造世界。这一观点无疑也是马克思主义的。

普实克与高利克都从马克思主义理论的角度来看待"文学"与"现实"之间的关系,文学是人类精神生活的产物,是社会上层建筑的重要组成部分。文学要反映物质社会的发展即现实,同时也是认识社会的工具。在普、高的分析中,茅盾希望作家真实地参与到社会实践中来,创造以描绘客观世界为目的的现实主义文学。中国学者对茅盾文学的总体观点与布拉格汉学相似,二者的着眼点都集中于茅盾的现实主义文学创作方法论上。然而,布拉格汉学家的观点与受"欧美新批评"理论影响的夏志清的观点却有很大不同。夏至清在《中国现代小说史》中,肯定了茅盾对中国现代文学的贡献,他认为茅盾作品中有很强烈的"虚无主义"色彩,具有自然主义的倾向。但夏志清否认了马克思主义思想对茅盾文学的积极作用,甚至认为茅盾为了迎合当时的无产阶级革命运动的情势,使得自己文学作品的美学价值在一定程度上受到了限制。由此,夏志清就忽视了茅盾文学中现实主义的价值,也没有深入关注和探讨马克思主义对茅盾文学的影响。在这一点上,布拉格汉学显然更胜一筹。

二、个人经验的现实描写:郁达夫现实主义书写中的主体意识

在普实克的研究中,与茅盾所描述的客观现实相对的是郁达夫的主观现实,这种现实是郁达夫对于自我人生经验的一种现实反映,他认为:"毫无疑问,郁达夫性格和作品中最具特色的特征是他的气质不稳定,这种气质永远贯穿于所有的情感,从最低级、最可怜到对美丽和自我牺牲的最高喜悦。"[54]

---

54 Jaroslav Průšek,"Undoubtedly the most characteristic trait in the personality of Yü Ta-fu and in his writings is instability of his temperament, which is forever running through the whole gamut of emotions, from the lowest and most pitiable to the highest delight

郁达夫的现实主义是将作者的个人经验灌溉于作品的人物中，使得人物更具备一种真实的气质，这种气质正是作者本身给予的，其文学反映现实的模式是作者主观意识的再现，而此再现的源头是作者从现实经验中汲取的。"我们没有理由怀疑，这幅草图中的作者记录了他所经历的精神状态，他的内心生活不断被这些激情迸发所震撼，他在情感上极度紧张，不断陷入绝望、沮丧和自我折磨的情绪中。"[55]普实克认为郁达夫作品中所反映的现实是作者精神世界的表现，而作者的精神世界又是受社会环境不断影响的。郁达夫文学作品中的社会现实，是通过一种新的方法体现出来的。例如："在这里，一系列黑暗和阴郁的个人经历的记录，不时被绝望的爆发所打断，形成了一幅异常美丽、纯净和精致的画面。只有在《十一月三日》中，情绪和微妙的色彩感知的巧妙互动，在与最残酷的生活现实的接触中，以不寻常的表现力呈现，被赋予了全新的含义。"[56]郁达夫处理文学与现实的关系，是社会现实与个人经验之间的转换过程，"郁达夫生活在中国无产阶级中间，他自己更悲惨。通过浪漫主义的迷雾和个人的堕落，他在这些故事中获得的现实主义是痛苦的第一手经验的结果；他不仅描写了无产阶级，而且他知道无产阶级的生活，因为他曾经身在其中。"[57]普实克认为郁达夫描写现实不仅仅是为了唤醒对现实的记忆，同时也是一种再创造，是对现实的一种反映，而并非是现实本身。那么郁达夫文学中的社会现实与个人经验的转换过程显然是作者再创造的结

---

in beauty and the nobility of self-sacrifice." Three Sketches of Chinese Literature. Prague: Oriental Institute in Academia, 1969.p.46.

55 Jaroslav Průšek, "We have no reason to doubt that the author in this sketch records the spiritual states through which he passed, that his inner life was continually shaken by these passionate out-bursts, that emotionally he was extremely highly strung and was constantly slipping into moods of despair and depression and self-tortures." Three Sketches of Chinese Literature. Prague: Oriental Institute in Academia, 1969.p.50.

56 Jaroslav Průšek, "Here, too, the recording of a sequence of dark and gloomy personal experiences, punctuated by the usual outbursts of despair, builds up to a picture of exceptional beauty, purity and refinement. Only what in 'November the third' was a skillful interplay of moods and delicately tinted perceptions, in this contact with the most cruel living reality, rendered with unusual expressive force, becomes charged with quite new meaning." Three Sketches of Chinese Literature. Prague: Oriental Institute in Academia, 1969.p.63.

57 Jaroslav Průšek, "YüTa-fu lived among the Chinese proletariat, himself more miserable. The realism to which he attained in these tales, through the mists of romanticism and the slough of his personal decadence, is the outcome of bitter firsthand experience; he not only wrote about proletariat, but he knew the life of the proletariat, because he had lived it. " Three Sketches of Chinese Literature. Prague: Oriental Institute in Academia, 1969. p.65.

果。这种现实主义文学的表现手法与茅盾的表现形式是不同的，但本质上都是对真实的反映，是对真实的加工和再创造，无论真实现实是从外部经验而来还是从个人经验而来。郁达夫重视个人经验的现实主义文学是找到了理解和表现社会现实的一条新路径，普实克认为这是对中国现实主义文学的一个巨大贡献。这种现实主义文学内化于自身经验，外映于社会现实，是一种新型的现实主义文学表现形式。

可见，同普实克相同，夏志清也认为郁达夫的创作方法是主体意识的体现，然而学者伊根的观点与普实克和夏志清有些不同。诚然，他并不反对郁达夫的自传式创作方法，但比起普实克与夏志清将作者与主人公合二为一的分析方法，伊根则强调二者是分离的，"这些例子表明，叙事模式非但没有把故事的主人公浪漫化或感伤化为作者的替代品，反而总是把他展示为一个真正的可悲人物。显然，出现的印象不是普实克和夏志清所说的作者与主人公的认同，而是分离。这种被误认为是一种创新的、现代的、多愁善感的、自我表露的写作方式，实际上是对一个错误的、多愁善感的人物形象的客观而讽刺的呈现。"[58]伊根认为郁达夫的创作中叙述者其实是客观地呈现主人公的状态，以达到反讽的目的。郁达夫的写作方法并非是仅仅记录个人的主观情感，而是通过客观地描述自己的主体意识，讽刺主人公的错误情态，这才是郁达夫新的文学创作方法。这一观点虽然较普、夏二人更为新颖，但难免有强制阐释之嫌。

那么，在郁达夫的现实主义写作方法指导下，"如果作家想抓住现实的真谛，就必须生活在其中，改变他的生活的方式，最重要的是生活经验，而不是认知和幻想。"[59]普实克认为比起幻想，更重要的是社会存在的现实。这也

---

58 Michael Egan, "These examples illustrate that the narrative mode, far from romanticizing or sentimentalizing the protagonist of the story as a surrogate for the author, always shows him as the rather pathetic figure he really is. Clearly, the impression that emerges is not one of identification of author with protagonist, as Průšek and Hsia have claimed, but rather of separation. What has been mistaken for an innovative, 'modern', sentimental, and self-revealing mode of writing is really an objective and ironic presentation of a character with a mistaken and sentimental view of himself." Yu Dafu and the Transition to Modern Chinese Literature, in MerleGoldman ed. Modern Chinese Literature in the May Fourth Era.Cambridge: Harvard University Press, 1977.p.315.

59 Jaroslav Průšek,"Here, too, we find the requirement so often demanded of the contemporary writer, namely, that if the writer is to grasp the new reality, he must live it, must change his way of life, that the decisive factor for his art is his living experience, not merely cognition or fantasy." Three Sketches of Chinese Literature. Prague: Oriental Institute in Academia.1969.p.97.

使得普实克研究中国文学的视角与其他欧美汉学家产生了差异。他认为这种表现文学现实主义方法的最终目的并非是为了单纯的唤起作者个人的生活经验，"这些作品最重要的是对公众的吸引力，而最亲密的经历则是对当代生活的痛苦和贫困的宣传"。[60]在布拉格汉学研究中，郁达夫与茅盾的创作方法不同。茅盾认为文学反映客观现实的社会存在，就要到人群中去获得现实经验。而郁达夫认为文学反映作者个体的社会现实经验，就要试图去体验更多的生活现实，以便从中获得经验。没有现实基础的生活经验只是不切合实际的幻想，对现实主义文学来说并无意义。

普实克的学生安娜在论文中详细介绍了郁达夫的文学创作手法。安娜认为："通过丰富自己的经历，郁达夫创作了一些作品，他以自己的个人经历、感受和问题作为出发点。这里一个包罗万象的主导因素是作者的个性，它甚至在部分细节上强调了作品的自传性质，而他谈论自己时没有自我理想化，即使是以受虐狂的开放态度。为了使他的作品获得更高的文学效果，他将虚构的元素融入了他亲密的自我交流的基本计划中，这样也丰富了他的个人经历。"[61]她认为郁达夫的作品基本都是稍滞后于作者现实经验的反映的，并随后发表，这样的文学作品是作者个人经验最及时的映射。这就使得郁达夫的作品能直接地反射作者的性格特点以及作者的真实经历，并且他并没有刻意放大自己在作品中自传式的性格特征，反而将其摆在读者面前，让读者分辨。如："在他罕见的对话中，他让叙述者用他自己名字的人物来称呼他，或者在开头的 D 字下稍微掩饰他，这样他就给读者提供了破译他身份的可能性，即使他不熟悉他的传记。"[62]

60　Jaroslav Průšek ,"These works are above all an appeal to the public, and the most intimate experience serves as propaganda against the misery and poverty of contemporary life." Three Sketches of Chinese Literature. Prague: Oriental Institute in Academia.1969. p.97.

61　Anna Doležalová,"By belletrizing his own experiences, Yü Ta-fu created works in which hc took as his starting point his own personal experiences, feelings and problems. An all-embracing dominant element here is the author's personality which even in partial details emphasizes the autobiographical nature of the work, while he talks of himself without self-idealization, even with a masochistic openness. To achieve a higher literary effect for his work he sets fictional elements into the ground plan of his intimate self-communication and belletrizes his personal experiences." YU TA-FU: Specific traits of his literary creation. Czechoslovakia: The Slovak Academy of Sciences · London C. Hurst & Comoany · NewYork Paragon book reprint corporation, 1971.p.20.

62　Anna Doležalová,"In his otherwise rare dialogues, he lets the narrator be addressed by the name Ta-fu, using the characters of his own name, or disguises him thinly under the initial D, so that he offers to the reader there and then the possibility of deciphering his

安娜关注到了郁达夫将个人情感和阅历灌入到自己的文学写作当中去，特别是对即时经验的写作，使得其作品具有强烈的个人主义色彩。

安娜从以上分析得出结论，郁达夫的文学理论具有主观主义的色彩，"即使在他的论文中，郁达夫也没能成为一名客观的理论家或逻辑上一致的思想家。在他关于政治事件的文章和小册子中，他作出了主观和冲动的反应，许多时候绝对的措辞表达了他的即时立场，从而得出了不相关的结论。"[63]在普实克看来，这正是中国文学中主观主义的典型表现。也就如郁达夫所说，"如果一个纯粹客观的描述和态度是可能的，那么创作才能和作家的存在将变得多余，因为这种完全客观的作品在任何方面都不会有所不同。"[64]普、安强调，郁达夫并非否认文学作品应该描绘客观现实，但纯粹的描绘客观现实会使得文学作品趋同，从而失去了自己的艺术特色和价值。所以，郁达夫的作品中才呈现出了一种主观主义的倾向，也就是对主观意识的客观描述。

在文学批评理论方面，安娜从郁达夫的作品中找到了许多浪漫主义的描绘。"郁达夫走自己的路，他拒绝复制一切客观现实的照片——或者更确切地说，这与他的文学类型背道而驰——在这种类型中，作者会站在造型材料之外。他并非努力把现实描绘成这样，而是通过作者个人主观的、感兴趣的视角来展示世界。"[65]受浪漫主义的影响，郁达夫文学作品中的现实是在个人主观经验基

---

identity, even though unfamiliar with his biography." YU TA-FU: Specific traits of his literary creation. Czechoslovakia: The Slovak Academy of Sciences · London C.Hurst&Comoany · NewYork Paragon book reprint corporation, 1971.p.21.

63 Anna Doležalová,"Even in his essays Yu TA-fu failed to be an objective theoretician, or a logically consistent thinker. In his articles and pamphlets on political events he reacted subjectively and impulsively, many a time expressing in absolute terms his momentary standpoint and thus arriving at irrelevant conclusions." YU TA-FU: Specific traits of his literary creation. Czechoslovakia: The Slovak Academy of Sciences · London C.Hurst&Comoany · NewYork Paragon book reprint corporation, 1971.p.104.

64 Anna Doležalová,"In his view, if a purely objective description and attitude were possible, the creative talent and the writer's very existence would become superfluous, because such perfectly objective works would not differ among themselves in any respect." YU TA-FU: Specific traits of his literary creation. Czechoslovakia: The Slovak Academy of Sciences · London C.Hurst&Comoany · NewYork Paragon book reprint corporation, 1971.p.105.

65 Anna Doležalová,"Yu Ta-fu went his own way, he rejected all objective photographic reproduction of reality-or rather it ran counter to his literary type-in which the author would stand outside the moulded material. He did not strive to depict reality as such, but to show the world through the individual, subjective, interested eyes of the author." YU TA-FU: Specific traits of his literary creation. Czechoslovakia: The Slovak Academy of Sciences · London C.Hurst&Comoany · NewYork Paragon book reprint corporation, 1971.p.119.

础上的加工创造，这样就形成了郁达夫独有的现实主义风格。此外，对于典型环境和典型人物的态度，郁达夫的态度与茅盾则正相反，安娜写道："描述次要人物和环境不是郁达夫的目的，但他利用它来描绘散文作品里所有现实中脱颖而出的主要主人公。"[66]在塑造典型人物上，郁达夫更加关心如何体现主人公的个人经验的现实反映，这也是郁达夫主观主义的体现。由于郁达夫作品中的主人公多是郁达夫个人经验的再现，所以典型人物成为了郁达夫关注的焦点。

中国学者胡尹强就郁达夫小说的研究则更为细致，他在《论郁达夫前期小说的现实主义特质》中谈到，"零余者的形象是郁达夫早期小说现实主义特质的标志……作家所表现的不可能是纯客观的，只能是通过作家的灵魂体验和感受到的……在这里，郁达夫对自叙传作了广义的解释，即自我表现。"[67]由于在这一时期对社会生活的真实再现是郁达夫创作的目标，所以就表现出了强烈的主观主义倾向，但他后期作品的现实主义特质有所转变，张洪琪认为："郁达夫要把广阔的现实生活浓缩成一个典型的世界，因此单纯的抒情也就不再成为最适宜的表现方法，它所要求的首先是客观的再现生活，这种再现绝不属于主观的倾向。"[68]这一时期的郁达夫则开始转向马克思文艺理论观下的文学创作法则，注意典型环境和典型人物的塑造。张洪琪认为："现实主义的具体性和客观性是其最主要的特征。在这里，事件和情节不只附丽于主观抒情的内在需要，或被情感真实所抉择，而是为创造真实的人物性格服务；细节不是经过主观情感的筛选，相反，细节是作为现实主义的重要因素而存在，具有独立的价值和作用。"[69]客观描写成为了唯一法则，此时的郁达夫不再是个人主观情感描写的真实表达。与安娜的研究相比，中国学者的观点更加全面，不仅将郁达夫的创作分期研究，并且他们更加重视郁达夫是如何通

<hr />

66　Anna Doležalová,"a description of secondary characters and environment is not Yu Ta-fu's purpose, but he makes use of it as a means of portraying the principal hero who stands out through all the realities of prose work. " YU TA-FU: Specific traits of his literary creation. Czechoslovakia: The Slovak Academy of Sciences · London C.Hurst&Comoany · NewYork Paragon book reprint corporation, 1971.p.129.

67　胡尹强《论郁达夫前期小说的现实主义特质》，载《浙江师范大学学报（社会科学版）》1990 年第 3 期。

68　张洪琪《关于郁达夫后期小说的现实主义倾向问题》，载《山东社会科学》1993 年第 1 期。

69　张洪琪《关于郁达夫后期小说的现实主义倾向问题》，载《山东社会科学》1993 年第 1 期。

过主观描写来反映客观现实的。而安娜则倾向于考虑郁达夫的主观主义倾向是对个人主观情感的客观描写。显然二者的侧重点有所不同。

总的来说，普实克认为，郁达夫的文学创作是个人经验的反映，郁达夫在描绘自己的个人感受时，也将自己的主观情感融入其中。本质上郁达夫文学仍旧是对社会现实的客观描写，其描写的对象是个人社会经验的主观意识。而要想创造出优秀的文学作品，郁达夫要求作家应该丰富自己的个人经验，尽可能多的在主观经验的基础上创作文学作品。那么无论是茅盾到社会客观现实中去汲取经验，还是郁达夫改变个人生活状态以获得更多经验，都符合普实克所探讨的文学是客观世界的反映，也是人们认识世界的工具的论断。所以普、安二人的郁达夫文学研究是从马克思主义理论视角探讨的。相比之下，国内学者对郁达夫的研究则更为细致透彻，他并不是将郁达夫看成写作风格前后统一的整体，而是将前后期的差异表现出来。值得注意的是，夏志清在讨论郁达夫的文学创作时，虽然同样看到了郁达夫以"自我为中心"的文学创作模式，但他并没有深入探讨郁达夫的自传式写作，其创作源泉为哪般。相较之下，布拉格汉学家以马克思主义的视角深入分析了郁达夫创作经验的理论根源，从而更加清晰的将郁达夫摆在了中国现代文学殿堂中的准确位置。

三、社会历史与现实：郭沫若现实主义理念中的史学意识

普实克认为郭沫若同郁达夫都属于自传式的文学创作，但他们对现实的描写方法是不同的。他认为："个人经历和历史是郭沫若文学作品振荡的两极，两者都没有完全结合。在郭沫若的性格中，主观诗人和历史学家潜移默化地融合在一起。"[70]郭沫若的自传式文学是将个人的经历与时代的变化紧密结合在一起，从而完成对社会现实的描绘。在此，普实克引用了米莲娜的看法："郭沫若的目标是描绘特定时代的特征，比起作为诗人只写内心经历，他对成为历史学家、编年史家更感兴趣。"[71]由此，郭沫若的自传式文学具有宏大

---

70 Jaroslav Průšek ,"Personal experience and history are the two poles between which Kuo Mo-jo's literary production oscillates, without fully attaching itself to either. In the personality of Kuo Mo-jo, subjective poet and historian imperceptibly merge." Three Sketches of Chinese Literature. Prague: Oriental Institute in Academia.1969. p.127.

71 Jaroslav Průšek , "Kuo Mo-jo aims to portray the characteristic features of a certain time and milieu, with him the interest of an historian, of a chronicler, out-balances the attitude of a poet writing only of his inner experiences." Three Sketches of Chinese Literature. Prague: Oriental Institute in Academia.1969. p.101.

的历史背景，而不是单纯的对个人经历的描绘和感情的抒发。郭沫若能够从
这种史诗式的诗中探求历史的意义。

普实克的学生米莲娜在《郭沫若的自传文学》中谈到："郭沫若在其自传
中提供历史的证据而不是优雅的文学，这一点是通过其作品形式来证明的。
它们都严格按时间顺序排列；事件是一年一年、一个月一个月描述的，在某
些情况下是一天一天描述的。虽然故事以作者本人为中心，但细节不可避免
地具有成为史料的价值。"[72]在米莲娜研究中，郭沫若的自传式文学正是按照
一种严谨的历史方法来创造文学，这种历史方法是一种有序的个人经验的反
映，也是对社会现实的反映。"因此，郭沫若的自传主要是纪录片。在描述自
己的生活故事时，他为历史学家提供了许多有价值的材料，如本世纪初的日
常生活、四川革命运动的响应以及到北方考察时对知识分子情绪的描写。"[73]
这使得郭沫若的文学作品具有除文学审美价值之外的史学价值，而之所以具
有这种价值正是因为郭沫若的文学中充满了对现实的描写。

米莲娜认为郭沫若的文学作品有三个特点，即浪漫的主观主义、历史的
兴趣、和对其个人经历的关切。这三个特点归其一处，是他在创作文学时的
根本出发点是主观的个人经验。五四时期，浪漫主义从西方传播到中国，传
统的儒家社会思想被摧毁，在这样的思想浪潮当中，郭沫若首先受到了欧洲
新的思想文化浪潮的影响，于是这一部分经验便体现在诗的创作中。他对历
史的兴趣，则完全来自于他本人经历中所接受的中国传统经典教育，之后这
也成为他作品的重要特点。郭沫若的自传式文学是在历史研究之后开始写作，
这样他的文学就呈现出个人的经验和生动的社会历史事件之间的对抗。米莲
娜将郭沫若的自传式文学与当时的社会事件紧密结合起来，意在标明郭沫若

---

72 Milena Doleželová-Velingerová,"Kuo Mo-jo's primary aim of providing in his autobi-
ographies historical evidence rather than literary elegance is borne out by the form of
his works. They are all strictly chronological; events are described year by year, month
by month, and in some cases day by day. While the story centers around the author
himself and the particulars are inevitably have the value of primary historical sources."
Kuo Mo-jo's autobiographical works. Jaroslav Průšek ed. Studies in modern Chinese
literature. Berlin. Akademie. Verlag, 1964.p75.

73 Milena Doleželová-Velingerová,"Thus,Kuo Mo-jo's autobiographies are chiefly documen-
tary in character. In describing his own life story he supplies the historian with valuable
material on many topics, such as everyday life at the beginning of the present century, the
response of the revolutionary movement in Szu-ch'uan and the mood of the intellectuals
before and during the Northern expediton." Kuo Mo-jo's autobiographical works. Jaroslav
Průšek ed. Studies in modern Chinese literature. Berlin. Akademie. Verlag, 1964.p.75.

的主观主义文学特质体现在个人的生平经历与历史事件相结合，这种主观主义不再是郁达夫式的主情描写，更多的是在时代背景下作者个人经历的宏观叙事。米莲娜以历史的眼光来探讨郭沫若的自传式文学，不仅角度独特，也更深地挖掘了郭沫若文学的时代内涵。

　　社会革命推动社会更迭变迁，同时也创造着社会历史。所以，当马克思主义成为中国思想历史发展潮流之时，郭沫若积极接受了它，这一点颇为布拉格汉学家所重视。普实克在他的研究中认为郭沫若的文学写作受到了马克思主义思想的影响。将来自中国旧社会的人和马克思主义思想成功结合，进而塑造成新的人。"这个故事是郭沫若试图将马克思列宁主义的思想与中国人民的进步传统相结合的一个有启发性的例子。这里出现了他在戏剧作品中有效运用的方法，他对旧中国的各种杰出人物进行了新的诠释，强调了他们的进步思想。"[74]高利克对此有更深入的研究。他认为，郭沫若进入社会革命时期文学创作手法出现了新动向。"郭沫若接触了马克思主义后，开始承认客观世界现象的相互相关性。这个道理也适用于个人与社会的关系。时代气氛，社会环境在人的活动中起了决定性作用。"[75]这也从侧面证明了郭沫若的创作思想正是马克思主义视阈下的文学反映历史发展现实的文学观。实际上，这个观点也成为了汉学界的共识，如大卫·罗伊认为，郭沫若的早期文学作品是浪漫主义的，其中包含诸多元素，如对孩童的关注源于他对人的本真的热爱，将艺术与自然相联系使得他否定规律和原则，利用无神论来解释泛神论。这使得后来郭沫若选择了马克思主义，即"郭沫若浪漫主义的所有这些因素都有助于他接受马克思列宁主义。"[76]也就是说，社会历史的变迁使得郭沫若的文学创作思想也随之改变，郭沫若创作文学要将历史的每一个变化中的元素纳入其中，这样才能反映大历史叙述下的社会现实。此时，郭沫若主观意识形态的变化和客观世界现实的发展之间形成了有机的统一体，共同为文学反映现实的创作目标服务。

74　Jaroslav Průšek ,"This tale, too, which was written in 1925,shows very clearly how the work of Kuo Mo-jo is permeated more and more by Marxist ideas, for in it he already makes a proper distinction between Utopian dreams of a communist future and the doctrines of scientific socialism." Three Sketches of Chinese Literature. Prague: Oriental Institute in Academia, 1969.p136.

75　[斯洛伐克]玛丽安·高利克《中国现代文学批评发生史》，陈圣生等译，社会科学文献出版社，1997 年，第 45 页。

76　David Tod Roy, "All of these elements in Kuo Mo-jo's romanticism tended to facilitate his acceptance of Marxism-Leninism;" Kuo Mo-jo: The Early Years,Cambridge: Harvard University Press.1971.p.142.

综和以上观点，米莲娜和高利克对普实克的观点有所补充和深化，郭沫若的现实主义文学是一种主观现实和客观现实的结合，严谨客观地描绘现实的历史手法以及主观意识的现实描写使得郭沫若的文学创作具有史诗的气势。不仅如此，郭沫若后期创作由于受马克思主义无产阶级革命理论的影响，逐渐走上了为无产阶级革命呼喊的道路。

总之，布拉格汉学家研究现实主义文学的三重维度分别是文学反映客观现实下的茅盾文学叙事模式，反映个人情感经验的主观现实下的郁达夫文学书写模式，掺杂反映历史事件经验现实下的郭沫若文学创作模式。既然文学反映社会历史的跳跃式发展，那么革命文学必然也是文学服务的对象。

第三节、社会革命中的文学现实

一、新写实主义浪潮下的无产阶级革命文学

五四运动之后，现实主义文学有了新动向，国内文艺界逐渐开始奉行"新写实主义"的浪潮，也就是"无产阶级现实主义"。布拉格汉学家也注意到了这个转变，于是就对这一时期的文学做了大量的研究和分析。这时，中国社会出现了风起云涌的变化，社会革命愈发猛烈。文学此时与社会革命紧紧相依，也就有了阶级革命的使命，由此，就产生了无产阶级现实主义文学。

如众多学者所说的那样，"新写实主义"并没有在苏联产生巨大的影响，中国的"新写实主义"源于日本。学者刘海波认为，《到新写实主义之路》、《再论新写实主义》和《作为生活组织的艺术和无产阶级》三部著作是日本学者藏原惟人的"新写实主义"的主要著作。高利克在谈无产阶级现实文艺的问题中详细讨论了"无产阶级现实主义"的内涵，他认为，"无产阶级现实主义"并非"社会主义现实主义"。为了分析这个议题，高利克分析研究了钱杏邨作品中的"无产阶级现实主义"。他认为钱杏邨所谈的"现实"以藏原惟人的著作《通往无产阶级现实主义之路》为凭，主要体现在四个方面，分别是要离开一切主观的构造来观察现实的客观态度、拥有丰富的阶级斗争意识、用无产阶级眼光来审视世界和文学必须选取有利于无产阶级解放的内容。那么，新写实主义其实就是在文学反映现实社会的理论基础上，再次强调限制特定主题的社会现实，这样的文学形式是为某一阶级服务的文学。就新写实主义的内涵而言，刘海波评价道，新写实主义内部存在悖论，实质上呈现出两种真实的分离，"新写实主义最重要的'第一

是把这记录真实地描写着，第二是那描写正确。'当藏原惟人把描写的'真实'
和'正确'分而言之，强调既要'真实'又要'正确'时，他就隐含了这样一个
前提：或者存在'真实但不正确'，或者存在'正确但不真实'，或者二者都有。"
[77]正是因为概念内部的矛盾关系，所以才出现了当时文坛的分歧。

高利克认为，新写实主义本质与茅盾的"现实"不同。"茅盾创作他的作
品是以活生生的直接的认识为基础的，钱杏邨对此没有，也不能予以否定……
但他相信，茅盾的《野蔷薇》及其三部曲《蚀》中所写的现实不是'普罗塔莉
亚写实主义纲领'下的现实，不是推动社会向前的现实。"[78]显然，在他看来，
钱杏邨的"现实"指的是那些导向无产阶级胜利的文学艺术表现。而茅盾和
钱杏邨的分歧在于，"在'如何创造生活'问题上，他与钱杏邨的看法是不同
的，在钱杏邨将时代气氛理想化的时候，茅盾却基本上写了那时期生活的黑
暗面，并从中看到唤起人们行动的方法，这就是去引导读者并将他们引向正
确道路的方法。"[79]在他看来，茅盾从唯物辩证法的角度看待文学与现实之间
的对应关系。在文学在何种程度还原真实的问题上，面对"真实不正确"和
"正确不真实"两者的悖论。显然茅盾没有陷入庸俗的文学反映论调中，就
如高利克所说："茅盾作为一个批评家确实显得很明智。由于自觉或不自觉地
捍卫了艺术表现现实的特点，他就使唯物辩证法免于庸俗化。"[80]茅盾提倡文
学反映真实的社会生活，无论是光明的还是阴暗的，无论是外部环境描写还
是内部心理描写。忠实地反映现实是茅盾创作的第一准则。然而，在刘海波
看来，"革命文学的理论家们并不这么想，每一篇作品都是匕首、是投枪、是
宣传的工具、是阶级斗争的武器的急切要求，让他们无法容忍任何'不正确'，
于是本意要求'执拗于现实'，要求'彻头彻尾取着客观态度'的新写实主义，
最终走向了'正确'然而不真实的死胡同。"[81]新写实主义的问题也就在于过
分强调社会革命与文学之间的共生关系，而忽视了文学自身的主体性地位。

77 刘海波，《二十世纪中国左翼文论研究》，复旦大学博士论文，2003 年，第 115 页。
78 [斯洛伐克]玛丽安·高利克《中国现代文学批评发生史》，陈圣生等译，北京：社
   会科学文献出版社，1997 年，第 168 页。
79 [斯洛伐克]玛丽安·高利克《中国现代文学批评发生史》，陈圣生等译，北京：社
   会科学文献出版社，1997 年，第 169 页。
80 [斯洛伐克]玛丽安·高利克《中国现代文学批评发生史》，陈圣生等译，北京：社
   会科学文献出版社，1997 年，第 170 页。
81 刘海波，《二十世纪中国左翼文论研究》，复旦大学博士论文，2003 年，第 118 页。

文学作为一个客观对象目标受众并不单一，所以就无法严格限制文学为哪一个阶级服务。

学者王中忱认为，茅盾的文学思想对真实葆有无比纯粹的态度，"即使是革命的观念，也不能代替对现实的忠实反映。因此，他特别强调作家对待生活必须认真观察或亲身体验的严肃态度。"[82]即使是革命文学有着强烈的政治功能的需要，也不能抹杀文学反映真实的基本创作原则。同样，国内学者李跃力认为，"茅盾笔下的'现实'与蒋光慈、华汉等人的'现实'有着本质的不同。前者是个体对经验到的'现实'的客观呈现，包含着丰富的历史内容；后者则试图抛弃经验'现实'带来的不良情绪，毅然投身'历史的必然性'观念所营造的光明前景中。"[83]也就是说，茅盾更注重文学对社会现实描写的主体地位，蒋光慈等作家则将文学作为阶级斗争和社会意识形态下的产物，文学必须服务于人民，这样就必须产生社会功用和价值。张广海认为："正因为无产阶级革命文学诉诸于现实的改变，唯物史观又把现实视作确定性和意识形态的发源地……能够进入真正的'现实'之序列的只有那些符合历史发展必然规律的现实。"[84]由此可见，国内学者的观点与布拉格汉学学者的基本观点相同，即充分肯定茅盾反对为了"政治革命"而削减文学作品反映社会发展的真实度，认为茅盾捍卫了文学反映现实的根本意义。而蒋光慈等人的新写实主义理论，则有些矫枉过正地进入庸俗主义的泥沼当中。

也就是说，此时的现实主义文学已经走向无产阶级革命的道路，一切与革命不相关的现实主义文学则被排除在此时的文学主流之外。文学出现了为阶级革命服务的政治正确导向。在社会革命的背景下，文学要为无产阶级革命服务，革命文学必然要为无产阶级推翻压迫政权而努力。所以革命时代的文学首先要分清文学服务的对象和代表的立场。在这个问题上，瞿秋白有详细的理论研究。他"从党的思想、利益和实际需要的角度来认识文学，他总是特别强调阶级斗争，强调要'保证无产阶级在文艺战线上的领导权'，强调文学艺术为党和阶级服务的工具性质。早在1923年，瞿秋白就特别强调中国

---

82 王中忱《论茅盾现实主义文学观的基本特征》，载《茅盾研究论文选集》，长沙：湖南人民出版社，1983年。

83 李跃力《革命文学中的现实主义与崇高美学——由〈蚀〉三部曲所引发的论战谈起》，载《文史哲》2013年第4期。

84 张广海《茅盾与革命文学派的"现实"观之争》，载《中国现代文学研究丛刊》2012年第1期。

革命和文学运动'非劳动阶级为之指导，不能成就'；'左联'时期他仍然是反复强调：'争取文艺革命的领导权'是'无产文艺运动的中心问题'，'只有无产阶级的领导权能够保证新的文艺革命的胜利'。"[85]实际上瞿秋白强调文艺运动领导权掌握在何人手上的问题，就将文学创作冠以无产阶级革命的名号。就革命文学的具体形式而言，高利克则分析了瞿秋白的观点，文学不是堕落的，每个阶级都有它自己的文学，甚至被好好写的图画书都是文学。周扬则在瞿秋白的观点基础之上，认为图画书，手稿，唱本都可以在人民群众中推动意识形态斗争，点燃他们的热情，让他们对革命口号感兴趣，他认为革命阶级可以推动世界文学的发展，而资产阶级文学是没有未来的。这个观点与马克思主义思想有着密不可分的联系。马恩认为无产阶级应该有自己的文学，无产阶级应该参加到文学创作中来，以此宣传革命文学，推动时代的发展。瞿秋白和周扬的左翼文学立场再一次充分显示了革命文学的任务。

　　高利克在茅盾文学研究时对阶级社会中文学作为工具的价值有更深入的研究。"文学是一种手段，但理解方式不同：在阶级社会中，文学是阶级工具，是被阶级利用的工具。文学总是展示或者应该展示这个时代的精神，这种精神只不过是'统治阶级思想、意志和感情的体现'"。[86]也就是说，茅盾认为，在阶级社会，文学是统治阶级管理社会的手段。实际上，茅盾对无产阶级文学的态度是逐渐变化的。高利克在解读茅盾文学观念的变化时，按照历时的发展进行了深度解读。他认为茅盾在1924年到1925年之间，其文学批评观念产生了重要的变化，也就是对无产阶级文学的态度产生了变化。从前对于茅盾来说，文学是国际的，是民族的，而在这之后则变成了阶级革命的角斗场。茅盾认为无产阶级文学是当时社会的大众文学，是与资产阶级文学相对立的大众文学，与传统文学相对抗，是一种革命的文学。他仔细分辨了并非所有对资产阶级有敌意的艺术都是无产阶级艺术，无产阶级艺术应该有崇高的目标。无产阶级文学是一种阶级斗争，是对社会秩序的反叛，这种反叛不是个人的，而是整个社会的。茅盾对无产阶级艺术的形式和内容的内在联系做了解读，除此之外茅盾认为新

85 聂国心《鲁迅与瞿秋白文学思想的差异》，载《文艺研究》2013年第7期。

86 Marián Gálik, "Literature is a means,but a means differently understood: in a class society,literature is a class tool,an instrument of the class that used it.Literature always shows or ought to show the spirit of the age and this spirit is nothing but 'an embodiment of thought,will and feelings of the ruling class'." MaoTun and Modern Chinese Literature Criticism. Germany: Franz Steiner Verlag Gmabh · Wiesbaden, 1969.p.96.

的文学形式和精神不一定会有足够的受众，但会引发人们对历史的好奇心。无论是何种形式的文学，文学必须给具有一定文学素养的人阅读，这就要求作家需要肩负起一定的职责和使命，高利克指出茅盾曾经说明了作家的使命："作家目前的任务是抓住民族和阶级革命运动的精神，用深刻和伟大的文学作品来表达这种精神，并使这种精神在人民中传播，渗透到被压迫者的大脑中，从而保持他们不断增长的争取自己解放运动的浪潮，这鼓励他们走向一场更加激烈的革命运动。"[87]也就是说，文艺应当歌颂倔强的、叱咤风云的和革命的无产者。茅盾对文学在无产阶级革命时代的作用表达的非常明确，就是要起到宣传、动员、推动革命浪潮的作用。高利克在他的研究中充分分析了这一观点。

此外，高利克还从马克思主义的角度深入透彻地分析了郭沫若关于革命文学的创作思想。他认为，郭沫若的观点是有些机械的、片面的。"根据马克思的观点，把社会的发展（不论它具有什么形式），或它的物质基础（不论它完善与否），与文学艺术领域中的成就联系起来都是荒谬的。各种文化形式的发展，包括艺术的发展（这是首要的），是不平衡的，不能单纯根据社会或物质基础的标准去作简单或机械的判断。文学和艺术，以及它们的发展过程、都有自己的特殊性。"[88]由此可见，高利克既赞成文学反映社会现实的观点，但也警惕机械地把文学艺术与社会物质生产条件联系起来的做法。郭沫若坚信，成为革命现实的留声机是年轻作家或评论家所能成为的最好角色。留声机是真理的象征，因为它客观地再现了现实。由此，高利克总结了郭沫若提出的三点要求，一是离再生产的声音近一些，即离大众工人和农民近一些以获得无产阶级精神。二是与个人主义作斗争，也就是说，压抑自己旧的资产阶级意识形态。三是参加运动，坚定地表达所需的新的意识形态、宣传、加固并且壮大它。如此可以发现，郭沫若在革命时代要求文学能够客观地反映革命现实，这种反映应该像留声机一样不带有主观意识。这就需要作家和评论家走进无产阶级

87 Marián Gálik, "The present mission of writers is to grasp the spirit of national and class revolutionary movement and express it by deep and great literature and cause this spirit to spread among the people,to penetrate into the brains of the oppressed so that the wave of their growing movement for their own liberation be maintained and that this encourage them towards an increased and more enthusiastic revolutionary movement."Mao-Tun and Modern Chinese Literature Criticism. Germany: Franz Steiner Verlag Gmabh · Wiesbaden, 1969.p.94.

88 [斯洛伐克]玛丽安·高利克《中国现代文学批评发生史》，陈圣生等译，北京：社会科学文献出版社，1997 年，第 55 页。

工人和农民的生活。所以高利克认为，郭沫若的革命文学有着现实主义的基础，他要求作家要能够客观地描述革命现实，需要真正的接近人民群众的生活。就如卢卡契所说："同人民生活保持活跃的联系，使群众自己的生活实践朝着进步方向继续发展，这就是文学的伟大社会使命。"[89]由此看来，历史、革命和现实之间的关系是，历史是社会现实的描绘，而革命推动历史的发展，同时也成为了现实的重要组成部分，这一点成为了布拉格汉学家研究郭沫若文学的重要线索。那么，在布拉格汉学研究中，郭沫若的革命文学理论有着强烈的阶级意识，要求作家负有历史使命感和责任感，进而反映无产阶级的社会现实，以此来推动社会革命的发展。郭沫若在革命时代坚定的要求文学能够客观地反映革命现实，这种反映应该像留声机一样不带有主观意识在其中。这就需要作家和评论家走进无产阶级工人和农民的生活。

高利克在《茅盾与中国文学批评中》详细分析了左翼文学在文学批评中的三个角色，第一个是发动群众进行理论斗争和批评运动，反对欺骗人民群众的一切形式的宣传，反对一切引诱人民大众沉浸当中妨碍人民群众解放的封建文学，反对一切封建的、资本主义的和小资本主义的思想，反对对人民群众的忽视。第二个角色是在文学和文化是某一特定历史时期阶级斗争的最有利武器的观点基础之上确立的，即无产阶级革命家和理论家必须站在革命的最前沿，特别要对新月会进行打击。第三个角色需要无产阶级文学批评家从他们自身的阶级考察文学作品的作者，指出他们的错误，并给他们告诫和建议。高利克认为，作家成仿吾在郭沫若的基础之上，发展了革命文学的概念。他将革命的文学和一般的文学分开，并认为革命的文学有自己的一套公式。即真挚的人性文学+审美的形式+热情=永远的革命文学。高利克认为成仿吾所认为的革命文学前后期有所不同。前期他认为革命文学的作者必须追寻永远真挚的人性。而后期的成仿吾则受马克思主义的影响，对革命文学的认识有所转变。成仿吾以马克思主义经济基础决定上层建筑为出发点，他认为文学是一种意识形态的表现，随经济基础的变化而变化，这就需要接受批判，但同时也要照顾到文艺的特殊性。这也是社会关系的表现，他们由物质生产力所决定，有自己的发展规律。成仿吾由此出发，意在说明下层建筑也就是经济基础发生变化时，文艺不适应当时革命阶级的需求，这时文学便需要被

---

89 [匈]卢卡契《现实主义辩》，《卢卡契文学论文集》第 2 册，卢永华译，北京：中国社会科学出版社，1981 年，第 32 页。

批判。国内学者任一鸣在研究成仿吾的革命文学公式时则给出了这样的观点，后期的创造社逐渐走向了小资产阶级的狂热，有把问题简单化的趋势，论述缺乏理论基础，流于喊空口号。就如成仿吾的这套文学公式而言，"这种对革命文学的理解显然只停留在主观的片面性和狂热的浪漫性上，缺乏更深层的认识。"[90]任一鸣指出了革命文学公式中的庸俗化倾向，如果文学批评家对理论问题的把握不够准确，就会导致文学创作理论的僵化。高利克认为此时成仿吾并不真正了解马克思主义理论，任一鸣则认为他们对马克思理论的理解程度较低，也有可能受到其他非马克思主义的影响就导致他们对理论的研究不够透彻。这一点高与任有着共识。

　　除成仿吾之外，邓中夏、肖楚女等人也有"政治性"批评的篇章。如肖楚女的《艺术与生活》中的观点更接近马克思主义关于艺术的观点，它是从艺术反映生活的角度来阐述艺术作为上层建筑的特性。高利克认为，"他们强调文学与革命活动相结合，并将文学看作为一种社会工具，以及对文艺作为一种社会意识，一种建立于经济基础之上的上层建筑的见解，在中国现代文学批评史上有着重要的地位。"[91]以上观点，都是由马克思主义的"经济基础决定上层建筑"的基本原理而阐发出的文学观点。同样，在分析茅盾的无产阶级文学的观点时，高利克认为茅盾在《西洋文学通论》中把文学史与社会经济发展联系在一起。马克思文学理论将文学放入上层建筑的范围内，茅盾把这个马克思主义文学理论的表述方式放入他文学批评的"系统—结构整体"中。邓中夏认为新的诗学必须能够展现中国的国家精神，必须描写社会真实的现状，必须参与革命实践。这是将文学纳入革命实践中的一个论述。

　　文学反映社会真实的现状就涉及到革命文学作家与"时代"的关系，高利克从蒋光慈的"革命文学"理论出发，认为"一个生活在这个时代之外或没有生活在这个时代的人不可能成为一个革命作家或诗人。"[92]也就是说，革命文学的写作需要生活在革命年代的作家，不然就无法写出具有革命时代鲜明特色的"革命文学"。而在蒋光慈看来，革命文学的"情绪"也同样至关重要，情绪可

90　任一鸣《李初黎、冯乃超、成仿吾与革命文学倡导》，载《鲁迅研究月刊》2012 年第 8 期。

91　[斯洛伐克]玛丽安·高利克《中国现代文学批评发生史》，陈圣生等译，北京：社会科学文献出版社，1997 年，第 135 页。

92　[斯洛伐克]玛丽安·高利克《中国现代文学批评发生史》，陈圣生等译，北京：社会科学文献出版社，1997 年，第 144 页。

以表现特定的个人也可以表现作家的个性，而且能够表达特定社会的属性。作家是不同社会阶层情绪的代表。所以革命文学的作家则必须有一种反抗的情绪才能写出好的革命文学作品。就作家与"时代"的关系而言，普实克在他的研究中强调了作家作品与其当时所处的社会历史条件的关系，这也正与蒋光慈的革命文学需在革命时代才能造就的观点相通。其理论基础都为马克思主义文学理论的观点——"文学反映论"，就是将文学放入一个历史发展中的语境当中来。"蒋光慈明确地把作家置于社会环境之中。人不可能使自己摆脱社会关系的束缚，他的地位——包括经济地位，阶级地位和政治地位——有助于形成其阶级心理。如果一个作家代表统治阶级，他的思想，情绪和行为就是反革命的。假如他站在被压迫，被剥削的劳苦大众一边，那么他的作品就是革命的。"[93]该观点源于当时非常流行的社会学观点：现代资本主义社会的个人主义已经发展到了顶峰，与此同时，集体主义萌芽已经扎根。现在必须摧毁以个人主义为基础的社会，建立一个新的集体主义的社会。在蒋光慈看来，上一代的中国现代作家都是个人主义者。他们总是将其注意力集中于个人，而忽视大众的生活。他们的作品描写的是英雄而不是群众，是个人而非集体。学者王智慧认为，蒋光慈为集体主义讴歌，的确具有很强的理论性和时代性。"但若因此而刻意追求文学表现集体主义，甚至反对以个人为主人公，这就显得过激而僵化。"[94]高利克的观点也与之相似，他认为虽然蒋光慈力求构建新的中国文学批评话语体系，但他热衷于一种单纯的服务于社会政治，但却没有美学价值的文学。

总之，就"新写实主义"而论，布拉格汉学学者基本理清了中国现代文学中革命文学的发展路径，并能够较为客观的评价文学服务于社会革命所产生的积极影响和消极影响。在许多观点上与国内学者呈现统一性。相较之下，国内学者看到了马克思主义理论本土化过程中的融合性，马克思主义理论进入中国初期必然存在中国社会与西方理论之间的"间隔性"。在这一时期，马列主义在中国还未得到广泛传播，无论是写实主义思想还是浪漫主义思潮都带有些资产阶级文艺思想的固有缺点。中国本土文学作为主体接受对象，发挥了主观能动性，去掉了西方现实主义文学中自然主义式的机械模仿，最终选择了适应当时

---

93 [斯洛伐克]玛丽安·高利克《中国现代文学批评发生史》，陈圣生等译，北京：社会科学文献出版社，1997年，第149页。

94 王智慧《激情叙述下的革命言说——蒋光慈小说创作简论》，载《中国现代文学研究丛刊》2002年第2期。

社会的现实主义文学，并在社会革命情势变化之后，逐渐开始将阶级情绪放入文学创作的要求当中。以上种种分析论断可证明，革命文学的出现体现了政治功能的需求，而中国现代文学中的革命文学则产生于社会革命的历史背景和环境之下。社会革命既然有文艺创作的需要，革命文学自然也就成为文学发展的主流，这是在特定的历史时期和特定的社会环境下所产生的文学创作思潮。此外，革命文学的价值一直是英美汉学与布拉格汉学之间争论的主要议题。下面就对比分析二者对革命文学的不同观点以突显布拉格汉学研究的特点。

二、革命文学的价值论

通过以上研究可以发现，布拉格汉学家的现代文学研究对象多数属于中国左翼作家的阵营。如：茅盾、郭沫若、成仿吾、郁达夫等等。那么文学与革命的关系，也就不可避免地成为了布拉格汉学家关注的议题。普实克认为："在一般文学史和文学理论的研究中有一个特别重要的题目，即亚洲各国的革命变化所导致的亚洲新文学的诞生。"[95]革命文学在中国新文学中举足轻重，其产生和发展与当时的社会变革息息相关。布拉格汉学家从马克思主义的立场来研究无产阶级革命与文学之间的关系，对左联作家进行了深入的分析和探讨。他们研究革命文学目的明确，如普实克所说："从这种研究所能得到的收益首先跟以下两方面的问题有关：一方面是同文学的动力有关的问题，即，了解文学发展过程中的动力和决定性因素……另一方面，这种研究提供了一个绝好的机会来分析种种文学现象的不同特征。"[96]社会革命是中国现代文学发展的内部动力之一，研究文学与革命之间的关系，本质上是对欧洲影响决定论的挑战，这种论断机械地将中国现代文学的发展单纯地归功于西方文学的影响。在普实克研究鲁迅的《怀旧》中，他认为："新文学出现的根本条件不是一种新语言，而是要有以现代方式成长起来的作家，他能用现代的眼光观察世界，对现实的某些方面有与众不同的新兴趣。革命首先要在作家头脑中产生，然后才能体现在他们的作品中。"[97]革命不是凭空想象出来的，而是社会环境造就的，作家无法脱离

---

95 [斯洛伐克]玛丽安·高利克《中国现代文学批评发生史》，陈圣生等译，北京：社会科学文献出版社，1997年，第80页。

96 [捷]雅罗斯拉夫·普实克《普实克中国现代文学论文集》，李燕乔等译，长沙：湖南文艺出版社，1987年，第80页。

97 [捷]雅罗斯拉夫·普实克《普实克中国现代文学论文集》，李燕乔等译，长沙：湖南文艺出版社，1987年，第119页。

现实世界而幻想革命，必然是关注现实的基础上而产生革命的需求。所以革命文学的出现本质上是因为中国社会革命的出现，并非直接受西方文学的影响。

就革命文学的价值而言，夏志清在给夏济安的著作写引言时表达了自己对左翼文学的看法："他们不仅仅是预言'解放'的先知；他们是战士，用他们的能力预见到了'解放'，他们是战士，用他们的武器，包括他们的笔，去走向未来。尽管左翼作家的数量从来都不多，他们的写作质量至少可以说是不平衡的，但他们被认为代表了现代中国最重要的写作流派，他们的重要性是因为他们对革命的贡献，而不是他们作品的美学价值。"[98]夏济安也认同夏志清的观点，评价中国左翼文学，夏氏兄弟有自己的一套评价体系，在这个体系中，左翼文学并没有达到他们认可的美学高度，所以它的文学价值也就值得商榷。

显然，夏志清对革命文学的态度与布拉格的汉学家是截然不同的，他认为："对于许多左翼时期的作家来说，只有在他们的传记和政治立场的充分再现中，他们才能在中国文化的特定关头产生他们的代表性价值，成为有意义的、富有同情心的、甚至是悲剧性的文学人物。他们的文学才华和教育水平各不相同，这些作家现在回想起来都是五四传统的坚定支持者，他们要求个人解放、社会正义和民族复兴。尽管他们很少在作品中捕捉到现实，但他们的愿望仍然是真实的。他们用笔来对抗传统，并且许多人会很乐意放下笔来与敌人展开更激烈的斗争。"[99]在夏志清看来，左翼文学家对文学的贡献极其

---

98 Tsi-an Hsia, "They were more than prophets who foresaw the 'liberation'; they were fighters who used their than prophets who foresaw the 'liberation', they were fighters who used their weapons, which included their pens, to bring about the future. Though the number of leftist writers was never large and the quality of their writing was, to say the least, uneven, they are understood to represent the most important school of writing in modern China, and their importance was due to their contribution to the revolution rather than to the aesthetic value of their work." The Gate of Darkness Studies on the Leftist Literary Movement in China, Seattle and London: University of Washington Press, 1968.xviii.

99 Tsi-an Hsia,"for many writers of the leftist period it is only in the full recreation of their biography and politics that they yield their representative value at a particular juncture of Chinese culture and emerge as meaningful, sympathetic, and indeed tragic literary figures. With their differing literary talents and education, these writers are in retrospect all unquestioning supporters of the May Fourth tradition, in their demand for personal emancipation, social justice, and national rejuvenation. Their aspirations are none the less real even if they seldom capture that reality in their writings. They used the pen to combat tradition, and many would gladly have laid in down to take up more violent forms of struggle against enemy." The Gate of Darkness Studies on the Leftist Literary Movement in China, Seattle and London: University of Washington Press, 1968.xvii.

有限，他们存在的意义在于"文学服务革命"的社会功能的实现。诚然他们在特定的时期为中国文学贡献了丰富的文学作品，但过分强调文学的社会功能最终损害了文学自身的审美价值。比如在对郭沫若文学的态度上，夏志清与布拉格汉学家的观点截然相反，他认为郭沫若的文学作品并没有世人推崇的高度，他之所以跻身于中国文学史是因为领导创造社和身兼数个头衔。基于此，夏至清并没有对郭沫若的文学思想做出更进一步的剖析，反而因为郭沫若参与领导无产阶级文学革命而对其进行了无情的批判。在此问题上，布拉格汉学家则深入研究了郭沫若的文学创作特点，并能够结合郭沫若在历史研究上的经历，准确的将郭沫若文学中的"现实主义"特点总结出来。他们的研究补充了夏志清由于意识形态束缚而有意忽视的研究领域，使得郭沫若研究更加客观和立体。

也就是说，布拉格汉学家更加肯定左翼文学对中国现代文学所做的贡献，并认为他们通过作品反映了革命现实，是中国现代文学史上极为重要的一部分。布拉格汉学家认为受马克思主义思想影响的左翼文学对当时文学发展产生了积极作用。夏志清的观点正好相反，夏志清并不否认这些作家对重建美好社会的愿望，但是由于其文学性质是为革命服务的，受当时社会政治的影响，就使得文学失去了原本的主体地位，同时也失去了反映社会现实的真实度。从二者的观点来看，对中国左翼文学的态度与汉学家自身的意识形态立场密切相关。由于意识形态的影响，夏志清过分关注革命文学与政治的孪生关系，而忽视了革命文学本身作为主体的意义。布拉格汉学学者则从社会背景的角度出发，认为当时的社会环境滋生了革命文学的产生，左翼文学家对马克思主义的选择，是时代发展过程中的必然。事实上，布拉格汉学家也同样提出了过分强调文学的革命性有时也会对文学本身起到反作用，这种倾向需要不断的反思修正。

普实克等人的关注点由于受马克思主义的影响，突显了左翼作家的创作特点，他们研究文学发展的基本观点是马克思主义的，那么布拉格汉学家的立场就与左翼作家相同。对比夏济安的研究，情况则正相反。具体说来，夏济安认为，蒋光慈的文学观点是浪漫主义的。"中文中的'浪漫'一词首先意味着放荡，甚至放肆；第二，它总结了不安和叛逆、沮丧和热情的各种特征，这些特征在现代欧洲文学中被充分研究过。我们不知道蒋在被驱逐后是否曾试图为自己辩护，但在公布的指控中，'浪漫主义'是他会自豪地承认的。他不仅天生比其他人更有浪漫倾向，而且有意识地努力达到浪漫形式的标准。"[100]夏济安认为蒋光慈赞扬文学中的浪漫主义，在当时的环境下，蒋光慈将革命和爱情作为文学的重要母题是值得肯定的。"革命和爱情之间的冲突是蒋氏时代公开宣称的革命作家最喜欢的主题。帮助他（或他们的）书销售的不是革命热情，而是革命被描绘成苦涩甜蜜的，充满爱的美味。"[101]夏济安在看到蒋光慈文学中的浪漫主义同时也发现了其文学中的偏执，他认为："我所说的'高度集中'是指故意使想象力贫乏，对革命和一些妇女的痴迷，而将世界上一千件同样有趣的事情排除在外。"[102]蒋光慈过分关注革命文学这一母题，而造成了作品上的悬空，致使其脱离现实。而这种脱离现实表现在不容许其作品中的正面人物获得任何批评。"蒋没有达到艺术上的超然，不允许他的英雄成为批评的反对者。他有太多的'同情心'，无法为他的英雄在生活中分配适当的位置。"[103]这也许是左翼文学的共有弊端，即无法接受对文学作品政治功能的批判。文学的社会功能与政治功能结合以后，所塑造的典型人物必然不能成为批判攻击的对象。

显然，夏济安的观点与高利克截然相反，他认为蒋光慈的文学创作无法达到优秀文学的评价标准。他注重探讨蒋光慈文学中的浪漫主义和想象力，

100 Tsi-an Hsia, "the term in Chinese（lang-man）means dissolute or even licentious in the first instance; and in the second, it summarizes the various traits of restlessness and rebelliousness, of despondency and enthusiasm, that are found in a type pf personality which has been amply studied in modern European literature. We do not know that whether Chiang ever tried to defend himself after his expulsion, but of those charges published, "romanticism" was one he would have proudly admitted. Not only was he perhaps by nature more romantically inclined than others,but he made a conscious effort to live up to the standard of the romantic type." The Gate of Darkness Studies on the Leftist Literary Movement in China, Seattle and London: University of Washington Press, 1968.p.59.

101 Tsi-an Hsia, "the conflict between revolution and love was a favorite theme among the avowed revolutionary writers of Chiang's time. What helped the sales of his books（or theirs）was not revolutionary zeal, however violently portrayed, but the presentation of revolution as something bitter-sweet, and deliciously seasoned with love." The Gate of Darkness Studies on the Leftist Literary Movement in China, Seattle and London: University of Washington Press, 1968.p.82.

102 Tsi-an Hsia, "What I mean by 'heavy concentration' is deliberate impoverishment of imagination, an obsession with revolution and some women to the exclusion of a thousand equally interesting things of the world." The Gate of Darkness Studies on the Leftist Literary Movement in China, Seattle and London: University of Washington Press, 1968.p.83.

103 Tsi-an Hsia, "Chiang did not achieve an artistic detachment that would permit his hero to be included as an objected of criticism. He had too much 'compassion'to assign a proper place in life for his hero." The Gate of Darkness Studies on the Leftist Literary Movement in China, Seattle and London: University of Washington Press, 1968.p.83.

并认为由于他过分的将文学的功能性与革命关联，使得他文学中的浪漫主义特质受到了压抑，从而他的文学是干瘪而缺乏生机的。夏济安从评价文学的美学价值出发，对蒋光慈提出的革命文学理论并没有过多讨论。从高利克和夏济安讨论蒋光慈文学的不同视角便可知，二者以不同的立场来看待蒋光慈的文学创作。虽然他们都结合了蒋光慈的生平事迹来谈其作品，但得出的结论却完全不同。高利克肯定了蒋光慈对革命文学的贡献，就蒋光慈的观点是否是马克思主义理论影响下的文学创作进行分析。而夏济安则完全以蒋光慈的创作如何被压抑，如何失败为核心，对其文本价值进行批评。究其根本，在于二者来自不同的文化背景，受不同的意识形态影响，其观察文学的视角自然不同。由此，从夏氏兄弟的著作中可见意识形态对汉学家的影响之深，普实克为代表的布拉格汉学家，在汉学界常被人称为左翼学者，他们信奉马克思主义，其文学批评视角也深受马克思主义理论的影响。夏志清为代表的一些英美汉学家，其文学批评视角则呈现出对立的姿态。可见，与当时中国意识形态更加接近的布拉格汉学家，其研究反而没有过分强调政治对当时文学的决定性影响，而是更加关注文学对革命和社会发展的积极意义。然而，夏志清等汉学家由于意识形态的对立，则更加关注政治对文学的操纵性影响，并予以批判。这一观点在夏氏兄弟的作品中均有所体现。

实际上，中国现代文学产生于风起云涌的社会变革之中，社会主体正处于新兴意识形态的形成时期。过分强调文学革命性的"新现实主义"并没有在很长一段时间内独霸文坛。随着武装革命的层层递进，"社会主义现实主义"则慢慢成为文学批评理论的主流。

总之，无产阶级革命背景下的文学现实是满足社会革命发展的需要而构造的文本现实，这是一种有选择性、有目的性、有服务对象的现实主义文学。在特定的历史时期内，有其存在的独特意义。布拉格汉学学者能够正视无产阶级革命文学出现的意义，肯定左翼文学为社会发展贡献的力量，同时也警惕文学成为社会革命工具的庸俗主义论断。夏志清等人则从美学价值的角度评断革命文学的意义，认为让文学成为革命宣传的工具破坏了自身的独立性。中国学者的观点则与布拉格汉学家有着异曲同工之妙，不同之处在于，中国学者的研究大多是进入新社会之后对革命文学做出历史性的评断。回顾历史，他们自然有着更为客观的眼光和克制力。肯定革命文学的历史意义，吸取无产阶级革命时期文学创作的教训，才是中国学者研究左翼文学的最终目的。

由此可见，革命文学的价值在于在特定历史时期内产生了引领社会发展的社会功能。从马克思主义理论的角度来说，社会功能无疑是文学对世界的重要价值之一，所以一味地否定革命文学的重要性是不可取也是不客观的。但这并不意味着文学的审美价值就要被社会功用价值所取代，在文学发展史上，文学的美学价值也应该被充分考虑和肯定。

第四节　马克思主义视角下的世界文学观

布拉格汉学家将中国现代文学与欧洲文学进行对比研究，不拘泥于对中国文学的文本细读，在使用多种研究方法的同时注意中西方文学之间的交互作用。普实克认为："亚洲新文学的共同特征是，按照一定方式、在一定程度上向当代欧洲文学看齐，并吸取欧洲文学的成就来帮助它们解决在各自的环境中所面临的问题。"[104]基于此，布拉格汉学学者将中国文学放入世界文学的视野中解读，并带有马克思主义世界文学观的倾向。在布拉格汉学的中国文学研究中，研究者将中国文学视为世界文学发展进程的重要组成部分，通过对比中西文学之间的异同，认为中国现代文学受欧洲文学影响颇深，通过研究中西文学之间的对立与融合进程，确立中国现代文学在亚洲文学中的地位。

正如马克思恩格斯在《共产党宣言》中所说的那样，"过去那种地方的和民族的自给自足和闭关自守的状态，被各民族的各方面的互相往来和各方面的互相依赖所代替了。物质的生产是如此，精神的生产也是如此。各民族的精神产品成了公共的财产。民族的片面性和局限性日益成为不可能，于是由许多种民族的和地方的文学形成了一种世界文学。"[105]中国现代文学发生于近代中国社会革命风起云涌的变化，打破了民族自守的状态，现代文学应运而生。高利克在《中西文学关系的里程碑》中引用了以上马克思恩格斯关于世界文学的这段话，意图说明其文运用马克思主义世界文学观的视角来书写中国文学史，也正因为如此，高利克做了大量中西文学比较研究。

对布拉格汉学研究而言，马克思主义世界文学观体现在研究者的视角当中，布拉格汉学家看待中国文学同世界文学的关系时秉承着一种局部——整

---

104 [捷]雅罗斯拉夫·普实克《普实克中国现代文学论文集》，李燕乔等译，长沙：湖南文艺出版社，1987年，第80页。

105 [德]马克思、恩格斯《共产党宣言》，北京：人民出版社，1966年，第30页。

体的大局观，中国新文学的发展来源于中华民族解放运动，中国的民族解放
运动则来源于亚洲各民族解放运动的整体。所以研究中国现代文学，势必要
将其放在亚洲革命解放运动的背景下。就中国文学革命而言，它推动了亚洲
文学革命的发展，也为世界文学创造了应有的价值。马克思主义世界文学观
要求研究者关注文学的现实意义，文学同社会之间的必然联系，生产关系与
生产力之间的矛盾冲突。布拉格汉学学者充分认识到中国旧社会和新社会之
间的断裂正是由生产关系的变化引起的社会变革。那么这就要求文学扛起革
命的大旗，推动社会革命的发展。事实上，马克思主义世界文学观多体现在
布拉格汉学的比较文学研究当中，这部分将在后文详述。

第五节　小结

毫无疑问，马克思主义理论是布拉格汉学家研究中国文学的理论基础，
文学反映社会现实这一基本观点贯穿了研究始终。无论汉学家使用何种方法
解析中国文学，比如结构主义视阈下的传记批评与文本细读方法，比较文学
的影响和平行研究方法等等，都离不开马克思主义方法论的指导。马克思主
义理论塑造了布拉格汉学学派的文学史观，也同时指导了文学研究的方法论。
这一基本认识是研究布拉格汉学成果的前提。

如前文所述，文学与现实之间关系的议题从一开始便脱胎于马克思主义
意识与存在论。而苏联马克思主义文论界更是在上个世纪三四十年代提出了
"社会主义现实主义"的文艺理论观。与苏联有着千丝万缕联系的捷克斯洛
伐克，在文学理论的发展和应用上，与苏联更是一脉相承，从前文普实克的
观点中可见其马克思主义的倾向。苏联马克思主义理论家里夫希茨认为："对
这些'客观的观念'，马克思主义创始人丝毫没有采取不屑一顾的态度，因为
它们总是包含有实际生活的一定反射以及对实际生活各种过程的一定程度的
幻想式描绘。甚至这些观念的假定性方面，也是一种不以人们为转移的、具
有历史暂时性的、从物质事实和社会生产中产生的意识形式。"[106]也就是说马
克思认为意识产生于社会生产实践，而文学艺术在一定程度上应该反映特定
时代的历史环境。普实克强调中国新文学与现实之间的密切联系，也就是文

---

106 [苏联]里夫希茨《马克思论艺术和社会理想》，佟景韩译，北京：人民文学出版社，
　　1983年，第343页。

学要在一定程度上对实际生活进行反射、对事物发展过程进行描绘。

由以上分析可见，布拉格汉学在世界汉学体系中有着不可磨灭的地位，他们对现实主义中国文学的理解与欧美汉学派的观点是相互补充的，然而由于时代的局限性，不免落入文学机械反映论的窠臼。但是，布拉格汉学作为研究中国现代文学的先驱汉学团体之一，为研究中国现代文学中的"现实主义"打下了坚实的基础。19世纪30、40年代，社会主义运动浪潮兴起，苏联最开始提出"社会主义现实主义"的文学创作方法，这一方法也深深地影响了当时正在进行社会革命的中国。在1934年第一次苏联作家代表大会上，会议章程规定，社会主义现实主义作为苏联文学和文学批评的基本方法，要求艺术家从现实的革命发展中真实地、历史地和具体地描写现实。也就是说苏联的社会主义现实主义文学，明确规定了文学创作的基本原则。社会主义现实主义文学要求作家在写作时要根据社会现实进行创作。中国现代作家认为"社会主义现实主义"与中国现代文学有着密不可分的关系，茅盾认为："'五四'以来中国革命的文学运动就是在工人阶级思想领导下沿着社会主义现实主义的方向发展过来的。"[107]与此同时，郭沫若也指出："自一九四二年毛主席的《在延安文艺座谈会上的讲话》发表以后，我们的文学艺术工作便有了一个明确的社会主义现实主义的基本方向。凡是遵照着这个方向，决心为工农兵服务，虚心学习马克思列宁主义，投身于火热的生活斗争中，努力发掘文艺矿藏的工作者，都有了相应的卓越的成绩。"[108]从上述作家的观点中可见，国内学者认为，新文学运动发生伊始，就是文学要反射现实。这也印证了普实克的观点："文学革命之后的中国文学证明，艺术家绝不能把自己同周围的现实完全隔绝开来，而且，这种现实在很大程度上决定了他的艺术的性质……而在中国文学中，一切艺术尝试都取决于对现实的态度。"[109]普实克强调社会历史现实对中国新文学创作的影响。在谈及中国现代文学的目的时，他说："文学的目的不再是对现实的一种观望，不再是通过观望和评品来享受，而是要熟悉现实、了解现实、认识现实的规律。这就是新的文学艺术的现实主

---

107 茅盾《新的现实和新的任务——在中国文学工作者第二次代表大会上的报告》，载《文艺报》1953年第19号。

108 郭沫若《中国文学艺术工作者第二次代表大会开幕词》，载《文艺报》1953年第19号。

109 [捷]雅罗斯拉夫·普实克《普实克中国现代文学论文集》，李燕乔等译，长沙：湖南文艺出版社，1987年，第89-90页。

义基础。"[110]至此，现实主义文学上升到了新的高度，现实主义不再仅仅是众多文学类型的一种，而是引领文学发展的重要工具，也是促进社会进步的主要手段。

可见，布拉格汉学在本国马克思主义盛行的前提下，将中国文学纳入"现实主义文学"的世界文学体系中，以马克思主义理论视角来探讨中国现实主义文学的理论根源。这与当时处于欧美新批评影响下汉学家的研究方法截然不同，由于受意识形态以及世界冷战格局的影响，夏至清等汉学家展现出了对"为社会革命和政治斗争服务的新文学"的排斥，从而忽视了这些作家在当时的社会背景下对中国文学所做的贡献，更没有深入探讨这些作家如何运用马克思主义理论发展文学。如此看来，布拉格汉学所做的研究显然更能够客观地呈现和还原当时中国文学的发展动态。

诚然"现实主义"是中国现代文学的基本特征之一，布拉格汉学家认为这一特征发源于中国古代文学的传统，凝聚西方文学现实主义的新特点，创造出新文学中的现实主义文学，这是布拉格汉学家的主要着眼点。但是这就在某种程度上忽视了浪漫主义文学在中国的发展轨迹，也许现实主义文学的确站在中国现代文学的主舞台上，但一个民族的文学发展历程必定是多元而丰富的。过于强调文学反映社会现实的正确性就会忽视浪漫主义文学的存在价值。虽然在革命战火纷飞的年代，文学作为社会精神文明的主体有着自己的使命和责任，但社会变革背景下的浪漫主义文学也必然有着别样的光彩。只是，在当时革命任务迫切的情形下，有相当一部分抒情文学被打上了"小资"的标签。事实上，英美汉学家与布拉格汉学家和中国学者之间的主要分歧在于对革命文学的态度上，前者强调的是社会革命影响下文学失去自身的美学特性，由此也便成就了夏志清等人对中国现代文学的美学评价标准，一批曾经被遗忘的现代文学作家如张爱玲、沈从文等被挖掘开来，并在相当长的一段时间内成为研究中国现代文学的热门话题。后两者则突出文学在民族危亡时期所展现出的社会责任感和使命感，文学此时应牺牲掉主体地位和美学功能实现其社会功能。显然，受马克思主义理论影响的布拉格汉学家更接近中国本土学者的观点，由于相同意识形态的影响，对同一事物的客观评价必然呈现出一种天然的同质性。博古论今，当下回首两个学派之间的争论，

---

110 [捷]雅罗斯拉夫·普实克《普实克中国现代文学论文集》，李燕乔等译，长沙：湖南文艺出版社，1987年，第45页。

其实源于各自对中国现代文学的热爱和信仰。也正是因为存在这样的争论，才使得中国现代文学在世界汉学领域被挖掘评价。

实质上，普实克一脉与夏志清一道的汉学家关于中国文学中"现实主义"的观点是矛盾中有统一的关系。但在安德森看来，"现实主义小说是中国现代文学的主要成就是普实克和夏志清等西方先驱批评家的观点，但对这种模式的批判性研究目前似乎受到了中国和西方各自批判传统的阻碍。[111]"他们往往停留在文学机械地镜像反映社会现实的理论框架当中，这就忽视了这种理论框架的问题所在，一味地强调文学反映论就将文本视作社会发展文献的记录本，或是为意识形态而服务的说教工具。布拉格汉学的研究正是从文学反映现实的角度定义文学的作用，而忽视了文学本身作为主体被读者的接受程度，现实主义并非是文学的主体，而是文学创作的手段之一。

虽然如此，不容忽视的是，布拉格汉学学派的观点奠定了研究中国现代文学的总体思路，就如普实克所说，茅盾、郁达夫、郭沫若代表了当时中国新文学发展趋势和动向，他们对现实主义的描绘有着自己的看法和观点。他们认为文学应该反映现实，并随着现实的变化而变化。即"他们强调的是文学的认识作用；作家的作品是为了尽可能精确地展现某一特定现实的面貌，某一特殊社会关系的内容。"[112]马克思主义理论强调了文学艺术会随着经济基础的改变而或快或慢的发生变革。经济基础包含着一系列的生产关系，而生产关系又是社会现实的基础，当生产关系发生变革的时候也正是社会革命到来之时，这一系列变化都将被记录在历史的长河中。现实主义描写并非是机械的记录呈现，而是描绘出社会发展的现实倾向，其中包括客观现实中人与人的关系，即茅盾所述。也包括作家本身与现实的关系，即郁达夫所述。更包括所有主观和客观特点在社会和人物方面即将展开的发展趋势，即郭沫若所述。无论是何种关系，其根本出发点都是客观存在，作家创作文学的基点并非单纯的主观臆测，而是从社会生活中的客观事实而来，这是布拉格汉学

---

111 Anderson Marston Edwin, "The realist fiction constitutes the primary achievement of modern Chinese literature was also the opinion of such pioneering critics in the West as Jaroslav Průšek and C.T.Hsia, but it appears that critical investigation of the mode is at present hampered in both China and the West by the preoccupations of our separate critical traditions." Narrative and critique: The Construction of Social Reality in Modern Chinese Literature.Dissertation of University of California,Berkeley.p.2.

112 [捷]雅罗斯拉夫·普实克《普实克中国现代文学论文集》，李燕乔等译，长沙：湖南文艺出版社，1987年，第95页。

家研究中国文学现实主义的根基。

此外，本章主要涉及以下几位布拉格汉学家，分别是普实克、米莲娜、高利克、安娜。作为后三位的老师，普实克在《中国文学的三幅素描》中提供了研究中国现代文学的阐述范式。普实克的理论观点往往高屋建瓴，他很早就察觉了中国新文学中的现代性以及传统文学中的现实主义基因，由此就有了中国现实主义文学的三重维度。米莲娜一生的学术著作并不多，但她却是受普实克影响最深的学生之一，在她的研究中时常可以看到普实克的身影。高利克与安娜的主要研究成果处在 1970 年以后，是布拉格汉学发展后期的重要产物。二者的研究仍没有脱离普实克树立的传统，高利克博士论文的茅盾研究与安娜的博士论文的郁达夫研究都从侧面证明了布拉格汉学团体学术传承的严谨性。从马克思主义理论的领域分析，他们研究中国现代文学首先肯定文学的现实主义倾向，并承认现实主义来源于古典文学传统的基因以及马克思主义理论的影响。他们坚信文学反映社会现实才能够促进民族文学的发展，中国现代文学正是在这一理论土壤中发生并且成长。不过，这就产生了一个难以解决的问题，在马克思主义盛行的国度成长起来的布拉格汉学家研究马克思主义为理论指导的中国文学就始终无法跳出理论本身的局限性。在研究中，他们试图将一切主观的文学创作归结于客观的现实来源，认为没有现实之"旧"就没有想象之"新"，这就造成了许多其他类型的文学创作被忽略甚至被遗弃。也就是说，多数情况下，马克思主义的倡导者才能进入布拉格汉学的研究范围，并根据他们的创作成就将其搬上中国现代文学的殿堂。那么那些怀有不同意识形态的作家就被"适时"的忽略了。由此可见，意识形态影响汉学家看待研究对象的视角，汉学家身份不同就会导致透视研究对象的色彩差异。

再者，意识形态相同的布拉格汉学家和中国本土学者的研究成果也并非完全相同。虽然二者常有相似的观点和结论，但是由于研究者本身的民族国家认同的差异，使得两者也有着异质性。这其中原因首先就是布拉格汉学与本土学者对同一问题的认识有着时间跨度，本土学者在研究同一对象时，在时间上具有滞后性。因为研究对象在中国发生，作为研究对象的中国不能在文学现象产生之时就对本国文学进行有意识的研究，但布拉格汉学学者却可以以"他者"的身份研究中国文学，这就使得汉学家们能够抢先一步发掘并认识中国现代文学。诚然如此，滞后的中国本土学者研究却又有着后发优势，也就是在经过较长岁月的打磨之后，能够在中国历史的长河中更全面地评价中国现代文学的成就。这是布拉格汉学所没有的特点。在特定的时期内，文学的政治功能的确不容忽视，但编纂文学史则需要更为全面的梳理工作以及综合考察的评价体系。马克思主义理论阐释模式并不是布拉格汉学学派唯一的评价标准，文学内部的结构变化也是他们研究中国文学的参照系。

总之，马克思主义理论为布拉格汉学学者解决了研究文学的诸多基本问题，比如文学、作家与世界的关系，明确三者之间的关系才能够对具体文本进行深入剖析。马克思主义理论指导布拉格汉学家以唯物主义的历史眼光看待文学，文学虽然属于社会精神产物，但并非凭空产生，这样就为评价中国现代文学制定了一个切实可行的标准。从文学与社会现实之间的反映程度，现实材料的选取等角度来评价文学。不得不说，这样完整的文学评价体系的唯一不足在于丢失了对读者的关注。一味地通过作者进入文学批评视野就完全忽视了读者的存在，也忽视了群众作为独立自主的个人对现实主义文学的接受程度。此外，过于重视革命文学的主导地位，则忽视了其他类型文学的价值，这一问题英美汉学家进行了完美的阐释。另外，以辩证的文学史观研究文学，就要求布拉格汉学家不能孤立地看待中国现代文学，从古代文学中发掘现代文学产生之因，这是布拉格汉学学派在现代文学领域最重要的贡献。最后，马克思主义世界文学观则要求以更宏观的视角来观察中国现代文学。这当中就包含比较中西文学之间的结构、叙述模式等等，这些内容将在后文详细研究。

第三章　布拉格结构主义视阈下的
传记批评研究与文本分析

　　马克思主义文学反映论为布拉格汉学提供了现代文学研究的基本观，在由文学反映现实世界的基本框架中，布拉格结构主义成为汉学家研究中国文学的另一理论来源。穆卡洛夫斯基认为："传统文学史的错误在于，它只考虑形式主义片面的外部，另一方面，形式主义的立场在于，它将文学活动置于真空之中。形式主义的观点虽然是片面的，但却是一种本质上的征服，因为它揭示了文学进化的特殊性质，解放了文化史，在某些情况下，解放了意识形态或社会史。结构主义作为这两种对立的综合，一方面保留了自主发展的假设，但另一方面，并没有剥夺文学与外部世界的关系。因此，它让我们不仅从整体上把握文学的发展，而且从规律上把握文学的发展。"[1]也就是说，穆卡洛夫斯基认为研究文学史并不是将文学视为一个封闭而排他的主体，而是在兼顾文学的外部世界的同时寻找文学自身的发展动力。在布拉格汉学的研究中，就

---

[1] Jan Mukařovský, "The mistake of traditional literary history lay in the fact that it took into account only external one-sidedness of formalism, on the other hand, consists in the fact that it placed literary activity in vacuum. The standpoint of formalism, though one-sided,was an essential conquest, for it revealed the specific nature of literary evolution and freed the history of literature from a parasitic dependence upon the general history of culture or,in some cases,upon the history of ideology or society.Structuralism as the synthesis of these two opposites, on the one hand, retains the postulate of autonomous development but, on the other hand, does not deprive literature of its relations to the outside world.It therefore lets us grasp the development of literature not only in its entirely but also in its regularity." John Burbank and Peter Steiner ed. The Word and Verbal Art,New Haven and London Yale University Press.1977.p.140.

文学的外部世界而言，传记批评研究成为了研究文学外在发展变化的主要方法，而叙事学研究则成为了分析文学内部结构的主要工具。由此可见，布拉格结构主义较于形式主义的优越性表现在兼顾文学内外世界的统一。

文学史的建构方法在文学理论历史延续中有内在论与外在论之分。学者陶东风认为，外在论模式的特点是："认为文学的发展机械地、直接地、不经转化地决定于外在因素（尤政治），认为文学史从本质上看与其它类型的历史没有区别，因而社会史、思想史的规律和建构模式完全适合于文学史，文学本无自身独立的历史。[2]"而内在论模式在于"强调文学的特殊性，因为文学史的特殊性正是以文学的特殊性为基础的。他们相信：文学的本质在于形式技巧而不在形式之外的各种因素。[3]"可见，研究文学史不外乎有两条路径，一条是探求文学与外部世界的关系，另一条则是转向文本内部的结构。在布拉格汉学的中国现代文学研究中，传记批评方法正是研究文学与社会之间的交互关系，这往往是通过作者的个人经验达成，个人经历的结构史构成了文本外在的"系统—结构"整体。而文学结构细读则是研究文本内部结构的形式变化。布拉格汉学家并没有因为马克思主义反映论的影响而陷入庸俗社会主义的泥潭，而是平衡兼顾文学内在与外在之间的关系，建构科学客观的中国现代文学史。

第一节 传记批评方法下的文学自传性特质

传记批评方法是西方文学批评理论体系中的一个重要分支，这类研究方法最早可以追溯到文艺复兴时期，后为英美新批评所取代。其理论源自于认为文学是作者自身个人经验的一种加工创造，在文学作品中，会暴露出作者个人经历的痕迹。作者利用不同的角色展示他们通过支离破碎的、不连续的或者不规则模式的叙事所过滤出来的多重自我。就如普实克所说："艺术家的作品越来越接近于一种自白，作者通过它来展示自己性格和生活的不同侧面——尤其是较为忧郁、较为隐晦的侧面。根据我的观点，某一特定时期的文学所出现的这种特征是一个重要迹象，表明它所处的社会结构发生了变化，而且往往还标志着个人从传统观念的哲学，宗教或伦理领域中解脱出来。"[4]

2　陶东风《论文学史的建构方法》，载《文艺理论研究》，1990 年第 5 期。

3　陶东风《论文学史的建构方法》，载《文艺理论研究》，1990 年第 5 期。

4　[捷]雅罗斯拉夫·普实克《普实克中国现代文学论文集》，李燕乔等译，长沙：湖南文艺出版社，1987 年，第 1 页。

由此可见，与以往欧洲传统传记批评研究不同，布拉格汉学家研究作者的个人传记，主要是为了反映文学作品所处时代的结构发展变化。他们考察一切与文学创作相关的个人经历，力求通过社会环境作用于个人经历的变化，来考察文学外部世界的社会发展历程。传记批评研究显然是结构主义视阈下的一种文学研究手段。

在众多布拉格汉学研究中，主要运用传记批评方法研究中国文学的学术著作有米莲娜的《郭沫若的自传文学》[5]，安娜的《郁达夫的文学特点和文学创作》[6]，史罗夫的《老舍职业生涯第一阶段的作品 1924-1932》[7]，玛塞拉的《冰心的故事》[8]，王和达的《巴金的"家"》[9]，除安娜的著作外其它论文均被收录在普实克编纂的《中国现代文学简介》中。除此之外，就中国现代文学的自传性特征的观点还可散见于布拉格汉学家的其他论著当中。正是通过这种方法研究中国文学，布拉格汉学学者得出了重要结论，中国现代文学具有自传性的内在特质。

一. 主观主义视野下的文学自传性特征

布拉格汉学的传记研究与他们评价中国文学的一个基本观点密切相关。普实克在《中国文学中的主观主义和个人主义》一文中，提出了布拉格汉学学派研究中国文学的一个主要观点，即"主观主义、个人主义和悲观主义以及对生活悲剧的感受结合在一起，再加上反抗的要求，甚至自我毁灭的倾向，就是从 1919 年五四运动直至抗日战争爆发的这一时期中国文学最突出的特点。"[10]所谓主观主义，即是对作者个人命运的关注，将个人的经历作为创作的源泉并通过文学来表达自己的真情实感。普实克对中国文学的这一总体印

5　Milena Doleželová-Velingerová.Kuo Mo-jo's autobiographical works. Jaroslav Průšek ed. Studies in modern Chinese literature. Berlin. Akademie. Verlag, 1964.

6　Anna Doležalová.YU TA-FU: Specific traits of his literary creation. Czechoslovakia: The Slovak Academy of Sciencos·London C.Hurst&Comoany·NewYork Paragon book reprint corporation, 1971.

7　Zbigniew Slupski.The work of Lao She during the first phase of his career（1924 to 1932）. Jaroslav Průšek ed. Studies in modern Chinese literature. Berlin. Akademie. Verlag, 1964.

8　Marcela Boušková.The stories of Ping Hsin. Jaroslav Průšek ed. Studies in modern Chinese literature. Berlin. Akademie. Verlag, 1964.

9　Oldřich Král.Pa Chin's novel "The family". Jaroslav Průšek ed. Studies in modern Chinese literature. Berlin. Akademie. Verlag, 1964.

10　[捷]雅罗斯拉夫·普实克《普实克中国现代文学论文集》，李燕乔等译，长沙：湖南文艺出版社，1987 年，第 4 页。

象在其学生的研究中得到了充分体现。

普实克认为："中国最伟大的现代作家鲁迅的作品在很大程度上也充满着忧郁的主观主义的色彩。"[11]鲁迅作为中国现代文学最有影响力的作家，如果他的作品具有自传性的特征，那么就在一定程度上代表了中国现代文学有了自传性写作的发展趋势。实质上，主观主义并非作者的主观臆断，其更多的是作者对当时社会历史环境的主观感受，这种主观感受是从现实的客观经验当中来。

五四时期，浪漫主义从西方传播到中国，传统的儒家社会思想被摧毁。在此思想浪潮之下，郭沫若首先受到了欧洲新的思想文化的影响，这体现在他的诗歌创作中。而他对历史的兴趣，则完全来自于他本人经历的传统教育的结果，这也成为他个人经历的重要组成部分，同时也成为了他作品的重要特点。郭沫若的自传式文学在历史研究之后开始写作，这样他的文学就呈现出个人的经验和生动的社会历史事件之间的对抗。米莲娜将郭沫若的自传式文学与当时的社会事件紧密结合起来，意在标明郭沫若的主观主义文学体现在其将个人的生平经历与历史事件的融合当中，这种主观主义不再是郁达夫式的主情描写，更多的是在时代背景下作者个人经历的宏观叙事。米莲娜以历史的眼光来探讨郭沫若的自传式文学，其角度独特，也更深层次地挖掘了郭沫若文学的时代内涵。

与郭沫若相反的主观主义文学形式则是老舍的创作，史罗夫在对老舍的研究中谈到，老舍对中国和他的同胞有着非常主观的看法，他一味地认为中国当时社会充满了黑暗。这就使得老舍的作品当中包含了太多悲观的看法，这些看法并不从客观现实而来。也就是说，老舍的文章中充满了个人主义的痕迹，也正是过于主观的看法，使得老舍的作品充满了一种悲观的情绪，即国家和社会的冷漠，上层统治阶级乃至整个社会的对抗。在史罗夫看来，老舍个人对社会和国家持过度的悲观主义态度，与郭沫若从历史与社会中寻找材料不同，老舍前期的作品缺乏对社会问题的深刻理解，对政治的深入探讨。其优点则在于诙谐幽默的情趣，插科打诨的表现手法。

在王和达《巴金的"家"》中，他认为巴金的写法与郁达夫和郭沫若的方法有相似之处，就是将自己个人过去的经历与现在的时代经验作对比。"郭沫

---

11 [捷]雅罗斯拉夫·普实克《普实克中国现代文学论文集》，李燕乔等译，长沙：湖南文艺出版社，1987年，第5页。

若在他的自传体作品中也做了同样的事情，同样的冲突也可以在郁达夫的大部分作品中看到。而恰恰相反的是：在中国现代散文的伟大作家中，茅盾所追求的艺术中的自觉和一贯的客观主义是罕见的。"[12]王和达认为巴金关注自己内在的问题，也就是真正主观的问题，他将自己的命运和周遭发生的一切仅仅视为作品的一部分，仅仅是他成长历程中很小的一部分，巴金真正想要描述的是一个普世意义的家。可见，巴金的作品往往是自传式的。

不仅如此，巴金对现实的把握非常严谨，为了贴合人物的特点，巴金常常引用五四时期的出版物来丰富人物的真实性。他想要刻画的正是那一代的年轻人，真实的年轻人。此外，巴金还运用了一种独特的自传式写作来描写其作品中的人物："巴金从他自己的生活和经历中汲取了许多事件和现象，甚至相当详细地描述它们，正如他在一些序言中承认的那样——但他只利用了那些普遍有效的事件和现象。因为他的目标是创造一幅典型的画面，所以有时他会抛弃对自己生活非常重要的某些经历，而以一般的经历代之。"[13]巴金在选择个人过往经历的材料时有时会为了服从主体故事的统一性而牺牲个人故事的个性。"因此，在他的作品中，我们发现了自传体元素和其他我们可以称之为'一代人的自传的组合'。巴金小说中有很多自传特征。"[14]由此可见，自传性是巴金小说的内在特质，它从作家所感知的外部世界的结构中来。在选择创作的材料时，巴金选择那些具有普遍意义和特征的个人经历，这样作品就有了广泛的现实基础。

---

12 Oldřich Král, "PA CHIN was no exception in this method of squaring his account with the past, a past which was such a contrast to his own ideals and to the rest of his life and his struggle. Kuo Mo-Jo does the same in his autobiographical works, and the same conflict can be seen in much of the work of Yü TA-Fu. Quite the contrary: such a conscious and consistent objectivism in art as MAO TUN aims at is rare among the great writers of modern Chinese prose." Pa Chin's novel "The family". Jaroslav Průšek ed. Studies in modern Chinese literature. Berlin. Akademie. Verlag, 1964.p.106.

13 Oldřich Král,"PA CHIN utilises many incidents and phenomena from his own life and experiences ,even in considerable detail, as he admitted in some of his prefaces- but he only utilises them as long as they are of general validity. Because his aim is to create a typical picture, there are times when he discards certain experiences which for his own life were very important, and substitutes for them what was general experience." Pa Chin's novel "The family". Jaroslav Průšek ed. Studies in modern Chinese literature. Berlin. Akademie. Verlag, 1964.p.111.

14 Oldřich Král,"Thus in his work we find a combination of autobiographical elements and others which we might call 'the autobiography of a generation'.There are many autobiographical traits in PA CHIN's novel." Pa Chin's novel "The family". Jaroslav Průšek ed. Studies in modern Chinese literature. Berlin. Akademie. Verlag, 1964.p.111.

再者，玛塞拉的《冰心的小说》分析了冰心作品中的创作手法，她认为冰心的作品中受作者儿时经历的影响，其中充满了幸福，愉悦和激情洋溢的快乐。冰心小说中的美感来自于孩童式的表达。她将自己化作孩童，包围在长辈们的关爱之中，虽然她并不一定是在描述自己的生活经历，但她努力表达这样一种氛围并沉浸其中。冰心将孩童时期的美好时代延续到当下，到自己的作品当中，这是冰心作品中一个重要的特点。而另外一个特点是，通过书写美好的童年来反观成年女性的困境。这两个因素融合一起，形成了冰心的写作风格。在玛赛拉看来，冰心带给读者的并非是道德、哲学和社会问题，而是一种情感上的体验，这是冰心文学中最有价值的一方面。此外，冰心文学中的主观主义表现在："在大多数情况下，这种主观态度被正式表达出来——冰心在故事中是亲自聆听或见证这一行为的。但是即使作者没有积极参与这个故事，她在情感上也像诗人在诗歌中一样投入。她用微笑和同情的方式描绘她的角色并清楚地表明：我爱这些人，他们每个人都有一点我自己的影子，或是我的过去或是我的现在；他们的问题就是我的问题。"[15]在对待现实的问题上，虽然冰心是一个主观主义的创作者，但是她并没有对现实视而不见，虽然她没有茅盾、鲁迅等人强烈的批判意识，但是她关心了许多中国青年和妇女所面对的实际问题。"然后，她以一种样本式的、不受影响的方式讲述了自己的故事，再将故事转换到自己的情感层面，并与自己的主观感受相协调之后，她带着一丝忧郁，简洁而真实，令人钦佩。她的悲伤和忧郁很少陷入绝望的深渊，因为她的作品总是被她快乐童年的回忆和平静、快乐和安逸的世界意识所点燃。"[16]在玛塞拉看来，冰心是将社会中的矛盾集中反映在家族当

---

15 Marcela Boušková,"In most cases this subjective attitude is formally expressed-PINGHSIN appears in the story herself as listening to or witnessing the action. But even where the author is not actively participating in the story, she is emotionally engaged just as a poet is in his poems.The smiling,sympathetic way she draws her characters says clearly: I love these people, there is a little of myself in each of them, my past or my present; their problems are my problems." The stories of Ping Hsin. Jaroslav Průšek ed. Studies in modern Chinese literature. Berlin. Akademie. Verlag, 1964.p.119.

16 Marcela Boušková,"Then she tells her story in a sample, unaffected way,admirably briefly and truthfully with a touch of melancholy, after transposing it to her own emotional level, and into harmony with her own subjective feelings.Her sadness and melancholy seldom sink to hopeless depths, as her writings are always lit up by reminiscences of her happy childhood and by the consciousness that there exists a world of calm,joy, and ease." The stories of Ping Hsin. Jaroslav Průšek ed. Studies in modern Chinese literature. Berlin. Akademie. Verlag, 1964.p.128.

中，这样就反映了社会从过去到现在的变化。冰心喜欢渲染家庭的幸福，这并不能成为被人们诟病的因素。在当时的中国社会，挣扎与苦闷充斥着整个社会环境，但冰心并不是一个保守主义者，她将她人生中最美的光景写出来，并与社会现实相结合。由此看来，冰心作品中最大的特点就是将童年中最美好的幸福桥段融入到她的作品当中，这使得她的作品与茅盾、郁达夫等人形成了鲜明对比，即少了家国兴亡的苦闷，多了孩童生活的温情。所以冰心的主观主义就表现在描写个人童年生活以及家庭生活的创作手法上，这也成为了冰心创作的动力之一，这一点后文则有详细论述。

由此看见，中国文学中的主观主义和个人主义的特点是由普实克等人经过一系列中国作家的传记批评研究过后所得出的结论。中国文学的自传性特质正是主观主义的集中表现。那么，要说明中国文学的自传性就需要从它的来源、动力和技巧三个方面来谈。

二、源起：古代文学的基因传承

郁达夫曾认为文学作品是作家个人生活的自叙。从这个意义上来讲，文学作品也可看作是对作者生活史的反映，那么作家生活在一个风起云涌的时代，自然就创作出伟大的文学。这一论断也正是布拉格汉学家研究中国现代文学自传性特征的理论支撑点。普实克认为："在文学中加入个人的、主观的，和自传性的因素，是所有现代作家的共同特点。"[17]那么，这种自传性特征的根源在何处，这需要从中国文学史的长河中仔细探寻。经历在布拉格汉学的中国文学研究中，成为了一个重要的纽带。无论是作者真实的生活经历，还是作品中主人公的经历，都是研究文学史的关键因素。相同的生平经历，相同的时代背景，往往可以催生类似的文学特性，这也形成了文学发展的总体规律。追本溯源，布拉格汉学学者对中国传记文学进行了文学史的研究，他们认为，传记式文学的根源可以从中国古代文学当中探究。

传记文学是中国古代文学中一颗璀璨的遗珠，布拉格汉学学者米莲娜发现，中国第一个传记文学作品是司马迁的《史记》，同时包含哲学的传记——王充的《论衡》，刘知几的《史通》中有一个自传的前言。"所有这些自传尽管起源于不同的历史时期，但在结构和风格上却显示出惊人的相似之处。作者

---

17 [捷]雅罗斯拉夫·普实克《普实克中国现代文学论文集》，李燕乔等译，长沙：湖南文艺出版社，1987年，第182页。

试图客观描述他们的精神发展，尊重事件安排中的时间顺序，并使用冷静、纯粹的参考性语言。这种结构和风格显然是由于这些自传通常被纳入哲学或历史作品当中。作者的个性和背景被介绍给了读者。有时，这些自传性的草图被特别指定为'自传性的或历史性的作品'"。[18]在历史的演变过程中，自传渐渐从学术著作中分离，"20世纪，中国自传摆脱了与学术著作的传统联系。这一变化也反映在术语的转变上：'自传序言'变成了'自传叙事'。"[19]从此之后，自传则慢慢摆脱了作为客观历史的记录仪的命运，而开始走向文学的创作领域。

这里，必须要强调的是，米莲娜注意到了中国古代文学的传记与中国现代文学的自传性之间的区别和联系。如她所说，人物自传和带有自传性特征的文学有着显著的不同，人物自传是对真实人物生平的史学记录，而自传性文学则是带有传记色彩的文学作品。中国古代文学中的传记文学更趋向于人物生平事迹的历史纪实，而中国现代文学的自传性问题则是强调文学创作中作者个人经历的映射。实际上，在现代文学中，也有秉承人物自传遗留的传统所作的人物传记，如梁启超的《三十自述》、胡适的《四十自述》等。在这些作品中，仍旧可以看到作者生活的年代记录，这些作品通常按照时间排列情节，其中包括家庭生活，教育经历等等。这一类文学作品并不能称之为带有自传性质的文学，在普实克和米莲娜看来，中国第一部带有自传性质的文学作品是沈复的《浮生六记》。

米莲娜认为，《浮生六记》并不是中国传统文学中的人物自传，其写作特点反而与中国古典诗歌有着亲缘关系。"他们对作者个人发展的客观描述违背

18　Milena Doleželová-Velingerová With L. Doležel ,"All these autobiographies,although originating in different historical periods,reveal surprising similarities in structure and style.The authors attempt an objective depiction of their spiritual development,respect chronology in the arrangement of events and use a sober, purely referential language.This structure and style resulted,apparently,from the fact that these autobiographies,as a rule,were incorporated into a philosophical or historical work.The author's personality and background were there introduced to the reader.Sometimes these autobiographical sketches were specifically designated as' autobiographical or historical work." An Early Chinese Confessional Prose: Shen Fu's Six Chapters of a Floating Life.T'oung Pao LVII , 1972.p.153.

19　Milena Doleželová-Velingerová With L. Doležel, "In the 20th century,Chinese autobiography liberated itself from the traditional connection with scholarly works.This change is also reflected in a shift of terminology: "autobiographical preface"（tzu-hsu）turns into "autobiographical narration".An Early Chinese Confessional Prose: Shen Fu's Six Chapters of a Floating Life.T'oung Pao LVII , 1972.p.154.

了沈复的主观主义，也违背了他对亲密经历和情感的专注……中国自传历史的简要概述似乎表明，沈复的《浮生六记》不能融入这一传统体裁，因为这种体裁抵制主观主义的影响，对风格和结构的人为性表示不满。然而，中国文学中还有另一个古老的传统，似乎代表了沈复自白的历史背景，即中国古典诗歌的辉煌传统。"[20] 也就是说，沈复的主观主义思想与客观记录人物传记的文学创作法则相违背，这就让沈复的文学创作技巧与人物传记相行见远。但通过分析《浮生六记》的主题可以发现，"在中国古典诗歌中，可以找到《浮生六记》结构中遇到的亲密主题的汇辑和完整情绪的记录。中国诗人以持久的诗性效果，表达了与自己孩子分离的深切悲伤（蔡琰），与朋友饮酒作乐的快乐心情（李白），一个贫困家庭的悲剧和一个儿子饿死的惨状（杜甫）……它的主题，特别是它的哲学态度更接近宋词。"[21]《浮生六记》秉承着古代诗歌的传统，书写沈复个人的家庭故事。沈复不再机械地记录个人的生平历史，而是将他的妻子也作为故事的主人公。这着实增添了作品的真实性、文学性。同时也成为普实克和米莲娜确立《浮生六记》成为中国第一部自传性文学的关键所在。

中国现代文学虽然并没有直接受到沈复作品的影响，但二者之间有着历史联系。在米莲娜看来，《浮生六记》代表着中国文学的主流，具有日渐丰富的主观主义和情感主义的特点。再加之欧洲浪漫主义文学通过翻译手段大量进入中国文学界，中国现代文学以主观主义的新姿态全面兴起，如郁

20　Milena Doleželová-Velingerová With L. Doležel,"Their objective depiction of the author's personal development is contrary to Shen Fu's subjectivism and to his concentration on intimate experiences and emotions........The brief sketch of the history of Chinese autobiography seems to indicate that Shen Fu's Six Chapters cannot be incorporated into this traditional genre which resisted any influence of subjectivism and resented any artificiality of style and structure.There is ,however,another old tradition to be found in Chinese literature which seems to represent the historical background of Shen Fu's confession, namely the brilliant tradition of classic Chinese poetry." An Early Chinese Confessional Prose: Shen Fu's Six Chapters of a Floating Life.T'oung Pao LVII , 1972.p.154-155.

21　Milena Doleželová-Velingerová With L. Doležel,"The repertoire of intimate themes and the whole register of moods, encountered in the structure of the Six Chapters, can be found in classic Chinese poetry. With permanent poetic effectiveness, Chinese poets expressed the deep sorrow of parting with their own children （Ts'ai Yen）, the joyful mood of drinking bouts with friends （Li Po）, the tragedy of a family in poverty and of a son's death from hunger （Tu Fu）."""We feel, however, that by virtue of its themes and, especially, by its philosophical attitude, Shen Fu's book is closer to the poetry of Sung. " An Early Chinese Confessional Prose: Shen Fu's Six Chapters of a Floating Life.T'oung Pao LVII , 1972.p.155.

达夫的作品就是典型。同时，主观主义自然就衍生出自传性元素地出现，如巴金、丁玲、郭沫若等作家的作品。"在这方面，《浮生六记》构成了一个历史悖论的生动例子，在文学和一般艺术的发展中经常可以看到：一件艺术作品，在一个完全不同的历史背景下找到了新的生存空间，因为它的艺术独创性预示着一个新时代的愿望和理想。"[22]那么，沈复的《浮生六记》虽然在当时的时代背景下与主流的人物传记写作方法相违背，但却创造性的使用了一种新的写作方法，并在接下来的文学发展过程中被现代文学吸收并完善。

显然，中国现代文学的自传特性有其历史原因。布拉格汉学学者认为，中国现代文学与明清文学之间有着密不可分的联系，虽然现代文学表现出的是新文学对旧文学的全面革新，但文学革命的过程不是一蹴而就的，中国文学的自传特性早就在明清文学中萌芽。在封建社会行将没落的时机，文学本身所产生的个人主义和主观主义的倾向，将为新的社会所发展出的文学注入一丝新的生机。

通过以上研究可以发现，在布拉格汉学学派的传记批评阐释方法下，自传性写作成为了中国现代文学的重要表征，中国文学史可以为这一表征提供历时的研究视野。人物传记虽然在中国文学史上占有一席之地，但这种科学编码式的传记写作与中国现代文学的自传性写作并没有严格意义上的继承关系。现代文学的自传性特征主要来源于主观主义思潮的兴起以及欧洲文学的影响。那么追溯了自传性写作的历史源头过后，就要谈谈现代文学作家如何将自传性融入到写作当中，这需要从创作动力和创作技巧两方面来研究。

三、动力：内化的童年与外在的现实

1. 冰心与巴金的创作动力论

作家的童年是个人成长的摇篮，尤其在自传性质的写作活动中，童年经历是作者用来布景的舞台。作为文学作品的舞台剧无论剧情如何跌宕起伏，

---

22 Milena Doleželová-Velingerová With L. Doležel, "In this respect,the Six chapters constitute a telling example of an historical paradox that can be often observed in the development of literature and of art in general: a work of art,crowning and closing an old tradition,finds a new life in a quite different historical context because by its artistic originality it anticipates the aspirations and ideals of a new age." An Early Chinese Confessional Prose: Shen Fu's Six Chapters of a Floating Life.T'oung Pao LVII，1972.p.160.

都无法摆脱舞台的控制。舞台中用来布景的道具不受到情节发展的影响，反而带领着剧情不断地前进。从此意义上来讲，童年经历中的美好回忆与创伤悲痛正是影响作家一生写作的舞台道具。布拉格汉学学者尤其重视中国现代文学中童年经历对作家写作的深远影响，这也成为了证明中国现代文学具备自传性特征的重要论据。

玛塞拉认为，在冰心的创作中，童年经历为她的创作提供了温床。这主要有两个方法。第一个方法是，冰心将自我内化为孩童的角色，利用作品中的儿童形象来表达自己的写作意图，"在许多故事中，我们发现了一个带有童年欢乐和悲伤的儿童角色（《超人》、《离家一年》等）。这些孩子对情感因素有着深刻地理解。他们描绘了作者对自己童年的回忆，在回忆中漂浮着过去理想生活的温柔、抒情的薄雾；正如我们已经说过的，孩子们在冰心的头脑中传达了审美和伦理理想。有时，她把自己描述成一个快乐家庭中的小孩子（《两个家庭》），身边有她的父母、阿姨、表兄弟姐妹、护士和朋友。童年的经历滋生了冰心的浪漫主义情绪，成为了冰心在作品中抒情的重要来源。冰心早期成为一名作家的理想是"回归孩子的本真"，因为这是一个没有被玷污的群体，能够拯救垂死之人灵魂的群体。与其说冰心的理想是想回到儿童时代，不如说冰心是想保持一颗"孩童之心"来创作文学。在中国古代文论中，明代李贽的"童心说"最能体现冰心的创作理想。"夫童心者，真心也。若以童心为不可，是以真心为不可也。"[23]童心是人最本真的体现，伟大的作家需要用一颗最本真的心来感受世界，来书写文学的"真"。童庆炳认为："真正的作家是最多地保有这种'赤子之心'的人。"[24]显然，在玛塞拉的研究中，冰心是一个怀有"童心"的作家，这奠定了冰心早期文学创作的基调。

然而，现实世界显然并非如孩童眼中般那么的洁白无瑕，成年人的世界往往占据了纯真的对立面。玛歇拉认为冰心创作的第二个方法是"镜像方法"，镜像方法其实是童年世界与成人世界的两极，如果将冰心的创作视为镜子的两面，那么一面是以孩童为主角，而另一面则以现代女性为主导。冰心结合两种方法进行文学创作，就是通过描绘童年记忆的温暖来反衬成人世界的压力。在玛歇拉看来，童年的经历是冰心小说的底色，这一部分经历是美好的。也就是说，冰心文学创作的起点来源于童年时的温暖和烂漫，而创作的归途

---

23 李贽《焚书》（卷三），《童心说》。

24 童庆炳，《作家的童年经验及其对写作的影响》，载《文学评论》1993 年第 4 期。

则是希望回归到表达社会现实的残酷中来。如果说童年是作家创作文学作品的基础，那么作家真正要强调的正是与童年形成鲜明对比的成人社会生活，这当中充斥着迷茫，苦闷和彷徨，更有时代所赋予人的社会经验。玛塞拉认为冰心作品中所代表的是当时女性的遭遇，具有普世的价值。如在分析《庄鸿的姊姊》一文时，她认为"冰心希望强调教育对于当时女性的重要性，强调她们从外表到内心都渴求成为一名知识分子的愿望，另一方面，她描绘了家庭对女性的压抑以及社会阻止女性实现这一愿望的现实。"[25]所以冰心创作童年的主题主要是为描绘成年女性的困境做铺垫，通过镜像对比来书写当时社会变革时期女性的觉醒以及旧社会压抑女性的现实。

总的来说，冰心的童年经验是丰富的，这让冰心的作品充斥着汩汩暖流。也正如童庆炳所说："童年的丰富性经验，在作家那里成为丰富性创作动机，创作是他童年的绚丽多彩的生活的泛滥，就象那春溪的水流胀满，溢出河床，形成生动的景观。"[26]但是，作家的童年经历也并不总是如冰心的童年般美好。汉学家王和达通过巴金的研究证实了这一点。

相较于美好童年的暖色调，在创伤中成长的童年则为文学创作涂上了无尽的冷色。童庆炳认为："如果作家在幼年就失去母亲，连'母亲意象'也比较暗淡，没有得到应有的母爱，那么就会对作家的童年造成精神创伤。"[27]母亲在作家童年中的角色至关重要。在《巴金的"家"》中，王和达强调了童年经历对巴金作品的影响，"巴金童年的相对快乐和未受污染的岁月很快就结束了。九岁时，他失去了母亲，他深爱着母亲，母亲似乎是他的盾牌和保护者，是他童年时代的好榜样。"[28]母亲的去世，显然是巴金童年经历的一道创伤，这种童年创伤在童庆炳的理论中被称为"缺失性经验"。缺失性经验比丰富性

---

25 Marcela Boušková. "PING HSIN wants to stress the importance of education for the women of China,not only their outer need but their inner,spiritual longing for an intellectual life;on the other hand,she shows the oppressive life of the family and society preventing this need from being fulfilled." The stories of Ping Hsin， Jaroslav Průšek ed. Studies in modern Chinese literature. Berlin. Akademie. Verlag, 1964.p.121.

26 童庆炳，《作家的童年经验及其对写作的影响》，载《文学评论》1993 年第 4 期。

27 童庆炳，《作家的童年经验及其对写作的影响》，载《文学评论》1993 年第 4 期。

28 Oldřich Král. "The relatively happy and unspoilt years of PA CHin's childhood soon came to an end. At the age of nine he lost his mother,whom he passionately loved and who seems to have been his shield and protector, the good and shining example before him in childhood." Pa Chin's novel "The family". Jaroslav Průšek ed. Studies in modern Chinese literature. Berlin. Akademie. Verlag, 1964.p.101.

经验更能够激发作家创作出伟大的作品。美好童年的缺失会让作家产生一种挫败感，这促使作家产生对成功的渴望和追求。王和达认为"他在一个旧式封建家庭里度过了十九年的痛苦经历，这是促进巴金写小说《家》的第一个动力，也为他提供了一笔基本的知识和经验，只需要表达出来即可。"[29]与此同时，巴金将自己过去的经历与现在的理想和奋斗进行对比，这无疑提升了作品的张力。

事实上，不论作家的童年经历如何的丰富与凄惨，任何一个作家都不会是想仅仅展现一个空无一物的舞台。作家的真正目的是透过童年的经历来反观成人世界的样貌。王和达认为："家庭主题不是来自外部动力，而是在他的头脑中成熟了一段时间，记住这部小说是在 1931 年完成的，我们意识到这个主题从他文学生涯的一开始就伴随着他。也就是家庭成为了巴金创作的母题之一，《家》就是这一母题下的代表著作。巴金认为写这部小说的动机之一，是想要描绘一幅庞大的中国封建家庭的画作。这是巴金的个人因素在写作主题当中的体现，无疑也对这论文产生了很大的影响，同时也是我们将其视为自传作品的主要原因。"[30]但巴金并不是仅仅着眼于个人内部精神世界的"家"，而是着眼于整个时代。王和达认为，"作者在写作时有一笔取之不尽的资金，这些资金来自于自己和他最亲密的同时代人的生活。"[31]巴金的《家》不是作者个人的自传性写作，更像是代表了一代人的自传性写作，他在选取材料时尤其注重材料的普遍性。

由此看来，"巴金的《家》也可看作是自传，有趣的是，虽然虚构的年轻人和巴金本人的形象有着显著的巧合，指向自传的起源，但有一个根本的区别……正如他在一些序言中承认的那样，巴金从他自己的生活和经历中选取了许多事件和现象，甚至是相当详细的引用——但他只是在这些事件和现象

29　Oldřich Král. "His own bitter experience of nineteen years spent in an old-fashioned feudal family gave PA CHIN the first impulse to write the novel 'The family',and also provided him with a basic fund of knowledge and experience which only needed to be given expression." Pa Chin's novel "The family".Berlin. Akademie. Verlag, 1964.p.107.

30　Oldřich Král. "Here PA CHIN expresses one of the incentives to write the novel, a picture giving the story of a large feudal Chinese family.This was the personal element in PA CHIN's attitude towards his theme,which certainly had considerable effect on the book and which was the primary reason for considering it an autobiographical work." Pa Chin's novel "The family".Berlin. Akademie. Verlag, 1964.p.106.

31　Oldřich Král. "From the extracts quoted above it is clear that the author as he wrote had an inexhaustible fund of material drawn from his own life and that of his closest contemporaries." Pa Chin's novel "The family".Berlin. Akademie. Verlag, 1964.p.107.

具有普遍有效性的情况下才加以利用。"[32]实质上,家族记忆和集体记忆是传记批评的重要研究方法,这种研究方法从心理学引入,起到了对群体和家族记忆研究的一种指导作用,传记研究包括个人和家庭的背景,对过去形成经验和对当前关系的探索。在布拉格汉学家的研究中,家庭记忆是研究中国现代文学作家创作的重要切入点。那么,《家》不再是巴金个人的家族记忆,同时承载着一代人的集体记忆。而文学作品也不再是个人的回忆录,而是涉及到整个民族的集体记忆。《家》不再是个人的"家",而变成了民族集体的"家",民族的"家"就是"国"。如此一来,中国文学的自传性写作并非书写了某几个作家的个人史,而是撰写了一个时代,一个民族的历史。

如果说家庭和童年记忆在作者的成长过程中内化于人的精神世界中,那么在作家创作时,就成为了创作文学作品的内在驱动力。作家所处的社会环境,社会变革和政治运动就成为了作家创作文学作品的外在驱动力。

2. 鲁迅的创作动力论

鲁迅是中国现代文学的旗帜,自然也就成为讨论现代文学特点的重要主题。就鲁迅的创作动力而言,"童年说"也成为了广大学者的共识。在普实克看来,鲁迅的作品作为中国现代文学的突出代表具有极强的自传性特征。"这种主观性在他的诗歌散文集《野草》中表现尤为明显,而《朝花夕拾》这个文集的题目则表现了其自传性特征。"[33]为进一步分析这个特征,米莲娜认为,研究鲁迅文学的重要线索在于鲁迅的个人经历与作品之间的密切联系,如《药》和鲁迅的其它小说一样,由于个人经历的因素和他的思想启示,引起了批评界的注意。这个特点似乎使鲁迅的小说具有一种非凡的真实性。进一步去发现作者个人生活与其文学创作之间的这种联系可以更好地了解作者的个性和他的作品。鲁迅文学的真实性也正是来源于真实世界,鲁迅童年的经历是他创作的内在驱动力:"《药》这篇小说中,作者个人经历的因素其来源是众所周知的。这些因素关系到鲁迅幼年和少年时代痛苦的生活经验。首先

32 Oldřich Král. "it is interesting that while there are remarkable coincidences in the formation of the fictitious young man and that of PA CHIN himself,pointing to autobiographical origin, there is one fundamental difference......PA CHIN utilises many incidents and phenomena from his own life and experience,even in considerable detail,as he admitted in some of his but he only utilises them as long as they are of general validity." Pa Chin's novel "The family".Berlin. Akademie. Verlag, 1964.p.111.

33 [捷]雅罗斯拉夫·普实克《普实克中国现代文学论文集》,李燕乔等译,长沙:湖南文艺出版社,1987年,第6页。

是他的父亲死于庸医之手，他不得不经常往返于家和药店之间，去给父亲"买药"。这个家庭悲剧给他留下了深刻的印象。"[34]这也可称之为童年的缺失性经验所导致的创作欲望。那么，外在驱动力则表现在社会环境中的重大历史事件对作家的影响作用，米莲娜认为，在《药》中，"第二个来源虽然不是他个人的经历，但和鲁迅的生活也是密切相关的。本世纪初，中国杰出的政治人物，令人敬畏的女革命家秋瑾，她和鲁迅一样是绍兴人，1907 年她被自己的密友所出卖，在她的故乡附近被公开处决。她被处决时，鲁迅正在日本学习，他显然没有得到什么直接消息，而只是间接知道了这件事。"[35]历史事件推动了个人思想的发展，没有哪个人能置身事外，作家身处历史的洪流当中，自然被历史所触动。这样，社会的变革则为作家创作提供了不竭的源泉。

相较之下，学者李欧梵认为鲁迅童年所经历的阴冷潮湿让他在日后的创作中时刻充满了一种阴暗的腔调。"鲁迅也有效地运用了他对'反传统'的知识来增强他对小传统的兴趣。他借鉴了他最喜欢的奇幻书籍。"[36]传统在鲁迅的童年中被夏济安称为："浓烈的阴暗色彩"，封建传统在鲁迅的童年中扮演了重要的角色，如在百草园中的美女蛇，山海经里的怪物等等，"在家以外的绍兴，也有着很多黑暗像传统中国的许多古城一样，韶兴的悠久历史也孕育了无数流行的迷信仪式实践，这些仪式实践同样支配着士绅和农民的生活。"[37]鲁迅童年的幽暗色彩为他创作文学提供了心理暗示。这种浑浊的心理阴影使得鲁迅有着强烈的反封建意识。

此外，李欧梵还对鲁迅早年的教育背景进行了分析，"在他的第一部短篇小说集《呐喊》的著名序言中，鲁迅承认他的作品来自个人记忆。他用忧郁

---

34 [加]米莲娜，《鲁迅的〈药〉》，乐黛云编，《国外鲁迅研究论集》北京：北京大学出版社，1981 年，第 497 页。

35 [加]米莲娜，《鲁迅的〈药〉》，乐黛云编，《国外鲁迅研究论集》北京：北京大学出版社，1981 年，第 497 页。

36 Leo Ou-Lee,"Lu Xun also effectively used his knowledge of the 'countertradition' to reinforce his interest in the little tradition. He drew upon his favorite books of fantasy." Genesis of a Writer: Notes on Lu Xun's Educational Experience, 1881-1909.in Merle Goldman.ed.Modern Chinese Literature in May Fourth Era. Cambridge, Massachusetts,and London, England: Harvard University Press, 1977.p.163.

37 Leo Ou-Lee, "Like many old cities in traditional China, Shaohsing's long history also bred a myriad of ritual practices of popular superstition that governed alike the lives of gentry and peasants." Genesis of a Writer: Notes on Lu Xun's Educational Experience, 1881-1909. in Merle Goldman.ed.Modern Chinese Literature in May Fourth Era. Cambridge,Massachusetts,and London,England: Harvard University Press, 1977.p.164.

的语气给我们一个支离破碎但极具启示性的关于他如何成为作家的描述。他在序言中编织的自传体线索似乎把他的精神'与很久以前孤独的日子'联系在一起，并暗示读者如果不像鲁迅那样，以某种方式抓住他过去的重大事件，就无法完全理解他的短篇小说。"[38]他认为，研究鲁迅早期背景有利于研究鲁迅作为作家的发展历程和文学思想的进步。这是启发李欧梵做传记批评研究的动力，也是中国现代文学具有自传性特征的重要佐证。

与布拉格汉学家相同，李欧梵也认为中国现代文学主要受西方文学和中国文学传统的影响，所以他特别重视作家在成长过程中与这两者的接触经历。比如"鲁迅成长在一个传统家庭当中，但并没有受到传统文化教育的桎梏。他祖父和父母相对开明的态度使他能够接受传统的教育，这种教育没有正统模式那么死板。"[39]童年经历塑造鲁迅的人格同时也塑造他创作文学的品格。这是鲁迅创作文学作品的内部动力。在此基础上，西方文化的影响是鲁迅创作文学的重要灵感来源，这表现在，"鲁迅对他本人思想起到重大推动作用的是接受一些新派的著作和翻译，鲁迅受到梁启超和严复的深刻影响。这个社会达尔文主义的世界为一个年轻人打开了一个光明的前景，而中国传统的世界却被推到了阴影中。"[40]在童年的阴影和西方文化影响的双重影响中，鲁迅在当时那个时代风云变幻的刺激下，"外部和内部力量迫使他正视自己的过去。他童年时代的'诅咒'的'重演'被他过早的'代孕危机'延伸到整个'公共团体'——那些'权力弱、财产少、心灵简单'的人，正如幻灯片中无知的中国人所象征的那样。"[41]

---

38 Leo Ou-Lee, "In the celebrated preface to his first collection of short stories, Nahan（A call to arms）,Lu Xun admits that his writing is drawn from personal memory. In a somber and melancholy tone he gives us a fragmentary but highly revealing account of how he became a writer. The autobiographical threads he weaves into the preface seem to tie his spirit 'to the solitary days long past'and suggest that the reader cannot fully understand his short stories without somehow coming to grips, as Lu Xun did, with significant events in his past."in Merle Goldman.ed.Modern Chinese Literature in May Fourth Era. Cambridge,Massachusetts,and London,England: Harvard University Press, 1977.p.161.

39 Leo Ou-Lee, "the relatively liberal attitude of his grandfather and his parents enabled him to pursue a traditional-style education that somewhat less rigid than the orthodox pattern. " in Merle Goldman.ed.Modern Chinese Literature in May Fourth Era. Cambridge,Massachusetts,and London,England: Harvard University Press.1977.p.162.

40 Leo Ou-Lee, "This social Darwinian world opened the mind of a young man to a bright vista, while the world of Chinese tradition was pushed into the shadows." in Merle Goldman.ed.Modern Chinese Literature in May Fourth Era. Cambridge, Massachusetts,and London,England: Harvard University Press.1977.p.170.

41 Leo Ou-Lee, "Psychologically, the incident may be interpreted as triggering a second 'crisis' in Lu Xun's life; he was compelled by both external and internal forces to

显然，在李欧梵看来，童年的阴暗并不足以为鲁迅创作提供巨大的推动力，真正促使鲁迅开始创作的原因还在于社会危机下的暗流涌动使得他需要寻找"介质"来改造社会，这是鲁迅创作的外部动力。

文学成了鲁迅的最佳选择。于是，鲁迅开始了自己的文学创作，作为先进的知识分子，在那个时代语境中，鲁迅成为了一个真正的"知识分子作家"。李欧梵对鲁迅的传记批评研究，客观地剖析了鲁迅的文学创作路径。童年时代代表了中国传统的源泉，青年时代代表了西方文化的影响。在中西交融和对抗的时代背景下，鲁迅的文学创作显现了独特的时代背景色彩。再看布拉格汉学学者高利克的著作中，为了说明鲁迅的文学作品受西方文学的影响，高利克强调了鲁迅在日本生活经历的重要性，他认为鲁迅 1902 年到 1909 年生活在日本，在此期间可以接触到许多日本现代文学作品和外国文学作品的日译本，这些阅读经验有助于他日后的创作，这就可以说明鲁迅曾与西方小说有着联系。又如，《沉默》中鲁迅通过乡村教师表达的孤独之感在鲁迅生活中也可见："沉默和孤独成了鲁迅 1909 至 1918 年间的一个定数，尽管话不能说得那么绝对。"[42]在这个阶段，鲁迅的创作进入休眠期，很少有文章发表，这一时期沉默与孤独之感势必笼罩在他的心间。在李欧梵和高利克看来，鲁迅创作的外在驱动力主要来自个人的留学经历，研读西方著作的阅读经验。在当时西学全面进入中国的社会环境下，西方文学的影响必然影响鲁迅创作。这也是布拉格汉学家与李欧梵的学术共通点。

此外，对鲁迅的传记批评研究，国内学者李长之有集大成之著作。"李长之的传记批评并不满足于一般地描绘介绍作家的创作生活道路，也从不沉潜于史料的搜罗考证，其功夫是探寻把握作家的人格精神与创作风貌，阐释人格与风格的统一，领略作家独特的精神魅力及其在创作中的体现。"[43]李长之的批评方法与布拉格汉学研究有着相似之处。首先，李长之承认环境对作家

---

confront his past. The 'reenactment' of his childhood 'curse' was extended by his premature 'generativity crisis'to a whole 'communal body'-thoseweak in power,poor in possessions, and seemingly simple in heart,as symbolized by the ignorant Chinese in the slides." in Merle Goldman.ed.Modern Chinese Literature in May Fourth Era. Cambridge,Massachusetts,and London,England: Harvard University Press.1977.p.178.

42 [斯洛伐克]马立安·高利克《中西文学关系的里程碑》，伍晓明、张文定等译，北京：北京大学出版社，1990 年，第 26 页。

43 温儒敏《李长之的鲁迅批判及其传记批评》，载《鲁迅研究月刊》1993 年第 4 期，第 49 页。

的影响，虽然这种影响并不绝对，但在鲁迅研究当中，李长之认为环境对鲁迅的影响不可或缺。这当中，包括鲁迅童年时期的经历，他从小康之家陷入困顿的生活，生长在典型的中国农村鲁镇，虽然这实属偶然，但是这的确实实在在影响了他的思想、性格和文艺作品。如何影响的呢？"在他的作品里，几乎常常是这样的字了：奚落，嘲讽，或者是一片哄笑。我们一方面看出他自身的一种过分的神经质的惊恐，也就是在《狂人日记》里所谓的'迫害狂'，另一方面，我们却见他是如何同情于在奚落与讽嘲下受了伤害的任务的创痛：悲哀同愤恨，寂寞同倔强，冷观和热情，织就了他所有的艺术品的特色。"[44]显然，李长之与布拉格汉学学者所关注的问题相同，即童年遭遇是作家创作的重要灵感来源，并在一定程度上能够影响作家的创作。不仅如此，李长之认为鲁迅学医的经历使得他的思想中存在着一种进化论的生物学思想，这也是一个传记批评角度的解读。在李长之看来，童年的经历全部投入到了鲁迅的作品当中，并为鲁迅一生的创作奠定了基调。由此，阴冷潮湿的童年经历为鲁迅创作提供了内在驱动力，这是中外学者的共识。相较之下，布拉格汉学学者认为鲁迅的一些作品是自己童年经历的小传，这充分体现了自传性对中国现代文学的重要性，而其他学者并没有对这一问题做深入探讨。

值得注意地是，李长之的传记批评方法与布拉格汉学研究的传记批评方法有着诸多相似之处。例如，李长之将鲁迅的思想阶段分为六个阶段，对每个阶段的思想进行了逐一考察，将鲁迅思想发展轨迹与生平经历紧密的结合起来，试图在这一过程中，寻找鲁迅文学的创作方法，以此探查作家个人事迹与思想发展之间的因果关系。例如："在他这精神进展的第一个阶段里，因为他熟悉农村，所以后来才有那许多以鲁镇、咸亨酒店为背景的小说；因为他恨中国的医药，所以后来才扩大了而向那以旧医药为代表的封建文化猛烈攻击；他接受了科学，所以他确定了人得求生存的人生观；他被刺戟于国家之感，所以他愿意现身文艺以改造中国的国民性；"[45]鲁迅早年受到的奚落、讽刺，让他成为一个同情弱者的人。日本电影给他的创作提供了许多灵感，在会馆里的寂寞和无聊，使得他有种哀伤的感觉。这一切的一切，都积累在鲁迅的精神世界当中，成为他日后创作的灵感来源。

与布拉格汉学研究的传记批评不同的是，李长之在分析鲁迅的不同思想

---

44 李长之，《鲁迅批判》，天津：天津人民出版社，2010 年，第 8 页。
45 李长之，《鲁迅批判》，天津：天津人民出版社，2010 年，第 15 页。

发展阶段时，并没有说明鲁迅是否受外国文学的影响，而主要是从鲁迅在中国的生平经历以及中国社会变化的角度来谈鲁迅思想的发展脉络。这与布拉格汉学学派一直致力于寻找中国文学与外国文学之间的天然联系不同。由此可见，二者虽然都用了传记批评方法研究中国作家，相比之下，李长之的研究视野具有一定的局限性。

如果将研究范围扩大至世界汉学的角度，陈顺妍则反对夏志清为代表的英美汉学立场，如她在《现代中文学报》上发表的文章详细讨论了鲁迅的几个作品，这些作品揭示了他如何将文学创作和政治视为两个沿着相反方向奔跑的轨道列车。鲁迅的《野草序言》被视为《野草》不可分割的一部分，这证明了他那部分文学生活的终结。陈顺妍分析《野草》的创作时间，由此发现鲁迅文学创作思想的转变，并衡量其早期知识分子和文学背景对他的持续影响。她并不赞成夏济安对《野草》的批评态度，"这条非正常的道路当然是对鲁迅在左翼文学殿堂中神圣地位的负面反应。夏济安的《黑暗之门：中国左翼文学运动研究》（1968 年）多年来一直是英语世界对中国现代文学的标准大学教科书。夏济安对《野草》不屑一顾，拒绝承认它有任何文学价值。尽管如此，他似乎不情愿地承认鲁迅可能有天才的成分。"[46]从这个评价中可见，她并不赞成过于主观的评价体系和方法，她认为中国和西方互为映衬产生了排斥效应，使得双方都走上了不够客观的研究道路。她更主张客观地评价鲁迅的作品，这就要回到鲁迅所处的时代以及创作文学的个人经历上来。那么，这种批评方法与布拉格汉学的个人传记研究有着异曲同工之妙。

比如，作者关注鲁迅的阅读背景和教育经历，以此说明鲁迅思想体系的建构。陈顺妍认为鲁迅生来就具有强大的智力和不屈不挠的精神，他接受了中国古典文学和哲学的严格训练。年轻时，他偶尔用古典语言写诗来表达内心深处

---

46 Mabel Lee, "The abnormal path of Wild Grass studies in China was mirrored in the same period by an equally abnormal path in the West that took the form of a virtual lack of scholarly interest, while in Taiwan Lu Xun's publications were banned. This abnormal path was of course a negative reaction to Lu Xun's godlike status in the CCP literary pantheon. Tsi-an Hsia's The Gate of Darkness: Studies on the Leftist Literary Movement in China（1968） was for many years a standard college textbook on modern Chinese literature in the English-speaking world. Hsia is highly dismissive of Wild Grass, rejecting the notion that it has any literary merit. Nonetheless, he seems to concede with reluctance that Lu Xun may have possessed elements of genius." Lu Xun's Wild Grass: Autobiographical Moments of the Creative Self, Journal of Modern Literature in Chinese. Spring2014, Vol. 11 Issue 2.

的情感，就像以前时代的诗人一样。他广泛阅读西方哲学和文学，也开始翻译日本、德国和俄罗斯的作品。在西方文学影响鲁迅创作这个问题上，作者毋庸置疑是认同的。"我的观点是，鲁迅是通过波德莱尔认识到散文诗形式本身的自由，而不是它的内容或文学手段，这促使鲁迅根据自己的心理和创作需要采用这种形式。"[47]由此作者得出结论是："我试图加强'创造性自我的自杀'的理论基础，认为这种创伤在鲁迅自传中激起了强烈的心理冲动，他通过以散文诗的形式写作来处理这种冲动，他通过波德莱尔的翻译来了解这种冲动。"[48]通过以鲁迅的经历为背景，分析形成鲁迅创作风格的内在动因是，童年的创伤使得鲁迅在创作中存在一种微妙的动力素，这种动力是一种哀伤悲悯的情怀。鲁迅生在中国由传统走向现代的时间段，西方文学的阅读经验使得他找到了传达这种情怀的方式。由此看来，对鲁迅的传记批评有利于更加深入地研究他的文学作品。陈顺妍通过对鲁迅个人生活的解读，较为完备地呈现了鲁迅创作文学作品的动力。布拉格汉学家的立场与陈顺妍和李长之的立场相同，他们肯定鲁迅文学的价值，并认为鲁迅文学的自传性来源于作者个人的生活经历，这包括童年的心理挫伤和研读西方文学的经历两方面。另外，他们反对夏氏兄弟对鲁迅文学的主观评价，希望通过客观的文学研究方法来评价文学。

　　总之，无论童年给作家带来的是温热的暖流还是凛冽的寒潮，它对文学创作都起到了至关重要的作用，它往往是灵感的来源，笔下的助推器。那么，布拉格汉学学者将共时研究的一个着眼点落在了作家的创作动力上。这就要回到作者、作品与世界的关系中来，人与世界的关系可谓是内外交互的过程。就创作动力而论，文学创作归根结底来源于作家与世界不断产生关系的结果。作家在童年时期与世界产生的联系内化于心，由此成为创作的饮水之源，而作家在成人世界中与外在社会的对抗，则为创作提供了一种助推力，往往这

---

47 Mabel Lee, "my view is that it was the freedom of the prose-poem form itself that LuXun came to know via Baudelaire, rather than its content or literary devices, that prompted LuXun to adopt the form for his psychological and creative needs." Lu Xun's Wild Grass: Autobiographical Moments of the Creative Self,Journal of Modern Literature in Chinese. Spring2014, Vol. 11 Issue 2.

48 Mabel Lee, "In the following, I seek to strengthen the theoretical basis of 'Suicide of the Creative Self' by positing that trauma provoked in Lu Xun an intense psychological impulse to autobiography, and that he dealt with this impulse by writing in the prose-poem form that he had come to learn about via Baudelaire in translation." Lu Xun's Wild Grass: Autobiographical Moments of the Creative Self,Journal of Modern Literature in Chinese. Spring2014, Vol. 11 Issue 2.

种动力来源于对社会压迫的反抗。所以自传性文学也是自我与社会关系的表达。除此之外，普实克等人将共时研究的另一个着眼点落在了作家的创作技巧上。这就要从作家主观的情感与客观所处的历史来谈。

四、技巧：情感描写与历史叙事

作家在有了创作文学的动力之后，就需要考虑如何通过创作方法和技巧将个人经验融入到文学作品当中。在布拉格汉学学者看来，首先，作家的自传性文学可按照由作家所处的外部社会到内心世界的路径进行写作。

这首先表现在作家对历史的兴趣上，米莲娜在《郭沫若的自传文学》一文中总结出三个特点，即浪漫的主观主义，历史兴趣和对个人生活经历地关注。比如《我的童年》，郭沫若的自传性写作会根据不同的历史背景而转变自己的写作方法。故事是作者的故事，细节也从作者主观感受的角度书写。但方法确是各有不同。"因此，为了描述他的青年时代，他使用了传统形式的笔记体，展示了他童年的记忆和趣味人物的肖像，这些小细节结合在一起，生动而令人信服地描绘了世纪之交的中国社会……在早期中国文学中，历史事件的编年史回顾很少结合作者自己对哲学、美学和其他问题的思考。"[49]在米莲娜看来，郭沫若文学的独特之处在于对历史的关切，将个人的命运与宏观的历史背景联结，这样，郭沫若的自传就形成了纪录片的模式。在描述自己的生活故事时，他为历史学家提供了许多有价值的材料，如"本世纪初的日常生活、苏川革命运动的反应以及北伐前后知识分子的情绪。对学习中国文学的学生来说，这些作品，尤其是关于'创造社'的两论文，是一个无比丰富的信息源泉。另一方面，郭沫若仍然是一个有成就的作家，每次他的自传都运用了最适合其内容的文学形式。"[50]这就是将个人的经历投入历史的宏大叙

---

49 Milena Doleželová-Velingerová,"Thus,for the description of his youth he uses the tra-
ditional form of a notebook,presenting memories of his childhood and portraits of in-
teresting people,little details which, taken together,give a lively and convincing picture
of Chinese society at the turn of the century……Here,too,the form is influenced by
European models since in earlier Chinese literature a chronological review of historical
events is rarely combined with the author's own reflexions on philosophy,aesthetics and
other problems." Kuo Mo-jo's autobiographical works. Jaroslav Průšek ed. Studies in
modern Chinese literature. Berlin. Akademie. Verlag, 1964.p.75.
50 Milena Doleželová-Velingerová,"everyday life at the beginning of the present cen-
tury,the response of the revolutionary movement in Szu-ch'uan and the mood of the in-
tellectuals before and during the Northern expedition.For the student of Chinese litera-
ture,too,these works,especially the two books dealing with the 'Creation society',are an

事之中的写作方法。这似乎迎合了第一章所述郭沫若的现实主义文学创作特点。也就是说，郭沫若在作品中所反映的文学现实，并不是基于史学专业意义上的真实历史事件。而是作家个人作为深处时代中一隅小人物对历史洪流大事件的真切感受，这是作家个人对历史的关注。由此，郭沫若基于个人的生活经历将一部分历史事件融合于文学创作当中，只是与其他现代文学作家不同的地方在于，郁达夫、冰心等人对生活元素的探求达到了顶峰，而郭沫若更关注历史元素在个人经历中的重要作用。

　　与米莲娜相比，大卫·乔伊对郭沫若做了更为细致的传记批评研究，他在《郭沫若的早年生涯》中，对他的生平经历进行了细致的梳理，分为童年、新学校、初中、高中、医学生和创造社等几个阶段。他将郭沫若的童年记忆、家庭背景以及时代背景事无巨细地展现出来。在大卫的著作中，他认为，郭沫若文学有很重要的两个特点，一是对情感的强调，"因此，一个人不应该试图通过理性来分析或剖析宇宙及其无数现象，而是应该通过心灵和情感来为自己综合和创造宇宙。这样，一个人可以在任何地方创造他自己的天堂。"[51]二是对孩子的尊敬。这是因为郭沫若在自己的文章中表达过孩子的创作力非常强大，他们无时无刻不在创造，孩童时期相当于一个天才的时期。大卫·乔伊所用传记批评方法与布拉格汉学学派相似，对郭沫若前期文学的思想做了梳理和研究。但与布拉格汉学学派不同的是，大卫的研究并非是从作者生平经历中析出与文学有关的经历进行特别分析，以寻求作者文学思想的发展脉络。这样就使得大卫的传记批评研究缺乏针对性。

　　其次，郁达夫的自传性文学写作技巧则与郭沫若相反，他将个人的情感因素作为作品中的绝对主角，从主人公主观情感的近景推到外在世界的远景，以达到创作自传性文学的目的。

　　此外，布拉格汉学学者安娜对郁达夫的研究可谓细致入微，安娜认为："郁达夫的第一部作品是对主要英雄的整体紧凑地描述；这些都是直接地

---

incomparable fountain of information.On the other hand,Kuo Mo-Jo remained the accomplished writer he was and each time gave his autobiographies the literary form most suitable to their contents."Kuo Mo-jo's autobiographical works. Jaroslav Průšek ed. Studies in modern Chinese literature. Berlin. Akademie. Verlag, 1964.p.5.

51 David Tod Roy, "Thus,one should not seek to analyze or dissect the universe with its myriad phenomena by means of reason, but should rather synthesize and create it for one's self by means of the heart and emotions. In this way one can create his own paradise wherever he may find himself." Kuo Mo-jo: The Early Years,Cambridge: Harvard University Press, 1971.p.135.

叙述，并不投射在他的行为上，而是投射在他的感情和生活态度上，是深入到这种矛盾人格的最底层的探寻。"[52]如前文所述，与郁达夫相比，郭沫若的自传性写作更具有历史的厚重感。在写作的过程中，郭沫若个人的历史就是国家的历史，个人被社会裹挟着缓缓前进，个人的自传也就变成了国家的编年史，这种微观到宏观的把控正是郭沫若写作的独到之处。然而，与郭沫若正相反，郁达夫的自传体写作则是对"自我"的关注高于一切。在安娜看来，郁达夫通过对主人公精神世界的极致刻画，来达到书写个人命运的目的。他不再诉说童年的阴暗，也不再对大历史进行鞭挞，而是对个人精神世界进行白描。安娜认为，郁达夫的创作方法将行为和情感分离，对生活进行了简单的刻画，弱化了事件的重要性，从情感的角度对自身进行了深入剖析和描写。这时，一个无处不在的人物便成为了这类自传式习作的重要载体。"在他文学生涯的头几年，郁达夫创作了几部作品，分析这些作品可见，在主人公的精神和情感性格以及他命运的具体事实中，作者详细而深刻的自我表达是显而易见的。这些散文作品中情节的构建服从于文学的设计，比如《沉沦》。[53]"安娜认为，诚然，郁达夫的自传性写作具有极强的主观感受的真实性，但作为面向读者的出版作品，郁达夫运用了极具自传体特色的写作技巧。

　　安娜认为，事实上，时间线的设计不是研究郁达夫自传式文学的重点，重点在于作者强调的自传体元素，"自传体元素不仅服从于作者的设计——作者没有以复杂的方式描述他在特定时期的生活，而是从其中选择一些元素来强化他的设计，强调悲剧叙事——而且服从于作品的结构：他不是按时间顺序进行，也不是以直接、不妥协的方式进行。"[54]这类元素在《沉沦》当中表

<hr>

52 Anna Doležalová,"Yü Ta-fu's first work form monolithic,compact narrative about the principal hero;they are direct descriptions centering not on his actions,but his feelings and life attitudes and reaching down to the deepest intimacy of this contradictory personality." YU TA-FU: Specific traits of his literary creation. Czechoslovakia: The Slovak Academy of Sciences · London C.Hurst&Comoany · NewYork Paragon book reprint corporation, 1971.p.14.

53 Anna Doležalová,"In the first years of his literary career Yü Ta-fu created several works where in the mental and emotional disposition of the hero and the concrete facts of his fate,the author's detailed and deep self-expression are noticeable.The built-up of the plot in these prose works,similarly as in the collection Sinking,is subordinated to the literary design." YU TA-FU: Specific traits of his literary creation. Czechoslovakia: The Slovak Academy of Sciences · London C.Hurst&Comoany · NewYork Paragon book reprint corporation, 1971.p.18.

54 Anna Doležalová,"Autobiographical elements are subordinated not only to the author's design-the author is not describing his life at the given period in a complex manner,but

现在作者营造一种近乎真实的自传气氛，强调情绪上的表达，甚至于通过引入现实世界中真实出现的物品来提高作品的逼真性。比如"主人公在抒情描写的风景中悲伤地沉思，有一本华兹华斯的诗集；然后，他描述了他在同事中的孤独、厌恶和自我折磨的感觉，直到那时，他才开始关注童年、过去与现在。[55]"这里，自传体元素在于主人公孤独心境的渲染，环境描写起到了衬托个人情绪的作用。

在安娜看来，郁达夫在创作过程中，其本人个性和身份被反映到主人公的性格中，他本人作为一个零余者的形象出现。"在主人公郁达夫的性格中，体现了他自己的个性，强调了这种身份。这篇散文中的主人公不是作者从远处看的，而是一个主体，一个叙述者，作者设计的人格化，作者的喉舌。郁达夫强调他在这个人物中的自我表现，也强调他的自传性质，不是从外部观察他的英雄，而是专注于表现他的内在自我。"[56]郁达夫的写作确实做到近乎极限的主观感受的表达，但作品中仍蕴含着丰富的文学设计。在出版文学地限制下，通过一定的文学创作技巧将自传体写作的真实性推到最大可能的顶点。比如："郁达夫在写回忆的时候，通常都是直接表情达意，自我表达的直接性是创作程序的基本原则，即体裁、风格和主题的选择。信件、旅行报道和速写是文学形式，它们本身提供了主观风格的可能性，郁达夫充分利用了这种

selects from it elements that enhance his design to stress the tragic line of narrative-but also to the build-up of the work: he does not proceed chronologically,nor in a straight-forward,uncompromising manner." YU TA-FU: Specific traits of his literary creation. Czechoslovakia: The Slovak Academy of Sciences · London C.Hurst&Comoany · NewYork Paragon book reprint corporation, 1971.p.20.

55 Anna Doležalová,"the hero in mournful reflexions amidst lyrically described scenery,with a book of Wordsworth's poems;then he describes his loneliness among his colleagues,feelings of disgust and self-torment, and only then follows the passage on his childhood and his past up to the present moment." YU TA-FU: Specific traits of his literary creation. Czechoslovakia: The Slovak Academy of Sciences · London C.Hurst&Comoany · NewYork Paragon book reprint corporation, 1971.p.20.

56 Anna Doležalová,"In the character of the principal hero Yu Ta-fu reflects his own personlaity and lays stress on this identity.The hero in this prose work is not viewed by the author from a distance.but he is a subject,a narrator, the personifreation of the author's design,the author's mouthpiece. Yu Ta-fu underlines his self-expression in this character,also its autobiographical qulaity by not observing his hero from outside,but by concentrating on expressing in this character,also its autobiographical quality by not observing his hero from outside,but by concentrating on expressing his interior self." YU TA-FU: Specific traits of his literary creation. Czechoslovakia: The Slovak Academy of Sciences · London C.Hurst&Comoany · NewYork Paragon book reprint corporation, 1971.p.82.

可能性。"[57]在情节结构上，郁达夫摒弃了与主观感受无关的情节设计，叙述者自己阐述自己的主观世界。情节在主人公的情感世界发挥到极致，但作为一部完整的文学作品，这并不代表郁达夫的自传体文学就是主人公的独角戏。他在作品中对次要人物进行了白描，大多数频繁和典型的描述都是与主要人物的形象有着密切联结的。"在郁达夫的作品中，对次要人物的描写总是有作用的。他们致力于对主要英雄的更深层次的刻画。"[58]但他们的目的不是呈现次要人物的客观形象，而是完成主要英雄的性格刻画。也就是说，次要人物的出现总是通过主人公的视角来调节的，郁达夫从不掩饰省略客观描述的意图，他主要目的还是围绕描写主人公形象的写作。主人公作为作者设计的化身，成为了作者的喉舌，次要人物在作品中则成为了连接主人公的主观世界与外在世界的桥梁。"具体方式是，他作品中的主要英雄大多以内心独白的形式来表达，而由主要英雄介绍的次要人物则通过与他的对话或与他相关的行动来表现。这是由郁达夫的创作方法决定的，这种创作方法强调作者对他文中主要英雄的认同，以及他对这位英雄内心思想的描绘和解释，而次要人物总是英雄观察的对象，是他行为的情感反应者和诱导者，是他自我表达的媒介。"[59]

郁达夫的创作技巧是由内向外层层递进的一个过程，是由主人公的主观情绪蔓延到次要人物的刻画。他的作品充分体现了作家与外部世界的关系，

---

57 Anna Doležalová,"The immediacy of self-expression is here the basic principle to which are subordinated the creative procedures,i.e the choice of genres,style and subject.Letters,travel reports and sketches are literary forms which by themselves provide the possibility of a subjective style, and which YüTa -fu throughly exploits."YU TA-FU: Specific traits of his literary creation. Czechoslovakia: The Slovak Academy of Sciences. London C.Hurst & Comoany. NewYork Paragon book reprint corporation, 1971. p.35.

58 Anna Doležalová,"The descriptions of secondary characters are always functional in Yü-Ta-fu's works.They helo towards a deeper portrayal of the principal hero." YU TA-FU: Specific traits of his literary creation. Czechoslovakia: The Slovak Academy of Sciences · London C.Hurst&Comoany · NewYork Paragon book reprint corporation, 1971. p.87.

59 Anna Doležalová,"A further feature associated with YüTa-fu's method of self-expression is that the principal hero in his works is expressed,for the most part,in the form of an inner monologue,while secondary characters,introduced by the principal hero,manifest themselves in dialogues with him or in actions related to him.This is conditioned by Yü Ta-fu's creative approach which emphasizes the author's identification with his principal hero,his portrayal and explanation of the inner thoughts of this hero,while secondary characters are always the objects of the hero's observations and emotional reactions and inducers of his actions,mediators of his self-expression." YU TA-FU: Specific traits of his literary creation. Czechoslovakia: The Slovak Academy of Sciences · London C.Hurst&Comoany · NewYork Paragon book reprint corporation, 1971.p.91.

作家描写世界的视角是由内向外的推移，镜头由主人公内心世界的近景不断推向外在社会环境的远景。在这一过程中，作者完成了自我精神的表达，这不能不称之为一种自传性的创作。"他的主观风格和作者在作品中的个人参与度被永远存在的主要英雄、叙述者的角色和次要人物的主观解释者所强调，这些都是通过他的个人化视角的棱镜折射出来的。"[60]基于此，郁达夫的创作也就进一步证实了中国现代文学的主观主义和个人主义的特征。将创作的重点放在描写主人公个人情绪的表达，用作者"自我"的经历支配主人公的命运，使得作品几乎成为一种个人主义的自传性写作。郁达夫的文学作品代表了中国现代文学的主要发展潮流之一。

总之，就创作技巧而论，作家描写世界同样有两种方式，一种是由外向内地描述，如郭沫若的创作就是一种历史的大叙事。个人的命运随历史的洪流前进，创作手法也根据不同历史阶段而改变。反之，郁达夫的写作则是由内向外地抒情，个人情绪地极限描写，压缩了文学当中除主人公之外的一切因素。次要人物、环境描写都成了衬托主人公内在情感的道具。这种由内向外渲染情绪的过程充分体现了主观主义自传性文学的特点。

五、布拉格结构主义视阈下的传记批评方法论

以上研究可见，受布拉格结构主义影响颇深的汉学家研究文学尤其关注外部结构环境的变化，因为这是导致文学内部结构流变的外因。所以在研究文学文本之前，通过传记批评的方式研究作家所处时代社会结构变化有利于研究中国文学结构的流变。因为，在布拉格汉学家看来，作家个人的事迹或多或少会在创作中产生或深或浅的印记。所以，布拉格汉学家的传记研究是结构主义视阈下的文学批评研究。通过这种研究方法，他们得出中国文学具有自传性的特征。这种批评方法其实还可见于普实克的古典文学研究中。

从布拉格汉学学派的研究路径可以看到传记批评这个研究传统贯穿了布拉格汉学家研究中国文学的始终，在不同时期不同研究中角色不尽相同。布

---

60 Anna Doležalová,"his subjective style and the author's personal invovement in the work are emphasized by the ever-present pricipal hero,his role of narrator and subjective interpreter of secondary characters which are pictured through this prism of his individualized view." YU TA-FU: Specific traits of his literary creation. Czechoslovakia: The Slovak Academy of Sciences · London C.Hurst&Comoany · NewYork Paragon book reprint corporation, 1971.p.91.

拉格汉学研究古代文学（特别是明清文学）包括话本小说，志怪小说等等。在这些研究中，对作者的传记研究也成为研究中国文学的基本方法。如在普实克对明清文学的研究中，对作家的生平经历进行了一种基于历史学方法的考察，这可以体现出微观历史研究方法的特点。微观历史方法的一个决定性特征是个人在研究项目中的中心地位：更准确地说，是个人生活的外部条件和内部生活之间的关系，社会的结构唤起每个人的反应，这意味着人们选择的道路往往与为他们规划的道路完全不一致。在研究中，关注这种冲突是很重要的——无论是应用微观历史方法还是传记研究方法，这都无关紧要——因为这是任何社会发生的所有变化的关键。没有它，社会将保持停滞或永久的现状。[61]在布拉格汉学研究中，这可能表现在对作者所处时代的研究。例如：布拉格汉学学者尤其重视五四时期中国文学的发展变化，其中，以白话文运动为时代背景的新文学是重点研究对象。史丹妮就谈论过白话文运动在大陆文学界和台湾文学界的不同地位和意义。[62]

　　回到文学研究中来，普实克在有关《聊斋志异》的研究中对蒲松龄就进行了传记研究，这几乎成为了布拉格汉学家研究中国文学的基本制式。作者的传记就是历史的一部分，同时也成为了文学史的一部分。传记批评研究成为了布拉格汉学家研究中国现代文学史的基本研究方法。普实克分别对蒲松龄父亲、母亲的生平经历进行了研究，其中甚至细化到母亲对蒲松龄童年的教育，以及蒲松龄的学业。可见，对作家进行传记批评，其根本目的是为了呈现中国文学史的发展规律，同时，也试图从作家的角度进入中国文化背景下的中国文学研究，这样更有利于汉学家对中国文学文本进行阐释分析。

　　那么，普实克研究作家生活之细腻有着微观历史研究方法的特征，如在《蒲松龄和他的作品》中，他通过对蒲松龄妻子的研究来考察《聊斋志异》中女性角色的现实意义。"这主要可能是因为受他母亲和妻子的影响，蒲松龄成为了一个反对在父权家庭奴役妇女的早期战士，他在他的故事中创造了一种理想的女人，她们大胆、独立，这只有在我们这个时代才能成为现实。"[63]

61 参见 Brian Roberts, Biographical Research. Buckingham. Philadelphia: Open University Press. 2002.

62 参见 Táňa Dluhošová, Baihuawen: Its Origins and Significance, Fifth Annual Conference of European Association of Taiwan Studies.

63 Jaroslav Průšek, "It is not unlikely that it is due mainly to the influence of his mother and his wife that P'u Sung-ling became on one of the early fighters agianst the enslavement of women in the patriarchal family, and that in his stories he created the type of

从这个角度说来，文学史在普实克的研究中在某种程度上已经成为作家个人的生活史，并与文学中的现实主义相联结。再如，"我们已经说过，蒲松龄的父亲放弃了家庭的部分财产。由于他无法忍受儿媳妇的争吵，他决定在1662年后的某个时候把财产分给儿子。他对贫困学者生活的真实写照，描绘得如此令人信服，这可能是他自己经历的反映。"[64]值得注意的是，普实克不只是从个人传记的角度研究文学创作中的"小问题"，同样也考察当时社会中的"大问题"。比如"蒲松龄认为明朝有着腐败无能的统治政府，他们的行为导致了大起义，这样士绅就可以看到满族统治者推翻明朝以恢复国家秩序。"[65]在普实克的研究中，蒲松龄的故事不是空洞的幻想，而是基于客观真实，是对现实生活有意识的改造。"他创造的所有狐狸、吸血鬼、复仇者、天上的生物、魔术师等等都有一种魅力，吸引着我们的想象力，正是因为蒲松龄把它们画得如此逼真；他们是真实的人，不管他们看起来多么奇怪，也是无梦的幻影。"[66]普实克的传记批评研究，将文中的现实照进了作者个人传记的现实，现实在作者的真实经历和作品中的虚构转换开来。所以作家几十年的生活经历就自然而然的形成了一个文学创作材料系统，这当中的发生的事件作用于个人的内心感受，在将来的创作中都扭曲变形成为了故事中的桥段。布拉格汉学学者将作家个人传记与文学中的形象相联结，从个人生活史的角度来研究文学的历史。这种研究方法一直延续到对现代文学的分析当中。可以说，布拉格

ideal woman,bold,independent,that has become a reality only in our own day." Chinese History and literature.Prague: Czechoslovak Academy of Sciences, 1970.p.116.

64 Jaroslav Průšek, "We have already said that P'u Sung-ling's father negelected the family economy.Since he could not bear the quarrelling of his daughters-in-law he decided some time after 1662 to divide his property between his sons……His realistic pictures of the life of poor scholars,drawn so convincingly,are probably the reflection of his own experience." Chinese History and literature.Prague: Czechoslovak Academy of Sciences, 1970.p.116.

65 Jaroslav Průšek, "P'u Sung-ling regarded the Ming dynasty as corrupt and ineffecient rulers whose conduct of affairs brought about the great rebellion, so that the gentry could see in the Manchu dynasty rulers who would restore order to the country." Chinese History and literature.Prague.Czechoslovak Academy of Sciences, 1970.p.126.

66 Jaroslav Průšek, "All these instances,which could be multiplied if we were to analyse practically any of the stories,confirm what we have already said,namely that P'u Sung-ling's stories are not empty fantasies,but are based on real life and are a conscientious,deliberate remodelling of it." "All the foxes, vampires, avengers, heavenly creatures, magicians and so on that he created have a charm that captivates our imagination precisely because P'u Sung-ling draws them so realistically; they are real people, however strange they appear, and no dream phantoms." Chinese History and literature. Prague. Czechoslovak Academy of Sciences.1970.p.133.

汉学家对中国现代文学的研究方法延续了研究古代文学的方法，即通过研究作家的传记历史来考察文学创作的特点，这其中包括的作家有"鲁迅、丁玲、冰心、郭沫若、茅盾、郁达夫"等。

如前文所述，在普实克的文章中，他认为郁达夫、巴金、郭沫若等人的作品都有一个共同的特点，就是主观主义、个人主义和悲观主义的倾向。也正因为如此，中国文学才表现出自传性的特征。如果将夏志清的观点作为普实克研究的参照物，那么夏志清认为郭沫若、郁达夫等人的作品充满了自我中心主义。这一观点与普实克看似相同，但布拉格汉学学者的突出特点是将中国现代文学作为客观对象去研究，中国现代作家也是客观对象的重要组成部分。夏志清是将作家从时代背景中抽离出来，对作家创作文学作品有着他个人的要求，比如作家需要摆脱时代的影响，创作出超越时代的具有极高美学价值的文学作品。如果作家投入到文学所处的大历史中去，那么势必就不能创作出伟大的文学。这一观点，是夏志清主观主义的批评方法投射到研究对象中所获得的结果。普实克等人则并非如此，他们意在了通过分析作家个人客观存在的历史来对中国文学史做客观地解读。将作家回归到所在的历史片段中去，旨在分析作家作为文学史节点的意义所在。中国现代文学的自传性特征，是主观主义和个人主义产生的前提。也正是作家对个人经历的书写，才使得个人的历史叙事走向时代的大历史中。从这一角度来看，布拉格汉学学者认为中国现代文学具有自传性的特征是有一定的合理性和合法性的。普实克等人认为中国现代文学的主体是对现实的模仿，围绕作家中心论的传记批评方法正迎合了现实主义文学的核心观点。在罗兰·巴特的《作者之死》之后，文学批评常常表现出作者的缺席。布拉格汉学家阐释中国现代文学的方法论正是通过传记批评的方法让作者回归到文本应有的地位上去。但需要注意的是，强调作家在文本中个人经验的表达并不意味着作者具有至高无上的地位，相反，将作家作为文本客体系统的一部分去解读的方法则较为科学。

值得深思的是，中国现代文学自传性特征的独特性体现在何处。在布拉格汉学学者看来，这种自传性特质是新文学出现的主观主义、个人主义趋势的表征。现代文学的自传性已不单单是作者个人经历的描写抒情，而是反对旧社会、旧制度背景下个人意志的再现。从以上研究可见，鲁迅、冰心、老舍、巴金等现代文学作家在创作过程中对自我经历的再撰写，实际上抒发了一种集体意识，即在封建社会"吃人"的落后的专制制度下，个体对自由解放的向往。

这样的自传性写作就具备了普世的价值意义，同时，中国现代文学的自传性写作也就走向了宏大的历史叙事。如此境遇下，自传叙事的作者在他们个人生活中常常处于矛盾的境地，他们不仅希望展现从摇篮到坟墓的社会生活，并且期盼通过新的叙事模式来展现生命的意义和兴趣，同时也渴求通过小说的形式填补个人经历的空白，增添故事的虚构性，为读者描绘一个风起云涌的时代。他们在个人的真实经历与文学的虚构事实当中徘徊，最终，创作出具有自传性质的中国现代文学。由此看来，文学的外部结构与文学的内部结构交相辉映、互相转化，最终才形成了具有时代特征的中国现代文学。

另外，高利克将结构主义与传记批评方法相结合，他的研究已经上升到理论高度。即将作家个人的生活史看作文学"系统—结构"的重要组成部分。这首先表现在他的茅盾研究中。高利克的博士论文《茅盾和中国现代文学批评》产生于布拉格汉学学派形成的早期，其研究方法也使用了大量的传记批评研究方法。这首先体现在对茅盾童年和青少年经历的解读，在他的研究中，着重考察茅盾接触中国文学的经历以及对革命思想的接受，这也正是高利克随后研究茅盾文学的主要方向。如："作为一个 1911 年革命时期的小男孩，茅盾受到了几次影响。他在小学就已经遇到了儒家经典；"[67]随后，茅盾在中学时期分别阅读蒋光慈和成仿吾的文章，这为他后期加入创造社奠定了基础。作家同时也是读者，高利克尤其关注作家个人作为读者阅读的经历在作家创作过程中所起到的重要作用，如："茅盾很有可能读过严复（1853-1921）的翻译和评论，并受到他的影响，尽管他从未提及此事。"[68]茅盾和严复都认为，思想在人类历史当中的作用必须被强调。茅盾强调权力和软弱的概念，这使人们想起严复的哲学思想，其中权力和财富的概念是软弱和贫穷的对立面。由此看来，作家的阅读经验史就可反映出作家的思想成长史，这是形成现代作家文学创作思想的重要来源。

---

67 Marián Gálik, "As a young boy of the period of the Revolution of 1911 Mao Tun was subjected to several influences. He encountered Confucian Classics already in the primary school; at the secondary school the contents of the Family Instructions of primary school." MaoTun and Modern Chinese Literature Criticism. Germany: Franz Steiner Verlag Gmabh · Wiesbaden, 1969.p.12.

68 Marián Gálik, "It is quite possible that Mao Tun read the translations and commentaries by Yen Fu（1853-1921） and was influenced by him although he never mentioned it." MaoTun and Modern Chinese Literature Criticism. Germany: Franz Steiner Verlag Gmabh · Wiesbaden, 1969.p.14.

　　在高利克研究中国现代文学的后期，其重点则逐渐转入比较文学研究，他将这种传记批评方法融入其中。这就是高利克最著名的两部著作——《中国现代文学批评发生史》和《中西文学关系的里程碑》。传记批评方法在这两部著作中臻于成熟，他试图通过各个时期作家个人的传记来构建中国文学史，在对各个作者的传记历史叙述中，将作者与国外有关经历进行梳理，这就势必组成了文学作品的外部系统结构。高利克非常重视作家的阅读经历，并将这一经历内化于研究当中，将作家的阅读经历视为写作思想发展的重要源头。再者，高利克则重视对作家有重要影响的人，这些人多半影响了作家的阅读经历，使得作家的写作思想发生改变。比如，"在这里，接受—创造过程主要受制于两种因素：郭沫若对于安娜的爱和他们的第一个儿子——和生，他们叫他阿和。"[69]此时，高利克对中国现代文学的研究臻于成熟，传记批评已经不再是主要研究方法。他将这种方法通过更加成熟的方式贯穿于比较文学的研究当中，作为文中各观点的佐证出现，这使得其观点更具有说服力。传记批评研究在后期的布拉格汉学研究中，已经逐渐成为研究文学作家"系统—结构"的辅助工具，这一点后文有详细论述。

　　总之，结构主义视阈下的传记批评研究呈现出以下特点。首先，从两个方面来看待作家生活经验与文学之间的关系，一方面要从文学文本中追溯作家生活经历的源头，另一方面是从作家生活经历来反观文学文本所具有的时代意义。其次，作家的生活经历被分为童年和成年后的两个阶段，这两个阶段往往互相映衬，成为作家文学创作不可或缺的一部分。再次，布拉格汉学家尤其关注作家的海外生活经历，试图在这一经历中寻找中国文学受西方文学影响的实证。这样，就基本完善了文学文本外部环境的总体样貌，文学的外部结构也就成为研究文本内部世界的前提。

第二节　历史视野下的中国文学结构流变论

　　传记批评研究方法为研究中国现代文学提供了社会学视野，在这种研究方法中，布拉格汉学家认识到文学世界的结构发展史就是社会文化的生活史。但这并不意味着文学作品的内部形式就可以被忽略。为了避免陷入机械的社

69　[斯洛伐克]马立安·高利克、伍晓明、张文明等译《中西文学关系的里程碑》，北京：北京大学出版社，1990 年，第 61 页。

会历史反映论，布拉格汉学家反对将文学视为庸俗的社会历史记录工具。那么这就要将着眼点从外部世界回归到文学自身。此时，形式主义与结构主义就成为布拉格汉学学派研究中国文学发展史的有利工具。

一、内在论与外在论的协同融合

如前文所述，布拉格结构主义在一定程度上修正了俄国形式主义共时结构的单一视角，从历时的角度分析文学结构的发展变化。布拉格汉学起源于捷克布拉格查理大学，与当时盛行的布拉格结构主义同宗同源，其分析中国文学的方法受布拉格结构主义代表穆卡洛夫斯基、沃季奇卡等人的深刻影响。由此可见，在轰轰烈烈的共产主义运动和马克思主义思想的影响之下，布拉格汉学学派以形式主义和结构主义为解构文学文本的工具。

要想研究中国文学的发展变化，首先要从文学发展的动力入手。普实克在研究文学发展的动力时，其背后的理论是穆卡洛夫斯基的结构主义观点："研究诗歌的结构取决于两方面，一方面是民族文学的内在发展，另一方面是社会发展的趋势。在联系内在发展和外部干预的相互关系链中，单方面确定一个因素的问题变得毫无意义。[70]"讨论事物的动因，结合内外局势来研究，这是布拉格汉学家研究中国现代文学的普适方法论。中国文学作为民族文学的主体，对它的认识也必须从内部构造和外部环境相结合的角度来谈。普实克认为研究两次大战期间的中国文学史，对文学理论的发展有着特殊的意义，"实际上，我们可以觉察到决定文学发展的那些力量，从而解决这样一个问题：文学的发展是一个内在的过程还是由社会力量所决定的，如果是由社会力量决定的，那种力量是什么。"[71]显然，普实克研究中国文学史的主要目的也正如穆卡洛夫斯基所研究的那样，研究文学发展的动力是什么，究竟由什么决定，社会环境的变更是否对文学发展有着决定性作用。

70 Jan Mukařovský, "The poetic structure under study is carried on the one hand by the immanent development of the national literature, and on the other by the tendencies stemming from societal development.Within this chain of interrelations linking immanent development and external intervention, the issue of a unilateral determination of one element by another becomes meaningless." Structure,Sign,and Function. translated and edited by John Burbank and Peter Steiner. New Haven and London: Yale University Press, 1977.xxi.

71 [捷]雅罗斯拉夫·普实克《普实克中国现代文学论文集》，李燕乔等译，长沙：湖南文艺出版社，1987年，第35页。

　　布拉格汉学家研究文本与作家、作家与社会之间关系的理论并非机械的反映论，受布拉格结构主义的影响，布拉格汉学最大限度地分析还原了文本的内部结构以及确立了文本的主体性。穆卡洛夫斯基认为"强调艺术结构发展是连续的和以内在合法性为特征的；它是一种自我运动。于是我们不应当把艺术只看做是社会发展的直接结果。艺术结构中的变化确实受到外部的刺激，但是这些冲击被感知和发展的性质与方向，却只取决于内在的美学前提。[72]"所以布拉格汉学家运用结构主义的方法研究中国现代文学，意在于考虑社会文化对文学的刺激同时，寻找民族义学内部发展的规律。

　　就中国现代小说发展史而言，我国学者陈平原有论著《中国小说叙事模式的转变》，他在书中言道："小说叙事模式的转变就不单是义学传统嬗变的明证，而且是社会变迁（包括生活形态与意识形态）在文学领域的曲折表现。不能说某一社会背景必然产生某种相应的小说叙事模式；可某种小说叙事模式在此时此地的诞生，必然有其相适应的心理背景和文化背景。"[73]陈平原开卷言明了他研究中国文学发展史的点体态度，就是避免把"社会存在"与"文学形式"直接对立，割裂二者的紧密关系。为避免把社会文化因素与文学内部机械地联系起来最终走向庸俗的社会学方向，陈平原"不主张以社会变迁来印证文学变迁，而是从小说叙事模式转变中探求文化背景变迁的某种折射，或者说探求小说叙事模式中某些变化着的'意识形态要素'"。[74]小说叙事模式成为研究社会文化如何作用于文学发展的中介。在陈的论述中，受俄国形式主义影响颇深，所以他认为，"外来小说形式的积极移植与传统文学形式的创造性转化，共同促成了中国小说叙事模式的转变。"[75]这一基本论点与布拉格汉学学派结论相同。陈平原的著作充分显示了其在布拉格汉学观点影响下的深化发展。

　　总的说来，国内外学者在撰写中国现代小说史这个问题上天然地达成一种共识，研究文学史要从文学内部结构形式的变化与文学外部社会环境的变化两个角度结合来谈。那么，下面就具体说明布拉格汉学学者如何践行这两种研究文学的发展路径。

72　[比]J.M.布洛克曼，《结构主义：布拉格—巴黎—莫斯科》，李幼燕译，北京：商务印书馆，1981 年，第 77 页。

73　陈平原《中国小说叙事模式的转变》，上海：上海人民出版社，1988 年，第 3 页。

74　陈平原《中国小说叙事模式的转变》，上海：上海人民出版社，1988 年，第 3 页。

75　陈平原《中国小说叙事模式的转变》，上海：上海人民出版社，1988 年，第 5 页。

1. 他律论视野下文学发展道路

前文已经讨论了布拉格汉学家如何通过传记批评的方式研究文学的外部结构并得出中国文学的自传性特征的结论。为了更好地说明布拉格汉学学者如何通过外部结构研究构建中国文学史，这里从文学发展史的角度分析文学外在结构的变化对文学发展的影响。

如前文所述，玛歇拉的《冰心的故事》被高利克称为西方汉学界在文学领域首次对冰心的研究。在文中，玛歇拉不仅对冰心的创作背景和创作经历进行了分析，同时也对冰心作品的内部结构进行了层层解剖。她认为冰心的文章中着重关注女性角色在五四运动的时代背景下所经历的迷茫和变化，充满了对社会黑暗的关注。同时，在旧的束缚女性自由的社会制度已经被破坏的背景下，新的自由女性的标准还未被建立，以至于女性在当时社会中所塑造的新角色具有模糊性。冰心本人是受过高等教育的女性，她所经历的迷茫和撕扯正是当时新时代自由知识女性面临的难题。由此，这一主题就成为了冰心作品的主要母题。玛歇拉通过文学外在论的模式描绘了刺激冰心创作文学的诱因，这一刺激——反应模式通过作者这个介质实现。

那么，作者的个性和特征就在文学创作过程中起到了举足轻重的地位，作家的个人经验和成长经历就塑造了作者个性的形成。布拉格汉学学派几乎所有学者在探讨中国作家文学作品的内部结构时，都会结合作家的社会经验和成长经历来分析。穆卡洛夫斯基认为："'艺术家的个性'是艺术家在现实中的气质或心理类型；而作者的个性，正如我们所看到的，只是作品结构对精神领域的投射。作品的结构固然并不完全独立于艺术家的意志，但它的发展主要是由自身在时间演化过程中所构成的连续序列所决定的……因此诗人气质与作者个性的关系同时由两方面的因素决定：即文学结构的发展继承了前人的结构和诗人的气质。"[76]所以中国现代文学的结构并不是横空出世生造出来的，在分析其结构之时不应该将现代文学与古代文学割裂开来。文学结构的发展，就需要作家不断地打破旧有的格局和习惯，创造出新的文学结构

---

76 Jan Mukařovský, "And structure is not dependent on the artist's will alone but is primarily determined by its own development,comprising a continuous series evolving in time.Thus the relationship between the poet's dispositions and the author's personality is simultaneously determined from two sides: by the development of the structure in a given literature and by the dispositons of the poet who takes the structure from his predecessors' hands." John Burbank and Peter Steiner ed. The Word and Verbal Art,New Haven and London Yale University Press.1977.p.165.

来，这正是文学发展的动力之一。作家的个性是文学的外部干预因素，文学外部的所有干预都要通过作家个性来实现。文学史是文学结构的惯性与作者个性的外部干预之间的斗争。文学个性及诗人传记的历史，记载了这个过程。那么，中国现代作家与文学结构惯性之间的斗争也正是新文学与旧文学之间的对抗焦点。实际上，穆卡洛夫斯基探讨了作家个性与发展之间的关系，他将个性视为发展的一部分，并认为个性与发展有着矛盾性，他倾向于将作家的个性视为一种结构，符合时代发展需要的结构则会凸显出来。也就是说，个性首先是在前人的结构中发展起来的，在发展过程中，与发展结构具有同一性的个性将会在时代中占有重要的位置。

在布拉格汉学研究中，这一研究视角成为了其重要的理论方法。王和达首先在巴金的个人传记中分析巴金本人的个性。巴金的个性由此结构组成，摆脱原生家庭的结构，跳出自身的阶级，亲近无产阶级，建立自身的世界观和社会观，五四运动使得巴金个人与社会相联结。巴金的个性虽然受到前人结构的影响，但是在文学发展的过程中，显然有着与文学结构惯性相斗争的一面。这表现在，巴金试图通过《家》这部小说来诉说新青年与旧的封建大家庭之间的斗争。王和达认为，巴金并不仅仅是在写个体的经验，而是在写当时那一代年轻人的彷徨和挣扎。所以《家》是具有普适性的一部小说。按照他的观点，巴金的小说不仅仅反映的是作者的个性，而是反映当时与巴金身处同样时代背景的年轻人的彷徨。从结构主义的观点来看，巴金的个性也与当时的时代结构相符，穆卡洛夫斯基认为："为统治地位而斗争的同时代人也是如此。一个已经介入过一次的人格，在以后的介入中，已经或多或少是一个可预测的因素，在某些情况下是一个绝对不变的因素。[77]"所以在新的时代背景下，新的人格会成为一个新的元素进入到作家的个性系统中。"我只有当我们不把人格视为一个孤立的、不可重复的时间和空间点，而是把它视为一种不断施加于发展的力量，一种不断变化的压力，一种不断变化的强度和方向，我们才能体验到人格作为发展因素的全部意义。[78]"作家的个性是不断

77　Jan Mukařovský, "it is the same with contemporaneous personalities which struggle for dominance.A personality which has intervened once is already a more or less predictable factor,in some cases an absolute constant,in its further interventions."John Burbank and Peter Steiner ed. The Word and Verbal Art,New Haven and London: Yale University Press.1977.p.175.

78　Jan Mukařovský,"We can experience the whole significance of personality as a developmental factor only if we view it not as an isolated,unrepeatable point in time and

变化的，王和达也正是关注了这一变化，才能够完整地将巴金的个性呈现出来，同时，巴金的个性在当时具有代表性。按照穆卡洛夫斯基的说法，正是因为巴金的个性结构与当时的社会发展结构相一致，才使得巴金成为独树一帜的作家。作家个性的发展与社会的发展也是在统一和矛盾中发展起来的。

那么，巴金的个性具体体现在何处？这体现在打破旧文学，走向新文学的勇气上。旧文学和新文学之间有着一道颜色鲜明的分界线，两种截然不同的事物在一条历史叙事线中诞生，其中原因需要通过不断地去探求和追踪。巴金打破传统的动力在于，"年轻的巴金越来越明显地与他的家庭、与他在社会中同等的人和他的整个阶级发生冲突。房子里那些被奴役的穷人头脑简单，没有受到污染，更接近他的心。在他们中间，他发现了自身阶级的人没有给他的东西。"[79]这里是探讨巴金在个人道路的选择上所做出的努力。在巴金的阅读经验中，他很热衷于接受新的事物，"巴金和他的兄弟们热切地阅读着北京和上海的报纸，这些报纸与这场运动有关，在他的脑海中，这些报纸都与他自己的生活经历以及他在无政府主义文学经典中读到的想法和理想并列。其结果是政治、社会和伦理理想的奇怪混合，尽管其内在矛盾并不明确，但其对旧的、反动的事物的消极态度非常明确，并且强烈渴望新的、纯粹的和更好的事物。"[80]这就在一定程度上体现了巴金对旧传统的态度是消极的。那么在文学创作上，巴金自然也就希望寻求一种新的文学结构来代替旧的传统文学结构创作文学。

space but as a constant force exerting upon development a constant pressure,the direction and intensity of which,of course,continually change." John Burbank and Peter Steiner ed. The Word and Verbal Art,New Haven and London: Yale University Press.1977.p.175.

79 Oldřich Král,"Thus young PA CHIN came more and more clearly into conflict with his family,his social equals and his whole class.The simple,unspoiled minds of the poor,enslaved servants of the house were much nearer his heart.Among them he found what the people of his own class could not give him." Pa Chin's novel "The family". Jaroslav Průšek ed. Studies in modern Chinese literature. Berlin. Akademie. Verlag, 1964.p.103.

80 Oldřich Král,"PA CHIN and his brothers eagerly read the papers from Peking and Shang-hai which were connected with the movement,and in his mind it all found its place alongside the experiences of his own life and the ideas and ideals he had read in the classics of anarchist literature.The result was a strange mixture of political,social and ethical ideals which in spite of the contradictions and lack of clarity inherent in it was quite definite in its negative attitude to the old,reactionary way of things and strong in its longing for what was new,pure and better." Pa Chin's novel "The family". Jaroslav Průšek ed. Studies in modern Chinese literature. Berlin. Akademie. Verlag, 1964.p.104.

　　研究作者的内在与外在之间的对抗是为分析作家的个性、艺术家的特质以及作品的结构做准备的。在王和达的论述中，巴金写作的源头主要是由原生阶级的排斥、对穷人的同情、书本中的理想社会以及社会运动的大潮组成。这些来源塑造了巴金的艺术家个性，同时也构建了巴金文学创作的结构。王和达以巴金的"家"为例，讨论了巴金作品的结构与作者之间的关系。"然而，巴金意识到，他关心的不仅仅是他自己的内心问题，这纯粹是主观的事情。他把自己的个人问题和个人经历看作是他这一代人经历的一部分。他自己的命运以及周围和与他一起生活的人的命运只是他这一代人正在经历的伟大而痛苦的过程中的一小部分。他自己的家庭只是那个可怕的封建家庭体系中的一小部分，巴金这一代人试图逃离这个'象牙监狱'。"[81]由此，巴金就写了《家》这部优秀的文学作品。他创作现代文学的动力就是对封建旧社会的厌恶，对现代新社会的憧憬。打破旧文学的文学结构，创造新文学的写作习惯成为了巴金创作的应有之义。

　　同理，安娜也从结构主义视角分析了郁达夫的个人经验，"他把 11 月 3 日分成十章。这在作品中产生了马赛克纹理，各个部分相互关联，相互补充，相互解释。这是一个典型的例子，说明郁达夫构建一部专注于单个人物心理作品的方法。"[82]安娜将文中十个章节的内容做了简要的概括总结，并分析这些章节之间的结构关系。例如："故事的结尾是一个冲动的回归，从讲述一天的经历变成了作者瞬间心情的非战争化的直接表达。它戏剧化地描述了创作这部

81　Oldřich Král,"PA CHIN was aware,however,that he was concerned with more than his own inner problem,a purely subjective thing.He saw his personal problem and his personal experiences as one small part of the general problem,part of the experiences of the whole of his generation.His own fate and that of the people living round and with him,were only a very small part of the great and painful process his generation was passing through.His own family was but a minute part of the whole terrible feudal family sustem,the 'ivory prison' PA CHIN's generation was trying to escape from." Pa Chin's novel "The family". Jaroslav Průšek ed. Studies in modern Chinese literature. Berlin. Akademie. Verlag, 1964.p.106.

82　Anna Doležalová, "He divided November the Third into ten chapters.This gave rise to a mosaic texture in the work,the individual parts of which are interconnected and mutually supplement and explain themselves.This is a typical example of YüTa-fu's method of constructing a work that focusses on the psychology of a single character.Here is a brief specification of the chapters,some of which are quite short." YU TA-FU: Specific traits of his literary creation. Czechoslovakia: The Slovak Academy of Sciences · London C.Hurst&Comoany · NewYork Paragon book reprint corporation, 1971.p.45.

作品的过程。"[83]作为"零余者"的郁达夫，作者个性在他的作品结构中可谓表达得淋漓尽致。情节背景的简化，个人情感的抒发，构成了郁达夫创作的结构惯性。如"这段引文构成了故事的结尾。第一章也构成了叙述者对他孤独、空虚的感觉和对平静家庭生活的虚妄幻想的哀叹，他承认，他的思想总是属于他不能爱，也不会爱的妻子。[84]"尽管如此，郁达夫的创作仍旧达到了语义结构的统一，这不表现在情节结构的连贯性，而表现在主人公意识结构的一致性。再如，郁达夫在文章中使用几个方法展示自己，一是刚刚发生的事件就被记录下来写入作品中。并以此事件为起点，倒叙一些事实。在他后来的作品中，这种情况经常出现在英雄的交流中。情节并不是郁达夫所追求的，所以在他的作品中，情节往往是缺失的，"郁达夫描绘了自己生活中戏剧化的一部分。他的目的不是从外部描述一个丰富的事件，一个复杂的情节，而是为了展示主要英雄的人性深处。他的连环画式的自传性作品经常缺乏情节"。[85]从语义结构的角度上来说，郁达夫小说主要是通过主人公的意识流动来达到语义结构的内部统一。郁达夫本人的个性结构也在这一过程中被完美的呈现。

由此可见，文学结构的变化与社会文化的变化有关，社会生活环境的变化往往不是直接对文学结构产生影响，而是通过作用于作家的个性风格变化达成。比如陶东风认为："我国古典小说的产生不是直接起因于资本主义的萌芽或城市生活的发展，而是起因于这种变化所带来的审美心理结构的变化。"[86]在他看来，为了避免陷入庸俗社会学的泥潭，社会文化的发展变革从以下几

---

83 Anna Doležalová,"The closing paragraph of the story is an impulsive return from the narration of one day's experiences to a non-belletrized, direct expression of the author's momentary mood.It dramatizes the very process of creating this work." YU TA-FU: Specific traits of his literary creation. Czechoslovakia: The Slovak Academy of Sciences · London C.Hurst&Comoany · NewYork Paragon book reprint corporation, 1971.p.47.

84 Anna Doležalová,"This quotation forms the conclusion to the story.The first chapter also constitutes the narrator's laments over his loneliness,emptiness of feeling and vain fancies about a quiet family life." YU TA-FU: Specific traits of his literary creation. Czechoslovakia: The Slovak Academy of Sciences · London C.Hurst&Comoany · NewYork Paragon book reprint corporation, 1971.p.48.

85 Anna Doležalová,"In the majority of his works YüTa-fu portrays a dramatized portion at his own life.His purpose is not to describe externally a rich event,an intricate plot,but to show the depths of personality of his principal hero.His immediately autobiographical strips often lack an episodal plot." YU TA-FU: Specific traits of his literary creation. Czechoslovakia: The Slovak Academy of Sciences · London C.Hurst&Comoany · NewYork Paragon book reprint corporation, 1971.p.98.

86 陶东风《论文学史的建构方法》，载《文艺理论研究》1990 年第 5 期。

个方面影响文学的发展。首先是为文学的发展提供了变化中的材料。布拉格汉学学者从作家个人的生命体验中察觉到了新文学发展所必须的新材料，即一种对旧社会旧制度的反抗情绪，对新社会的渴望和赞赏。其次就是社会文化的变迁会引起文学内形式的变化。这包括社会生活的方方面面，经济、军事、科技、政治等等因素，典型案例就是在中国社会革命阶段，革命文学成为了文学的主流，同时也产生了革命文学的多重公式，文学的内形式发生了巨大的变化，这个问题在前文革命文学章节已经有所探讨。这样看来，结构主义视阈下的布拉格汉学学者打破了将文学视为封闭的自在系统的藩篱，通过考察文学外部世界的变化，将他律论视为研究文学的必要道路。

2. 自律论视角下的文学形式结构分析

研究文学作品的内部结构是结构主义与形式主义最擅长的方法，文学此时被视为独立自主的个体。经由内部规律的操纵发展变化，这时文学发展有其自身的内部发展动力。运用结构主义与形式主义的方法分析中国文学，就一定会涉及到小说叙事结构的研究，在两种理论的影响下，叙事学理论也就成为了布拉格汉学家对中国文学进行文本分析的主要工具。这其中主要包括对单一文本内部结构的共时分析，也包括对从晚晴到现代小说文本结构变化的历时分析。

小说情节是小说结构的骨骼，情节的排布方式往往决定了故事发展的走向，"情节在这里被定义为事件的形式序列或语义序列，它是故事结构中的主干，人物、环境的支撑点（当然，这并不排斥其他因素在某些具体作品中居支配地位）。"[87]人物和环境往往在情节中表现出多样的变化。布拉格汉学家尤其重视小说的内部环境。例如，玛歇拉分析了冰心小说《庄鸿的姊姊》内部结构的不同层次。在这个故事框架中的内部环境是由情感基调作为基础的，故事中的人物分别处于故事中不同的结构层次。玛歇拉通过分析文章结构，将文章分为四个层次，这四个层次是四个嵌套的圆形，第一层，是中心圆，"是故事的核心，这本身在情感上是非常有效的，即使是非常客观的关联也是这样。这是个人和社会之间，青年和死亡之间渴望的和可以实现的戏剧性冲突。它可以以多种不同的方式呈现。[88]包含中心圆的第二个层次是："展示了戏剧性冲突对

---

87 胡亚敏《叙事学》，武汉：华中师范大学出版社，2004年，第119页。

88 Marcela Boušková,"is the core of the story,which in itself would be emotionally very effective even if related quite objectively.It is the dramatic conflict between what is

女主角的兄弟的影响。这引发了第二场冲突。一个人失去了他最爱的东西。情感气氛更加强烈，读者更加悲伤和感动。"[89]第三个层次是："带来紧张的放松；与外部世界的接触——这里由主人公兄弟的情感领域代表——提醒我们，除了悲伤，世界上还有其他东西。戏剧让位于散文。与此同时，一场新的戏剧性冲突出现了：有时即使是最好的朋友也无法理解和同情一个悲伤的人。"[90]第四个层次："展示了作者自己情感中的冲突这是情感结构中最重要的层面；作者融合了之前的三个层面，将整个故事提升到一个平静、忧郁、悲伤和敏感同情的新层面；这又是那种'包罗万象的爱'的反映。"[91]由此可见，玛歇拉关注到小说的内部结构如何与外部世界相连，通过文中不同人物与读者之间的交互作用，使得读者在阅读小说的同时能够关注到真实的现实世界。她遵从了结构主义分析的方法，她认为作品内部是一种层层递进的等级制度，每一层互相作用互相影响，使得文章具有独特的张力。小说的内部结构并不是封闭的，在不同层次中间时刻注意到与外部世界相关联，这是冰心小说的重要特点。其根本的终极目标是营造不同层次下情感环境的交互和疏离。所有结构层次的最终目的，即是营造出一种丰富而平静的感情氛围。这正是冰心抒情主义的特征。正如玛歇拉所说："作为故事的叙述者或见证人，冰心从未积极参与情节，也没有非常公开地表达自己的思想和感情。但是她总是在场，我们知道她和受

---

longed for and what can be achieved,between the individual and the society,between youth and death.It could be presented in many different ways." The stories of Ping Hsin. Jaroslav Průšek ed. Studies in modern Chinese literature. Berlin. Akademie. Verlag, 1964.p.124.

89 Marcela Boušková,"shows the consequences of the dramatic conflict on the mind of the heroine's brother,who is naturally deeply affected.This precipitates a second conflict.A man loses what he loves best.The emotional atmosphere is more intense and the reader is sadder and more moved." The stories of Ping Hsin. Jaroslav Průšek ed. Studies in modern Chinese literature. Berlin. Akademie. Verlag, 1964. p.124.

90 Marcela Boušková,"brings a relaxation of tension;contact with the external world-here represented by the emotional sphere of the author's brother-remind us that there is something else in the world besides sorrow.Drama gives way to prose.At the same time a new dramatic conflict emerges: there are times when even the best of friends is unable to understand and sympathize with a man in his sorrow. " The stories of Ping Hsin. Jaroslav Průšek ed. Studies in modern Chinese literature. Berlin. Akademie. Verlag, 1964. p.124.

91 Marcela Boušková,"shows the reflection of the conflict in the feelings of the author herself. This is the most important plane of the emotional structure;the author merges in herself the three previous planes,raising the whole story on to a new plane of calm, melancholy sorrow and sensitive sympathy;here again is the reflection of that "all-embracing love."The stories of Ping Hsin. Jaroslav Průšek ed. Studies in modern Chinese literature. Berlin. Akademie. Verlag, 1964. p.124.

苦的人一起受苦，和哭泣的人一起哭泣，和快乐的人一起快乐。"[92]冰心丰富的情感主义特征在同主人公的情感共鸣过程中被表达出来。

再如，在《庄鸿的姊姊》中，冰心首先是对作品中主人公的情感特征进行解读。"构成故事框架的两个角色之间的刻意对比为故事本身提供了情感基调，这种情感基调（a）强调了庄红独奏会中最感人的地方，（b）确立了他的故事和他的环境之间的情感关系，特别是他和作者的关系。因此，主体和客体在情感上是紧密相连的，尽管在实际生活中它们根本不是亲密的。"[93]显然，在玛歇拉看来，作品内部也存在一个内外环境，即主人公的个人情感世界以及主人公所处的社会环境。从冰心对作品内部环境的感情描写可见她的抒情主义特征。分析这部作品的情节特征，玛歇拉认为决定这部作品结构的第三个特征，就是简单的情景结构："引言——1. 炉边一个愉快的夜晚场景，用来设定框架和进行抒情的阐述。2. 庄洪的叙述，与1形成鲜明对比；3. 故事以再次回到家庭幸福的框架而结束，2 只留在作者的脑海中；这个故事的结论与2 形成对比，并从中吸取了后者悲惨无望的教训。"[94]玛歇拉特别强调情感环境铺垫在文中的作用，她将故事内部的结构分成两个部分，并分析了这两个部分相互作用方式，环境和人物之间的交替变换成为了线性情节的特征。在研究《庄鸿的姊姊》一文时，玛歇拉分析了其场景的结构，也就是小说内部

---

92 Marcela Boušková,"Ping Hsin,as the narrator or witness in her stories,never takes an active part in the plot,nor does she show her thoughts and feelings very openly.But she is always present and we know that she is suffering with those who suffer,weeping with those who weep,and happy with those who are happy." The stories of Ping Hsin. Jaroslav Průšek ed. Studies in modern Chinese literature. Berlin. Akademie. Verlag, 1964.p.122.

93 Marcela Boušková,"The deliberate contrast between the two characters forming the framework of the story gives the emotional tone for the story proper,the emotional undertone which a）stresses the most touching points in Chuang-hung's recital, and b）establishes the emotional relationship between his story and his environment,particularly his relation to the author.Thus subject and object are intimately connected emotionally, although in actual life they are not at all intimate." The stories of Ping Hsin. Jaroslav Průšek ed. Studies in modern Chinese literature. Berlin. Akademie. Verlag, 1964.p.123.

94 Marcela Boušková,"1.the introduction-a happy evening scene by the fireside, serving to set the framework and give the lyrical exposition.2.Chuang-hung's narrative,providing a sharp contrast to1.;and 3 the story is closed by again returning to the framework of family happiness,with 2 lingering only in the author's mind;the conclusion of the story stands in contrast to 2.and lessons the tragic hopeless of the latter." The stories of Ping Hsin. Jaroslav Průšek ed. Studies in modern Chinese literature. Berlin. Akademie. Verlag, 1964.p.126.

环境的描写方法。她认为第一场景是对场景的静态描写，其功能是营造一个和谐的氛围。客观物体的描写往往为冰心抒情提供了可能，再加上冰心用尽量简单的句子描写这些客观物体，使得文章有了一种纯粹的静态美。分析环境描写的结构是玛歇拉运用叙事学理论分析中国文学的典型示例。静态的环境描写正是营造了静态的语义氛围，而人物活动则构成了动态的语义单元。这样对立互补的关系，使得小说更富有张力，静态的和谐氛围和动态的紧张氛围形成了鲜明的对比。

事实上，玛歇拉对《庄鸿的姊姊》中突如其来的对话不知所措，比如，她在分析文章第二部分时就有如下困惑，"接下来的对话对故事的戏剧性结构来说根本不重要。一个欧洲作家根本不会在这里使用它，因为许多句子完全超出了情节的清晰结构。"[95]也就是说玛歇拉认为任何一个西方的小说家都不会在现有的结构中突兀地加入抒情文字。使用对话的原因是，"这可能是中国文学传统的结果，在中国文学传统中，对话往往没有戏剧性的理由。"[96]显然，玛歇拉在发现了一些不符合西方传统文学写作习惯的描写时，她本人有些不知所措，于是便把这一切归咎于传统文学带来的后果。这个结论虽然缺乏实证基础，但却符合布拉格汉学家研究中国文学的总体思路。可惜她没有对此做出更详细地说明和分析。诚然如此，玛歇拉还是非常精彩地分析了冰心作品的内部结构和抒情叙事手法。

另外，以上观点也可以通过布拉格汉学学者的其他研究体现出来。如王和达在对巴金的《家》进行研究时，"巴金直接展示了这个内在的情节，这些心理发展在他的人物心中，并没有让他们成为行动的一部分。小说的故事构成了这些内在过程的背景，故事中的事件只是心理事件的外在冲动。一些中国作家认为中国散文的民族特征，尤其是小说，将传统的谦虚和严格的节制表现在直接刻画人物心灵当中；巴金与这一传统截然不同。他不仅从内部看他的角色，而且从这些角色内部看外部情节中的场景和事件。这彻底颠覆了

---

95 Marcela Boušková,"The dialogue which now follows is not at all essential to the dramatic structure of the story.A European writer would not have used it here at all,for many of the sentences are quite outside the clear structure of the plot." The stories of Ping Hsin. Jaroslav Průšek ed. Studies in modern Chinese literature. Berlin. Akademie. Verlag, 1964.pp.126-127.

96 Marcela Boušková,"There may be one of two reasons for this use of dialogue;it may be the outcome of Chinese literary tradition,in which dialogue often has no dramatic justification;" The stories of Ping Hsin. Jaroslav Průšek ed. Studies in modern Chinese literature. Berlin. Akademie. Verlag, 1964.p.127.

中国传统的小说写作方法。[97]"那么由此可见，所谓内部世界与外部环境不仅仅指的是作品的内部结构与作品所处的社会环境，在作品的内部同样存在着内与外的区分。主人公的情感世界是内部要素，而故事情节则构成了外部环境。所以在分析作品的结构时，也要注意作者创作时在内在心理与外在情节之间的转场。从以上分析可见，就作品内部结构共时的研究而言，布拉格汉学家对小说内部环境结构的解读尤为重视。环境在叙事学理论中是被讨论的最不充分的一类，布拉格汉学学者研究中国现代文学基于马克思主义文学反映论基础之上，认为文学是历史的投影仪。那环境就成为了研究文学的重要组成部分，他们认为文本内部同样也存在一种类似作家与社会之间的关系，即主人公与外在环境之间的关系。

再者，史罗夫在对老舍的《骆驼祥子》进行研究时，也注意到了故事背景在创作中的重要性。实际上，祥子的出场顺序就被排在环境描写之后，"在对北京富人的环境进行了一段长时间的描述之后，他被引入了这个故事，而对北京人力车夫的环境的描述，以及对他外貌的描述则是根据他过去生活的故事。这是唯一合乎逻辑的安排，因为祥子的故事被放在他所处环境的广阔画面中，这也影响了他的命运。"[98]这是老舍作品的突出特色之一，通过描写社会环境与主人公之间的反差来达到间离化的效果。这也就使得小说内部环境成为了限制主人公所作所为的突出因素，"《骆驼祥了》中的人物所做的每

---

97 Oldřich Král,"PA CHIN presents this inner plot,these psychological developments in the minds of his characters,directly,not making them a part of the broad canvas of the action.The story of the novel forms the background against which these inner processes are played out,and the events in the story are only the outward impulses to the psychological events.Some Chinese writers consider the national characteristic of Chinese prose,especially the novel,to be the traditional modesty and strict sobriety in the direct depiction of the minds of the character;PA CHIN departs most sharply from this tradition.He not only looks at his characters as it were from within,but looks at the events and happenings in the outward plot as it were from within those characters.This is turning inside out the traditional Chinese method of novel-writing." Pa Chin's novel "The family". Jaroslav Průšek ed. Studies in modern Chinese literature. Berlin. Akademie. Verlag, 1964.p.99.

98 Zbigniew Slupski, "Hisang-tzu is introduced into the story after a long passage of description of the enviroment of the Peking richshaw-men,while the description of the enviroment of the Peking rickshaw-men,while the description of his appearance follows on the story of his past life.This is the only logical arrangement,for the story of Hsiang-tzu is placed in a broad picture of his environment,which also influences his fate." The Evolution of a Modern Chinese Writer -An Analysis of Lao She's Fiction with Biographical and Bibliographical Appendices,Prague: Czechoslovak Academy of Science, 1966.p.60.

一件事都完全符合正确的社会环境。老舍一开始就对祥子他们的风俗、生活和阶级划分方式进行了详细的描写，确定了祥子在人力车环境中的地位。然后他把祥子的生活方式和其他富人的生活方式进行了比较。"[99]如此一来，富人与穷人之间的反差，社会不同阶级之间的矛盾就在细致的环境描写中被深刻地揭露出来。"祥子的命运是不仅决定于他所处的社会环境，还决定于他的生活环境；也受到北京的自然环境和自然特征的影响。"[100]由此一来，小说内部的环境和主人公之间的关系就更加紧密。在老舍的创作中，文章内部的社会背景成为决定主人公行动轨迹的决定因素，一切不符合内部环境的举动将被视为破坏了环境的统一性进而被摒弃。

就如陈平原所说的那样："在五四作家、批评家看来，这小说中独立于人物与情节以外而又与之相呼应的环境（enviroment）或背景（Setting），既可以是自然风景，也可以是社会画面、乡土色彩，还可以是作品的整体氛围乃至'情调'。颇为五四作家推崇的'抒情诗小说'，可能落实在人物心理的剖析，也可能落实在作品氛围的渲染。而这两者，都是对以情节为结构中心的传统小说叙事结构的突破。"[101]那么，玛歇拉、王和达、史罗夫看到了中国文学中对人物所处环境的渲染、人物心理的刻画正是五四文学对传统文学的突破。叙事模式不再是单纯的以情节结构为核心，而是着手转向主人公内心世界与外在世界之间的渲染，这二者之间往往有着紧密的关系。

鲁迅是中国新文学的旗帜，也是布拉格汉学家研究中国文学的标杆。普实克认为："应该说的是，鲁迅和五四时期的其他作家一样，为了创作一部新的、激进的、反传统的文学，试图在中国散文中克服旧的叙事传统。"[102]在这

99　Zbigniew Slupski, "Everything the characters in 'Camel Hsiang-tzu' do is fitted exactly into the right social environment.Right at the beginning Lao She determines Hsiang-tzu's place in enviroment of the rickshaw-men,with his detailed portrayal of their customs,theirlife,the way they were divided into 'classes',and so on.Then he compares the way Hsiang-tzu lived with the way of life of the other richshaw-men." The Evolution of a Modern Chinese Writer -An Analysis of Lao She's Fiction with Biographical and Bibliographical Appendices,Prague: Czechoslovak Academy of Science, 1966.p.64.

100　Zbigniew Slupski, "These words are valid for the story of Hsiang-tzu too,whose fate is determined by the enviroment in which he lives,and not only by his social environment;but also by the physical environment of Peking and its natural charactersitics." The Evolution of a Modern Chinese Writer -An Analysis of Lao She's Fiction with Biographical and Bibliographical Appendices,Prague: Czechoslovak Academy of Science, 1966.pp.65-66.

101　陈平原《中国小说叙事模式的转变》上海：上海人民出版社，1988年，第110页。

102　Jaroslav Prušek, "What should have been said was that Lü Hsun, like other writers at

个问题上，米莲娜的鲁迅研究则较为典型，她的《鲁迅的"药"》曾被高利克称为最好的运用结构主义分析中国文学的研究。文中米莲娜通过分析鲁迅文章的内部结构来反观鲁迅的个人经历。据她所说，鲁迅的文章富有错综复杂的结构，只有通过系统的分析文章结构才能够弄清鲁迅文章所蕴含的潜在意义。她认为"作者个人经历中的这些人物转化成了作品中的主要形象，而他们的基本特点，如年龄、性别等都是由结构上的考虑来决定的。[103]"由此可见，米莲娜认为鲁迅的作品是作家个人经验的转化，而在转化的过程中，作品结构的需要决定了转化的结果。此外，她还在文章中提出鲁迅文学创作的两个原则，一是控制材料原则，"它决定着所叙述的事件的有关材料在什么时候和用什么方式介绍出来。鲁迅在《药》中对这一原则的运用表现为暂时保留材料中的一些重要片段，先不向读者介绍。这种材料介绍的延迟是人们熟知的一种神秘故事的技巧，可以帮助创造悬念和情节的紧张。"[104]材料是建筑文学的钢筋混凝土，控制材料多少的变化就是在控制文学这栋建筑的外观造型。"让我们看一看控制材料原则在故事线索中的运用。不论是关于小栓还是关于夏瑜的命运的材料，开始都是简略的，零碎的，更为重要的事件的背景和现实环境都是在叙述中逐渐介绍出来，直到第三段，两条故事线索原来的秘密才被完全揭露。"[105]显然，为了小说整体结构的美观，在控制原料的使用上，鲁迅严格把握小说材料的使用力度，力求做到繁简适度。

　　"《药》的第二个组织原则是在故事结构中创造一种动态的对立。这个原则使故事的重要组成部分相互对立，并允许作者在故事进程中调节各个部分的相对重要性。这个原则在故事布置的各个事件中看不出来，但却是构成整个故事的组织原则。"[106]这个原则运用意在于把事件发生的时间顺序转变成故

the time of the May fourth Movement, in the urge to create a new, militant, anti-traditonal literature, tried to overcome in Chinese prose the old narrative traditions." Lu Hsün the Revolutionary and the Artist.Orientalistische Literaturzeitung, Volume 55.Issue 1-6.

103 [加]米莲娜《鲁迅的〈药〉》，乐黛云编，《国外鲁迅研究论集》，北京：北京大学出版社，1981年，第499页。

104 [加]米莲娜《鲁迅的〈药〉》，乐黛云编，《国外鲁迅研究论集》，北京：北京大学出版社，1981年，第499页。

105 [加]米莲娜《鲁迅的〈药〉》，乐黛云编，《国外鲁迅研究论集》，北京：北京大学出版社，1981年，第500页。

106 [加]米莲娜《鲁迅的〈药〉》，乐黛云编，《国外鲁迅研究论集》，北京：北京大学出版社，1981年，第499页。

事内部艺术的顺序。将看似平淡无奇的故事转变成富有美学价值的小说结构，这种方法使得小说更富有艺术价值。也就是说，按照文章组织结构的需要来安排情节是控制材料原则的根本，而动态对比原则则决定着时间的次序，决定着它的主要结构。动态对比是典型的结构主义分析方法，正如詹姆逊所说："结构主义作为一种方法的主要范畴是二元对立的概念，即一切意义都是按照音位学的模式，以成对的对应或确定的差异加以组织。[107]"《药》并不是一个静态的语义场，而是由两个主题对立组成的不断变化的结构形式。"在《药》中，动态对比原则不仅决定着事件的次序，而且也决定着它的主要结构。这个主要结构又是由两个对立的主题——黑暗（迷信）和革命所分配的。"[108]正如什克洛夫斯基所认为的那样，小说形成的一个特殊过程就是对称的方法。鲁迅小说中有多处对称方法的使用，米莲娜也看到了这点："尾声中最明显的象征是由两个母亲构成的。这里，主题的安排通过小栓的母亲从属于革命者的母亲这一事实表现出来。前者跨过小路，只说了两句话，而革命者的母亲却是一个丰满的意味深长的形象。"[109]两个母亲其实是黑暗和革命所转化而来的意象。小说中两种意象随时处在运动中对立状态。文学作品里存在着意义上的运动，情节的构建富于文学的意义之中。鲁迅小说《药》也就是光明与黑暗之间的斗争运动中塑造出精彩的情节，浇筑成完美的文学作品。由此，结构上的运动和停顿使得散文在运动中克服冲突和矛盾，这样就产生了动态变幻的结构转换形式。情节结构的变换是叙述学角度研究中国现代文学的重要基础。在米莲娜的研究中，她将文学中的情节结构视为一种动态变化的系统，通过观察情节结构的变化，来研究作者的写作手法。

叙事结构分析是布拉格汉学家利用结构主义方法研究中国文学的重要视角，普实克与米莲娜二人的结论具有统一性。普实克从叙事结构的角度研究中国文学主要是从文学发展的内在性而论，布拉格汉学学者认为，主导文学发生变化的是文学内部结构的变化，这与陈平原的看法并不一致。陈平原认为："中国小说叙事模式的转变基于两种移位的合力：第一，西洋小说输入，

---

107 [美]詹姆逊《批评理论和叙事阐释》，王逢振主编《詹姆逊文集》，第2卷，北京：中国人民大学出版社，2004年，第11页。

108 [加]米莲娜《鲁迅的〈药〉》，乐黛云编，《国外鲁迅研究论集》，北京：北京大学出版社，1981年，第504页。

109 [加]米莲娜《鲁迅的〈药〉》，乐黛云编，《国外鲁迅研究论集》，北京：北京大学出版社，1981年，第505页。

中国小说受其影响而产生变化；第二，中国文学结构中小说由边缘向中心移动，在移动过程中吸取整个中国文学的养分因而发生变化。后一个移位是前一个移位引起的，但这并不减弱其重要性。"[110]显然，对于主导中国小说叙事结构变化的主要因素，陈平原与普实克的观点相反。但普实克在研究中也坦言："如果没有外界的冲击力，在单一的文化条件下，文学的自然进化不能产生全新的结构。"[111]普实克非常认同新时期的文学由文学内部发展动力和文学外部环境刺激两个方面组成，并强调着两方面因素缺一不可。所以普实克认为文学发展由内部因素主导的同时强调了外部因素刺激的不可或缺性，陈平原则强调西方文学的影响对中国文学发展起到了主要作用，但同时也强调，中国小说崛起的力量也不可忽视。

二、晚晴小说到现代小说的结构流变论

文学结构的内部分析通过叙事学理论可以清楚地理清文本共时结构的脉络。除此之外，文学结构的历时流变分析就需要从晚晴小说的结构发展模式讲起。如前文所述，传统文学到现代文学的转变是布拉格汉学研究的重要理论课题之一。晚晴小说到现代小说的结构转变标志着中国文学进入新的发展阶段。那么研究晚晴小说结构的新变化似乎可以找到现代文学结构的萌芽。

普实克认为，晚清作家试图从情节和结构上对小说进行调试，但"……这些传统文学的结构的变化并不意味着它们与旧文学有本质上的区别。实际上，所有这类作品在特性与实质上，都属于旧文学的范畴。"[112]形式上的变化不能够充分证明晚晴小说具有新文学的特质，就如陈平原所说："晚清作家与五四作家的距离不在具体的表现技巧，而在支配这些技巧的价值观念和思维方法——基于作家对世界与自我认识的突破和革新，小说的叙事模式的转变才可能真正实现。"[113]诚然如此，小说形式层面上的变化的确为现代文学的发生提供了肥沃的土壤，所以研究晚晴小说结构的新特征有助于分析现代文学发生史。从某种意义上说，中国文学开始从古代进入现代是从形式开始的，

---

110 陈平原《中国小说叙事模式的转变》，上海：上海人民出版社，1988年，第14页。

111 [捷]雅罗斯拉夫·普实克《普实克中国现代文学论文集》，李燕乔等译，长沙：湖南文艺出版社，1987年，第131页。

112 [捷]雅罗斯拉夫·普实克《普实克中国现代文学论文集》，李燕乔等译，长沙：湖南文艺出版社，1987年，第120页。

113 陈平原《中国小说叙事模式的转变》，上海：上海人民出版社，1988年，第16页。

普实克与陈平原都以文学史的角度审视了中国文学叙事结构的变化。在《中国现代文学论文集》中，普实克认为"杰出的苏联文艺理论家 V.舍科洛夫斯基在分析伟大的俄罗斯古典小说时总结性地指出，现代的现实主义小说的创作首先是创造一个新的、具有个性的艺术结构的问题。也许，更明显的例子是新诗，它产生了全新的、有创见的、高度复杂的形式，并且不断更新分化，从而与古诗彻底分道扬镳。"[114]新文学与旧文学之间有着结构上的革新是中国现代文学得以产生的前提。陈平原认为，五四前后文学形式的变迁"如果说'断裂'，那也是一种'脐带式的断裂'；如果说'再生'，那也是一种'凤凰式的再生'。强调五四新文学'变异'一面的同时，不应忽略这一传统的'脐带'。正是这也许不起眼的'脐带'，隐隐约约限制着这一'变异'的方向、程度与效果"。[115]这正如米莲娜引用穆卡洛夫斯基的观点所说的那样：一些艺术作品总有一部分联系着过去，而有一部分与未来联系。从结构主义的角度上来说，晚晴小说正处于一个与过去联系在一起，又指向未来的时期。这就意味着当时的作家既有保留传统的意愿，又渴望打破传统的窠臼。研究这一阶段的小说，能够更好地分析中国现代文学的发生机制。

米莲娜认为，分析文学作品内部的结构有利于了解当时作者所处的社会状况，更有利于还原当时的社会历史。在她的《晚清小说情节结构的类型研究》中，米莲娜借用什克罗夫斯基的和穆卡洛夫斯基的观点来证明，中国小说同西方的小说一样，都处在共同的组织原则当中。她的另外一篇文章《晚清小说的叙事模式》从汉语的特点入手，分析人称变化对叙事模式的影响，这充分体现了米莲娜的结构主义理论阐释模式。她认为"中国传统批评从未详细阐述过一种完整的小说理论，因而叙事方式理论在那里成为空白。这种理论上的忽视反映了中国文学类型中小说地位的低下，也反映了那些古怪的文人对于小说的关注是实际的而非理论上的，尽管他们发现研究小说与研究诗歌和历史同样有价值。"[116]在她看来，因为中国古典文论中没有针对文本的叙事学分析，也未有专门的理论支撑，所以就需要先通过结构主义叙事学研究方法对中国古典文学进行解构。陈平原在《中国小说叙事模式的转变》中

---

114 [捷]雅罗斯拉夫·普实克《普实克中国现代文学论文集》，李燕乔等译，长沙：湖南文艺出版社，1987年，第97页。

115 陈平原《中国小说叙事模式的转变》，上海：上海人民出版社，1988年，第146页。

116 [捷]多莱热罗娃-韦林格洛娃《从传统到现代——19 至 20 世纪转折时期的中国小说》，伍晓明译，北京：北京大学出版社，1991年，第54页。

将米莲娜编着的《从传统到现代——19 至 20 世纪转折时期的中国小说》作为参考书目，文中多处可见米莲娜观点的影响。下面就二人对中国小说叙事模式转变的看法进行对比分析。

米莲娜认为，叙述视角的变化是晚晴小说出现的新特点之一。在研究人称叙述变化时，需要弄清以下三个问题，"第一，故事可以用第三人称或者第一人称讲述。第二，叙述者是或不是小说中的一个人物。第三，叙述者表达或隐藏其主观态度、评论和批评等等。"[117]晚晴小说突破了从前第三人称叙事的全知视角，开始采用限制叙事者在义中的观察视野。如陈平原所说："这样一来，中国长篇小说无意中突破了传统的全知叙事，采用了第三人称限制视角。"[118]米莲娜认为晚晴小说叙述模式主要有以下新特征，一是第三人称客观叙事模式，"叙述者不是故事中的人物，其作用只是故事的中介者，这个中介者并不表达自己的主观态度和价值判断，他只是进行描述。"[119]此种叙事模式在陈平原的研究中是为："作者继承史传笔法，以人物为描写中心，纪其行状，摹其心理。外界事物除非与传主发生关系，一概不述；即使发生关系，也从传主角度引入。"[120]总体上就是隐去一切与所述人物无关的直接描写，叙述者视角与人物视角合而为一的创作方法。这主要体现在三部小说中，分别是《孽海花》、《老残游记》和《恨海》。在这三部小说中，这类第三人称客体叙述模式主要体现在小说的序言和结语当中。特别是《孽海花》的序言表现了过渡时期传统叙事手段的特征。一方面，序言中消失的岛屿象征着中国可能要面临的命运，而另一方面，序言又强调了这个故事的真实性。这一功能在后来的中国现代短篇小说中得到重现，比如鲁迅的《狂人日记》和茅盾的《蚀》三部曲。《孽海花》是一本产生于十八世纪传统下的小说，但其叙事模式可以看成是适应小说化传统的代表。

在米莲娜的文章中，晚晴小说叙事模式的第二种模式被称为："第三人称评述叙事方式"，这种模式叙述者不是小说当中的一个人物，但与客观叙述者不同，他可以自由表达自己的主观评价和意见。叙述者的主要表现功能在这

---

117 [捷]多莱热罗娃-韦林格洛娃《从传统到现代——19 至 20 世纪转折时期的中国小说》，伍晓明译，北京：北京大学出版社，1991 年，第 55 页。

118 陈平原《中国小说叙事模式的转变》，上海：上海人民出版社，1988 年，第 164 页。

119 [捷]多莱热罗娃-韦林格洛娃《从传统到现代——19 至 20 世纪转折时期的中国小说》，伍晓明译，北京：北京大学出版社，1991 年，第 55 页。

120 陈平原《中国小说叙事模式的转变》，上海：上海人民出版社，1988 年，第 67 页。

里与解释功能相结合。它与第三人称客体叙事之间的区别主要在于，在序言和结语中，二者运用不同的象征手法来隐喻故事的发展走向。第三人称客体叙事主要由一些名词进行比喻，而第三人称评述叙事则运用更富有象征力的表现方式。

总之，第三人称叙事的特点是叙述者不再以一个旁观者的身份出现，而是时常参与到小说当中来，他可以打破小说原有的叙述节奏并参与到叙述中。陈平原的研究并没有特别突出第三人称叙事随意参与评价故事的权力，倒是说明了如有需要引入谈话或书信的模式。他强调了叙事者不以文内任何角色的视角为依托，"作家为突出渲染异人的神秘，有意不去直接描写其所作所为，而是用一个凡人的眼睛去观察、叙述，以造成一种扑朔迷离的艺术效果。"[121] 叙述者不再是全知全能的上帝，反倒成了普通人，带领读者一道循着故事发展的过程进行探索。

如果说第三人称客体叙述模式源于传统的影响，那么第一人称个人叙事则无疑是一种革新，是现代文学叙事模式的启明星。第一人称个人叙事模式是"叙事者是故事中的人物，可以无拘无束地发表自己的主观评价、批评并做出反应。这种叙事方式中，叙述者具有三种作用：描述、解释和行动"[122]。与古代文学相比，"第一人称个人叙事方式是中国白话小说史上的创新。吴沃尧的《二十年目睹之怪现状》就是白话文学中第一部采用第一人称叙事方式的小说。与西方文学相比，它的出现具有特别重大的意义，因为自古希腊以来，西方文学的第一人称叙事方式就已完全确立。"[123]吴沃尧的特点在于，叙事者观察周围社会的事物，将个人的生活越来越多的融入到社会历史的大背景当中去。由此看来，这本著作的意义在于第一人称叙述者没有进行个人情感叙事的抒情表达，而是转向对社会和政治的强烈批判。这样的陈述给读者以真实的印象，从而对读者产生了更为深远的影响。同样，陈平原认为，晚晴小说的"作者采用第一人称叙事……无可争议地突破全知叙事的藩篱。"[124]第一人称叙事的发展，为自传性写作提供了便利。米莲娜认为，吴沃尧的这

---

121 陈平原《中国小说叙事模式的转变》，上海：上海人民出版社，1988年，第68页。

122 [捷]多莱热罗娃-韦林格洛娃《从传统到现代——19至20世纪转折时期的中国小说》，伍晓明译，北京：北京大学出版社，1991年，第56页。

123 [捷]多莱热罗娃-韦林格洛娃《从传统到现代——19至20世纪转折时期的中国小说》，伍晓明译，北京：北京大学出版社，1991年，第64页。

124 陈平原《中国小说叙事模式的转变》，上海：上海人民出版社，1988年，第67页。

部作品侧面证实了普实克的观点，即中国文学具有日渐丰富的主观主义和个人主义的特征，这种特征在晚清时期就已经开始发展开来。

由此，晚清小说打破了旧文学的传统，开始了一种新的叙事模式，这不得不说是一个重大突破，吴沃尧的《二十年目睹之怪现状》，标志着小说开始突破传统的窠臼，自由选择叙事视角和叙事模式。"中国现代小说中范围广阔的个人叙事风格是晚晴小说中已经开始的这些趋势的继续。"[125]晚清小说的革新正是中国现代文学的启蒙，小说叙事人称视角转向第一人称的变化，推动主观主义文学的兴起。中国现代文学中如鲁迅、郁达夫等人都使用第一人称叙事手法创作了多部文学作品，郁达夫更是以极致的自传式写作开创了独有的写作风格。

除叙述视角外，情节结构的发展也成为了布拉格汉学研究的对象。传统观点认为，中国小说中"插曲式"的结构给研究晚晴小说的结构造成了巨大障碍，有些学者甚至认为，这是传统小说艺术低下和思想低下的表现。这种松散的故事结构造成了西方读者阅读的巨大障碍。在米莲娜看来，情况则并非如此。

虽然中国古代小说给人的总体感觉是情节结构松散，甚至于不存在明显的情节连贯性和统一性。但在米莲娜看来，晚晴小说的情节结构不仅做到了外部结构上的统一，同时也做到了内部语义结构的融合。

这种模式可以用什克洛夫斯基"线性小说"的概念来解读，这是指小说中虽然有多个独立的母题，但是被几个行动人物的主要活动"串联"在一起。根据什克洛夫斯基的观点，"具有线式情节的小说由四个层次组成：主要主人公的故事，即'线索'；次要（可任意选择的）主人公的故事，它与主要主人公的故事平行；一连串独立的轶事；以及表现为纯文学形式的非行动性材料（后两层次完全由'线索'结合在一起）"。[126]此外，米莲娜还认为形式主义代表人物什克洛夫斯基的线性情节理论不足以分析晚晴小说的组织结构，同时还应该运用布拉格结构主义代表人物穆卡洛夫斯基的观点进行补充：情节不再是建筑问题，而是作者语义组织的一种手段。"换言之，必须确定的是，

---

125 [捷]多莱热罗娃-韦林格洛娃《从传统到现代——19 至 20 世纪转折时期的中国小说》，伍晓明译，北京：北京大学出版社，1991 年，第 72 页。

126 [捷]多莱热罗娃-韦林格洛娃《从传统到现代——19 至 20 世纪转折时期的中国小说》，伍晓明译，北京：北京大学出版社，1991 年，第 38 页。

线性情节的插曲是否在意义方面具有一致性。如果可以发现插曲的普遍的意义统一性，那么小说的连贯性就不仅依赖于线索的贯穿，而且还依赖于各个插曲的更为深刻的语义统一。"[127]那么，在米莲娜看来，分析晚晴小说的叙事模式应该从两方面来讨论，首先是表层情节结构的线性结构，线性结构的小说代表有《二十年目睹之怪现状》，它符合什克洛夫斯基的线性情节的四个层面理论。首先是主要人物九死一生的故事，然后是第二主人公苟才的故事，之后是一幅中国社会的由各种轶事组成的综合画卷，最后以正面人物批评社会现状、寻找中国出路的议论结束。形式上的连贯性通过一系列非行动性的线索达到统一。在语义结构上，米莲娜认为形式上的统一主要来自于语义结构的统一。小说中的故事从属于统一语义类型，就是认识故事并获得真知。也就是说小说的各个情节之间虽然在表面上没有严格的联系，但实际上却是一个类型的故事。由此看来，晚晴小说并非如一些学者认为的那样——缺乏故事内部的联系。此外，在线性小说理论的基础之上，米莲娜还分析了其他两种衍生的叙事结构，一是以《官场现形记》为代表的环形结构，一是以《恨海》为代表的单一线性结构，这两种结构无非是在强调表层叙事线索与强调深层语义结构之间的转换。但无论如何变化，晚晴小说的叙事结构都离不开线性情节的连贯性和语义结构的统一性。

那么，米莲娜认为在这一时期中国小说转型的特点有三个，首先是情节结构的转变。也就是小说的情节模式摆脱了传统中国的宇宙观，取而代之的是各种各样的情节。中国传统小说包括"阴阳""五行"等传统文化观念，晚晴小说已经开始出现打破这一模式的意象。第二就是典型故事的语义模式发生了变化，也就是"恶"总是战胜"善"，"大恶"总是压倒"小恶"。这与儒家经典的伦理传统相反，也与衰极必盛的美好信念相反，这种悲剧性在传统小说中是不常存在的。第三则表现在情节结构上的变化。晚晴小说篇幅大大被缩短，出现了情节结构和人物都非常精炼的单一情节。"这种变化为后来接受十九世纪欧洲短篇小说，为在本世纪最初十年中崭露头角，到二十年代成为主要文学形式的中国现代短篇小说的出现，准备了中国文学土壤。"[128]

---

127 [捷]多莱热罗娃-韦林格洛娃《从传统到现代——19 至 20 世纪转折时期的中国小说》，伍晓明译，北京：北京大学出版社，1991 年，第 38 页。

128 [捷]多莱热罗娃-韦林格洛娃《从传统到现代——19 至 20 世纪转折时期的中国小说》，伍晓明译，北京：北京大学出版社，1991 年，第 53 页。

　　米莲娜的这一观点后来也被普实克证实，鲁迅的《怀旧》被普实克称为中国现代文学的先声，上承晚清小说的传统，下启现代小说的发端。他的主要视点落在情节结构的变化上，他在文中谈到，传统文学到现代文学转变过程中文学结构发生的那些引人注目变化的本质。情节结构的简化是新文学的一个突出特征，"V.斯克洛夫斯基大约在同一时期于他的《散文理论》一书中用了整整一章的篇幅探讨'情节之外的文学'"。[129]证明了简化情节是现代文学的发展趋势之一，中国新时期的小说也以简化情节为突出特点，意图通过其他方式来突出主题，以达到语义结构的内部统一。普实克将这种现象与西方短篇小说做了一系列对比分析，发现尽管鲁迅"似乎是采用了果戈理的《钦差大臣》中的那种构思"，但是"这种解释显然也不足以说明鲁迅小说中克制的格调，因为有许多短篇小说家都尽量使他们的作品具有与契诃夫以前的剧作家相同的戏剧性结构。"[130]所以，在布拉格汉学学者看来，中国文学从晚晴到现代的结构性转变，除西方文学进入中国社会改变了社会环境这个原因之外，"现代文学的出现不是为了适应各种不同的外来因素和逐渐改变传统结构的　种渐进过程，那是一种本质上的突变，是在外部动力的激发下，一种新结构的兴起。这种新结构完全不需要与激发它产生的那种结构相类似，因为作家不可估量的个性和地方传统在其中起了重要作用。"[131]米莲娜从中国晚清小说中找了单一情节发展趋势的例证，这也就证实了普实克的观点，中国现代文学结构的发展并不完全是在外部环境刺激下的突变，本质上是传统小说发展的新趋势下的延伸。

　　米莲娜对中国文学结构的阐释分析实质上是对其师普实克理论的一种补充和发展。可以说，她是学派运用结构主义方法研究中国文学的典范，其理论视角始终没有脱离学派的主要观点。米莲娜的中国文学研究，在分析情节和文本结构上见长。其研究视角综合了形式主义和结构主义之长处，她既能够从小说的外在形式的角度分析人称叙事的发展变化，叙事时间的布置，情节结构的层次演变，又能够从内部结构的角度来分析晚晴小说语义结构的统一性。

---

129 [捷]雅罗斯拉夫·普实克《普实克中国现代文学论文集》，李燕乔等译，长沙：湖南文艺出版社，1987年，第117页。

130 [捷]雅罗斯拉夫·普实克《普实克中国现代文学论文集》，李燕乔等译，长沙：湖南文艺出版社，1987年，第115-116页。

131 [捷]雅罗斯拉夫·普实克《普实克中国现代文学论文集》，李燕乔等译，长沙：湖南文艺出版社，1987年，第117页。

　　这类研究是以西方文学理论为方法论，以中国文学为研究对象的研究模式。其研究的理论基础是，认为文学具有普遍性，不同民族所做文学具有相通之处，这也正是什克洛夫斯基所认同的观点。米莲娜关注的是动态变化中的结构。这就弥补了俄国形式主义的不足。米莲娜对晚晴小说的分析，打破了当时学界评价晚晴小说的价值体系，破除了一味地通过表层形式的连贯性来界定小说的完整性的标准。这在当时学术界有着非同寻常的意义。

　　此外，从陈平原的《中国小说叙事模式的转变》中可见与米莲娜达成共识的诸多观点。然而，陈平原所做研究自然更趋向成熟，他的论著是在东西方汉学的共同影响下完成。在陈的自序中，曾说明海外学者李欧梵给他的论文提供了不错的建议。在他论著的参考目录中，可见夏志清、普实克、米莲娜等人的学术专著。所以陈平原的观点既能够看到米莲娜的影子，又与米莲娜有许多不同之处。他的论述方式和主要论点更倾向于夏志清等英美汉学派的观点。陈平原对中国文学内部传统演变论与西方文学影响论的基本观点是"两者合力共同促成了中国小说叙事模式的转变。尽管在此中间，'输入新知'占主导地位，但不能无视并非无足轻重的'转化传统'"。[132]在此问题上，布拉格汉学家的观点则相反，上文多次已经提到，他们将中国文学视为独立进化的个体，所以文学自身的内部动力才是文学发展的主导因素。

　　此外，对比普实克、米莲娜与夏志清对《老残游记》的看法可以说明布拉格汉学的研究成果更富有科学性。比如夏志清认为刘鹗的《老残游记》缺乏情节和主题的统一性，在米莲娜看来，夏志清的观点过于绝对。"对晚晴小说的情节结构的这种肤浅理解不可避免地导致了对晚晴小说的意义的肤浅理解或主观评价。因为一直没有在晚晴小说中发现统一的情节和主题，所以人们经常根据一些孤立人物的只言片语或基于一些个别情节来判断这些小说。"[133]她着手研究中国古代小说情节的完整性，运用什克洛夫斯基和穆卡洛夫斯基的观点，为中国古代小说正名。普实克在《老残游记》的研究上，观点与米莲娜统一："我认为，当时唯一成功地在作品中把各种不同成分融合为一体的作家是刘鹗。他在本世纪最初十年是第四位知名学者。他取得这个成就并不是因为他作品中的情节各部分之间内在逻辑紧密、因果关系统一，而是因为

---

132 陈平原《中国小说叙事模式的转变》，上海：上海人民出版社，1988 年，第 167 页。
133 [捷]多莱热罗娃-韦林格洛娃《从传统到现代——19 至 20 世纪转折时期的中国小说》，伍晓明译，北京：北京大学出版社，1991 年，第 36 页。

他的作品具有一种独特的敏感性和整体概念。"[134]在普实克看来，《老残游记》的内在语义结构是统一的，它不是浅层次地表现在情节结构的统一性上，而是表现在作者的意识和他的主题之间特殊关系的统一。这一观点与夏志清的观点恰恰相反。普实克说："即使这论文，也基本上是一部旧时代的作品。它与1919年五四运动中国现代文学形成时的作品截然不同。但有趣的是，刘鄂的作品与鲁迅的作品之间不过相隔七年。看来，一种更新文学结构的出现不仅仅是天才的问题，而且也是一种新的社会和文学环境促成的结果。"[135]由此可见，布拉格汉学学者研究晚晴小说的结构模式，主要将研究重点放在新形式与旧传统之间的交替过程，其研究意图是为研究中国现代文学的发生史做铺垫。所以在文章中，尤其重视"变"在晚晴文学中的呈现，无论是情节结构和语义结构的变化，还是叙述视角的转换，都为中国现代文学的发生发展提供了温床，这也是米莲娜在研究中多次提及的观点。所以研究中国现代文学，就要尤其关注晚清小说的发展变化，这是探索现代文学发展规律的前提。

　　米莲娜、夏志清、陈平原三人的观点正反映了中国现代文学研究的发展历程，在汉学研究史上，米莲娜所代表的布拉格汉学学派分析文学内部结构发展的动向。将文学内部结构要素拆解重组，理清了文学形式的新变化。夏志清等派的汉学家则从内容上评价解读文学。陈平原作为中国学者有着后发优势，他综合了布拉格汉学与英美汉学的研究精髓，并深化发展了各方观点。陈平原没有完全将现代文学的进步归功于西方文学的影响，他注意分析传统文学中被现代文学延续的精华。比如在陈平原看来，"新小说"和五四作家有更多可能接受古典文学的原因归结如下，一是外国文学的冲击，使得现代小说挤入"上乘"文学之后，不得不沿袭诗歌的传统，因为这是中国文学场域中千年来最受人认可的传统。二是因为对小说概念的模糊给作家的探索提供了必要条件。[136]这不得不让人想到布拉格汉学家从明清小说中寻找与现代文学相似要素的研究思路。另外，陈平原也认同夏志清研究中国文学的总体路径，即认为传统文学的作用力微乎其微，西方文学才是现代文学发生的曙光。

134 [捷]雅罗斯拉夫·普实克《普实克中国现代文学论文集》，李燕乔等译，长沙，湖南文艺出版社，1987年，第128页。

135 [捷]雅罗斯拉夫·普实克《普实克中国现代文学论文集》，李燕乔等译，长沙，湖南文艺出版社，1987年，第130页。

136 参见陈平原《中国小说叙事模式的转变》，上海：上海人民出版社，1988年，第163页。

由此可见，汉学研究也有着与本土学者研究相融合的趋势，在这个领域当中，并不存在界限分明的派系门类，对中国现代文学的理解是通过中外学者经过几十年的研究发展进而形成的综合答卷。

总之，布拉格汉学学者研究中国现代文学结构发展变化的总体认识是，中国文学的"现代性"早在明清小说中萌芽，经过晚晴小说家和新文学作家的演变转化，最后逐渐形成了现代文学的发展潮流。提倡新文化、新思想的五四文学并不是突如其来的新事物，而是中国文学界在经历了长久的"现代性"积累后，迸发出的崭新的文学样式。在这一过程中，西方文学起到了催化剂的作用，所以外来文学的刺激作用也不容忽视。

三、高利克的"系统—结构"说

前文曾提到，高利克称自己对中国文学的批评所用的是"系统—结构整体"的方法。借用皮亚杰的观点，高利克认为整体性和结构中各种因素变化的必要性是这种结构的特性，所以他的中国文学批评研究主要围绕这一方法进行讨论。高利克将作者的经历以及作家心理的变化作为作者文学系统中的变化因素，根据作家心理以及经验阅历解读文学作品。由此可见，高利克分析共时的文学作品的同时又兼顾了作家历史经验变化的历时因素。系统—结构的方式贯穿了高利克研究中国文学创作史以及文学批评史的始终，即以每个作家的文学作品以及个人经历为变化的因素，而以整个中国文学发展史为系统，这种分析方式充分体现了他的结构主义研究方法论。

高利克最重要的两部著作《中国现代文学批评发生史（1917-1930）》和《中西文学关系的里程碑》是运用"系统—结构"学说的代表著作，以下简称《发生史》和《里程碑》。高利克所用的系统—结构方法较之前布拉格汉学学派的结构主义方法研究有了一定程度的发展。他在马克思主义理论的基础之上结合结构主义的思想，利用朱立申提出的"系统—结构"理论来寻求研究中国文学史的新路径。这一概念也可见于穆卡洛夫斯基的理论中，他认为文学是社会现象的一部分，社会现象由许多系列（结构）构成，这些结构都能够自由发展并且具有自主性。他们相互影响，经常改组以达到彼此平衡。但是，这些功能之间的相互关系在发展的过程中不断地变化，没有高低之分，都是极其重要的社会组成部分。高利克将这一概念运用在中国文学史的研究中，将文学视为一个系统组织。他按照中国现代文学发展的不同阶段的特点编写文学史，并针对每个阶段提出最具有代表性的作家。他将中国文学史视为一个完整的系统，同时这一系统也和政治、社会阶层等其他系统在整个社会中并存，系统中各个文学家所创造出的文学时代有各自独立的子系统，这些子系统又与当时的其他子系统并存着。高利克在他的文学史中，不仅考虑这些文学子系统内部的结构和发展动力，同时也关注文学外部的其他子系统与文学发展的关系。这些外部因素与文学发展相互影响，相互联结，就构成了文学发展的基本脉络。

具体来说，高利克认为，"第一：系统包括一系列因素及其相互之间的关系。第二：系统内的一系列关系形成了结构。"[137]比如，高利克将中国文学视为一个独立的系统，考察中国文学作为世界文学子系统与其他国家文学之间的关系。根据"在系统—结构研究中，被研究的对象是某一系列的因素，它们相互之间的关系是确定该系列事物性质的主要手段。"[138]中国文学作为世界文学的一个因素，它的特性就在中西文学之间的关系中确定。那么，高利克在这样的研究方法下，文学批评的主要任务是，揭示某一系统内各种因素之间的相互关系，还有该系统与其所处环境的交互关系，环境在此时构成了形式上的超级系统和结构。所以研究文学的内部结构和外在环境之间的关系成为高利克文学批评的焦点。实质上，"系统—结构"包含了各种素材的现实，最终反映到文学作品当中。而社会的系统　结构现实通常在文学作品中又是重要的组成部分。除了批评家权衡客观材料关联域部分，也要权衡符号学上的文学关联域。根据穆卡洛夫斯基的观点："作为一种标志，艺术作品由三个组成部分组成：物质载体（作品物）、意义（存在于集体意识中的审美对象）以及与所指事物的关系。这是指审美符号的方式，它区别于所有其他符号。"[139]也就是说，文本的符号学意义在于能指与所指之间构成的系统—结构整体。

高利克将这一理论放置在中国文学批评的实体上，竭尽全力地呈现文学

---

137 [斯洛伐克]玛丽安·高利克《中国现代文学批评发生史》，陈圣生等译，北京：社会科学文献出版社，1997年，第4页。

138 [斯洛伐克]玛丽安·高利克《中国现代文学批评发生史》，陈圣生等译，北京：社会科学文献出版社，1997年，第4页。

139 Jan Mukařovský, "As a sign, the work of art consists of three components: a material vehicle（the 'work-thing'）, a meaning（the 'aesthetic object' lodged in the collective consciousness）, and a relation to the thing signified. It is the mode of referring of the aesthetic sign that differentiates it from all other signs." Structure, Sign, and Function. translated and edited by John Burbank and Peter Steiner. New Haven and London: Yale University Press, 1977. Xix.

史的全貌。在《发生史》当中，高利克将各个文学批评家作为一个"系统—结构"的整体，这些批评家作为"造型者"代表了他们本人和著作。下面举一个具体例子，在研究鲁迅的《呐喊》时，将鲁迅作品的写作背景与鲁迅的个人生平经历联系起来，对文中的意象进行透彻的分析。例如，他将《狂人日记》中的"狂人"和"铁屋子"作了符号学意义上的解读。通过和迦尔洵、莱蒙托夫的作品进行对比，分析这两个符号的能指和所指，并结合特定的时代背景阐明所指的时代意义。高利克说："他（尼采）说疯狂将净化人，鲁迅将这一格言译成了一句他自己的概念的元语言。[140]"这种元语言作为能指为鲁迅的概念指明所指，那么鲁迅的作品就承载了所指的意义。高利克认为鲁迅的"狂人"与迦尔洵的《红花》中的无名疯人和安特莱夫的《我的记录》中的无名半疯人相似，而它们都生活在"铁窗格"中。铁窗格公式具有时代意义，代表当时儒家思想对人的禁锢和束缚。比如，"在《狂人日记》中，他至少给了这间铁屋子一扇铁格窗。在这一格窗的四个格子中，这位伟大的作家和艺术家分别放进了四个字，它们代表着儒家伦理原则的本质，即：仁、义，以及儒家世界观的基本原则：道、德。[141]"从这个角度来说，"铁窗格"也成为了鲁迅文学作品中的一个具有象征意义的符号，其所指的意义就是儒家伦理给人的枷锁。罗曼·雅各布布森曾提出隐喻和转喻的概念，"隐喻是以人们在实实在在的主体（汽车的运动）和它的比喻式的代用词（甲壳虫的运动）之间提出的相似性或类比为基础的。[142]"高利克所说的"铁窗格"公式正是一种隐喻，用来隐喻当时中国社会的状况，而这种隐喻只有放入当时的历史环境中才能够产生意义，这也正如雅各布布森所认为的那样，语境使信息具有意义。而"铁窗格"公式只有在鲁迅所处的特殊的时代背景下才能够产生意义。由此看来，"狂人"和"铁屋子"就在中西文学中间形成了统一的符号的系统—结构体系。

　　从前文的大量论述中可知，布拉格汉学学派研究中国现代文学主要考虑三个方面的影响因素。首先是作家对中国传统文学的继承，第二是作家受西方文学的影响，最后是作家本人的人生际遇。高利克考察了这三方面因素之间的相

---

140 [斯洛伐克]玛丽安·高利克《中西文学关系的里程碑》，伍晓明等译，北京，北京大学出版社，1990年，第39页。

141 [斯洛伐克]玛丽安·高利克《中西文学关系的里程碑》，伍晓明等译，北京，北京大学出版社，1990年，第34页。

142 [英]特伦斯·霍克斯《结构主义和符号学》，瞿铁鹏等译，上海，上海译文出版社，1987年，第78页。

互关系，并在各个交叠往复的系统中找到了理清这些元素的方法。这就是利用因素的概念来描述各个系统的发生发展，"在系统—结构方法中，廓清各种'因素'的概念，是非常重要的。在我们这里的研究中，因素意味着某种思想或观念，例如：天才，革命，同情，趣味，奥伏赫变（扬弃），人性，诗心，等等。"[143]这些因素的相互关系，便决定它们参与创造的那个系统—结构整体的性质。

具体来说，首先，西方文学对中国文学的影响是第一个重要因素。比如，在《发生史》的第一章中，高利克从中国现代文学批评史的发端讲起，"美国的意象派诗人与胡适的关系，那可以认为是外国系统—结构整体的影响与中国对此的反应问题。就像意象派诗人那样，胡适为之奋斗和加以塑造的中国新文学，是要体现以艺术性与形式特征为主导的系统—结构概念，并在此基础上反映现实。"[144]高利克将胡适与意象派诗人做类比，将国外的文学系统元素视为影响中国文学发端的一个重要因素。其次，古代文学的影响是另一重要因素。比如，高利克认为胡适描述文学中的感情引用了《毛诗·大序》中的论述"情动于中而形于言。言之不足，故嗟叹之。嗟叹之不足，故咏歌之，咏歌之不足，不知手指舞之，足之蹈之也"。由此证明胡适的文学批评思想受到了中国古代文学批评的影响，在文章中时常考虑作家的文学批评理论与中国古代文学批评的联系。最后，个人接触文学的经历也是极为重要的因素。比如，在第二章中，高利克则将郭沫若的人生际遇作为郭沫若自身系统的重要组成因素。他研究了郭沫若在文学批评前期和后期的变化，即从唯美印象主义到无产阶级批评的过程。开始郭沫若以唯美印象主义理论家的身份出现，1923 年后转为表现主义者，最后在 1926-1930 年期间成为了无产阶级革命的文学批评家。产生这一变化的原因，高利克用系统—结构理论来回答。"他的文学批评的'系统—结构整体'，最大部分来自欧洲的唯美印象主义批评，但他还接触到其他学派的代表著作。"[145]从这个意义上来看，高利克似乎将作家本人的创作方法视作一个完整的系统，而不同的阅读经历和不同的知识体系正是作家的组织架构。

---

143 [斯洛伐克]玛丽安·高利克《中国现代文学批评发生史》，陈圣生等译，北京：社会科学文献出版社，1997 年，第 6 页。

144 [斯洛伐克]玛丽安·高利克《中国现代文学批评发生史》，陈圣生等译，北京：社会科学文献出版社，1997 年，第 8 页。

145 [斯洛伐克]玛丽安·高利克《中国现代文学批评发生史》，陈圣生等译，北京：社会科学文献出版社，1997 年，第 25 页。

　　不仅如此，系统—结构整体并不是永恒不变的物质，而是处于不断发展、更新、变化的统一体。比如，"郭沫若在二十世纪前半期的批评系统的基础如果是天才的话，那么现在的基础是革命。他现在已经从主观的、内向的'系统—结构整体'转变成为力求客观和外向的'系统—结构整体'。"[146]不过，在不断变化的系统中其实也存在一些不易变化的因素。高利克则引用了苏联理论家斯维捷尔斯基的看法，结构中的因素因为在结构中才显现出其特性和稳定性，但在某种情况下，这些因素中的某些特性稳定不变，但有些特性则会发生变化。例如，高利克在研究鲁迅的系统—结构时，认为中国古代刘勰的批评思想是其重要的组成因素，鲁迅从刘勰的文学批评思想中取用了一些因素，但鲁迅的理论体系总体上更接近珂尔文。在高利克看来，鲁迅本人的文学批评思想是一个开放的系统，其思想体系的形成与其受到传统文学批评思想的影响息息相关，这一切都可看作是系统形成过程中的重要因素。其稳定不变的要素在于中国传统文学对鲁迅的影响，而其整体变化的要素则来自于外国文学的影响。实际上，高利克在研究中充分地应用了这个理论方法，他在研究中国文学批评史的时候，是通过研究各个作家在不同时期"因素"的变化来呈现文学结构的变化，力求呈现中国文学的动态发展效果图。

　　总的来看，高利克"系统—结构"理论体系具有集大成的实际意义，他综合了过去布拉格汉学家所用各类西方文艺理论方法，将学派以往的理论成果放入自己建立的理论框架之下。系统—结构理论能够囊括多个理论研究方法的精髓，将文学视为一个包罗万象的集合，作家、文本、世界之间既是独立的子集又互有交叉。就如一台复杂的计算机操作系统一样，在文学的大系统下，存在着个人、文本内容、社会环境的大型软件系统，这些软件系统内部又包含了千万个小系统，这其中有作家本人生命的体验，文学内部的结构形式，社会的历史演进等多重元素。元素之间的相互碰撞、互相影响，最终形成了具有审美价值的伟大的文学作品。系统—结构理论包罗万象，能够从更广义的角度分析文学。这样，分析文学史就不再是对某些单一文本的品评，也不是对某一种文学理论的案例分析，更不是抛弃一切理论的充满个人色彩的评价。书写文学史就成为描绘宏观视野的大文学系统，这其中不再以文学外部世界的影响因素为依托，也不以封闭的视野单纯地审视文学内部的结构。

---

146 [斯洛伐克]玛丽安·高利克《中国现代文学批评发生史》，陈圣生等译，北京：社会科学文献出版社 1997 年，第 46 页。

而是将文学作为整体进行多方位，多视角的考察。这既需要对文学总体系统框架的把握，也需要审视影响文学总体发展方向的每个元素点。这之中可能是作家个人偶然间获得的一个读物，也可能是一个民族文学群体对另一个群体的打压影响，亦或是文学内部产生了新的元素成为了突变的动力，也可能是社会语言的变化导致表述工具变化带来社会影响下的缩影。高利克行文看似松散零碎，时而谈到作家的人生往事，时而跳脱到作品的形式框架，但他始终坚持着一个研究思路，就是将文学作为系统表述，对每一个影响文学发展的元素实行"拿来主义"。这样，通过比较文学的多重分析方法就绘制成了中国文学史图，让读者清晰地看到西方视野下的现代文学如何踽踽前行。可以说，直至高利克的这两部著作面世，学派的中国现代文学研究臻于成熟。

第三节　小结

　　章节末尾，可以梳理本章脉络如下。古今中外，研究文学的发展始终离不开两大范畴，即面向外在世界的外力作用与回归文学本质的内部动力，这就在一定程度上决定了布拉格汉学学派研究中国文学的批评方法。传记批评理论正是以作者所处的社会环境为中心，最大限度地彻查了文学发展与社会环境之间的互相作用关系，有时学者们甚至走到微观历史的细枝末节当中去，力求从作家平凡的生活中寻找一丝蛛丝马迹的不平凡。为避免文学研究的社会反映论走向庸俗主义的泥潭，布拉格汉学家将结构主义的思想与传记批评研究相结合，将文学的外部环境视作系统——结构构造的整体。此时，形式主义与结构主义的文本结构分析又可以将布拉格汉学的研究从无穷无尽的人物传记结构中拉回文学结构内部。探索文学发展的内部动力，强调文学研究的主体性地位，这就避免了布拉汉学派的中国文学研究走向社会历史的虚无主义。所以传记批评理论和文学的叙事结构研究就被放入结构主义的语流当中来谈，这二者分别代表了布拉格汉学学者向外开拓的勇气和向内反思的决心。

　　此外，传记批评方法还承担着引介的作用。在最初的研究中，布拉格汉学学者通过作家传记式的批评研究对中国文学的发展历程进行了细致入微的梳理，为后续的中国文学研究打下了坚实的基础。形式主义与结构主义是布拉格汉学家的主要研究方法之一，与马克思主义理论一道，成为了布拉格汉学学者研究中国文学的重要理论支柱。正是布拉格汉学学派从马克思主义理论的角度看待文学、作者和社会三者之间的关系，确立了文学反映论为研究中国文学的底层理论基础。为了探寻文学与社会的关系，传记批评方法才成为重要的分析工具。因为传记批评认为文学是作者自身个人经验的一种再创造，在作家的作品中，会寻找到作者个人经验的痕迹，所以历史的细节就变成了研究文学发展的考察对象。

实际上，布拉格汉学家的中国文学研究是西方文学理论发展过程的实证，其众多研究往往都体现了形式主义到结构主义过渡的这一关键转变，所以他们的研究中往往即有形式主义的观点又有结构主义的论调。在此基础之上，布拉格汉学形成了重要的学术传统，这一传统延续至今。米莲娜是其中运用形式主义和结构主义研究中国文学的代表，她深受普实克的启发，在研究方法和观点上深化拓展了普实克的成果。值得注意的是，师徒之间不仅有提出观点和深化观点之间的教导传承，也有具体研究与理论观点总结的合作关系。普实克也会总结学生研究中的观点，将其升华为具有一定高度的理论系统，最终形成布拉格汉学学派研究传统。比如普实克提出的中国文学当中的主观主义和个人主义的观点，就是从米莲娜等人的研究中深化而来，米莲娜玛歇拉等人的传记批评研究，展现了中国文学反映个人生活现实和时代背景的重要特点，普实克将这个特征上升到理论层面。在接下来的发展过程中，高利克为代表的斯洛伐克一派则在结构主义的基础之上发展出了文学的"系统—结构"理论，这一理论融合了马克思主义与结构主义的精髓。不得不说，高利克让学派研究中国文学的结构主义传统又迈出了新的一步。

不仅如此，因为马克思主义理论观的影响，布拉格汉学学者不再将文学封闭起来，闭门造车式地分析文学内部结构，而是时刻兼顾文学内部结构变化与外部世界的关系。共时与历时本质上就是横向的静态研究与纵向的动态研究之间的关系。无论文学内外都存在二者的对应关系，正如穆卡洛夫斯基强调的那样，"静态语义单元和动态语义单元之间的关系是相互的。一个动态单位，本身仅仅是语义意图，需要静态单位来体现；相反，一个静态的单位，只在上下文中获得与现实的直接关系。"[147]无数个静态的历史节点组成了动态

---

147 Jan Mukařovský, "The relationship between a static and a dynamic semantic unit,as is obvious,is reciprocal.A dynamic unit,being a mere semantic intention in itself,needs static units for its embodiment;a static unit,on the contrary,acquires an immediate relation to reality only in a context." On poetic language. translated and edited by John Burbank and Peter Steiner. Belgium: The Peter De Ridder Press, 1976. p.50.

的历史，在布拉格汉学家的研究中，同一时间节点的多个作家的书写史就是文学的静态史，将静态史扩展到多个时间节点，就形成了文学的动态史。同理，文学内部结构也是如此。如穆卡洛夫斯基所说，"语义静态和动态是两种相互对立的力量，但本质上是联系在一起的，它们共同构成了每个语义过程的基本辩证对立。"[148]纵观布拉格汉学的研究体系，他们兼顾了研究文学的历时与共时的研究，任何一位汉学家在研究中国文学的时候，无论是文本内容的分析还是对文学结构形式的研究都时刻贯穿着对文学发展历程的关切。在传记批评研究中，布拉格汉学家是希望通过研究作家生活时代的发展变化来关注作家作品中文学思想的变化，这样个人经历的变化反映了时代的变化，也同时造就了文学思想的发展变化。在结构主义研究中，除少量论文对文学作品进行纯文本的解读之外，多数研究不仅仅关注单个作品的结构形式，还关注文学作品本身结构的发展变化。此外，布拉格汉学尤其关注中国旧文学向中国新文学过渡期间的文学结构的变化历程。中国文学传统与西方文学影响孰为中国现代文学发生的主导因素一直是一个有争议的话题。布拉格汉学将文学视为具有主体性的存在物，那么文学的发展势必有自身的发展规律，不以外力的作用而发生根本改变。他们没有过分强调外部动力对中国文学发展的决定性作用，而是肯定了内部动力和外部动力共同作用于文学史的发展进程。尤为重要的是，无论使用何种方法分析中国文学，布拉格汉学学派始终以宏大的视角来观察中国文学，将中国文学放于世界文学的视野当中，让中国文学成为世界文学的有机组成部分。这就决定了比较文学方法成为了布拉格汉学家研究中国文学的另一个重要方法之一，这一方法贯穿了布拉格汉学学者研究中国文学的始终。

---

148 Jan Mukařovský, "Semantic statics and dynamics are two forces mutually opposed but, nevertheless, intrinsically linked, and together they create the basic dialectic antinomy of every semantic process." On poetic language. translated and edited by John Burbank and Peter Steiner. Belgium: The Peter De Ridder Press, 1976. p.51.

第四章　布拉格汉学的比较文学
阐释方法

　　如果说马克思主义是布拉格汉学家研究中国文学的理论前提，结构主义与形式主义是研究文学基本方法，那么比较文学方法则是布拉格汉学家研究中国文学的阐释工具。就如前文多次提到的那样，伴随着西学东渐的历史进程中，西方文学进入中国并对本土文学产生了强烈地冲击。此时，比较文学必然就成为研究中西文学关系的主要工具，布拉格汉学学者也在研究中充分融合了这种方法，最终形成了比较文学阐述范式。止如米莲娜所说："像每个其他文化的叙事作品一样，中国小说具有一种特性。但是，这种特性只能在比较研究的框架中才能被具体地揭示出来。比较研究可以发现叙事作品的普遍性质，并且证明叙事作品的文化特殊性只是这一共同模式的各种变化形式。[1]"所以研究中国现代文学史，比较文学研究是终极的研究道路。

第一节　世界文学视野下的汉学研究

　　对任何一个民族文学的研究不能拘泥于民族文学自身的结构规律，文学研究的最终走向势必是更广袤视野下的不同民族文学之比较研究。而研究某一国别文学的目标也是为了填补世界文学版图的空白。基于此，在研究具体的比较文学阐述方法之前，有必要关注世界文学这一概念。

1　[捷]多莱热罗娃-韦林格洛娃《从传统到现代——19 至 20 世纪转折时期的中国小说》，伍晓明译，北京：北京大学出版社，1991 年，第 51 页。

　　布拉格汉学学者高利克在他的比较文学研究中就着重探讨了这个概念，他主要沿用了朱立申的世界文学理论。他认为，从马克思恩格斯的世界文学理论出发，世界文学的概念通常具有以下三个方面的意义，"第一是，世界文学——整个世界的文学，也就是世界文学史，它是一个由各个国家的文学史组成的整体；第二是，世界文学是个体国家文学创作的最佳选择，是对已有作品的综合审视；这也被称为经典文学；第三是，世界文学是所有民族文学的产物，以某种方式相互联系或近似。"[2]中国文学作为世界文学的一部分，势必与各民族文学有着不可或缺的联系。朱立申认为，大多数学者没有进行跨文化的比较文学研究的原因是，研究者受个人身份背景的制约和知识水平的限制导致他们无法跨越不同国家的民族文学现象，进而只能孤立地描述单一国家的文学特征。而比较文学研究恰恰可以打破这个界限，将多种民族的文学放入世界文学史的背景当中去。需要注意的是，文学在这里不仅仅是文本，还是一个重要的社会现象。王和达认为："在这些研究中，我们主要把文学看作是一种社会现象，我们不能忽视一个特定的文学如何作为一种社会现象和一种社会因素的问题；"[3]那么比较中西不同的文学现象，也是比较东西方社会文化异同的重要手段。

　　由此看来，比较文学方法是布拉格汉学学者阐释中国文学的重要手段，他们做中西比较文学研究主要基于两个目的，第一，将中国文学嵌入世界文学的版图中，使中国文学成为世界文学史的重要组成部分。第二，打破中国文学同世界文学的界限，寻找中国文学与其他民族文学的联系，展现中国文学中的跨文学现象。同结构主义、传记批评等研究一样，比较文学研究也将研究对象视为内外结合的统一体，这就可以从文学的内部传统与外部环境刺激两个方向讨论。

2　Dionýz Ďurišin, "1.world literature-the literature of the entire world and thus the history of world literature as an ensemble of the histories of individual national literatures alongside each other;2.world literature as a selection of the best created by the individual national literatures, and thus a kind of synthesizing viewing of what has been created; this is also termed Classical literature, the literature of the Classics;3.world literature as the products, in some way mutually connected or alike, of all the individual national literautres." Theory of Literary Comparatistics.Bratislava: The Slovak Academy of Sciences, 1984.pp.80-81.

3　O.Král-V.Kubičková.M.Novák-D.Zbavitel Z. Černá-B.Krebsocvá-K.Petráček,"Since in these studies we are considering literature primarily as a social phenomenon,we cannot ignore the question of how a particular literature acts as a social phenomenon and a social factor;" Contributions to the Study of the Rise and Development of Modern Literatures in Asia.VolumeII.Prague: The Czechoslovak Academy of Sciences, 1968.p.61.

一、"中国文学突变"——内部传统的促进

在现代文学发生的历史中，文学的发展保留着中国古典文学的传统，布拉格汉学学者认为中国古典文学与西方小说之间有着许多相似之处。就这一问题而言，米莲娜在研究晚清小说的结构类型时已经做过充分的分析，在她看来，"中国小说具有一种特性。但是，这种特性只能在比较研究的框架中才能被具体地揭示出来。比较研究可以发现叙事作品的普遍性质，并且证明叙事作品的文化特殊性只是这一共同模式的各种变化形式。"[4]也就是说，通过比较中西文学之间的异同才能凸显中国现代文学的特色，而比较文学方法正彰显了中国现代文学的独特性。

比如，高利克曾经就灵感说是否曾在中国文学中出现就有以下说明，"镜子是传统中国和欧洲心灵的隐喻；但是，尽管其他隐喻忽略了这一镜像理论，指出了文学艺术领域中人类天才的创造性、积极成分，并在18世纪和19世纪的欧洲盛行，但中国的一切都是老一套。没有人成功地对古代圣人和哲学家关于人和现实的教导提出质疑。在中国的文学理论和实践中，从来不存在创造性天才的问题。"[5]在他看来，感觉说在中国古代的文学理论中就已经呈现，通过对比欧洲的灵感说和中国的感觉说发现，欧洲的文学理论体系更加成熟。中国虽然有灵感说研究的趋势，但总体上受到传统儒家思想的影响，并没有最终形成成熟的理论体系。被儒家经世致用的哲学体系所牵引，新的文学理论观念不能够挑战传统儒家哲学，所以最终灵感说也转瞬即逝，没有形成一股强大的文学思潮。灵感说是基于一种非理性的文学创作思考，刘勰的"神思"说就认为文艺创作来源于感性精神的凝结。那么，既然中国古典文学中存在对文学创作精神世界的探讨，这就足以证明中国文学的抒情主义并非移植于欧洲。这是高利克研究的基本理路之一。

---

4 [捷]多莱热罗娃-韦林格洛娃《从传统到现代19至20世纪转折时期的中国小说》，伍晓明译，北京：北京大学出版社，第51页。

5 Marián Gálik, "The mirror （chine） was a metaphor of the mind both in traditional China and in Europe; but while other metaphors negating this mirroring aspect and pointing to a creative, active component of human genius in the domain of literature and art came to prevail in eighteenth and nineteenth century Europe, everything in China ran in the old ruts. There nobody succeeded in throwing doubt on the teaching of ancient sages and philosophers in relation to man and reality. In Chinese literary theory and practice there was never question of an original, creative genius." The concept of feeling in Chinese, English and German literary criticism. Neohelicon 10, 1983.

　　不仅如此，从文学发展史的角度看，中国文学的发展与语言环境的变迁有着紧密的联系，"产生现代文学所需的语言和文学环境的基本变化是在晚清时期开始并普遍完成的。五四时期白话在文学和非文学文本中似乎突然占据了主导地位，但这不能被视为少数受外国模式启发的个人的成功。相反，现代白话的形成过程应该被认为是语言进化的一个更进一步的阶段，中国作家、语言学家和批评家在理论和实践上的适时努力加速了这一阶段的发展。"[6]米莲娜客观地分析中国文学的发展历程，在他们看来，白话文运动兴起、新文学的诞生，本质上是历史内部发展的动力导致的。这就更加客观地纠正了外国文学在中国文学发展过程中处于决定地位的观点。米莲娜认为，小说在中国现代文学早期进入主导地位的原因是，首先是因为白话文是传统小说的主要语言工具，它成为了中国现代文学发展的主要语言形式。其次在一个漫长而连续的发展时期，白话文小说最适合新文学的主题和文体特征。最后是在晚晴时期，小说从文学世界的边缘走向中心地位，理论家们推荐人们读小说，因为这是一种启迪人们思想的绝佳方式。小说的大众基础更有利于新社会普及新思想的发展需要，于是白话文小说开始走上文学历史的最高舞台。在布拉格汉学家看来，此时的新文学运动，正是因社会环境的突变而导致中国文学出现了剧烈地变化。此时，语言的发展成为了促进小说发展的主要前提。这个结论与国内学界的观点一致。

　　那么，中国作家对西方文学的态度此时是极其重要的，这决定了中国文学史以什么样的心态接受西方文学的影响，悉尼大学汉学家杜博妮认为："总的来说，此时的中国作家认为西方文学优于他们自己的古典和民间传统。如此大规模的集体承认是值得注意的，尤其是当应用于社会认同的关键问题时，中国人有可能保持他们对西方文学的巨大热情而不陷入极度的自卑感。"[7]与

6　Milena Doleželová-Velingerová,"The basic changes in the language and literary situation required to produce a modern literature were initiated and generally accomplished during the late Qing period.What seemed to be a sudden domination of baihua in literary and nonliterary texts in the May Forth period cannot be regarded as the success of a few individuals inspired by foreign models.Rather,the formative process of modern baihua should be considered a further stage in a language evolution that was accelerated by appropriately timed theoretical and practical efforts on the part of Chinese writers,linguists,and crticis." in Merle Goldman.ed.Modern Chinese Literature in May Fourth Era. Massachusetts,and London,England: Harvard University Press Cambridge, 1977.p.34.

7　Bonnie S.McDougall,"On the whole,Chinese writers at this time regarded Western literature as superior to their own classical and folk tradition.A collective admission on this scale is remarkable,especially when applied to crucial questions of social identity,

"西学东渐""全盘西化"的社会潮流相比，中国文学是极度自信的。五四文学表现出对国际主义的推崇，对新文学的热情，对西方世界的关注。这些特征的出现主要原因是这一时期中国社会进入转型期产生了文学发展的需要。"到 20 世纪 20 年代，中国已经与世界其他地方联系在一起，受制于任何影响它的社会变革。"[8]也就是说，中国文学的突变不只是单个国家的现象，中国的新文学运动实际上是亚洲文学发展的重要一环。在杜博妮看来，二十世纪二三十年代，西方文学培养了中国作家的国际主义意识，这在一定程度上刺激了中国文学的发展。中国的传统元素在新文学的发展中也需要被西方认可。诚然文学的价值标准存在于西方世界的评价体系当中，但中国作家的国际主义视野使得中国现代文学有着自我存在的价值。这种国际主义其实是国家与国家之间的，并非民族性世界性的："总的来说，中国所采用的国际主义也是'国际间的'，而不是世界性的。也就是说，中国作家设想了一个国际大家庭，在这个大家庭中，每个国家都以自己独特的方式为世界文学做出贡献，这使得中国作家更容易感到自己的贡献是值得的。"[9]它促进了中国作家的改良主义和现代主义思想潮流。"西学东渐"在中国产生了一种国际主义的倾向，中国文学自身的民族性并没有因为外国文学的影响而破坏，相反，中国文学起初展现的是强大的自信。在文学发展的过程中，由于国际形势的变化，中国文学产生了一种"国际主义"的倾向，实质上，这与当时中国社会处于社会变迁的转折点息息相关。杜博妮指出了早期中国文学界的民族自信，但后期就陷入了西方影响论的泥沼中。在她看来，中国文学的发展从早期的极度骄傲走向了晚期的人云亦云。这一观点恐怕不能被布拉格汉学学者认同。

---

yet it was possible for the Chinese to sustain their tremendous enthusiasm for Western literature without falling into a crippling sense of inferiority." in Merle Goldman. ed. Modern Chinese Literature in May Fourth Era. Massachusetts,and London, England: Harvard University Press Cambridge, 1977.p.45.

8 Bonnie S.McDougall,"What is basic to the Western literary impact on China is that by the twenties,China had become tied to the rest of the world,subject to whatever social changes affected it." in Merle Goldman.ed.Modern Chinese Literature in May Fourth Era. Massachusetts,and London,England: Harvard University Press Cambridge, 1977. p.46.

9 Bonnie S.McDougall, "The kind of internationalism adopted in China was also, on the whole, 'inter-national' rather than cosmopolitan.That is,Chinese writers envisaged a family of nations in which each country contributed in its own unique way to a world literature,making it much easier for Chinese writers to feel that their own contributions could be worthwhile." in Merle Goldman.ed.Modern Chinese Literature in May Fourth Era. Cambridge, Massachusetts, and London, England: Harvard University Press, 1977. p.60.

　　从布拉格汉学学者的研究中可见，中国文学的发展历程并非由某些西方汉学家分析的那样由西方文学主导而发展起来，诚然，它受西方文学影响颇深，但中国文学的传统在自身发展的历程中始终占据主流。那么中国传统究竟是什么，王和达认为，亚洲所有的传统文献都是某些意识形态体系的有机组成部分，可以清楚看到这些文献的意识形态差异，从儒家思想的活跃模式到伊朗美学自成一体的古典主义诗歌模式，他们都具有强大的社会功能性。他从一个更广泛的民族文学发展规律的角度谈论了亚洲文学发展的特点，中国文学作为亚洲文学的主体之一也呈现出同样的特征。首先，文学的社会功能往往通过意识形态的影响而实现。文学作为一种可持续性保存的文本可以参与到社会意识形态体系的建立中来。晚清中国文学的意识形态功能已经丧失殆尽，新文学的发展是新的意识形态下催生的新形式的文学。王和达认为，在欧洲文学影响中国文学之前，中国就已经是有着完整意识形态的国家。西方文学进入中国之后，意识形态的主流被打破，一种新的意识形态出现的可能性增多。欧洲文学的影响是使得中国文学意识形态丧失的重要因素，也是推动沉寂已久的中国文学推陈出新的原因。

　　实质上，近代中国新的意识形态发生和发展的确与西方文明的介入有直接的关系，但是中国现代文学意识形态的崛起并不能直接归功于欧洲文学的影响。中国新文学运动的开展仅仅是社会变革的有机组成部分，作为社会文化的重要组成部分的文学自然而然的就融合了社会意识形态的功能。这一点尤其能在后期左翼文学时期体现出来。一开始欧洲"这种新的文学批评与这些崛起的现代文学相关的全部理论都是基于欧洲的原则，然而这种衍生关系更多地来自翻译文学作品，来自对欧洲哲学、政治和社会思想的了解。关于欧洲文学理论、批评和历史的直接信息在后来随处可见。"[10]欧洲文学进入亚洲文学的环境，表现出的特点是，欧洲的影响渐渐地渗透到亚洲文化的自然背景之外，根据他们是否与本土意识形态协调，与本土元素是否发生冲突就可以发现他们是否被接

---

10 O.Král-V.Kubičková.M.Novák-D.Zbavitel Z. Černá-B.Krebsocvá-K.Petráček, "It is true that the whole of this new literary criticism and the whole theory relating to these rising modern literatures are based on principles derived from Europe,nevertheless this derivation proceeds more form translated literary works,from a knowledge of philosophical,political and social European thought.Direct information about European literary theory,criticism and history is everywhere of later date." Contributions to the Study of the Rise and Development of Modern Literatures in Asia.VolumeII.Prague: The Czechoslovak Academy of Sciences.1968. p.39.

受。在最初的发展阶段，欧洲文学输入亚洲的是本土从未存在的原则，或者是没有明确界定的形式和传统。"从社会的角度来看，在亚洲传统语言完美的环境下，欧洲文学不仅在主题上，而且在风格和语言上都与其民主形成了鲜明的对比。这种美学现象在风格、主题和体裁的意义上被称为'散文化'。"[11]欧洲文学进入亚洲本土文学，为适应环境的变化，出现了在欧洲文学土壤中不曾被强调的特性，这与接受者的需求相关。在米莲娜看来，这主要是因为中国本土文学本就拥有"散文化"的传统。这一问题在对中国文学结构发展的研究中，米莲娜给出了较为详细的答案。散文化、情节结构单一化等文学新形式并非来源于欧洲小说的传统，而是来源于中国古代文学诗词歌赋的结构习惯。

王和达等人发现了西方文学进入中国本土过程中的变异，质言之，这是因为中国作家作为接受主体的文化有着特殊的需求。中国学者蒋承勇认为："本土根深蒂固的传统实用主义文学观与急于达成'启蒙''救亡'的使命担当，在特定的社会情势下一拍即合，使得五四这代中国学人很快就在学理层面屏蔽了浪漫主义、自然主义、象征主义、唯美主义以及颓废主义文学的观念与倾向。"[12]王和达从西方文学的视角说明了文学进入他国环境所产生的扭曲变化，而蒋成勇则从接受者的角度表明接收外来文学的前提是本土有文学发展的需求，根据需求定制接收文学的模样。郑伯奇也曾在他的著作中传达这样的信息，欧洲的浪漫主义并不适合当时中国社会的境遇，面对革命发展的时代洪流，人们只有哀痛、觉醒、挣扎和彷徨，自然而然，现实主义就自动成为中国文学自主选择的发展道路。[13]显然，布拉格汉学的观点与中国学者达成共识，中国文学的发展具有超强的主动性，从来不是被动地接受任何一个国家的文学，而是主动地汲取自身缺乏的营养。中国文学是在自身具备发展的愿望的前提下，有选择地吸收外来文学的优点。这就决定了中国文学的发展必然是内部动力占主导地位，外部环境的变化占次要位置。

11 O.Král-V.Kubičková.M.Novák-D.Zbavitel Z. Černá-B.Krebsocvá-K.Petráček, "From the social point of view,in the Asian environment of traditional verbal perfection,the European literatures provided a contrast with their democratism,not only in themes but also in their style and language.This phenomenon in aesthetics is termed prosaization,in the sense of style and subject as well as genre." Contributions to the Study of the Rise and Development of Modern Literatures in Asia.VolumeII.Prague: The Czechoslovak Academy of Sciences.1968. p.45.

12 蒋承勇《人文交流"深度"说——以19世纪西方文学思潮之中国传播为例》，载《外语教学与研究》2018年第4期。

13 参见郑伯奇《郑伯奇文集》（第1卷），西安：陕西人民出版社，1988年。

那么，通过布拉格汉学研究可以发现，种种迹象表明，中国文学的突变并非如夏志清、杜博妮等人所言，由西方文学的影响主导，文学形式开始与古代文学断裂形成新的文学传统。普实克等人从古代文学传统中找到诸多现代文学的蛛丝马迹，为的是提醒中国现代文学的研究者，尽量摆脱西方文学影响论的遮蔽，纠正西学决定论的知识性错误。新文学的发生发展归根结底是中国文学主体根据社会发展变化做出的应激反应，白话文学、散文化趋势都是文学主体调动自身文学传统中适应新时代发展的元素转化而来，西方小说进入中国文学界，迫使文学主体发现并适应社会发展的新形势。那么，中国现代文学有着古典文学结构化的影子，随着社会环境的变革，经由外部环境的刺激，发生了文学的突变。这当中包括意识形态的转变，语言学的发展，西方文学的引入等几方面原因。除文学主体的自主选择外，西方文学也就必须成为需要认真讨论的话题。

二、"西方文学影响"——外部环境的刺激

诚然，决定中国文学发展方向的是内部力量的催动，但西方文学是导致中国文学突变的主要影响因素之一，这也是中西比较文学得以形成研究体系的理论根基。普实克认为："也许可以概括地说，亚洲所有的新文学同欧洲文学——同我们所说的世界文学——的关系都比它们同本国旧文学的关系要密切得多。"[14]毫无疑问，普实克肯定了中西文学之间有着极为密切的关系。但是，中国新文学并不是全盘照搬西方文学的模式，而是借鉴其最有价值的一部分。

那么中国文学究竟是否与欧洲文学具有高度的相似性，普实克这样回答："尽管新的中国文学作品在相当大的程度上受到十九世纪欧洲文学的影响——既然不能不考虑到在每一种文学影响发生作用时必然有时间先后的问题——当时的中国所兴起的文学在本质上肯定是更接近于第一次世界大战后的欧洲文学而不是十九世纪的欧洲文学。"[15]抒情主义是中国新文学的主要浪潮。"旧中国文学的主流是抒情诗，这种偏向也贯穿在新文学当中。所以，主观情感往往主宰或突破叙事作品的形式。类似的抒情主义浪潮在第一次大战之

---

14 [捷]雅罗斯拉夫·普实克《普实克中国现代文学论文集》，李燕乔等译，长沙：湖南文艺出版社，1987年，第81页。

15 [捷]雅罗斯拉夫·普实克《普实克中国现代文学论文集》，李燕乔等译，长沙：湖南文艺出版社，1987年，第90页。

后也席卷了欧洲文学，对传统的客观形式也起了同样的分化作用……就这一点来说，古代中国传统和当代欧洲情调共同发挥着作用。"[16]前文中已经提到，唐诗宋词中的抒情元素化作现代文学中的诗化语言，抒情传统在文学中得以重新繁荣，欧洲的浪漫主义嫁接入中国抒情主义传统的土壤中，二者共同为现代文学服务。普实克的观点影响了布拉格汉学家对中西方文学关系的研究方向，传统文学与西方文学共同作用于中国新文学的发展，但这并不能遮蔽中国文学自身的发展特色。事实上，文学革命不能仅仅归结于外力作用，还应存在文学结构中各种力量相互冲突的结果。"用两点概括上述问题：既有内部动力，即文学结构中各个组成部分之间的张力所引起的变化；也有外部因素，如民族矛盾、阶级矛盾、经济变革等带来的变化。"[17]所以民族文学的发展，不能归结于某一种因素导致的必然结果，而是应该综合多方面的因素考虑。由此看来，布拉格汉学研究所秉承的观点要比有些英美汉学家科学客观地多，摆脱了一定的主观文化背景对目标研究的滤镜。

　　具体的作品分析可在普实克的《叶绍钧和安东·契诃夫》中找见，他运用了结构主义方法对叶绍钧和契诃夫的文学作品做了结构上的对比分析。普实克作此文，是为了支持自己的理论也是布拉格汉学学派的主要观点之一，即中国新文学的发展并不是突然出现的，而是经过了由古典文学向现代文学的过渡阶段。普实克认为叶绍钧的小说根植于传统文学的土壤，甚至断定叶绍钧的某些创作技法（弱化环境，直接用对话将读者带入情境）要先进于欧洲："鲁迅和叶绍钧采用的手法，西方某些作家并非没有使用过。有的手法非常相似。如海明威的作品。但是，中国作家的作品的问世，比那些西方作家要早得多。"[18]尽管如此，中国文学还是受到了外国文学的刺激。普实克分析了叶绍钧和契诃夫小说的题材和结构，他认为叶绍钧和鲁迅小说中的对话可能受到契诃夫的启发。为什么会有这种神似之处，普实克也给出了答案："首先，由于相似的生活观，他们描写同一社会阶层，处理方法也相去无几。第二，他们作品突出地运用了很独特、新颖的自由形式，鲁迅也采用了

16　[捷]雅罗斯拉夫·普实克《普实克中国现代文学论文集》，李燕乔等译，长沙：湖南文艺出版社，1987年，第91-92页。

17　[捷]雅罗斯拉夫·普实克《普实克中国现代文学论文集》，李燕乔等译，长沙：湖南文艺出版社，1987年，第195页。

18　[捷]雅罗斯拉夫·普实克《普实克中国现代文学论文集》，李燕乔等译，长沙：湖南文艺出版社，1987年，第202页。

这种形式，我们把这种形式概括为一种尽量降低，甚至取消情节在小说中作用的形式。"[19]在普实克的这篇文章中，最有价值的观点莫过于点出了契诃夫小说的独特性，他认为："有个有趣的现象，欧洲的中国文学学者和中国自己的批评家，都没有从叶绍钧短篇小说中分析出他的独创性，只看到他的同代作家由于模仿欧洲十九世纪散文从已形成的文学潮流中分化出来。我们不必过多追溯历史便可以找到其原因。"[20] 一方面，普实克反对过分强调西方文学对中国文学的影响作用，他认为欧洲文学与中国文学产生相似性的原因是中国传统文学中的表现手法与欧洲文学具有同质性。现代中国作家与欧洲作家的联系并不能归因于欧洲文学对中国文学的直接影响，而是中国传统的写作方法与欧洲现代文学的表现手法接近。如前文所述，晚清小说已经出现重视叙述者的作用，简化情节和第一人称叙事等新的文学创作方法。实际上，"传统的力量使叶绍钧和鲁迅在某些方面表现得比俄罗斯作家更现代化，其特点之一，正如鲁迅和叶绍钧所说的那样，重视叙述者的作用。大多数小说都让叙述者同他们发生关系，或直接用第一人称写，他使我们倍感亲切。而契诃夫则显得与读者有一定距离。海明威也有这个特点。"[21]如此看来，如果说米莲娜通过分析古代文学的结构传统得出中国现代文学延续了古代文学的特点的结论，那么普实克则通过比较文学研究证明了中国文学模仿欧洲文学的理论前提在于传统文学与欧洲文学具有相似之处。这样欧洲文学进入中国学界就有了肥沃的土壤和宽松的接受环境。那么，所谓外部环境的刺激就指的是欧洲文学在中国近代"全盘西化"的学习浪潮中，唤起了本民族文学同类特质的共鸣，融合欧洲文学创作方法的新文学就应运而生。

在《亚洲文学的发展与复兴》中，王和达将中国文学视为亚洲文学史的有机组成部分，主要从历史发展的角度来进行比较文学研究，其中涉及政治、经济、语言和意识形态等诸多领域。试图从多个角度来观测亚洲文学的发展轨迹。其研究重点主要放在亚洲各国文学的共同特征上，对各国之间的差异

19 [捷]雅罗斯拉夫·普实克《普实克中国现代文学论文集》，李燕乔等译，长沙：湖南文艺出版社，1987年，第205页。

20 [捷]雅罗斯拉夫·普实克《普实克中国现代文学论文集》，李燕乔等译，长沙：湖南文艺出版社，1987年，第208页。

21 [捷]雅罗斯拉夫·普实克《普实克中国现代文学论文集》，李燕乔等译，长沙：湖南文艺出版社，1987年，第209页。

并没有过多探讨。那么，西方文学进入中国文学界的具体发展过程如何。首先，西方文学传播的载体是中国的新知识分子，"新文学与新知识分子无处不在；在这个阶层形成的过程中，这是一个基本要素，通常是最主要的要素，他们最开始也是最强烈地意识到变革、复兴和现代化的必要性，这个阶层最先感受到欧洲的影响。[22]"近代中国被动地向世界敞开大门以后，中国的精英阶层开始有机会接触西方社会的思想理念，有些更是有着丰富的留学经历，其主要目的是为了寻找一条适合中国社会发展的道路。在这一过程中，文学作为反映社会发展现状，传递启蒙思想的一种手段，自然而然的就被知识分子带入中国。"例如，在中国，这种情况很少可以追溯到五四运动之前，而在二十世纪三十年代，各种深浅不同的个人主义成为一种基本的文学潮流，从无政府主义反抗到颓废的主观主义；个人的解放和对生活欲望的满足成为当时文学的主题。"[23]虽然如此，在王和达看来，欧洲文学却不是以真实的面貌在亚洲文学当中出现的。"欧洲进入亚洲国家时的文献显示了这些'欧洲'信息是多么的不完整。欧洲的思想和文学从未以真实的形式出现，他们是不完整和扭曲的，这取决于那些传递信息的人能够了解欧洲模式的程度。[24]"其中原因之一就是翻译作为语言转换的主要手段，在文学思想传递的过程中出现

---

22 O.Král-V.Kubičková.M.Novák-D.Zbavitel Z. Černá-B.Krebsocvá-K.Petráček,"Everywhere the new litcraturc is linked with the emergence of a new intelligentzia; it is a fundamental element, often the predominant one, in the process of formation of that stratum which first and most strongly becomes aware of the need for change, the need for renaissance and modernization, the stratum which is first to feel the impact of European influences." Contributions to the Study of the Rise and Development of Modern Literatures in Asia.VolumeII.Prague: The Czechoslovak Academy of Sciences, 1968. p.61.

23 O.Král-V. Kubičková.M. Novák-D. Zbavitel Z. Černá-B. Krebsocvá-K. Petráček, "In China, for instance,hints of this attitude can be traced before the way the Forth Movement only rarely,while in the twenties the thirties various shades and degrees of individualism became a basic literary trend, from anarchist revolt down to decadent subjectivism;the liberation of the individual human being and the satisfying fulfilment of his life's urge became thc cardinal theme of the literature of the time." Contributions to the Study of the Rise and Development of Modern Literatures in Asia.VolumeII.Prague: The Czechoslovak Academy of Sciences, 1968. p.45.

24 O.Král-V.Kubičková.M.Novák-D.Zbavitel Z. Černá-B.Krebsocvá-K.Petráček,"The literature of Europe as it found its way into the Asian countries shows how partial this 'European' information was.European thought and literature never appeared in their true form,but incomplete and distorted,depending how far those who transmittcd the information were able to get to know the European model." Contributions to the Study of the Rise and Development of Modern Literatures in Asia.VolumeII.Prague: The Czechoslovak Academy of Sciences.1968,p.46.

了多重扭曲。另外，由于文化历史背景的冲突，欧洲模式本就在中国无法落地生根，持续发展。"最大的扭曲可能发生在中国，那里的本土传统遭到了最大程度的抵制。失真也有多种形式，出现在不同的层面（质量方面）。最初的哲学和文学趋势在移植到一个陌生的环境（它们的功能发生变化时）获得了不同的意义。此外，这些趋势的内在连续性经常被打破，因为它们脱离了欧洲思想的逻辑发展，失去了历史基础。"[25]中国作为一个具有极强延续性的文明古国，当有外来文学进入中国的时候，最有可能发生重大的变化。王和达认为西方文学之所以在中国遭到了本土文学传统的强烈对抗，主要原因在于文学在传播的过程中出现了扭曲和误读。这样就失去了原有的文化根基。最终导致中西文学之间的对抗。实际上，世界上任何一种民族文学、民族文化在传播过程中一定会发生一定程度的扭曲。但扭曲并不是"原罪"，不同文学之间互相耦合出现融合和对抗是世界文学发展的必然趋势。所以，如果从世界文学的角度来看，中西文学之间的对抗是推动新文学发展的根本原因。一个具有源远流长文学传统的民族是不可能全盘接受或者全盘复制另外一个文学发展系统的，这是一个不争的事实。

另外，在王和达看来，造成中西文学之间对抗的另外一个原因是传播者与被传播者之间的阶级对立矛盾。在最开始的阶段，新知识分子可能是新闻学的唯一创造者，同时也是传播者，中国就是一个典型例证。新文学的广阔腹地是由资产阶级中受过良好教育的人提供的，官僚阶层中少数开明的人是国家内部的决定性力量。也正因为如此，王和达认为，由于现代文学是由精英阶级最先发起并推动的，在本土化发展的过程中，势必由于受众的限制而遭到本土文学的抵抗。市民文学有着更为广泛的群众基础，所以在一开始，亚洲新文学的发展是非常缓慢的。斯洛伐克科学院学者杜山认为："在中国和日本，大家庭是社会阶层的等级组织，但在它们中，即使在受到影响之前，

25 O.Král-V.Kubičková.M.Novák-D.Zbavitel Z. Černá-B.Krebsocvá-K.Petráček,"the greatest distortion was probably in China,where the native tradition put up the greatest degree of resistance.Distortion also takes various forms and appears at different levels/the qualitative aspect/.The original philosophical and literary trends acquire a different meaning when transplanted to an alien situation/the context within which they function is changed.In addition the inner continuity of these trends is often broken as they are removed from the logical development of European thought and lose their historical grounding." Contributions to the Study of the Rise and Development of Modern Literatures in Asia.VolumeII.Prague: The Czechoslovak Academy of Sciences, 1968.p.46.

危机的强烈迹象也是显而易见的，表明内部存在弱点和变革的趋势。那么，我们似乎可以把这种情况概括为内部危机和本土体系的解体，而不是欧洲的影响直接引起，欧洲的影响只是起到暴露和加速的作用。"[26]所以从社会发展的角度上说，近代中国处于封建社会到现代社会转型的时期，社会内部冲突剧烈，阶级矛盾已经到了不可调和的境界，革命是社会发展的必然趋势。这种氛围下，欧洲文化的进入只是社会崩坏转型的催化剂，加速了中国现代化的脚步和进程。这并不意味着欧洲文学决定了现代文学的产生和发展，西方文学只是扮演了助推手的角色。

　　王和达从一个传播学的视角来探讨中国文学在世界文学中的地位，他没有单纯的将视角局限于中西方文学两个狭隘的领域，而是将中国文学作为亚洲文学的重要组成部分来观察西方文学对整个亚洲文学的影响。如此一来，中国文学的主体性地位得以被更好地彰显。近代西方文学影响了亚洲文学，在王和达看来这是毋庸置疑的，但是在影响程度上，王和达则持较为保守的意见。他认为西方文学进入亚洲文学体系开始要进行一个水土适应的过程，主要原因在于意识形态的差异所导致的与本土文学之间产生的对立冲突。所以在很长一段时间里，西方文学对亚洲文学的影响是微弱的。在经历了一定的适应期之后，新的问题出现了，即翻译带来的文学面貌的扭曲，这就使得西方文学进入中国的时候，并不是以本来面貌示人，更多是通过翻译者的再创作输出自己的观点。在王和达看来，这种扭曲在中国并不少见，中国本土文学有一套延续上千年的历史发展传统。在这样一个强大的连续文化的根基下，西方文学脱离本土历史的土壤，进入新的领域之后很难得到长足的发展。

　　可见，布拉格汉学学者就中西文学关系问题有着一致的立场，即推动本土文学走向新文学的根本原因并非是欧洲文学的影响，根本原因在于本土文学体系已经不能够满足社会发展的需要，此时外国文学的进入和影响加速了这个过程。此外，亚洲文学这个概念在今日学术界并不陌生，据莫言所说，

---

26 O.Král-V.Kubičková.M.Novák-D.Zbavitel Z. Černá-B.Krebsocvá-K.Petráček "In China and Japan, the big family, with hierarchical organization of the social strata,but in them,too,even before the impact,strong indications of crisis are apparent,of internal weakness and a tendency towards changes and reforms.It would seem,then,that we can sum up the situation as one of internal crisis and disintegration of native systems,not directly evoked bu the European impact,but only exposed and accelerated." Contributions to the Study of the Rise and Development of Modern Literatures in Asia.VolumeII.Prague: The Czechoslovak Academy of Sciences.1968. p.13.

"世界文学之一环的亚洲文学"[27]构想由大江健三郎提出，意在于亚洲国家一起创作亚洲的文学，构建具有洲域特色的东方文学体系。实际上，布拉格汉学家早在上个世纪四五十年代就提出了亚洲文学的概念，这是从其它洲域研究者的角度将亚洲所有国家的文学视为一个整体，这其实是基于地理学上的殖民主义的分类。在《亚洲文学的发展与复兴》中，王和达等人表达了对亚洲人民解放运动的同情，亚洲文学之所以成为一个文学命运的整体，是因为近代以来西方殖民主义的侵略，催发了亚洲各国产生了风起云涌的革命运动，这就使得亚洲文学共同滋生了反抗殖民主义的情绪。这样一致的情绪反映在文学创作当中就形成了具有鲜明特色的亚洲文学。于是新文学就这样产生了，作为亚洲文学的典型代表，中国文学有着和其他亚洲国家文学一样的特征。布拉格汉学家将"亚洲假定成在某种程度上是一个统一的整体……这种统一的根源不是过去，而是现在，甚至是将来。这意味着这种统一不是由于过去亚洲的本土传统之间的明显相似和类比，而是这些相似转变的未来前景的类比。因此，在这里强调各个国家和地区审美观念的明显差异是没有意义的，这个问题还没有得到充分的研究。"[28]在王和达等人看来，中国现代文学代表亚洲文学的总体发展趋势，在当时亚洲掀起的社会变革运动，使得本土文学本能地与欧洲外来文学形成了对抗趋势，而本土文学的土崩瓦解是在社会革命的大背景下，知识分子寻求社会发展出路的结果。显然，中国现代文学的发展也出现了这样的趋势。新文学在与旧文学焦灼的斗争中，最终登上了历史舞台。

总之，与其他汉学家不同，布拉格汉学学者并没有将视点聚焦于西方文学强大的主体影响力上，而是客观地评价西方文学在传播发展过程中遇到的瓶颈和阻碍。他们认为经过中国本土文学的冲击，西方文学自身在进入东方文学市场时被迫出现了形变，这就使得西方文学不再"西方"，反而迎合了亚

---

27 参见莫言《作为世界文学之一环的亚洲文学》，载《艺术评论》2010 年第 6 期。

28 O.Král-V.Kubičková.M.Novák-D.Zbavitel Z. Černá-B.Krebsocvá-K.Petráček,"Our comparative efforts assume bu the requisite degree of analogy that Asia is to some extent a unity.The article on aesthetic principles shows best that the source of this unity is not in the past but in the present,or even in the future.This means that this unity is not due to marked affinity and analogy between the autochtonic traditions of the Asian lands in the past,but in the analogy of the future prospects of these analogous transformations.There would thus be little point here in stressing the obvious differences in the aesthetic conceptions of the individual countries and areas.The subject has not yet been sufficiently studied." Contributions to the Study of the Rise and Development of Modern Literatures in Asia.VolumeII.Prague: The Czechoslovak Academy of Sciences, 1968. p.77.

洲各国本土文学的需求。那么，此时的欧洲文学就不再处于强势的主导立场，反而变成"为我所用"的舶来品。显然，布拉格汉学家们省去了西方文化的傲慢，而是谦卑地体察西方文学的主体性在进入异域文化时的弱势地位，不得不通过改变自身与目的国家冲突的基因以迎合传播发展的需要。即便如此，西方文学也并没有撼动中国文学的根基，古典文学传统的影响仍在中国现代文学发展史上处于重要地位。

第二节　"文学间性"理论指导下的比较文学研究

尽管高利克认为："布拉格汉学派与此前苏联和捷克斯洛伐克的众学派有所不同。俄国形式主义和布拉格结构主义都有自身的信条、文学研究方法和既定的学术研究目标。普实克除了在自己专攻的中世纪大众文学研究、叙事艺术方面外，其他方面都任学生自由发展。"[29]但实际上，普实克的学生们在理论范式与研究方法上受其导师影响颇深。其理论不仅来源于 20 世纪早期的俄国形式主义和布拉格结构主义以及马克思主义，也得益于东欧独特的地缘政治环境、多元的文化身份背景与布拉格批评家们各自的个性。高利克就是这样一个批评家，他的比较文学理论多来源于布拉格文艺理论家朱立申。

前文已经用了大量篇幅来说明中国文学传统为现代文学发生打牢了基础，西方文学使得中国现代文学的发展如虎添翼。那么西方文学究竟如何影响中国文学的发展，高利克从"文学间性"的理论角度给出了详实的答案。"文学间性"是"世界文学"概念下的一个理论问题。"文学间性"的定义可以在高利克的文章《世界文学与文学间性——从歌德到朱立申》中找到其详细内涵，"'世界文学'是全世界文学的总和，不在于总的数量，而在于它们在文学间进程中系统—结构事实中的相互关系和相似之处。由于其更深、更广的相互语境，这种文学间性正在可能的最高水平上将上述所有其他种类结合起来。"[30]也就是说在文学间进程的领域，在文学间关系和相似之处的领域，在文学共同体的领域都存在"文学间性"的问题。高利克利用这一理论着有多部作品，如他的著作

---

29 马立安·高利克《捷克与斯洛伐克汉学研究》，李玲等译，北京：学苑出版社，2009 年，第 198 页。

30 [斯洛伐克]玛利安·高利克《世界文学与文学间性——从歌德到杜里申》，载《厦门大学学报（哲学社会科学版）》2008 年第 2 期。

《中德跨文化交流研究》就是从文学间进程中来考察中国文学与德国文学之间的关系，并从历时的角度研究中德文学发展历程的典型案例。

实质上，高利克研究的重点在分析外国文学如何影响中国现代文学的发展轨迹这一问题上。研究中国现代文学应突破文本结构，放之以超语境的背景下分析中西文学之间的对抗交融历程。正如高利克在《中西文学关系的里程碑》中所说的那样，"论文作者认为必须研究一切有关的语境：中国文学的语境和所谓的超国家的语境，因为只有在这样的基础之上我们才能研究各国文学间进程的各种特点及这一文学间过程的实际结果。"[31]根据前文对王和达的研究可知，西方文学进入中国是一个扭曲、变化和选择的过程。高利克在书中运用起源——接触关系的研究要多于研究文学类型相似性的研究，这是为了确定中国现代文学所处的"环境"的时空特质，强调接受——创造过程中民族文学接受语境的选择作用。也就是说，环境对文学发展的促进作用是重点考察的对象，这是基于马克思主义理论的方法论之上，认为文学反映社会发展的变化，社会环境变迁也自然对文学具有反作用。这样，就可以更好地揭示中国文学语境接受外国文学的条件以及如何吸收改造西方文学元素并引入中国文学体系当中。

一、"文学间性"的理论内涵

文学间性和文学间进程是高利克比较文学研究的理论基础，这一理论源自捷克理论家朱立申。要想深入研究高利克的比较文学阐释模式，就要先从朱立申的"文学间性"理论讲起。

朱立申是何许人，高利克曾专门对其理论在国际间的接受度进行研究。Dionýz Ďurišin（1929-1997）[32]是斯洛伐克比较文学家、文学理论家。曾与前捷克斯洛伐克学界有着密切地联系，是一位家喻户晓的斯洛伐克学者。从高利克的比较文学研究中，可以时刻看见朱立申比较文学方法论的身影。朱立申的比较文学理论主要来自布拉格结构主义思想，穆卡洛夫斯基对他有着较为深远的影响。他在比较文学研究著作中写道，对抗性结构的方法并非来源于文学之间的比较研究。"其最初阶段的标志是捷克结构主义创始人穆卡洛夫斯

---

31 [斯洛伐克]马立安·高利克《中西文学关系的里程碑》，伍晓明、张文定等译，北京：北京大学出版社，1990年，第4-5页。

32 参见 Marián Gálik.The Slovak Comparativist, Dionýz Ďurišin,and his International Reception.Word literature studies.2009.1.

基的努力，一方面是界定文学现象的具体独立性质，另一方面是构建一个关于文学发展中艺术手段创新的论题。"[33]由此看来，高利克极为肯定和推崇的比较文学理论家朱立申实质上是布拉格结构主义影响下的文学理论家。这同时也证明了布拉格汉学在发展后期，虽然开始转向比较文学方法研究中国文学，但其理论渊源并没有离开布拉格学派的范畴。下面开始讨论"文学间性"的内涵。

什么是"文学间性"，其实就是文学间的间隔性，朱立申认为："文学间性是指在最初的区域或地区以及在过去的几个世纪里，全球范围内的文学发展过程，它忽略了文学中纯粹的种族或民族（或定义其个性或个人品质的要素），而关注跨种族、跨民族以及最近整个地理文学的发展。它涉及文学影响和文学反映的所有可能。"[34]也就是说，文学间性像是不同民族文学之间的交际关系。它不关照单一民族文学的纯文学特点或组成方式，而是必须将文学放入多个国家和民族的文学语境当中。高利克认为，"从本体论上讲，文学间性比文学性更重要。由于它们的'劳动分工'，他们是截然不同的实体：虽然文学间性总是包含文学性，但反之则不然。"[35]这是文学间性理论的先进性所在，"从认识论的角度来看，在比较文学中的范围、内容和各种表现形式的特征的领域，文学间性以及文学间进程问题没有文学性问题研究得透彻。它最重要的特征之一是其隐含的过程特征，即民族或国家框架内的一系列相关文学事实预设了文学发展过程中的时空变化。"[36]

---

33 Dionýz Ďurišin, "Its initial stages were marked by the endeavour of the founder of Czech structuralism, Jan Mukařovský,on the other hand to define the specific independent nature of the literary phenomenon and on the other to construct a thesis of the innovation of artistic devices in the development of literature."Theory of Literary Comparatistics.Bratislava: The Slovak Academy of Sciences, 1984.p.45.

34 Marián Gálik ," Interliterariness is concerned with that part of the process at first regional or zonal and in the last centuries global which leaves aside the purely ethnic or national aspects of literatures（or the aspects that define their individualities or individual qualities） and focuses on the trans-ethnic,trans-national,and lately on the geoliterary development as a whole.It involves all possibilities of literary impact and response." Interliterariness as a Concept in Comparative Literature. CLCWeb: Comparative Literature and Culture, 2000.

35 Marián Gálik, "Ontologically speaking,interliterariness is secondary to literariness.Because of their 'divison of labour'they are distinct entities: Although interliterariness always comprises literariness,the reverse is not always the case." Interliterariness as a Concept in Comparative Literature. CLCWeb: Comparative Literature and Culture, 2000.

36 Marián Gálik, "From an epistemological point of view,the question of interliterariness-its scope,contents,and characteristics of its various manifestations in comparative literature,that is, in the interliterary process-is not as deeply studied as questions concerned

　　基于此，文学间性就需要在研究文学时被充分地考虑和研究。一个文学事实或文学现象就成为文学间进程的一部分，同时也成为了文学间性的基本要素。在这个规则作用下，每一种文学都与它发生了交互影响。在此基础之上，文明社会的多元化演进，导致世界各国产生了丰富多样的民族文学，随着科技文明的飞速前进，人类族群逐渐走向命运共同体的道路。文学之间的交流影响使得世界文学的概念逐渐形成。朱立申认为，"'文学间性'作为一种超越了个体文学的民族、种族界限的文学品质，在文学间性社区（或公共财富）领域得到了传播。[37]"这种传播之后的结果自然是吸纳融合外来文学特质，使其最终成为本民族文学特质的一部分。由于不同民族之间相互影响的程度很深，外来民族文学对本国民族文学的影响主要体现在两个方面，一是接受外来的冲击波并将其整合到自己的接收结构当中，通过过滤和整理这些刺激因素，之后选择最方便吸收的元素纳入。文学间性是文学在国际和民族间领域的基本概念，这一理论的应用有待实现。最为重要的是，它是一个随时间和空间变化的可进化概念，这样一来就需要对新的理论和方法进行更进一步的认识和理解。

　　那么，"文学间性"就成为高利克在世界文学概念下研究中西文学关系的一个必要思路，这当中包括中西文学之间的接触关系。在这里，世界文学的概念被默认为一个系统，通过遗传——接触等方式形成了相联系的文学现象，这样就创造了文学之间的统一性。遗传——接触关系完美诠释了文学发展的时间和空间的延续方式，世界文学也正因为遗传——接触关系而成为了统一体。"作为文学和历史的全部或整体的世界文学之最终形成过程，是由遗传——接触关系、类型学上的相似性、文学间共同体或联合体等几个方面共同作用的结果。世界文学的存在依赖于我们所拥有的文学知识以及'文学间进程'"。[38]将这种方法

---

with literariness.One of the most important features of interliterariness is its implied or implicit processual character,a systematic series of related literary facts within the ethnic or national framework presupposing the temporal and spatial changes in the course of their literary development." Interliterariness as a Concept in Comparative Literature. CLCWeb: Comparative Literature and Culture, 2000.

37　Marián Gálik, "Interliterariness as a quality of literature surpassing the confines of national,ethnic of individual literatures,according to Dursin,finds its broadcast implementation in the field of interliterary communities（or commonwealths）." Interliterariness as a Concept in Comparative Literature. CLCWeb: Comparative Literature and Culture, 2000.

38　[斯洛伐克]马立安·高利克《论 1992-2015 年间"世界文学"概念的界定》，牛光忠、刘燕译，载《江汉论坛》2016 年第 2 期。

用之于评价中国文学的总体发展进程中，高利克认为，自 1918 年之后，与前 3000 年相比，中国文学的创作经历了实质上的飞跃。它倾向否定过去传统的大部分价值，而逐渐转向加入世界文学的发展历程中。这与白话文运动替换了文学语言的形式，小说地位的攀升有着直接的关系，因为这些变化更适应现代化的需要，并且为文学交流环境的改变创造了有利条件。

　　然而，在高利克看来，这种改变不能仅仅归结为由人类思想领域新观点的流行引起，中国近代社会最重要的任务是社会转型，由农业文明向工业文明的转型需要的不是哲学领域的进步。所以尽管文学领域开始兴起一股抒情主义的风潮，但并没有改变现有中国哲学或文学艺术的结构。伴随着工业文明不断输入进中国社会，西方文学就顺利地进入中国文学界。高利克体察不同文学间的动态趋势，认为西方文学对中国文学的作用力正是文学间进程的表现。"'影响'就好像是来自作为发送者一方的文学的一个刺激，这一刺激在作为接受者的文学中被'勾销'和'克服'，以便它能够在这一文学中被创造性地保存下来。当然，是以另一种形式保存下来"[39]。所以西方文学向东方传播的影响力实际上限制于本土文学结构的需要和接受主体的创造能力。近代中国社会环境的复杂度造成了西方文学在中国大地上的"勾销"和"克服"。不仅如此，在中国走上社会主义道路之后，社会主义文学在高利克的研究中就不仅仅是单一国家的孤立文学，而是社会主义阵营文学共同体的一员，"基于此就有一些社会主义文学的更进一步的具体特征，社会主义国家的文学共同体和一般的社会主义文学形成了一个具体的文学间综合、统一的整体，这是中间过程的一个质的新的组成部分，甚至可以解释为与非社会主义文学的发展路线相反。"[40]这样看来，具有相同意识形态的民族文学团体之间就通过文学之间的耦合关系而形成了具有群体特色的新文学。

　　那么，"文学间性"就等同于影响关系吗？"文学间性"究竟与"影响"之间有什么关系呢？实际上，"影响"这个概念，朱立申并非完全认同，"坚

---

39 [斯洛伐克]马立安·高利克《中西文学关系的里程碑》，伍晓明、张文定等译，北京：北京大学出版社，1990 年，第 6 页。

40 Dionýz Ďurišin,"It follows from these and some further specific features of socialist literature that the community of the literatures of the socialist countries and socialist literature in general forms a specific interliterary synthesis, a unity and a whole, which is a qualitatively new constituent of the interliterary process and which can be interpreted even in opposition to the line of development of the non-socialist literautres." Theory of Literary Comparatistics.Bratislava: The Slovak Academy of Sciences, 1984.p.307.

持用‘影响’一词进行比较研究，意味着主要处理狭义的文学作品起源问题，忽视文学传统元素在新作品中发挥作用的功能。坚持‘影响’主要是为了引起人们对新作品来源的注意，而新出现的文学单位一般都是从这些来源追溯的，但同时却忽略了它的功能性和特殊性。"[41]也就是说，朱立申之所以强调"文学间性"而不强调"影响研究"主要是为了避免忽视研究主体的传统，这也正符合布拉格汉学家对中国现代文学的一贯认识。过分强调欧洲文学对中国文学的影响，就会忽视中国现代文学的主体性，进而忽视中国传统文学的遗传性作用。实际上，"影响"的词义常具有单向意指性，而"文学间性"的词义则包含双向的共同作用，是一个更趋于中性的词语。在具体的文学作品分析中，高利克将这种"影响"视为接触关系的一种。如他认为："小说和诗歌创作领域内的情况也是一样，影响和刺激同样是从外国民族文学领域中来的。例如，我们也许不难指出丁玲的第一批短篇小说与福楼拜的小说《包法利夫人》和莫泊桑的小说《我们的朋友》之间的接触点。"[42]由此看来，接触关系要比影响研究更加的具体和客观。

总之，"文学间性"理论的提出帮助了布拉格汉学学者利用比较文学研究的方法分析中国文学史。这套理论体系包括共时的接触关系研究和历时的遗传关系研究，它能够全方位、多角度地观察中国文学，促进了中国文学史研究的发展。

二、文学间的"遗传——接触关系"

中国文学和西方文学之间产生互相影响关系的前提是二者产生了实质上的接触关系。就文学之间的接触问题，朱立申对它的内涵做了详细的论证，首先，"文学历史比较实践的经验观察不可避免地使我们在方法上区分不同的文学间接触的表现形式，如各种报道和提及其他国家的文学、作家和文人之

---

41 Dionýz Ďurišin,"To persist in the field of comparative research with the term 'influence' means to treat primarily the narrowly conceived problem of the genesis of the work of literature and to ignore the functionality of the elements of literary tradition which have played their part in the new work. To insist on 'influences' draws attention primarily to the sources of the new work from which the newly appearing literary unit is generally traced, but at the same time neglects its functionality and specificity." Theory of Literary Comparatistics.Bratislava: The Slovak Academy of Sciences, 1984.p.160.

42 [斯洛伐克]马立安·高利克《中西文学关系的里程碑》，伍晓明、张文定等译，北京：北京大学出版社，1990 年，第 337 页。

间的实际接触、外国文学现象的文学批评和文学历史研究等。"[43]如果在具体的文学关系中有以上几种典型的接触现象，那么文学间的接触就不再是本土文学内部的文学现象，这些接触就说明了本国文学产生了与外国文学接触的可能性，这就促进了内部文学的变革和文学形式的进一步发展。那么在此语境下，比较研究就显得尤其重要。

那么如何进行比较文学分析呢？朱立申也给出了自己的答案，"在比较分析的第一阶段，我们被等价现象的关系线所引导，即被相似原则所引导，在更进一步的阶段，我们被差异原则所引导。相似性原则的应用使我们能够对文学间进程中的个别文学现象进行分类，也就是说，我们在不同的时期重建了文学间关系的形式。优先考虑通过相似性原则进行分类分析的简化概念，在比较文学中被称为"影响"或"生存"——即比较文学研究中"寻求影响"方法的决定性范畴。"[44]所以，布拉格汉学学者主要还是从影响关系的角度来探讨中西文学之间的接触。这就首先需要把众多接触关系分门别类，朱立申将其分为两类，分别是外部接触和内部接触，二者的区别不仅决定了比较文学研究的研究方法和实践方法，还影响了研究程序和研究结果。

外部接触是研究文学与外部世界联系的重要手段，所谓的"外在接触"研究包括"研究有关文学关系的作家传记材料，各种报告、参考书、外国文学研究、书评、笔记等等，以及那些仅仅具有'信息作用'、而并不满足当时

---

43 Dionýz Ďurišin,"The empirical observations of literary-historical comparative practice inevitably lead us to distinguish methodologically those manifestations of interliterary contacts such as various reports and mention of the literatures of other countries, actual contacts between writers and persons of letters, literary critical and literary historical studied of phenomena of foreign literatures, and so forth." Theory of Literary Comparatistics.Bratislava: The Slovak Academy of Sciences, 1984.p.107.

44 Dionýz Ďurišin,"In the first stage of comparative analysis we are quided by the line of relationship of equivalent phenomena, that is by the principle of resemblance, in the further stage by the principle of difference.The application of the principle of resemblance enables us to classify the individual literary phenomena of the interliterary process, that is to say we reconstruct the forms of interliterary relationships at different periods.The result of a simplified conception of classificational analysis, giving precedence to the principle of resemblance, is known in comparatistics by the familiar term 'influence' or survival – the determining category of the "influence-seeking" method in comparative literary research." Theory of Literary Comparatistics.Bratislava: The Slovak Academy of Sciences, 1984.p.119.

作为接受者的中国文学的需要的翻译作品。"[45]这就是杜立申所谓的"接受"和"存留"。所以在高利克的研究中，对作家的传记研究主要集中在与文学相关的创作活动中，如文学读物、教育背景、手札、个人日记等等。他认为这些活动深深地影响了作家的创作轨迹。杜立申认为："我们关注的是众多形式的传记和书目信息分类。这种分类的历史有效性和价值取决于学者的个人能力，即通过对材料的分类来识别信息功能性质的能力。在大多数情况下，这部作品如果属于辅助传记和书目研究领域，就可能为更深入的研究提供基础，或者它可能是运用文学历史材料重建一般历史或文化亲缘关系的作品。[46]"在朱立申的理论体系中，传记批评可以成为比较文学研究中的辅助工具，它能够帮助研究者了解更多不同文学之间的接触史，从而构建不同国家文学之间的影响路径。所以传记形式特别被朱立申提及为文学间外部接触的重要表现形式。此外，内部接触方法与外部接触方法同样重要。"所谓内在接触是那些可能影响了作为接受者的中国文学结构的接触。这些形式不同的内在接触可以分为两类：综合（回忆、借鉴、相似、释意、用典）和差异化（滑稽模仿、有意曲解模仿）。这种影响—反应的结果始终是一个复杂的系统—结构单位，"[47]如此看来，"内部接触方法如果不被坚持，就会隐藏过度简化和不一致的危险。然而，就其本质而言，它考察了实际的文学关系，并由此得出文学比较学的功能性所在。"[48]总之，内部接触与外部接触指的是不同国家文学间的交

---

45 [斯洛伐克]马立安·高利克《中西文学关系的里程碑》，伍晓明、张文定等译，北京：北京大学出版社，1990年，第334页。

46 Dionýz Ďurišin,"we are concerned with the numerous forms of biographical and biblio-graphical classification of information. The historical validity and value of such classifi-cation depends on the individual ability of the scholar to identity the functional nature of information by his classification of material. In most cases this work belongs to the field of auxiliary biographical and bibliographical studies, which potentially provide a basis for a profounder research, or it may be work employing literary-historical material in the endeavor to reconstruct general historical or cultural affinaities." Theory of Literary Comparatistics.Bratislava: The Slovak Academy of Sciences, 1984.p.110.

47 [斯洛伐克]马立安·高利克《中西文学关系的里程碑》，伍晓明、张文定等译，北京：北京大学出版社，1990年，第335页。

48 Dionýz Ďurišin, "It is clear that the internal-contactual approach when not pursued con-sistently conceals the danger of impermissible over-simplification on the one hand and that of inconsistency on the other. Yet by its very nature it examines actual literary rela-tionship and it is in the results which it attains that the functional nature of literary com-paratistics lies." Theory of Literary Comparatistics.Bratislava: The Slovak Academy of Sciences, 1984.p.120.

流状况，所谓的外部接触主要体现在相关领域的学者对外国文学的引介研究，这当中就包括翻译，书评等等。内部接触则更为直接，指的就是作家个人在文学作品中引用、模仿等一系列借鉴手法，也就是所谓的影响关系。比较文学研究中，各方学者大都不能脱离这两种研究路线。

　　高利克在具体的作品分析中，就分别从外部接触和内部接触两个方面来描述中西方文学之间的关系。比如，研究鲁迅翻译西方文学对自身写作的影响，"《红花》与《四日》相比更接近鲁迅自己的创作。也许鲁迅欲藉《四日》的翻译回答他自己的有关'恶声'"的问题，以及有关他的自我之特征的问题。"[49]这是一种典型的外部接触的方式，鲁迅翻译了一些与自己写作相关的著作。从翻译外国文献到自己创作的历程完成了文学间外部接触的过程。再比如，对鲁迅日记的研究有："谢曼诺夫曾仔细地研究了鲁迅 1912 年至 1917 年的日记。根据他的看法，鲁迅没有提到过当时的中国文学。"[50]另有对鲁迅所做论文的研究："鲁迅在写于 1907 至 1908 年的论文中从未提及可凭概念之助而认识的真理，而仅仅提到严肃、真诚的真理，认为它是一种判断形式（真理）。这使人想到康德。"[51]除论义、日记、翻译这类具有"信息作用"的材料成为高利克研究中西文学之接触关系的材料库之外，作家的个人阅读经验也成为了一种重要的外部接触形式。如，为了观察郭沫若的文学创作思想的变化，高利克关注了作者接触外国文学的时间。具体例证为，在对郭沫若的研究中，高利克将传记批评方法内化在比较文学的视野当中，"郭沫若写《影与梦》时正沉浸在泰戈尔的诗中。他从 1915 年下半年开始读泰戈尔的英文诗，尽管他可能也熟悉这位伟大的印度诗人的日文译本：《泰戈尔杰作选集》。"[52]"如《新月》、《园丁》、《吉檀迦利》、《迦比尔诗百首》、《暗室王》、《迷途之鸟》、《情人的礼物》。"[53]由此可见，外部接触关系是高利克近年来研究关注的重点，其理

49 [斯洛伐克]马立安·高利克《中西文学关系的里程碑》，伍晓明、张文定等译，北京：北京大学出版社，1990 年，第 23 页。

50 [斯洛伐克]马立安·高利克《中西文学关系的里程碑》，伍晓明、张文定等译，北京：北京大学出版社，1990 年，第 28 页。

51 [斯洛伐克]马立安·高利克《中西文学关系的里程碑》，伍晓明、张文定等译，北京：北京大学出版社，1990 年，第 28 页。

52 [斯洛伐克]马立安·高利克《中西文学关系的里程碑》，伍晓明、张文明等译，北京：北京大学出版社，1990 年，第 52 页。

53 [斯洛伐克]马立安·高利克《中西文学关系的里程碑》，伍晓明、张文定等译，北京：北京大学出版社，1990 年，第 52 页。

论基础来源于他的老师普实克以及朱立申的比较文学理论，他的研究中强调作家所处的社会历史背景与作家的文学作品之间的关系，也就是说，作家的生平经历在一定程度上影响了作家的创作。

　　除高利克之外，布拉格汉学学派这类的研究不胜枚举，如玛歇拉在冰心研究中，就对冰心的教育背景和成长背景做了如下描述："她享受着异常快乐的童年和少女时代，周围都是充满爱意的亲戚，被宠爱和崇拜。她接受了优秀的古典和现代教育。从 1922 年到 1926 年，她在美国学习，回国后在燕京大学讲授文学。"[54]这就是外部接触中研究作家文学创作活动中与文学接触的相关事迹。再如史罗夫在老舍研究中，也专门做了老舍文学创作活动的传记式研究。他认为，老舍在英国期间，思乡之情日益严重，于是就有了《老张的哲学》的创作思路。"许多作家在他们的第一部作品中加入了自传的成分，我们可以认为《老张的哲学》也不例外。从中我们可以发现许多老舍在北京生活的回忆，比如郊区一个小的学校的环境。"[55]老舍身处英国而思念北京，在老舍个人的经历中，东方的记忆和西方的旅程形成了天然地接触关系。安娜的郁达夫研究也曾将郁达夫本人的文学理论研究活动作为重点研究的对象。她认为郁达夫个人的写作活动与文学理论研究之间关系微妙。比如："在郁达夫的意识中，如果作家用客观地手法和态度创作文学，那么他的创作天赋就会受阻。"[56]除此之外，"郁达夫对自然主义进行了一场论战，他总是把矛头指向自然主义，因为自然主义试图客观地描述现实，这与他自己的文学创作方法完全不同。"[57]经前文研

---

54 Marcela Boušková, "She enjoyed an exceptionally happy childhood and girlhood,surrounded by loving relatives,petted and adored.She received an excellent classical and modern education.From 1922-26 she studied in America, and on her return lectured in Yen-ching University on literature."The stories of Ping Hsin. Jaroslav Průšek ed. Studies in modern Chinese literature. Berlin. Akademie. Verlag, 1964.p.113.

55 Zbigniew Slupski, "Many writers include autobiographical elements in their first work,and we can assume that 'The Philosophy of Lao Chang' is no exception.We can find in it many things to recall Lao She's life in Peking,such as the milieu of the small suburban school."The Evolution of a Modern Chinese Writer -An Analysis of Lao She's Fiction with Biographical and Bibliographical Appendices,Prague: Czechoslovak Academy of Science, 1966. p.83.

56 Anna Doležalová, "he wrote his essay My writing Career During the Past Five or Six Years in which he categorically denied the possibility of an objective description in a literary work."YU TA-FU: Specific traits of his literary creation. Czechoslovakia: The Slovak Academy of Sciences · London C.Hurst&Comoany · NewYork Paragon book reprint corporation, 1971.pp.104-105.

57 Anna Doležalová, "YüTa-fu thereby makes a polemic against naturalism,against which he always directs his reproaches exactly because of its attempt at an objective

究可知，郁达夫文学属于主观主义文学的代表，但并没有脱离马克思主义文学反映现实的理论基础。所以郁达夫追求极致的主观表达不过是对个人客观经历的描述，这种创作路径并不站在自然主义的对立面上。郁达夫本人也承认文学创作只能建立在作者个人经历的基础上，革命作家才能创作革命文学。所以在安娜看来，郁达夫的文学创作手法与文学理论思想之间是充满冲突的。这是安娜通过研究作家的外国文学作品而得出的结论，也是属于外部接触关系的一种，这种分析有助于分析作家作品的创作路径。总之，文学外部的接触关系为文学内部文本之间的互动打下了坚实的地基，因为没有外部接触，就无从考证中西文学之间是否存在事实的相互影响关系。虽然"平行研究"或许可以解决这个问题，但布拉格汉学家对平行关系的研究并不大感兴趣。

　　文学的内部接触关系是"文学间进程"发展过后而产生的最终结果，在文本分析中最为常用，文学间的内部接触可以作为西方文学对中国文学产生影响的有力证据。那么内部接触关系包括何种形式的研究呢？高利克认为，鲁迅在对《摩罗诗力说》的研究中，"仔细阅读鲁迅对丁摩罗诗力的崇扬之后，这一虽不浪漫却意味深长的选集将使每位学者和读者人吃一惊。鲁迅似乎已对恶魔（拜伦、莱蒙托夫）的翅膀和那些恶魔附体的英雄们失去了兴趣，并将注意转向世纪末的那些孤独、沉默、痛苦的人们的内心世界，这里是转向俄国文学。"[58]这是追踪鲁迅创作文学的思想动态，证实鲁迅的创作开始受到俄国文学的影响。再如，在研究郭沫若的诗歌创作的时候，司各特、朗费罗、泰戈尔为代表的西方文学与《诗经》、道家文学和哲学为代表的传统文学共同作用于郭沫若的创作当中。这两个背景差异极大的来源，成为了青年郭沫若诗歌灵感的主题。"一是一以贯之地运用惠特曼的诗歌手法（铺排事物的方法）；二是'立在大海边'这句诗，它形成郭沫若的另一首诗《立在地球边上放号》的基础；三是'心海'这个概念出现了两次。"[59]为了证实这一观点的真实性，高利克还指出："郭沫若自己承认他还受到其他外国作家的影响，例

<hr>

description of reality,which was absolutely foreign to his own approach towards literary creation." YU TA-FU: Specific traits of his literary creation. Czechoslovakia: The Slovak Academy of Sciences · London C.Hurst&Comoany · NewYork Paragon book reprint corporation, 1971.p.105.

58 [斯洛伐克]马立安·高利克《中西文学关系的里程碑》，伍晓明、张文定等译，北京：北京大学出版社，1990年，第23页。

59 [斯洛伐克]马立安·高利克《中西文学关系的里程碑》，伍晓明、张文定等译，北京：北京大学出版社，1990年，第69页。

如海涅的影响。据他说这一影响在时间上处在泰戈尔的影响之后（也许还补充了泰戈尔所没有给予他的一些东西）。还有雪莱的影响，据他说这是在惠特曼的影响之后发生的。最后是瓦格纳的影响，据说这一影响加强了他对歌德的反应。"[60]由此看来，郭沫若在意象上和叙事手法上都借鉴了西方文学的精髓。再如，高利克在研究巴金与外国文学的关系时，也曾写道："巴金也很熟悉契诃夫和托尔斯泰的作品，并曾经写道过契诃夫。他声明，在1949年以前他就读过契诃夫的作品，但同时又承认直到1949年以后他才'开始理解契诃夫'"[61]。在具体的创作中，巴金作品也体现出了因翻译外国文学而影响到自身文学创作的特质。比如在《寒夜》的创作过程中，巴金被他正在翻译的童话故事集——《快乐王子集》所触动，所以巴金在创作中模仿了了王尔德童话中的经典桥段，比如在《快乐王子集》中，"燕子还看到，在拱桥下面有两个小男孩紧抱在一起互相用身体取暖，这悲惨的一幕不禁使人想起上面提到的文宣在树生诀别飞往兰州时亲眼看到的情景。"[62]从以上研究来看，内部接触形式当中包括了文学形式与文学内容的模仿，如文学的主题、形式、行文思路等等。

高利克的这一系列研究证明了一点，中国文学与西方文学的确有着事实上的接触关系。此时，必须要注意的是，文学的外部接触与内部接触之间并非毫无关系的两极，通常文学的外部接触关系会慢慢转化为内部接触，这就是所谓的外部刺激转化为内部影响的关键步骤。高利克在文中并没有特意指出二者的转换关系，但是从他的研究中可见端倪。事实上，翻译在比较文学研究中是一个重要的议题，因为近代以来不同文学之间的交流首先要通过翻译这种形式进行传播，而大多数中国现代作家同时也是优秀的翻译者，曾翻译过大量的外国文学原著。这样这些现代作家也就成为了第一批接触外国文学的作者。朱立申认为："从比较文学研究的本质出发，可以得出结论，在跨文化交流中，最重要同时也是最复杂的中介因素是文学作品，无论是本土文学还是其他文学作品。这是最复杂的，因为与译者不同的是，译者或多或少都是根据原作的目的进行翻译的。文学作品是原始作品价值的中介，通过一

---

60 [斯洛伐克]马立安·高利克《中西文学关系的里程碑》，伍晓明、张文定等译，北京：北京大学出版社，1990年，第88页。

61 [斯洛伐克]马立安·高利克《中西文学关系的里程碑》，伍晓明、张文定等译，北京：北京大学出版社，1990年，第267页。

62 [斯洛伐克]马立安·高利克《中西文学关系的里程碑》，伍晓明、张文定等译，北京：北京大学出版社，1990年，第277页。

个非常主观的'过滤器'而存在。"[63]所以，从某种意义上来说，翻译在比较文学研究中也是重要的一环，"翻译的一个基本功能是它的中介功能，这是由翻译活动的基本目的决定的。对翻译中介功能的完整评价意味着对与接受者文学发展动态相关的创作过程进行透彻的分析，尤其是从比较的角度。"[64]高利克在研究现代文学作家时，通常要研究作家的翻译经历和著作，这是文学间外部接触关系的重要渠道之一。通过分析当时的社会状况、接受语境和这些研究者的生平经历、阅读版本和外语翻译水平等，就能够呈现西方文学思想对中国文学现代化进程所产生的积极或消极的影响。

如前文所述，高利克在做比较文学的汉学研究时，尤其关注作家作品所处的时代以及作者当时的历史经验。而在文学进程中，高利克将其中变化了的因素视为"系统—结构"的一部分。举例说来，在《歌德〈浮士德〉在郭沫若写作与翻译中的接受与复兴（1919-1922）》中，高利克认为《浮士德》被译介进中国以后，对中国文学界产生了巨大的影响。这种影响与郭沫若的生平与作品有着千丝万缕的联系。在高利克看来，个人生平经历的改变会成为作家写作内容、写作风格变化的一个重要因素。而郭沫若弃医从文并遭到妻子强烈反对的经历也成为了他接触《浮士德》的一种契机。在具体的作品中，高利克认为郭沫若翻译的《月夜》有如下特点，"改变原文顺序，整合句子，甚至增加原文本没有的内容，这些并非出于风格的考虑。在歌德的原文语境中，这一场景跟作者年轻时'月色撩人的心情'有关，'其中杂糅了奥西恩（Ossian）的英雄浪漫主义与维特的多愁善感'。"[65]值得注意的是，高利克悉

63　Dionýz Ďurišin, "From the very nature of comparative literary research it follows that the most important and at the same time most complicated intermediary factor in inter-literary exchange of values is the work of literature, whether of native origin or from another literature. It is the most complicated because in distinction from the translator who to a greater or lesser degree performs according to the purposes of the original work. The work of literature is the intermediary of the values of the original work through a very much more subjective 'filter'." Theory of Literary Comparatistics.Bratislava: The Slovak Academy of Sciences，1984,p.127.

64　Dionýz Ďurišin,"I have mentioned above that one of the essential functions of translation is its intermediary function, arising from the fundamental purpose of the activity of translation. A complete evaluation of the intermediary function of the translation implies a thorough analysis of the creative procedures in relationship to the developmental dynamics of the recipient literature, above all from the comparative viewpoint." Theory of Literary Comparatistics.Bratislava: The Slovak Academy of Sciences, 1984.p.130.

65　[斯洛伐克]马立安·高利克《从歌德、尼采到里尔克：中德跨文化交流研究》，福州：福建教育出版社，2017年，第37页。

心考察作者写作时的个人处境，在中德文学之间的"文学间性"进程中寻找接触之初的"契合点"。在此文中，高利克还特意将田汉的生平与郭沫若做了对比，以彰显不同作家在接受与理解同一位西方作家时的微妙差异。高利克将作家的生活经验视为"文学间性"的一个基本观察视角，体现了布拉格汉学学派重视文学系统内部各要素之间关系的研究特色。此外，高利克认为郭沫若的翻译充满了个人主义的色彩，蕴含着他个人的诗学及其主观的理解。由此可见，中国现代作家通过翻译接触到外国文学，经过个人化的翻译转换成全新的中文版本。个人的生活经验在翻译过程中起到了"滤镜"的作用。这是上文提到的文学之间外部接触关系的一种。

那么这种外部接触关系如何转化为内部接触呢？高利克早在《中西文学关系的里程碑》中就给出了答案。"在郭译的《浮士德》片段首次发表两个月之后（这一片段涉及到大地精神），郭沫若写了诗歌《地球，我的母亲》。这首诗标志着这位诗人正在离开太阳宇宙这一观念。"[66]这很容易让人联想到郭沫若在翻译的过程中汲取了对个人写作有益的文学创作方法，随即便开始自己的创作。"这首诗写于1919年12月底，不久之后（1920年1月10日），他在一天之内写完了中国现代文学史上的第一首抒情长诗《凤凰涅盘》。这时《浮士德》对他的影响大于《草叶集》对他的影响，尽管他还是保持了某些不同的东西。"[67]此时，文学之间的接触已经由外在接触彻底过渡到内在接触，郭沫若的创作已经开始有意无意地模仿扭曲他所接触的外国文学元素。如，"郭沫若在中国传说适于他的创作构思时坚持了中国传统……在一些更重要的方面，他却依从外国传说，例如，在中国人们并不知道'自焚'这个观念，也不了解在埃及——罗马神话中极其普通的太阳鸟的存在。郭沫若改动了这些材料，使之适合自己的需要。"[68]这样一来，外国文学元素就经由作家翻译等外部接触方式成功内化为本土文学的组成部分，文学也就实现了从西方到中国的交流互动。

由此看来，不同文学间的接触是由外向内的渗透过程，先是通过翻译等文学交流形式接触文学，再在文学创作中汲取阅读经验的营养，最后结合本

---

66 [斯洛伐克]马立安·高利克《中西文学关系的里程碑》，伍晓明、张文定等译，北京：北京大学出版社，1990年，第78页。

67 [斯洛伐克]马立安·高利克《中西文学关系的里程碑》，伍晓明、张文定等译，北京：北京大学出版社，1990年，第78页。

68 [斯洛伐克]马立安·高利克《中西文学关系的里程碑》，伍晓明、张文定等译，北京：北京大学出版社，1990年，第79-80页。

民族文学中的可嫁接的相似元素，重新排布组合成新的文学内容和形式。这恐怕是中国现代文学最典型的创作方式之一，也是近代西方文学对中国本土文学的影响和冲击的最佳路径。高利克的研究清晰地向读者展现了现代作家创作的新模式，中国现代文学的发生和发展就在大量的文学间外部接触转向内部接触的过程中塑造成型。尤为值得肯定的是，从翻译者的角度研究中国作家对西方文学的接受，其实已经展开了从读者的视角研究文学传播的维度。中国作家接受欧洲文学的元素本质上是基于一种阅读体验上的选择，这可以通过分析作家翻译外国文学的文本来研究。由于翻译文学并非本文的研究重点，这里就不再深入讨论。

　　研究中西文学的接触关系就要提及接触史，中国文学与西方文学之间的接触史如何？高利克曾经总结了中西"文学间进程"的发展史，世界文学的潮流在中国的发展历程如下："1918 年 9 月，鲁迅的《狂人日记》发表几个月之后，胡适指出了世界文学的存在和文学间相互影响与接受的可能性。这种意识在 1917 年后就像一条扯不断的线，一直在延伸着。但在 1940 年以后，其影响在中国现代文学中有所减弱。1979 年是希望的一年，因为中国文学第二次向世界开放了。这一开放使中国文学与世界其他地区的文学不仅有了外在的接触，而且似乎也有了内在的接触。因此这一开放真正地代表着——从80 年代前半期回顾地看——一道"虹"（一道与希腊神话中的虹相似的虹），这道虹将通向积极而富有成果的文学间交流。"[69]在高利克看来，中西文学接触史的两次高潮分别是五四运动和改革开放两个历史时期，这两个时段的共同点在于中国社会都前所未有的向世界开放，有着强烈的发展进步的愿望。这两次开放一次是为了拯救民族于危亡之中，一次是为了实现民族的伟大振兴。中西文学在此时迎来了黄金时代，它们能够在世界文学的场域中相遇，在交流中融合，在发展中进步。

　　如果说文学间的接触关系是对同一时期不同民族文学的来往交流进行剖析，那么文学间的遗传关系则是不同时期各民族文学间的继承发展进行讨论。按照布拉格汉学学派的研究传统，布拉格汉学一直是一个以研究中国文学史为己任的学术团体，那么在他们的比较文学研究中，就不能忽视"史"的比较，这样才能明确文学间是否存在事实上的继承关系。

---

69 [斯洛伐克]马立安·高利克《中西文学关系的里程碑》，伍晓明、张文定等译，北京：北京大学出版社，1990 年，第 344-345 页。

在高利克的研究中，始终存在中国古典文学和西方文学之间的镜像对比研究，当他发现到中西方文学之间的不同之处时，他便试图去中国古典文学中寻找答案。比如，"赫希俄德悲观厌世的诗句与巴金的诗意灵魂是共鸣的。虽然巴金采用的'戏剧'式手段与佐拉基本相同，虽然巴金小说中的冲突与佐拉小说属于同一类型，但巴金却并没有描写那种可以改变至少企图改变一个'寒夜'的激情，也没有繁衍出激烈的冲突。但两部小说蕴含的激情和情绪不也同样相近么？"[70]由此可见，巴金与佐拉的创作在出现相似性的同时也存在巨大的差异性。这主要来自于两种民族文学的传统不同。"巴金小说里没有出现坦塔罗斯的新家族，不过中国古典文学中根本不存在什么坦塔罗斯，即便是最严酷的现实矛盾、最严肃的戏剧性和悲剧性主题，在中国古典文学中也会升华为抒情和感伤的文字。"[71]从遗传关系的角度上看，正因为中国传统不存在某些西方文学的元素，所以现代作家的创作就不可能与欧洲文学完全相同。比如，老舍和果戈里的文学作品存在着差异，他们对各类人物的讽刺程度不同，所达到的喜剧效果也不同。产生不同的原因如下，"第一，中国从来没有滑稽讽刺剧（burlesque）和通俗喜剧（vaudeville）的传统。第二，果戈理讽刺喜剧描写的对象所处之环境与老舍的极不相同。第三，的确，果戈理仅仅描写了俄国外省的官僚世界，但与老舍描绘的人物世界相比，他的表现要彻底和可信得多。"[72]也就是说，除了环境对二者造成的不同影响之外，文学传统的差异使得果戈里和老舍的作品遵循着不同的创作原则。从以上分析可见，"遗传"关系主要被用于解释中西方文学中的差异问题上，高利克将西方文学中存在而中国文学中不存在的文学元素归结于传统文学中文学创作手法和意象的缺失。这的确能够部分解释造成民族文学间差异的原因，但答案却过于扁平化了。因为文学创作既不是对文学传统的顶礼膜拜，也不是对外来文学的翻译改写，而是基于作家天才的想象力和创造力，再结合过往阅读经验的心得体会，制作出的一种崭新的精神食粮。所以不同民族文学之间的异质性诚然可以解释为文学传统和社会文化背景的差异，但这并不能称之为一个完整而完美的答案。

---

70 [斯洛伐克]马立安·高利克《中西文学关系的里程碑》，伍晓明、张文定等译，北京：北京大学出版社，1990年，第290-291页。

71 [斯洛伐克]马立安·高利克《中西文学关系的里程碑》，伍晓明、张文定等译，北京：北京大学出版社，1990年，第291页。

72 参见（斯洛伐克]马立安·高利克《中西文学关系的里程碑》，伍晓明、张文定等译，北京：北京大学出版社，1990年，第304-206页。

　　另外，在中西文学中间，高利克不只看到了中国文学存在遗传关系，西方文学也同样具有这种延续性的关系。如："巴金笔下的'夜'更接近《快乐王子》中的'夜'，而不是《瑟蕾丝·拉奎因》。然而，这三部作品的'夜'都与赫希俄德的《神谱》，特别是其中第 211-232 行相象。王尔德和赫希俄德的作品存在一种无可置疑的遗传关系。"[73]由此看来，由于中国作家受西方文学的影响，就不可避免地时而陷入西方文学体系的遗传关系中。这样，巴金也算是与赫西俄德的作品产生了间接的延续性关系。那么中西方文学就在接触史中开始由两条跑道的列车逐渐交融在一条铁轨上。

　　再来看中国文学自身的延续性传统，如果说五四新文学与中国传统文学在一定程度上存在"继承"关系，那么"伤痕文学"、"暴露文学"就延续了五四新文学的传统和特点。高利克认为："在漫长的中国历史过程中，尤其五四运动以后，对于'伤痕'、缺点、现实的黑暗面等等的暴露，无论以什么名称为人所知，始终都是中国文学中一个永久性的问题。"[74]这个问题从中国革命文学和无产阶级文学延续到"暴露文学"。"茅盾认为，'新乐府'已大致同于今日的'暴露文学'。而这种传统应该继承的。"[75]在高利克看来，揭露社会现实的黑暗，打破国人虚假的幻想一直是中国文学的传统所在，在五四新文学运动之后这种传统被进一步强化。文学的遗传关系也就此体现出来。特别是今日之文学还可从历史悠久的古代文学当中寻找一二踪迹。

　　普实克也承认现代文学拥有传统文学的残留物。文学革命废除了中国传统文学中的大部分主体，但"也有一小批主题保存下来，它们可能会在一定程度上为实现新的文学目的服务。这样的主题是适应着新的文学倾向的……由于这些主题提供了同旧的模式相比较的机会，对它们的处理就更能引起人们的兴趣。"[76]这就产生了时间纵轴关系上的比较研究，即旧文学与新文学之间相同主题的比较。比如旧的社会批评小说例如吴敬梓和李伯元的作品和新的现实主义

73　[斯洛伐克]马立安·高利克《中西文学关系的里程碑》，伍晓明、张文定等译，北京：北京大学出版社，1990 年，第 287-288 页。

74　[斯洛伐克]马立安·高利克《中西文学关系的里程碑》，伍晓明、张文定等译，北京：北京大学出版社，1990 年，第 316-317 页。

75　[斯洛伐克]马立安·高利克《中西文学关系的里程碑》，伍晓明、张文定等译，北京：北京大学出版社，1990 年，第 318-319 页。

76　[捷]雅罗斯拉夫·普实克《普实克中国现代文学论文集》，李燕乔等译，长沙：湖南文艺出版社，1987 年，第 85 页。

小说如茅盾、丁玲等人的作品拥有着共同的特征。他们在记录个人经历的创作中，有着类似的情况。也就是说，在"遗传关系"的引领下，旧文学与新文学之间就打开对话的通道。但是，保留传统形式要进行适当的选择，"在中国新文学中引进比较复杂的和大规模的史诗形式，（例如与十九世纪欧洲小说相应的形式）就遇到了极大的困难。在大规模地、艺术性地把握一种复杂的主题构思方面，显然存在着与之不适应的传统。"[77]普实克始终没有放弃将欧洲古典文学考虑其中，他认为中西方古典文学也有颇多相似之处，无论中国现代文学引入欧洲传统文学形式还是中国古典文学样式，文学的发展还需适应自身规律的需要。在他看来，中国新文学之所以形式上颇为新颖，是因为摒弃了阻碍文学发展的传统特征，保留了一部分内在的倾向和结构的传统。确切的说就是："十九世纪古典小说形式的分化。取代严格的叙事性结构的是纯抒情或抒情和叙事的成分自由结合的结构。"[78]研究文学发展一定要将目光时刻放在传统上，同样受西方文学思潮的影响，日本就成功接收了西方文学创作方法，而中国却是有选择的接受。这在普实克看来就是强大的文学传统导致的结果。可见，文学的遗传关系在研究文学发展史的过程中至关重要。

文学的遗传关系体现了文学间的历史发展进程，这就使得静态文本中的互文性变成史书中动态的影响关系。布拉格汉学学者将视野扩大到欧洲现代文学、欧洲古典文学，中国现代文学、中国古典文学四个更为广阔的领域。使得比较研究能够从二维的文本空间进入三维的时间空间。由此一来，比较文学就不再是机械静态的庸俗对比，而成为灵活动态的多维比较。

总之，文学间性是高利克一直声称坚持的文学研究视角。他试图将中国文学划入世界文学的版图，从一个更广阔的视角来认识中国文学。同时，他从世界文学史的角度反观中国文学史，既体现了中国现当代文学史的独特性，又表现了中国现代文学史作为世界文学史的一部分的相似特征。高利克的研究，即能够让读者放大页面观察中国文学史本身，又能够缩小页面，观看到中国文学史在世界文学版图中的位置，这就是海外汉学的研究特色和优势。此外，在高利克的阐述中，不难发现高利克试图通过这类研究来阐述中国文

---

77 [捷]雅罗斯拉夫·普实克《普实克中国现代文学论文集》，李燕乔等译，长沙：湖南文艺出版社，1987年，第86页。

78 [捷]雅罗斯拉夫·普实克《普实克中国现代文学论文集》，李燕乔等译，长沙：湖南文艺出版社，1987年，第91-92页。

学与世界文学之间的相互作用过程。这种相互作用不再是高利克早年间强调的相互对抗，而是对抗中有融合，融合中互相借鉴的一个过程，而这一视角恰恰是"世界文学"理论所提倡的。就如前文中论述的王和达曾在《亚洲文学的发展与复兴》中提到，欧洲文学进入中国文学的领地时并不是一帆风顺的发展，而是经过一系列被选择被改写的过程。这个特点在高利克的研究中被深化完善，他不仅说明了中国作家如何选择外来文学的优秀元素，而且揭示了现代文学作家通过翻译外国文学时读者的身份对西方文学进行的改造。那么王和达和高利克的中国文学研究就在世界文学的视野中形成了一个学派的系统构成。

总之，"文学间性"理论构建了高利克研究比较文学的理论框架，这使得他成为继普实克之后布拉格汉学最成功的比较文学研究者。通过"遗传——接触"关系的研究可以在具体的文本中证实中西文学确实存在实质性的对抗关系和融合进程。下面就具体案例来说明普实克、高利克如何进行比较文学研究。

三、比较文学文本的同质性与异质性

从前文中可知，高利克在《中西文学关系的里程碑》中书写中国文学史采用了虚实结合的方法，实线是中国现代文学的发展历程，虚线则是西方文学的影响。通过描写中西文学之间的对抗，在动态的比较中来观看中国文学的前进方向。对抗并不意味着分庭抗礼，这当中是一个同中有异，异中有同的过程。书写中国文学史，高利克时时以西方文学为"镜"，这使得他能够从比较文学的角度为书写中国文学史创造出一条全新的路径。值得注意的是，布拉格汉学学派的斯洛伐克学者安娜同样认可高利克关于中西文学对抗的观点，她说"除了其社会政治和经济后果之外，欧洲对中国的影响引发了欧洲文学思想和艺术作品与中国传统文学观念和创作之间的对抗，后者在此之前一直相当独立地发展。"[79]在布拉格汉学学者看来，中国文学的发展恰恰是因为在与西方文学的对抗中找到了一条富有特色的道路。"中国社会的演变及其现代化也越来越迫切地要求文学思维的变革，这种变革通过外国的影响而得

---

79 Anna Doležalová,"Besides its socio-political and economic consequences,the European impact on China induced a confrontation between European literary thinking and artistic works on the one hand,and the traditional Chinese literary concepts and creation on the other which until then had developed quite independently." YU TA-FU: Specific traits of his literary creation. Czechoslovakia: The Slovak Academy of Sciences · London C.Hurst&Comoany · NewYork Paragon book reprint corporation, 1971.p.5.

到丰富。中国文学的这一发展过程在 1919 年五四时期达到高潮。这一时期见证了中国现代文学如同一个调色板一般被塑造完成，它通过其创造性的概念和程序直接与欧洲文学潮流联系在一起，并以一种转换和扭曲的形式通过日本到达中国。[80]"那么，中西文学的对抗如何体现，这就需要对具体文学文本中的材料进行对比分析。

首先，结构上的相似性是高利克分析中西文学关系的焦点之一。如上文所述，产生结构上相似的原因主要是由文学间的接触关系引起。例如，在研究巴金文学时，高利克写道，巴金在佐拉和王尔德之后又写了一部同类型的独创小说，《寒夜》这部小说在中国传统文学中无法寻到同类，它富有极高的文学价值和艺术价值。既然从中国传统文学中无法找到巴金的同类型作品，那么遗传关系中就无法解释巴金小说的创作源头。不过，接触关系倒是可以说明这一点，"倘若我们假定巴金读过《瑟蕾丝·拉奎因》，那么可以说佐拉年轻时代的这部作品影响了《寒夜》主要人物的选择。相比之下，《快乐王子》对巴金的冲击成为次要的，而《俄瑞斯忒斯三部曲》的第一部《阿伽门农》对《寒夜》的任何偶然影响都从本质上被东方化了。"[81]这就透露了中国文学消化吸收西方文学的本质就是将欧洲文学的元素转化为东方文学整体的一部分。"从构思方面看，巴金的小说也更接近佐拉而不是王尔德的作品。证据首先在于，它具有小说这种文学体裁所特有的，不同于神话体裁的标记。巴金的作品与佐拉小说的一个共同特征是构筑单一的、枝桠很少的情节线。"[82]叙述手法上的相同使得巴金与佐拉文学之间出现了内部接触关系。可见，巴金在创作中有意无意地吸收并改写佐拉文学中的创造性元素。再如，在《巴金的〈寒夜〉：与佐拉和王尔德的文学间关系》中高利克指出，虽然夏志清等人

---

80 Anna Doležalová,"The evolution of Chinese society and its modernization demanded more and more urgently changes also in literary thinking,enriched through foreign influences.This process of development in Chinese literature reached its climax in the period of the May Fourth Movement, 1919.This period witnessed the completion a broad palette in modern Chinese literature which by its creative concepts and procedures linked up directly with European literary currents reaching China by way of Japan in an adjusted and distorted form." YU TA-FU: Specific traits of his literary creation. Czechoslovakia: The Slovak Academy of Sciences·London C.Hurst&Comoany·NewYork Paragon book reprint corporation, 1971.p.5.

81 [斯洛伐克]马立安·高利克《中西文学关系的里程碑》，伍晓明、张文定等译，北京：北京大学出版社，1990 年，第 283-284 页。

82 [斯洛伐克]马立安·高利克《中西文学关系的里程碑》，伍晓明、张文定等译，北京：北京大学出版社，1990 年，第 284 页。

对巴金的作品进行了一系列的研究，但并没有关注东西方文学的关系，在他的研究中，他把文学间性和文学间进程作为最主要的研究焦点。"就我们对巴金作品的了解来看，似乎他的创作更接近托尔斯泰的《战争与和平》，而不是《安娜·卡列尼娜》。巴金曾就海伦与彼埃尔关系的描写做过笔记，这些描写一如后来吸引茅盾那样吸引着巴金，在小说《雾》中就曾经间接提到这些描写。"[83]可见，文学之间事实上的接触关系就可证明作家创作的影响来源。正是因为文学间出现了内在接触的可能性，才使得中西文学之间出现了结构的同质性。

除以上相同结构的分析之外，高利克还对比了内容上的不同之处："佐拉小说一开始就以淫荡为人物行为的主要动因，虽然他并不总是赤裸裸地描写淫荡。而在巴金小说中丝毫没有这种描写，从《寒夜》中艰难找到亲吻和拥抱的场面。"[84]这是巴金自我创作的坚持，也有中国传统文化中对"性"的忌讳和淫荡关系的痛恨。巴金"一反《瑟蕾丝·拉奎因》的创作手法而建立了自己的方法；一反佐拉的风格而独树自己的风格；一反佐拉的任务而创作了自己的人物。至少，他运用这些因素服务于自己特殊的文学信条。"[85]由此可见，两本小说的同异正构建了中西文学的对抗关系。这种对抗往往源自不同文化背景作家对本国传统的坚持，也源自于作家本人对私人写作葆有的热情和操守。由此看来，通过以上对比分析可知文学间活动的过程并不是一个流畅地文学演进体，可以把各种文学技巧和创作手法通过各种变体有条不紊地延续下去。相反，文学间活动更像是一个充满成败，胜利与伤亡的战场。由此可见，不同民族文学接触之后并不是创造了一个和谐共处的空间，而是形成了一个双方势力缠斗在一起的角力场。在一番力量上的较量后，终究会有一方在一定时期内占据主导影响地位。

诸如以上的例子在普实克的研究中也可以找到，如他在研究契诃夫与叶绍钧的作品时谈到：契诃夫的"这种将故事核心镶在对话中的作法，可能极大地吸引了鲁迅和叶绍钧，使他们也尝试使用几个人对话来叙事事情的发展，

---

83 [斯洛伐克]马立安·高利克《中西文学关系的里程碑》，伍晓明、张文定等译，北京：北京大学出版社，1990 年，第 268 页。

84 [斯洛伐克]马立安·高利克《中西文学关系的里程碑》，伍晓明、张文定等译，北京：北京大学出版社，1990 年，第 288-289 页。

85 [斯洛伐克]马立安·高利克《中西文学关系的里程碑》，伍晓明、张文定等译，北京：北京大学出版社，1990 年，第 289 页。

交待人物之间关系，以达到塑造人物形象的目的。"[86]这是三者创作手法上的相近之处。此外，"契诃夫与叶绍钧处理材料时有所不同。特别是契诃夫用对话写成的小说，最接近他基本的艺术手法，即接近他专门对幽默杂志写成的幽默故事。"[87]但中国作家则不同，"中国传统的高雅文学讲求最大程度上的准确性、真实性。经过它的严格训练，叶绍钧力图尽最大可能准确无误地表现现实。"[88]这样，二者就出现了处理材料上的截然不同的态度。文本处理方法的不同归根结底体现在不同文学体系中对文学反映现实的态度不尽相同。中国传统文学中对真实性的追求要远远超出西方文学创作主体的想象，这样的传统被延续进中国现代文学中，很难被撼动。从普、高二人的研究中可见，文学传统在比较文学研究中被放上了至高无上的地位，诚然这可能是造成中西文学对抗的诱因，但除此之外，理应还有更广阔的空间可以讨论。比如中国小说家作为外国小说的读者在接收西方文学时产生的误读现象也可能造成中西文学之间产生意外的对抗。

另外，高利克等人除了对比了中西方文学在创作技巧和方法上的异同，还对文学中的"意象"给予了高度关注。"意象"是文学的重要组成部分，无论东方文学还是西方文学，古代文学还是现当代文学，意象都是研究文学的主要课题之一。研究中西方文学中"意象"的相似性，这种分析更倾向于对文本内容的分析。如第一章所述，高利克以马克思主义理论为基础，通常是对文学作品中的典型意象进行对比分析。有时可以是一种氛围，如："沉默在安特莱夫的小说世界中几乎与孤独同义。你沉默，因为你不相信与周围世界的交流能带来的满意的结果。而且，如果考虑到还有死或中风偏瘫的问题，那么沉默就是无法避免的本体定数。"[89]这里"沉默"成为了中西学者共同追寻的意象。在鲁迅和安特莱夫的小说中都希望通过这个意象来表达作者心理的孤独状态。"鲁迅的第一批短篇小说——包括《狂人日记》和《药》——是在绍兴会馆的孤寂气氛

---

86 [捷]雅罗斯拉夫·普实克《普实克中国现代文学论文集》，李燕乔等译，长沙：湖南文艺出版社，1987年，第203页。

87 [捷]雅罗斯拉夫·普实克《普实克中国现代文学论文集》，李燕乔等译，长沙：湖南文艺出版社，1987年，第203页。

88 [捷]雅罗斯拉夫·普实克《普实克中国现代文学论文集》，李燕乔等译，长沙：湖南文艺出版社，1987年，第203页。

89 [斯洛伐克]马立安·高利克《中西文学关系的里程碑》，伍晓明、张文定等译，北京：北京大学出版社，1990年，第26页。

中酝酿的。这种孤寂仅仅偶尔被钱玄同（1887-1939）的来访所打破。"[90]这样，相同的意象就在不同民族的文学中产生了联系。"意象"的关联性是接触关系的重要组成部分，这主要表现在不同文学在相似文学内部环境下相似的意象。比如："'铁屋子'一词联系着并且同时暗示着迦尔洵的《红花》中的引人注目的意象，以及安特莱夫小说《我的记录》中的形象。但他们之间有所不同：迦尔洵小说中的疯人院和安特莱夫小说中的监狱有门窗和花园，而且是由不那么坚硬的材料所建造的。"[91]虽然相同的文学内部环境会造出相似的意象，但这之中总有细微的差别。比如，根据尼采的看法，疯狂就是超人，但是鲁迅并不相信超人，尼采哲学的基本理念和他的期盼对鲁迅来说是十分陌生的。

再如，在高利克看来，"夜"是一个神话元素，巴金的"夜"很有可能是因为他读过赫西俄德的作品而在创作中出现，三部曲的第一部"夜"创造了整部作品的气氛，而"名为'夜'的女神（希腊神话中的尼克斯、罗马神话中的诺克斯）在巴金小说中的控制权远比北欧神话中毁灭性暴风雨的色瑞姆（Thrym）和在茅盾《子夜》中的权限来得广大。"[92]这就是前文所说的文学间内外接触转换的完整过程。"夜"这个文学创作元素首先从巴金的阅读经验中来，这是文学间外部接触的结果。然后巴金在创作文学作品时将这一意象内化入自己的创作灵感域当中，最终输入《子夜》这样反映中国社会现实的宏大作品。然而巴金的"夜"并不能说完全与西方神话相同。"'夜'的神话素在小说将近结尾时起着重大作用。但正如我们在第 4 章所看到的，子夜（夜之子）作为北欧女神诺特（Not）和她的儿子代刻（Dag）的引喻，清晰地暗示着正面的希望。然而，在巴金的作品里却没有这后一重寓意。"[93]由此可见，意象的相似并不意味着意象的等同，所以高利克在研究中分析了意象的所指在中西文学间的差异性。这同时也就证明了中国文学吸收欧洲文学元素是有选择地吸收。

90 [斯洛伐克]马立安·高利克《中西文学关系的里程碑》，伍晓明、张文定等译，北京：北京大学出版社，1990 年，第 28 页。

91 [斯洛伐克]马立安·高利克《中西文学关系的里程碑》，伍晓明、张文定等译，北京：北京大学出版社，1990 年，第 30 页。

92 [斯洛伐克]马立安·高利克《中西文学关系的里程碑》，伍晓明、张文定等译，北京：北京大学出版社，1990 年，第 273 页。

93 [斯洛伐克]马立安·高利克《中西文学关系的里程碑》，伍晓明、张文定等译，北京：北京大学出版社，1990 年，第 273 页。

高利克一直在《寒夜》分析中强调的神话要素，就是他试图通过横向对比来分析中西文学关系的重要例证。神话素本身又与多重意向相关联，诚然，情节和结构的相似虽然也是高利克考察的重点，但外在形式的相似性远远不及内在意象的同质性更具备实证效力，神话成为了中国文学与西方文学之间对抗与交融的重要母题。而"夜"显然成为中西文学作品中普世的意象，它往往为环境造势，将文学作品的内部环境晕染成一种萧瑟伤感的状态。"尽管'夜'这一神话素在佐拉小说中复杂多变，但瑟蕾丝和劳伦特成婚之后的夜晚却无疑是寒冷的。譬如就在婚礼举行当天的夜里，'温暖的房间仿佛涌进了一股带冰屑的洪水'。"[94]萧瑟的环境预示着小说的结局，反映社会现实的文学作品自然映像的是国家民族的发展趋向。

在情节展开的方式上，佐拉和巴金遵循的是同一种构思观念，并几乎完全接受了古典戏剧作品的情节建构模式。有时候，中西文学的相似性并不是单纯的一对一的相似，有可能一部作品囊括了多个文学作品的重要元素，如："然而，他在某些地方还是很接近加缪，至少是加缪的《鼠疫》。在《寒夜》中他描写了孤独的人心中的恐惧，这是由他们的气质和环境形成的，他们的生活环境在某种程度上类似于《鼠疫》中的生活环境。这些文学方面的相似不是偶然的。他们的类似是类型的类似，而这是由社会意识的类似和作者的主体的类似所决定的。"[95]由此看来，产生中西文学情节上类同的原因是相似的社会环境下所导致的作者个人经验的类似，这个观点显然是马克思主义的。高利克认为，当两种社会呈现相同的社会类型的时候，社会意识相似，就产生了相似的文学类型，本质上这是物质决定意识的马克思主义核心思想的展现。所以无论用何种比较方法进行文学研究，高利克始终没有脱离马克思主义文学观的影响。

再者，提起神话素，就一定会让人想到"女神"，西方神话体系中女神的地位至高无上，所以"永恒之女性"成为了贯穿高利克的"歌德与中国"研究的重要线索之一。高利克认为："如果我们考虑到中国文化尤其是儒家文化的背景，就会了解到其语境存在着对女性的歧视或排斥……实际上中国女性应

---

94 [斯洛伐克]马立安·高利克《中西文学关系的里程碑》，伍晓明、张文定等译，北京：北京大学出版社，1990年，第282页。

95 [斯洛伐克]马立安·高利克《中西文学关系的里程碑》，伍晓明、张文定等译，北京：北京大学出版社，1990年，第293页。

得到更好的命运。对大多数近现代中国人而言，歌德有关'永恒之女性'的观念简直是奇怪谈论，不可理喻。"[96]在他看来，"永恒之女性"在中国文化背景下是不能够被准确翻译与理解的西方文化现象。"中国传统文化中罕有与'永恒之女性'相关，反之亦然。而类似现象在近东和欧洲却比较常见。爱情女神早在基督教创立之初的东欧文化中就出现了，但在中国和远东地区却完全缺失。"[97]高利克将这种文学创作过程中所产生的文化差异归结为目标文化中"同质意象"的缺失。不仅如此，在讨论到中国传统文化中的女性形象时，高利克在《歌德〈神秘的合唱〉在中国的译介与评论》中引《诗经》中的《瞻仰》，指出这些诗句衍生了中国历史上人们对待女性的总体态度及由此而展开的诸多问题。不过，《诗经》中有表达女性家国情怀的《墉风·载驰》，描写许穆夫人的家国意识；也有反抗邪恶势力、对欺辱压迫进行控诉的《召南·行露》。这些诗句都表现了周代女性反抗压迫、敢于抗争的独立自主的精神。在中国传统文化中，"女神"意象带有开天辟地、创世精神和哺育万物的功能性特征的形象意义，其中有几位"女神"也具有"永恒之女性"意味。举例说来，"女娲"作为上古人民生殖崇拜的象征，从产生之初就带有"母神"的特征，是上古时期原始宗教所崇拜的偶像。"女娲炼石补天，抟黄土为人"成为了中国传统文化中的重要母题。同样具有"母神"功能的"西王母"的传说也流传甚广。此外，妈祖、织女、嫦娥等女神形象在中国传统文化中成为了"女性"神仙话语体系中的重要角色。诚然，这些角色与高利克所讲"永恒之女性"不能完全等同，但如果完全否认中国文化中"永恒之女性"的形象未免过于绝对。由此而言，高利克的个人见解必然经过了他本人所处的基督教文化背景的有色眼镜"过滤"，难免存在西方"他者"对于中国文化的某种扭曲和误解。

　　总之，作为布拉格汉学斯洛伐克分支最重要汉学家，高利克的比较文学研究继承并发扬了其导师普实克奠定的研究方法，把 20 世纪中国文学置于世界文学的文学间进程中。高利克善于通过文学结构变化中的个案研究，深入阐明中国现当代作家、作品、思潮和批评的历史进程与发展脉络，并进一步揭示中国现代文学的发生发展历史。布拉格汉学学派研究初期主要做的是中国文学的

96　[斯洛伐克]马立安·高利克《从歌德、尼采到里尔克：中德跨文化交流研究》，福　　州：福建教育出版社，2017 年，第 19 页。

97　[斯洛伐克]马立安·高利克《从歌德、尼采到里尔克：中德跨文化交流研究》，福　　州：福建教育出版社，2017 年，第 32-33 页。

翻译研究和传记研究，其主要目的是为了能够找到中国现代文学与世界文学之间的联系，这对于书写中国文学史有着重大意义。从比较文学研究的角度来看，作家的外部接触是高利克重点考察的部分，他也没有忽视文学内部结构的重要性，通过外部接触寻找联系，通过内部结构的比较寻找异同。这样由内而外的研究方法，使得高利克的比较文学理论下的中国现代文学史更加科学详尽。

四、"比较之比较"——中西学者研究之异同

亚洲文学的发展显然是一个独立完备而自治的系统，同时，吸收外来先进的文学元素以解决本国文学发展滞后的问题。中国文学作为亚洲文学的主体部分之一，势必也遵循着这样的规律。如前文所述，普实克的观点是以中国文学为中心的视角来看待中西文学之间的关系，这就使得布拉格汉学的比较文学研究势必会在某种程度上与中国学者的同话题研究产生高度的一致性。下面就茅盾、老舍、巴金和郁达夫四位作家的比较文学研究成果进行举例分析。

在对茅盾文学的研究上，普实克说，"我认为，茅盾的现实主义与佐拉的自然主义之间的主要区别，在于对个人情调到什么地步。佐拉想象的中心总是某个浪漫的英雄，他单枪匹马，激烈地反抗整个社会——这也是其命运的悲怆性质所在。"[98]这种精神正是中国新文学中不曾发现的。在中国新文学中，没有浪漫主义英雄式人物的舞台，二十年代之后，由于个人的行为在集体面前不起到决定性的作用，所以资产阶级代表的个人主义世界观必然不能对中国人的思想产生决定性的影响。也就是说，西方资本主义的意识形态形式在中国必然无法生根发芽，这与中国本土的国情息息相关。

接引普实克的观点，高利克则对茅盾作品进行了更为细致的比较分析。高利克认为，茅盾是现实主义或自然主义或自然现实主义的作家。"1923 年至1928 年间，茅盾很少写到自然主义。但紧接着在他那本关于外国文学的最为包罗万象的著作《西洋文学通论》中，他又回到了自然主义——现实主义的问题上。"[99]也就是说，茅盾自己对自然主义和现实主义的界限是模糊的。在这一点上，中国研究者则有不同的观点，赵婉孜认为，茅盾的作品更接近于托尔斯泰而不是佐拉，"究竟什么因由使茅盾不断扬弃佐拉的自然主义而'更

---

98 [捷]雅罗斯拉夫·普实克，李燕乔等译《普实克中国现代文学论文集》，长沙，湖南文艺出版社，1987 年，第 153 页。

99 [斯洛伐克]马立安·高利克《中西文学关系的里程碑》，伍晓明、张文定等译，北京：北京大学出版社，1990 年，第 97-98 页。

近于托尔斯泰'呢？我觉得根本的契机在于他们的创作倾向和意趣上的切近。众所周知，茅盾是五四新文学的现实主义和为人生的艺术的倡导者。在广泛的探索中，他感到在 19 世纪欧洲现实主义文学的发展中，俄国的作家代表着一个鲜明的倾向。"[100]赵的观点显然在高利克的研究中无法被证实，因为"20 年代茅盾对托尔斯泰与对佐拉的兴趣一致……苏联文学学者普列雅马曾证实佐拉描写战争环境的小说有很多来自托尔斯泰的那部杰作。如果茅盾并未注意到这种关系，他至少感到它们之间是很接近的。"[101]由此看来，高利克认为茅盾作品并不存在更接近于佐拉还是托尔斯泰之说，因为二者本就属于相同的创作系统。这样看来，赵婉孜的观点显然要片面一些。

　　除此之外，赵婉孜将《子夜》与《战争与和平》作比，认为茅盾从托尔斯泰的创作中得到的启示是多方面的。可以说，从人物的出场到心理描写、环境氛围，都从托尔斯泰的创作中吸取了营养。"以托尔斯泰的小说为例，《战争与和平》书中的开场是以上百名人物开始的。这些人物的关系错综复杂，使读者眼花缭乱，逐步看下去，轮廓才渐渐明朗，进入胜景。"[102]赵认为，《子夜》与《金钱》也有相通之处，但是并没有受到其直接影响，"那么怎样理解这种相似的现象呢？参照苏联日尔蒙斯基院士的见解，文学事实相同的原因有二，一是社会和各民族文化发展相同，二是各民族文学文化之间发生了接触。在赵婉孜看来，似乎《子夜》和《金钱》之间出现相似的可能是因为两国社会发展水平处在同一阶段上，二者并没有直接的接触关系。然而，高利克认为，佐拉对茅盾的影响是深远而直接的。"被称为'杰作'的《金钱》；在很大程度上还有《娜娜》，这是他写专文介绍的唯一一本佐拉的小说。如前所述，《金钱》的影响直接关系到《子夜》的整个组织和总的系统结构安排；《娜娜》则在两方面发生影响。一方面是把'性'看作一种神秘的力量，另一方面是关于命运的权力的变化。"[103]显然，高利克更加有力地证实了佐拉和茅盾文学之间的密切联系。

100 赵婉孜《托尔斯泰和佐拉的小说与〈子夜〉的动态流变审美建构》，载《中国比较文学》2009 年第 2 期。

101 [斯洛伐克]马立安·高利克《中西文学关系的里程碑》，伍晓明、张文定等译，北京：北京大学出版社，1990 年，第 105 页。

102 赵婉孜《托尔斯泰和佐拉的小说与〈子夜〉的动态流变审美建构》，载《中国比较文学》2009 年第 2 期。

103 [斯洛伐克]马立安·高利克《中西文学关系的里程碑》，伍晓明、张文定等译，北京：北京大学出版社，1990 年，第 103 页。

为何中国学者和高利克在佐拉与茅盾文学关系上面会出现如此不同的分歧，因为二者运用了两种比较文学的研究方法。前文已经提到，高利克运用"影响研究"研究中西文学之间的关系，所以结论多出自具有事实接触关系的实证研究。而赵婉孜则运用平行研究方法观察二者之间的异同。这种平行研究中不同文学体系所产生的文学相似性，被赵认为是"并非出于时间过程中的承传、输出或接受的影响关系，而是在不同空间中平行发展的理解。这种相似最能从不同国别、不同民族的人们在社会生产发展的相似或相同中寻取答案。艺术既然是社会现象，是社会意识形成并由社会生活的审美需求而创造的，那么作为资本主义中轴的现金交易以及由此而造成的人与人之间的利害冲突，在巴尔扎克的《人间喜剧》中可以看到，在佐拉的《金钱》中可以看到，在反映旧中国都市全貌的《子夜》中也同样可以看到"[104]。正是基于这样的原因，二者才会产生不同的观点。毫无疑问，高利克的看法更为全面，视野更为宽阔，因为指出佐拉和托尔斯泰著作的同源性，就从根本上否定了茅盾究竟更倾向二者哪一方的问题。诚然如此，赵的观点与高利克的观点有一点相同，即认为社会发展的水平决定社会意识，社会意识又能够反映到文学创作中来，这样，就使得不同国家能够产生相似的文学现象。高利克的理论方法受到苏联理论家的影响，中国学者的切入点也尊崇马克思主义理论，二者的理论来源相同。同样的社会意识下自然产生了相似的意识形态倾向。虽然如此，赵也强调相似并不只是相同，同样要关注这之间的差异性，比如，"果戈里曾经指出，植根在民族土壤中的文学艺术，不在外衫的描写中，而在民族的精神中。《子夜》和《金钱》各自属于民族的艺术，它们在平行的发展中，显示着不同国别、不同历史阶段上的民族风情和阶级的特征。"[105]所以不同民族文学的差异实际上还是来自于不同社会文化精神的差异，这一点高利克也同样认可。只是对比平行研究和影响研究两种方法，显然如果中西文学已经产生了接触关系，平行研究所得出的结论就具有不可靠性。

茅盾究竟属于自然主义作家还是现实主义作家，国内学者还有另外一种研究思路。王志明认为，世界文学史上最早被定义为现实主义作品的是法国

---

104 赵婉孜《托尔斯泰和佐拉的小说与〈子夜〉的动态流变审美建构》，载《中国比较文学》2009 年第 2 期。

105 赵婉孜《托尔斯泰和佐拉的小说与〈子夜〉的动态流变审美建构》，载《中国比较文学》2009 年第 2 期。

作家福楼拜的《包法利夫人》，但是福楼拜虽然创作了不少现实主义著作，却又被人们称为自然主义的大师。佐拉这种自然主义理论的狂热信徒，在创作《卢贡·马卡尔》时，也不能只遵守自然主义的创作法则，还是借鉴了现实主义精神的优越之处。高利克曾认为茅盾其实是将现实主义与自然主义相结合传播进入中国。但中国学者王志明认为，"茅盾是把自然主义作为现实主义介绍给我国文坛的，他所说的自然主义，实际上指的是现实主义，在某种意义上可说是现实主义的同义语。这只能看作是茅盾早期现实主义文学观众用语不精确之处。"[106]王志明觉得茅盾早期的现实主义文学观夹杂着自然主义因素，这主要表现在"他所介绍的自然主义的某些观点在精神上是和现实主义相通的……茅盾要人们学习的自然主义的'科学的描写法'，主要侧重于细节描写的真实性，它和现实主义文学的真实性原则在精神上有某种一致性。"[107]所以从这个角度来说，茅盾早期提倡的自然主义文学观其实是现实主义文学观的变形，只是披着自然主义的外衣来寻找现实主义文学的发展方向。"茅盾早期针对文坛的弊病提倡用自然主义作为疗救的约方，实际上是为追求现实主义文学的真实性在大声呼号，发挥了扫荡陈腐虚假的旧文学及其在新文学中的不良影响的积极作用，对扶植新文学中现实主义流派的健康发展具有一定的历史意义。"[108]但是，这种夹杂着自然主义因素的现实主义文学观也有着自己的局限性，比如对"典型化法则的精髓——真实地再现典型环境中的典型人物的问题却没有进行必要的介绍和探讨，这是令人遗憾的。"[109]对茅盾的文学创作思想的研究，王志明从国内学术环境的大语境下来分析茅盾早期的文艺思想，认为现实主义和自然主义在当时的学术环境下较为混同，茅盾早期的自然主义思想其实是现实主义的前身。这一观点也有一定的可取之处。高利克则认为，"在《西洋文学通论》一书中，茅盾随意混用'自然主义'和'现实主义'两个术语，常是在理论层次上说现实主义，

---

106 王志明《外国文学和茅盾早期的现实主义文学观——兼评茅盾早期文学思想中的自然主义因素》，载《兰州教育学院学报》1985 年第 1 期。

107 王志明《外国文学和茅盾早期的现实主义文学观——兼评茅盾早期文学思想中的自然主义因素》，载《兰州教育学院学报》1985 年第 1 期。

108 王志明《外国文学和茅盾早期的现实主义文学观——兼评茅盾早期文学思想中的自然主义因素》，载《兰州教育学院学报》1985 年第 1 期。

109 王志明《外国文学和茅盾早期的现实主义文学观——兼评茅盾早期文学思想中的自然主义因素》，载《兰州教育学院学报》1985 年第 1 期。

实际层次上却是自然主义。"[110]这就造成了茅盾在具体的文学作品研究中经常将二者的概念混在一起，比如"实际上他认为，从巴尔扎克到契诃夫所创造的一切都属于自然主义，同时他又认为巴尔扎克是现实主义的前驱，而狄更斯有一种'现实主义的风格'，狄更斯与萨克莱的作品都有现实主义的倾向。"[111]由此可见，高利克对茅盾究竟是现实主义作家还是自然主义作家也无法界定，因为似乎茅盾自身就没有充分把二者的概念搞清楚。不过从以上分析可以得见，国内学者王志明和高利克对这个问题的见解具有高度的相似性。只是中国学者更倾向于茅盾实际遵循的是现实主义思想，而高利克则认为是自然主义思想。由此看来，高利克与中国学者对茅盾研究有着共同的视觉焦点。

此外，高利克认为易卜生文学成为了中国现代作家经常模仿的对象，时常成为中国文学创作的灵感来源，《玩偶之家》中"娜拉"这一形象被普遍认为对中国文学的创作具有重要的影响作用。从研究内容上看，中国学者主要从外国文学进入中国的传播路径和变化来分析。"娜拉是现代性发生之后的一个非常具有标志性的形象。她虽然是西方现代性的产物，但却同样在东方现代性的过程中找到了自己的位置，虽然是通过变形的方式。启蒙的逻各斯路径，不仅规定了科学理性的绝对霸权，而且提升了妇女的地位。"[112]女性在中国之所以能够突破数千年的束缚，她们的社会地位前所未有的得到了提高，这是由于女性主义观念起源于欧洲，这种现代的观念流入西方，最终在中国爆发。娜拉这一形象被叶隽认为是推动中国女性主义发展的重要因素。对茅盾、巴金的写作产生了深远影响。"正是在这样的背景下，茅盾在长篇小说《虹》中塑造了一位中国娜拉——梅。作为中国现代文学史上第一位杰出的长篇小说作家，茅盾的重要性怎么高估都不过分。"[113]叶隽认为，"梅"这一形象的塑造正是由"娜拉"而来，甚至是"娜拉"的变形。这种变形是将"娜拉"放

110 [斯洛伐克]马立安·高利克《中西文学关系的里程碑》，伍晓明、张文定等译，北京：北京大学出版社，1990年，第99页。

111 [斯洛伐克]马立安·高利克《中西文学关系的里程碑》，伍晓明、张文定等译，北京：北京大学出版社，1990年，第99页。

112 叶隽《"娜拉形变"与"妇女解放"——中国现代文学史与思想史上的〈娜拉〉之争》，载《鲁迅研究月刊》2016年第5期。

113 叶隽《"娜拉形变"与"妇女解放"——中国现代文学史与思想史上的〈娜拉〉之争》，载《鲁迅研究月刊》2016年第5期。

入革命的时代背景当中。"显然，茅盾的创作具有宏大的构思，人物形象的设计有着明确的社会指向性，尤其是在政治意义的层面上。虽然梅女士有其现实原型，可一旦进入作家的文学世界之后，马上就具有'移形换位'的特殊效应，不复是那个历史原相中的'真我'了。"[114]对于这种变形，叶隽将"娜拉"作为"梅"这一形象是否塑造成功的重要标准。事实上，茅盾确实赋予了梅行素冲出牢笼走向世界的勇气，他让这女子"如果从后影看起来，她是温柔的化身；但是眉目间挟着英爽的气分，而常常紧闭的一张小口也显示了她的坚毅的品性。她是认定了目标永不回头的那一类的人"[115]。最重要的是，"梅"在文中对《娜拉》一剧进行了深入的研究，这种文本内部的接触使得"娜拉"和"梅"的形象毋庸置疑的联系在了一起。在中国学者看来，易卜生塑造的女性形象在一定程度上促使了中国女性主义的萌芽和发展，这的确是高利克不曾想到的。

同样的受"娜拉"影响的女性角色还有"琴"，"相比较茅盾的革命浪漫主义想象激情，巴金无疑更加写实，他更愿意将社会真实的　血用文学家纪实的方法冷静客观地展现出来，所以，他在其名著《家》中塑造了一个张家的姑娘张蕴华，小名叫做'琴'。"[116]"娜拉"与"琴"在叶隽看来是有着紧密的联系的，关键在于琴确实也是《家》中比较出彩和成功的形象，她通过自己的努力挣到了自己的幸福，她和觉民结合了，但是否自由结合就真的能避免娜拉陷阱，其实也是未知之数。因为，娜拉元素之所以可贵，就在于其有着超越个体的普遍性意义，而这种普遍性并不简单地以是否自由结婚为归依，而是要面对资本社会所带来的种种挑战。叶隽的研究方法与高利克有着相似之处，首先是对中西相同文学形象的关注，其关注点更倾向于讨论中国文学对西方文学形象的模仿和再创作。与高利克不同的是，在处理中西方文学的关系时，中国学者更倾向于探查中国文学自己的创造力。或者说，西方文学元素进入中国后的流变和发展，对西方文学本身探讨的不多，其研究主体本质上是中国文学。高利克更倾向于将研究主体视为中西方文学的关系，

---

114 叶隽《"娜拉形变"与"妇女解放"——中国现代文学史与思想史上的〈娜拉〉之争》，载《鲁迅研究月刊》2016 年第 5 期。

115 叶隽《"娜拉形变"与"妇女解放"——中国现代文学史与思想史上的〈娜拉〉之争》，载《鲁迅研究月刊》2016 年第 5 期。

116 叶隽《"娜拉形变"与"妇女解放"——中国现代文学史与思想史上的〈娜拉〉之争》，载《鲁迅研究月刊》2016 年第 5 期。

其并不过多评判中西方文学孰优孰劣，而是将关注点放在交流与对抗本身这个过程中，也就是高利克一再强调的文学间性的问题。这一特点还可以从以下研究中发现。

在巴金与外国文学关系的问题上，中国学者的看法则更为丰富。陈思和、李辉认为，巴金受外国文学的影响主要表现在以下几个方面，首先是来自俄国的影响，巴金在"来自俄国民主革命者的英雄事迹……巴金在《灭亡》、《新生》和《爱情三部曲》中，塑造了一批革命青年的形象，他们不堪忍受反动统治者的迫害，由和平方式的反抗走向暴力反抗。这一过程，同俄国民粹派的革命过程非常相似"[117]在陈、李二人看来，巴金创作的一系列代表人物，明显有着俄国民主革命者的特点，在小说内容上有诸多与俄国文学的相似之处。巴金的文学创作思想受俄国文学的影响，艺术形式则受欧美文学的影响。在这一观点上，陈、李二人与高利克的主要观点相似。"以佐拉为例。巴金作品中人物的精神特征是与佐拉笔下人物是有区别的，巴金本人的思想和文学观也是与佐拉有差异的。但在创作手法上，巴金是从佐拉那里是获得不少教益的。"[118]巴金早期受佐拉影响学习了佐拉那种对社会生活做全面、详尽分析以及注重细节真实地客观描绘，是一种比较严谨的"写实主义"。但就巴金作品本身而论，作者并不认为是全盘模仿欧美文学的结果，"如巴金自己所言，他是借用外来的新的形式来反映中国的现实生活。我们说，正是中国与别的国家生活的差异，决定了巴金作品的独特性。"[119]另外，与高利克的比较文学研究不同的是，中国学者更加强调中国传统文学对中国现代文学发展的重要意义，认为巴金受传统文学的影响，在反映两代人的茅盾之中，着重探讨富有民族特色的家庭伦理观。在中国学者看来，中国传统伦理在巴金的作品中"有两种含义：既有摧毁它的战斗要求，又对它原有的合理成分的衰微怀有留恋。"[120]与国内学者不同，高利克认为佐拉对巴金的影响极其深远。"如果说在诸多俄国文豪中与巴金最为相近的作家要数屠格涅夫，那么在法国作家中占有相应位置的则是佐拉……巴金原名为《萌芽》的小说《雪》与佐拉的《萌芽》十分相近。倘若没有佐拉的《萌芽》，巴金的这部作品很可能就不会写

117 陈思和、李辉《巴金和外国文学》，载《外国文学》1985 年 07 期。
118 陈思和、李辉《巴金和外国文学》，载《外国文学》1985 年 07 期。
119 陈思和、李辉《巴金和外国文学》，载《外国文学》1985 年 07 期。
120 陈思和、李辉《巴金和外国文学》，载《外国文学》1985 年 07 期。

成。"[121]不仅如此，高利克还认为，西方文学作品中与《寒夜》最为接近的是佐拉的小说《瑟蕾丝·拉奎因》。由此看来，高利克要比国内学者更加强调佐拉对巴金小说的影响程度。但高利克则没有从传统文学对巴金的积极影响的角度进行解读，更没有提到巴金对中国社会的伦理道德的态度。

　　显然，布拉格汉学家与国内学者在研究茅盾文学和巴金文学的问题上有许多共识。虽然在一些细枝末节的观点上有些许冲突，但总体研究方向上较为一致。相比之下，中国学者实际上研究现代文学更有一种后人的敬畏之情，也就是说，他们更愿意将中国现代作家的作品认定是国家民族发展的必然趋势，这一部部反映中国当时社会现实的作品本质上是借用西方文学的外壳传达中国民族文学的精神。所以往往在中国学者的研究中，作家创作文学更富有民族文化传承的使命感，这就要强调中国文学的独特性。这一特点还可以通过对比史罗夫与国内学者的老舍研究展现。

　　史罗夫与中国学者都对狄更斯小说《尼古拉斯·尼克比》和老舍小说《老张的哲学》进行了比较文学研究。他们的研究在内容、方法、结论上都有着高度的一致性。那么比较分析这些研究成果就能在一定程度上说明布拉格汉学与中国学者研究上的异同。

　　史罗夫从古代文学基因传承的角度分析老舍创作的源泉，他认为："老舍与清末小说家基本上是一脉相承的，不仅仅是他；这是大多数中国古代史诗散文的特点。[122]"不得不说，这一观点也符合布拉格汉学的基本观点。即中国现代小说有继承古典小说传统的趋势。国内学者廖利萍认为，"狄更斯是由于喜爱戏剧、传奇剧、情节剧等并受这些文体风格的影响而导致其作品结构不紧凑，而老舍从小就接触中国古典文学，因此受到中国传奇小说和章回小说的影响。"[123]可见，老舍小说具备中国古典文学的特质是中外学者达成的共识，这显然是典型的文学中遗传关系的体现。

---

121 [斯洛伐克]马立安·高利克《中西文学关系的里程碑》，伍晓明、张文定等译，北京：北京大学出版社，1990年，第268-269页。

122 Zbigniew Slupski, "Thus LaoShe basically follows the same line as the novelists of the end of the Ch'ing period,and not only they;this treatment was characteristic of most of the old Chinese epic prose."The Evolution of a Modern Chinese Writer -An Analysis of Lao She's Fiction with Biographical and Bibliographical Appendices,Prague: Czechoslovak Academy of Science 1966.p.21.

123 廖利萍《狄更斯对老舍文学创作的影响——〈尼古拉斯·尼克尔贝〉与〈老张的哲学〉的比较研究》福建师范大学学位论文，2006年。

进入现代文学研究创作时期，史罗夫认为，老舍的第一部小说无意再延续中国传统小说的写作方法，而是转向外国文学。"老舍并没有直截了当地说《尼古拉斯·尼克比》是他的书的范本，但是两者的比较显示了相当大的相似性，并揭示了狄更斯的作品在一定程度上的确是作为一种模式为老舍服务的。故事的情节和主线在《尼古拉斯·尼克比》和《哲学》中是相似的，英雄之间以及许多情节和动机之间有着惊人的相似之处。在《哲学》中，我们还发现了一些情节中的主题，这些主题可能是从《尼古拉斯·尼克比》中继承过来的。"[124]例如，在第五章中老张和李应的打斗让人想起尼古拉斯也曾与人发生类似的事件，第三章老张的教学方法非常像《尼古拉斯·尼克比》中压榨者给人做的讲座。此外，两部小说还有相似的场景，如叔叔和孙守备的相遇和对话与《尼古拉斯·尼克比》第三十五章中主人公第一次见面后的送别场景极其类似。老舍的模仿极其深化，比如，"老舍在他的《哲学》中对《尼古拉斯·尼克比》的刻意追随。张的意图是让李静成为他的妾，以补偿无法偿还的债务。[125]"这种桥段在狄更斯的小说中也曾经出现。中国学者刘麟还从艺术手法上比较了二者的异同，两位作家都是现实主义的大师，他们力图还原现实，按照生活的本来面貌描写世界。他们以喜剧的手法写悲剧，有着更加强烈的讽刺效果。也就是说，看似嬉笑欢乐的小说环境实际上暗含着悲凉的讽刺意味，"狄更斯的这一特点早有定论，老舍从他那里学到的一些技巧是为本人所直认不讳的，如耍字眼儿、逗笑等幽默的笔法，但主要在于只摄取人生中热闹的画面。"[126]

---

124 Zbigniew Slupski, "Lao She does not say outright that 'Nicholas Nickleby' served as the model for his book,but a comparison of the two shows considerable similarity and reveals that to a certain degree Dickens work did serve LaoShe as a pattern.The plot and the main lines of the story are similar in 'Nicholas Nickleby'and in the 'Philosophy', and there is a striking resemblance between the heroes and between many of the plot situation and motives." The Evolution of a Modern Chinese Writer -An Analysis of Lao She's Fiction with Biographical and Bibliographical Appendices,Prague: Czechoslovak Academy of Science, 1966.p.23.

125 Zbigniew Slupski,"There is another consideration which points to Lao She's deliberate following of 'Nicholas Nickleby' in his 'Philosophy',It is Chang's intention to make Li Ching his concubine as compensation for a debt which cannot be met." The Evolution of a Modern Chinese Writer -An Analysis of Lao She's Fiction with Biographical and Bibliographical Appendices,Prague: Czechoslovak Academy of Science, 1966.p.23.

126 刘麟《模仿与扬弃——关于老舍与狄更斯片断》，载《中国比较文学》1986 年第1 期。

　　诚然狄更斯对老舍的写作活动影响颇深，但老舍的文学成就在于有别于西方文学的独特之处。史罗夫认为，"《哲学》中最重要的不是从'尼古拉斯·尼克比'那里继承的东西，而是老舍和狄更斯的著作的不同之处。经过分析表明，老舍的第一部小说遵循着完全不同的原则"[127]，这表现在情节上的继承发展上。诚然，"从'尼古拉斯·尼克比'模仿的中心情节，显然只为'哲学'提供了一个框架，老舍用他从自己经历中汲取的各种事件填充了这个框架。正是这些情节构成了'哲学'的真正内容，毕竟正是这些情节赋予了这论文魅力。自然地记录一系列不连贯的人物轶事不会产生一部情节结构复杂的小说。"[128]比如故事《自我牺牲》，它主要寻求现实的趣味性，并以编年史的方式记录他，这种方法被运用到小说当中后，《尼古拉斯·尼克比》的情节模式就被打破，最后就形成了章回小说中的情节安排模式。

　　情节上的相似之处自不必说，在情节模式问题上，中国学者刘麟认为狄更斯小说的模式可以概括为："公子落难，恶棍逞凶，义仆救主，善恶有报。"老舍作品的情节模式也刚好对应了这十六字模式，"'义仆救主'这类情节，在老舍后来的一些作品中不时出现，例如：《牛天赐传》中四虎子之于牛天赐，《离婚》中二爷之于秀真。而《离婚》中还例外地写了恶棍小赵之被杀，善恶有报，十六字模式在这里似乎得到了比较完整的体现，虽然并非贯串全书的主线。"[129]由此可见，在情节设计上，老舍和狄更斯的确有着诸多相同的思路。就善恶这一问题而言，史罗夫认为老舍的作品有如下特点："它们是片面

127 Zbigniew Slupski, " The significant thing thing in the 'Philosophy' ,however,is not what was taken over from"Nicholas Nickleby",but what distinguishes Lao She's book from Dicken's.Analysis shows,however,that LaoShe's first novel follows quite different principles." The Evolution of a Modern Chinese Writer -An Analysis of Lao She's Fiction with Biographical and Bibliographical Appendices,Prague: Czechoslovak Academy of Science, 1966.p.24.

128 Zbigniew Slupski, "The central plot,taken over from 'Nicholas Nickleby',clearly supplies no more than a　frame work to the "Philosophy", a framework which Lao She filled in with varied events and happenings which（as he admitted）he drew from his own experience.It is these episodes which form the real matter of the 'Philosophy', and it is these after all which give the book its charm.Naturally recording a sequence of disconnected events of anecdotic character could not give rise to a novel with an involved plot structure." The Evolution of a Modern Chinese Writer -An Analysis of Lao She's Fiction with Biographical and Bibliographical Appendices,Prague: Czechoslovak Academy of Science, 1966.p.27.

129 刘麟《模仿与扬弃——关于老舍与狄更斯片断》，载《中国比较文学》1986年第1期。

的，作者表现出将它们分成黑白分明两派的强烈倾向⋯⋯在'好'和'坏'之间有一条清晰的界限，任何一个角色都不能跨越。参与故事的人的性格不会改变；到书的结尾，他们或多或少仍保持着最初的样子。[130]"狄更斯小说在人物设计上也有老舍这种特点，但是在对好人与坏人二者命运结局的处理上则有不同，在人物设计问题上，狄更斯早期小说中的人物分为善恶两类。善人始终为善最后成功，恶人始终为恶最终失败，狄更斯反对美化盗贼的创作方法，坚持善良必须战胜邪恶的写作模式。老舍的小说则有不同。刘麟认为，"⋯⋯《老张的哲学》中的人物，借用老舍本人用过的字眼，则可分成好人和坏人两类⋯⋯《老张的哲学》写出了二十年代中国社会中坏人得势、好人受难的严酷的现实⋯⋯在当时的社会，以他当时的认识，他写不出（我们也不应苛求他写出）好人如何才能战胜坏人，除了暗杀以外。十六字模式在最后一环出现了变异，背离了狄更斯。这反映了这两位作家对各自社会的认识与表现采取了不同的态度。"[131]从这个角度看来，老舍与狄更斯之间的区别是因为作家身处不同的社会环境所造成的写作差异。"狄更斯在《匹克威克外传》和《尼古拉斯·尼克尔贝》中描写的是十九世纪中期的英国资本主义社会，他认为他那个文明国土是在进步，光明多于黑暗⋯⋯而老舍是比较严峻的现实主义作家。他曾说'要看真的社会与人生'，'永远不会浪漫'。"[132]本质上来说，这是一个身处积极向上的稳定发展的社会和一个身处风云变幻革命求发展的社会之间的差异，所以才会产生二者对善恶的不同看法，对现实主义和浪漫主义的不同态度。同时，由于两国文学创作传统的影响，使得二者在叙事手法、情节安排上也有不同。

至于老舍为什么会受到狄更斯的影响进行写作，国内学者给出了答案，刘麟这样认为，首先是"狄更斯的幽默触发了老舍的'天赋幽默质感'，使他

---

130 Zbigniew Slupski,"They are one-sided,and the author shows a strong tendency to divide them into strick black-and -white categories.......Between the 'good' and the 'bad' there is a clear line,which none of the characters can cross.The character of those taking part in the story does not change;to the end of the book they remain more or less what they were at the beginning." The Evolution of a Modern Chinese Writer -An Analysis of Lao She's Fiction with Biographical and Bibliographical Appendices,Prague: Czechoslovak Academy of Science, 1966.p.29.

131 刘麟《模仿与扬弃——关于老舍与狄更斯片断》，载《中国比较文学》1986 年第1 期。

132 刘麟《模仿与扬弃——关于老舍与狄更斯片断》，载《中国比较文学》1986 年第1 期。

想到写小说一定是很好玩的事。第二是"狄更斯作品中对英国十九世纪市民社会的描写和揭露，触动了老舍的生活经验。"第三是"更重要的是狄更斯的爱和憎，投合了老舍的性格。老舍说自己穷而刚。他有委屈，好骂世；恨坏人，爱好人。"[133]由此看来，他认为造成老舍选择狄更斯的主要原因还是由于二人的社会经验相同，这样就导致在写作情感上产生了共鸣。由于狄更斯唤起了老舍诸多生活经历的回忆，这使得老舍尤其喜欢狄更斯的作品。老舍创作的真实目的是"是记录一个真实的事件，这是他所关心的并且想要润色的——但仅此而已。"[134]老舍的写作充满着对现实主义的敬畏，这远远超过了他对狄更斯作品的喜爱。"一方面，我们看到作者从《尼古拉斯·尼克比》中提取了一些元素，特别是情节和解决方案、故事的主要轮廓和一些人物。他的主要原因是他不想按照中国古老的传统写小说。尽管如此，中国小说的古老传统已经融入了作品，因为正如我们在故事《自我牺牲》中所看到的，作者采取了传统的写作方式，即作者为了娱乐而写作。他主要看到并希望看到现实中那些看起来不寻常的元素，而对这些元素的准确描述将会引起读者的兴趣。"[135]史罗夫认为老舍模仿狄更斯作品的根本原因在于想要反叛传统，但这并不能使他摆脱文学的遗传关系的影响。这样看来，老舍虽然沿袭了古代小说创作的传统，但他根本的创作意愿确实打破了传统观念的束缚，迎接和创造了新的社会秩序。

通过对比史罗夫和国内学者刘麟等人的研究可以发现以下几个特点，史罗夫和刘麟都充分肯定狄更斯对老舍的影响作用，但在这影响成因上，刘麟的看法与史罗夫有所不同。史罗夫认为老舍选择模仿狄更斯的原因是因为想摆脱传

---

133 以上三点均出自刘麟《模仿与扬弃——关于老舍与狄更斯片断》，载《中国比较文学》1986 年第 1 期。

134 Zbigniew Slupski ,"His aim was to record an authentic event,which care and polish,of course-but no more than that." The Evolution of a Modern Chinese Writer -An Analysis of Lao She's Fiction with Biographical and Bibliographical Appendices,Prague: Czechoslovak Academy of Science 1966,p.21.

135 Zbigniew Slupski ,"On the hand we see that the author took some elements from 'Nicholas Nickleby',particularly thc plot and the solution, the main outline of the story and some of the characters.His prime reason was that he did not wish to write a novel in the old Chinese tradition.Nevertheless the old conventions of Chinese fiction have found their way into the composition,for the author,as we saw in the story "Selfsacrifice",took the traditional approach of the author who writes for entertainment who sees and wishes to see primarily those elements in reality which appear unusual and out of the ordinary,and whose accurate description will interest and amuse the reader." The Evolution of a Modern Chinese Writer -An Analysis of Lao She's Fiction with Biographical and Bibliographical Appendices, Prague: Czechoslovak Academy of Science, 1966,p.32.

统的窠臼，而刘麟则认为老舍主要因为狄更斯的生活经历与自己有颇多相似之处。从结论上看，摆脱传统的束缚并不能够充分证明老舍选择狄更斯来学习，但共同的生活经历则可能更具有说服力。总的来说，二者都认同老舍的写作中有想打破传统的趋势，但终究还是融入了许多传统元素。并且老舍对小说的兴趣则来源于个人的喜爱，幽默元素在他的作品中占据重要地位。对人物的描写更倾向于脸谱化，善恶之间总是从一而终，但好人与恶人的最终命运则不尽相同，老舍作品中的善人总是走向悲剧，但狄更斯的作品则不然。

从作品的题材上来看，狄更斯与老舍都是现实主义的支持者，甚至老舍更追求纯粹的真实。总的来说，史罗夫认为老舍创作有两个特点，第一个特点无疑是向西方文学学习，从欧洲文学中提取一些元素来为自己的小说积累素材。第二个特点则是植根于传统的中国古典文学写作模式，尽管老舍并不愿意再延续传统的窠臼，但由于大时代背景的影响，老舍的作品中有许多传统的创作技巧和方法。诚然如此，老舍的创作还是展现了这一时期中国文学创作的特点，就是不断地希望打破传统模式创造新的写作方式。"他作品的特点是不断地试图找到一种摆脱传统习俗的方法，并为他的主题找到自己独特的方法。"[136]由此看来，中国现代作家引用西方文学的结构、情节等形式元素其实目的不在于学习西方先进的文学创作方法，真正目的是试图寻找突破传统文学桎梏的路径。西方文学只是众多路径的其中一种而已。

从以上分析得知，史罗夫的研究方法没有跳出布拉格汉学研究的框架。首先，研究现代文学与古代文学之间的关系，史罗夫认为老舍的作品有传统文学的影子，但也在试图打破旧文学的藩篱。他谈到："我们发现老舍小说中大致有两种类型的题材；第一，揭示了为娱乐而写作的趋势，其特征是对非同寻常的事物感兴趣；这似乎是他早期作品的典型。第二类文学显示出一种趋势，即从娱乐写作转向对人性的全面研究，无论是在心理上，还是在个人与环境之间的关系上。"[137]在史罗夫看来，老舍创作都从现实当中过来，他从不生造文学，而是从现实提取素材。

136 Zbigniew Slupski,"It is characteristic of his work that he was constantly trying to find a way out of the traditional conventions and to work out his own,original approach to his subject."The Evolution of a Modern Chinese Writer -An Analysis of Lao She's Fiction with Biographical and Bibliographical Appendices,Prague: Czechoslovak Academy of Science, 1966.p.36.

137 Zbigniew Slupski,"We have found that there are roughly two roughly two types of subject in Lao She's fiction;the first,revealing a tendency to write for entertainment, is

　　还有一个重要特点就是，史罗夫引入夏志清的观点作对比，在老舍研究中，史罗夫还特别指出夏志清研究的缺陷，"夏志清写道，在小说《牛天赐的生活》和《骆驼祥子》中，是什么造就了一个人？这对于前一部小说来说是有效的，它刻画了一个人在一定社会环境的形成压力下形成的人格。然而，夏志清对'骆驼祥子'案缺乏判断。"[138]的确，老舍也在追踪一个受环境影响的个体成长的历程；但是他的目标远不止这些。他非常关心环境本身。与《牛天赐的一生》相比，《骆驼祥子》的背景要宽广得多，细节也要详细得多。除了环境对个人的影响之外，老舍在这里还关注个人对环境的影响，这种关系正好相反。在故事的结尾，祥子不再只是命运的傀儡，而是成为了社会的掠食者之一。显然，史罗夫补足了夏志清的缺陷，认为环境的影响是分析老舍作品的主要角度和思路。无论是老舍作为作者自身深处的环境，还是老舍作品中人与环境之间的关系，史罗夫认为，环境与人之间的作用是双向的。这一观点也正符合布拉格汉学的根本观点，也就是从马克思主义角度出发，认为社会环境影响人的发展，人的主观能动性又反过来影响环境的发展。

　　这也能够解释为何中国学者和布拉格汉学学者所做比较文学研究的结论有许多相似之处。这主要包括三个层面的原因，第一，由于研究目标相同所得结论就有可能相同，如史罗夫与刘麟都将老舍的《老张的哲学》与《尼古拉斯·尼克比》进行了对比研究。第二，研究方法相同就使得结论出现了同质性。中国学者和布拉格学派学者都从马克思主义理论的角度来分析文学，从世界文学的大背景之下研究文学之间的关系。这就使得面对同样的研究目标时更容易得出相似的结果。第三，就是布拉格汉学学者与中国学者都曾经或现在处于社

characterised by interest in what is remarkable,out of the ordinary,unusual;it appears to be typical of his earlier work.The second type of subject shows a tendency away from writing for entertainment,and towards all round study of human nature,both psychologically,and in what concerns the relationship between the individual and his environment." The Evolution of a Modern Chinese Writer -An Analysis of Lao She's Fiction with Biographical and Bibliographical Appendices,Prague: Czechoslovak Academy of Science, 1966.p.70.

138 Zbigniew Slupski,"C.T.Hsia wrote that the novels 'The life of Niu T'ien tz'u'and 'Camel Hsiang-tzu'are attempts to answer the question, what makes a man what he is?'This is valid for the former novel,the portrayal of the formation of a human personality under the formative pressures of a certain social environment.C.T.Hsia's judgment is lacking,however,in the case of 'Camel Hsiang-tzu'." The Evolution of a Modern Chinese Writer -An Analysis of Lao She's Fiction with Biographical and Bibliographical Appendices,Prague: Czechoslovak Academy of Science, 1966.p.47.

会主义的社会背景下，研究文学的角度以及研究文学的方法才走向了趋同，这是社会环境所决定的。此外，布拉格汉学将比较文学研究放在了历史的长河当中，不只研究同一时代东西方文学的关系，同时也研究中国现代文学本身与中国传统文学之间的先后继承关系，使得中国现代文学的主体性发挥到了极致。

　　总结以上观点，布拉格汉学学者与中国学者都认为茅盾、巴金等现代文学作家的作品中存在中国传统文化的迹象，布拉格汉学学者认为这是文学传统的沿袭结果，中国学者认为这是民族文化根植于文学作品中产生的"民族性"问题。可以洞见的是，布拉格汉学学者把这当成是一种客观存在的历史发展现象，可以随着历史进程的加速而消失的现象。而中国学者则认为，传统文化是不可消失的民族特性，会保存在民族文学当中直至民族消亡。总的来说，在中外比较文学研究中，布拉格汉学学者更关注中外文学二者之同，而不特殊强调二者之异，更强调西方文学对中国文学的影响，而边缘化了中国文学的"特性"。与之相反，中国学者承认外国文学对中国现代文学不可忽视的影响的同时，更强调中国现代作家的独特之处。这一独特之处来自于东西方文化土壤上产生的不同的"民族性"。

第三节　小结

　　布拉格汉学从比较文学的角度分析中国文学有如下特点。首先，普实克等人从史学的角度来评价中西方文学的对抗和互相影响。布拉格汉学学者并非为了比较而比较，而是利用比较文学方法来理清中国文学发展的历史。以史学的眼光来做比较文学研究，这使得学派的研究得以从历史的纵向来分析中国文学的发展历程。在唯物主义的历史观的指导下，他们认为中国文学的发展虽然受西方文学的影响，但文学的发展进步仍旧是客观的历史进程。民族文学内部有着向前发展的动力。动力来源之一是传统的延续，布拉格汉学学者认为，早期中国现代文学在形式上推陈出新，本质上是因为当时社会环境的变化，这使得作家有机会接触外国文学并借鉴西方文学的文学形式。比如茅盾受到佐拉自然主义的影响，郭沫若受到海涅等人的影响，巴金受到托尔斯泰的影响。值得注意的是，这类影响更应该归纳于文学形式的借鉴，而不是文学本质的拿来主义。在布拉格汉学学者看来，中国文学的发展有着自己的一套进化体系，在老舍等人的早期作品中能够看到传统文学的影子，随着社会发展的进步，传统的文学创作方法逐渐与西方文学的影响因子融合，形成了中国现代文学独特的发展态势。

在众多布拉格汉学学者中，高利克是比较文学研究的集大成者，他研究中国现代文学主要利用比较文学的研究方法来解读文学的发展规律。高利克的《中西文学关系的里程碑》"是第一次从比较文学角度向读者提供一个统一的中国现代文学研究的尝试，覆盖的时间共 81 年。[139]"高利克做中西比较文学研究的主要观点与普实克的观点一脉相承，即将中国文学作为一个客观的研究对象，将中国文学作为世界文学中不可分割的主体来解读。他并没有过分强调西方文学对中国现代文学发生发展的过度影响，而是试图寻找在中国文学发展过程中西方文学所扮演的角色，或者说中国文学所带有的西方文学的基因。高利克认为中国文学在吸收西方文学的特质后，经过扬弃等加工过程，最后形成了自己一套独特的新文学体系，而他撰写文学史的目的也正是希望通过对比东西方文学的不同特质，来观察中国文学发展过程中西方文学所起到的推动作用。这一观点是从超国家语境的环境中提出来的，所得出的结论也具有普遍意义。

理论上说，高利克并不单纯地是研究中国文学的汉学家，而是研究比较文学的学者。研究中西文学之间的"文学间性"是高利克毕生钻研的课题。文学间性将民族文学放入世界文学的视角当中，研究各民族之间文学创作的同质性和异质性。这就不仅仅是中西方文学之间的关系，而是世界各民族之间文学发展过程中产生的相似的发展轨迹。王和达主编的《亚洲现代文学的兴起与发展》就证实了这一研究方法的可靠性。他从更宏大的视角来审视中国文学在亚洲文学中的地位。王和达提出了文学意识形态对于文学发展的重要性，亚洲文学的发展，特别是中国文学的发展，都建立在意识形态的发展变化当中。而欧洲文学进入亚洲文学的环境下，也表现出了融合变形的特点，这一特点恰恰是欧洲本土文学中所没有的。从高利克到王和达等人的亚洲文学研究中可以见到布拉格汉学学者研究中国文学的广阔视角，高利克一生致力于寻找各民族文学发展过程中文学之间的关系，这种融合对抗关系正是王和达等人从亚洲文学与欧洲文学更高层面上所观察到的对抗交融变形的发展过程。文学是社会意识的一种表达，也是民族文化的有机组成部分，中国文学的发展历程本质上也是西方文学进入中国的传播史。

---

139 [斯洛伐克]马立安·高利克《中西文学关系的里程碑》，伍晓明、张文定等译，北京：北京大学出版社，1990 年，第 4 页。

　　文化传播的本质是需求，中国现代文学根植于中国传统文学的土壤中，随着中国社会形态的变迁，中国文学的发展产生了对外来文学的需要，这样，西方文学在中国文学发展中就扮演了重要角色。在高利克看来，这一借鉴吸收成果的实现，正是系统—结构形成的过程。元素或许成为了这一影响过程中的最小单位，高利克将中西文学之间的对抗过程细化到各个文学元素之间的相互作用过程中。比如，不同文学之间的共同"意象"是高利克常常考察的对象。这些共同要素的形成往往有两个成因，一是"遗传关系"，二是"接触关系"。遗传关系是一种历时的承继关系，而接触关系则是一种共时的相互作用关系。接触关系还分为"内部接触"关系和"外部接触"关系。在高利克看来，这两种关系共同组成了世界文学发展的有机系统。特别值得注意的是，文学的元素不仅仅有"同质意象"，这仅仅是最直观的不同文学间的观察点。高利克认为，作家的生活经历，所处的时代，社会形态的变迁都能够成为不同民族文学间对抗的重要因素。由此看来，高利克更倾向于从结构主义的角度来研究中西文学的文学间性问题。

　　实质上，比较文学是研究中国文学的重要研究方法。这一方法的理论基础是马克思主义与结构主义的协同发展。高利克、王和达等汉学家始终从世界文学的角度考察中国文学的地位，世界文学这一理论就来源于马克思主义理论。而不同文学间出现的同质性要素多半产生于相似的社会意识形态，以及作家之间共同的生活阅历。本质上这是主观意识对客观世界的反映，这一理论观点也是马克思主义的。此外，高利克的"系统—结构"理论，本质上将文学作为一个有机整体来看待，这当中充斥着浓厚的结构主义思想，其中包括对情节结构的解构，对文学形式的判断。更不用说高利克的理论源头杜立申在个人著作中已经表明其比较文学方法来自于捷克布拉格学派特别是穆卡洛夫斯基的影响。通过对比中西文学之间相似的情节结构以及相似的意象来考察中西文学之间的微妙关系。由此看来，形式主义和结构主义研究方法几乎是每个布拉格汉学学者最常使用的方法。

　　其次，除将中国现代文学与西方文学比较研究之外，布拉格汉学学者比较中国文学还有以下特点。第一，布拉格汉学学者将同一时期的作家作品进行对比分析，总结归纳出这一时期作家作品的特点。如五四时期文学，左翼文学研究，革命文学等等。第二，将具有同一创作方法的作家作比较，来分析他们创作文学之间的不同点。比如在传记批评研究中，将冰心、老舍、郁达夫、郭沫若的文学作品进行比较，比较他们创作时所用的传记方法。第三，是以鲁迅作为研究中国文学的标杆，将鲁迅文学作品与其他作家作品进行比较。这也成为了布拉格汉学在国际汉学界被看作"左翼"学派的重要因素。

　　与夏至清严肃批评鲁迅的态度不同，布拉格汉学学者肯定鲁迅创作文学的造诣，并强调了鲁迅对中国现代文学的推动作用。他们在研究中国文学时与鲁迅文学作比较，一方面是为了证明鲁迅文学在中国现代文学中的划时代意义，另一方面也是为了凸显其他作家的创作特点。这类研究成果非常丰富，如史罗夫在老舍研究中就有如下讨论，"对鲁迅来说，实际发生的事情仅仅为创造故事提供了动力，他用故事来说明一个普遍的真理。故事中没有真实事件的奇怪细节，或者即使有，也不重要。"[140]然而老舍对真实的态度却与鲁迅不尽相同。"在老舍的故事中，我们看到了相反的情况：现实是最重要的因素。他为自己的故事辩护说，故事中的每一件事都'发生了'。这就是他的目标——'发生的事情'，即实际发生的不寻常和离奇的事情。"[141]显然，还原真实的事件是老舍文学创作的最高目标。鲁迅和老舍的故事对真实事件的依赖程度不同。由此可见，布拉格汉学学者的比较文学研究并不拘泥于中西异域文化背景下文学的比较，还关照中国文学内部各个作家的比较研究。鲁迅是最常被用来对比的对象，这足以证明他在布拉格汉学学者心中地位之高，几乎可以作为衡量其他作品文学价值的一把量尺。此外，布拉格汉学学者主要专注于对具有事实接触关系的案例进行实证研究，也就是更倾向于影响研究，这与汉学家个人崇尚科学主义的精神似乎也颇有联系。

　　最后，所谓"比较之比较"，指的是比较研究不同比较文学方法下的中国现代文学研究成果，这有利于观察中西学者的研究思路、研究习惯以及民族文学研究的异同。一方面，中国学者与布拉格汉学有着共同的意识形态基础。

---

140 Zbigniew Slupski, "For Lu Hsün the actual happening merely served as the impulse to create the story which he used to illustrate a general truth.Bizarre details from the actual event do not appear in the story,or if they do,they are not significant." The Evolution of a Modern Chinese Writer -An Analysis of Lao She's Fiction with Biographical and Bibliographical Appendices,Prague: Czechoslovak Academy of Science, 1966.p.21.

141 Zbigniew Slupski,"In the case of Lao She's story we see the opposite: reality is the most important element.In defence of his story he said that every thing in it 'happened'.That was all he was aiming at-the 'happening',the unusual and bizarre which had actually happened." The Evolution of a Modern Chinese Writer -An Analysis of Lao She's Fiction with Biographical and Bibliographical Appendices,Prague: Czechoslovak Academy of Science, 1966.p.21.

另一方面，二者有着东方文明与西方文化的差异性认知。所以二者的中国文学研究宏观上呈现总体观点的一致性，如认为传统文学对中国现代文学的影响不可忽视，西方文学对中国现代文学起到了外在的塑形作用。另外，从微观层面上看，由于研究者所属国别的差异，有些细微之处的观点呈现出较大不同。如茅盾早期究竟是自然主义还是现实主义的问题等等。中国学者在解决这些问题时，有着本土学者的民族主义的情怀，他们看到了五四时期中国作家想要救亡图存的愿望，创作时担负着"天下兴亡、匹夫有责"的使命。所以中国现代文学从产生之日起就不再是单纯的文学活动的进步，同时也是中国社会跨越式发展的缩影。那么相比布拉格汉学研究，中国学者对现代文学的看法则更加深入，他们寻找的是民族文学内骨骼当中的"本质"问题。

本章研究主要涉及普实克、高利克、史罗夫、王和达等几位布拉格汉学家的比较文学研究。普实克奠定了比较文学研究方法的基础，高利克则在此基础之上有了长足的发展，特别是对朱立申的比较文学理论的运用，使得文学间性成为布拉格汉学家运用比较文学方法研究中国文学的主要理论基础。如果说史罗夫的研究近似于高利克的方法，那么王和达就是将中西比较文学研究上升到欧亚比较文学研究的层次上来，这样世界文学的版图就被拼接起来。纵观布拉格汉学的中国文学研究史，文学研究在经历文本外部的史学考察、文学内部的结构分析之后最终走向了大一统的方法论——"比较"。然而，在学派的比较文学研究中，主要是欧洲文学和中国文学的比较，而较少有中国文学同其他地区文学的比较情况。在这个体系中，似乎只有东方和西方，东方就是中国，西方就是欧洲，不存在中间的灰色区域，实际上这是民族中心主义的表现。诚然，任何一位学者都不太可能集世界文学于一身，做多国多民族文学研究融会贯通之事。但一个学派的发展似乎可以跳出传统研究视野的窠臼，显然布拉格汉学学派目前还没有此领域的建树。

结　语

在文化传播史上，汉学一直是中华文化国际传播的主要口岸，汉学家也被称为传播中华文化的使者。早期汉学主要由西方传教士主导，进入现代社会以后，汉学研究开始以各大学研究中国学的学者为主体。那么汉学家作为中华文化传播的中介就强有力地代表了西方世界对中国文化的理解。研究各国汉学的发展，能够侧面了解中国文化的海外传播境况。同时，研究汉学发展史能够为制定新的文化政策提供一些指导性意见。

如台湾东吴大学学者郑得兴所说："社会主义中国为汉学的发展提供了两种可能性，第一种是社会主义国家之间的友好关系，包括海外学生，第二种是研究中国当代文学。新中国的社会主义改造是普实克在 20 世纪 30-40 年代中国当代文学作家之前遇到的最好的外部条件，这使他和他的追随者在 20 世纪 50 年代捷克斯洛伐克的中国研究中关注中国当代文学。"[1]在西方汉学研究史上，布拉格汉学曾经如同昙花般绚丽，但也因为政治运动的影响而迅速凋零，正是因为这个原因，西方汉学的主流话语权就长时间被新英美汉学家所把持，布拉格汉学也逐渐走向没落凋零。虽然如此，不可否认得是，布拉格汉学学派曾创造了汉学史上的辉煌，他们的研究成果也不应该被埋没甚至无

1　Ter-Hsing Cheng（郑得兴）"Socialist China offered two possibilities for the development of sinology, the first for friendly relations among socialist countries, including overseas students, and the second for studies of contemporary Chinese literature. New China's socialist transformation was the best external condition for Prusek, who had met before the contemporary Chinese literature writers in the 1930-1940s, and that made him and his followers focused on contemporary Chinese literature in 1950s' Chinese studies in Czechoslovakia." Between Sinology and Socialism: Collective Memory of Czech Sinologists in the 1950s. Mongolian Journal of International Affairs, 2015.02.

人问津。总结前文研究成果可以发现，布拉格汉学是一支有着严密的学术研究体系的学术团体。他们有着相似的意识形态倾向，传承关系密切，具有相同的学术共同体认知。对中国现代文学的研究丰富而全面，客观且逻辑自洽。在世界上众多学术团体中，布拉格汉学独树一帜，影响了众多后来的研究者。

一、完备而系统的阐释模式

布拉格汉学研究传统的形成与汉学学者之间的相互影响有着紧密的关系，这不仅体现在对同一话题开展具有连续性的研究，也展现在布拉格汉学家之间在观点和方法上的互鉴。"师承体系"是布拉格汉学形成系统的阐释模式的载体。普实克并不完全是学生研究的"指导者"，他更是亲密的合作者和伙伴。布拉格汉学并不是有着明确组织存在的汉学团体，实质上是在普实克的带领下一批对汉学感兴趣的捷克学者对中国学的一场多方位的探究。

具体说来，首先，在普实克的研究中处处可见对其他布拉格汉学家的引用。比如研究郁达夫时引用了安娜的理论，一是"A.沃科娃（A.Vickova）指出，郁达夫的大部分文学作品都是描写他个人经历的自传性作品，他的每篇作品及其内容都与他生活中的某个方面以及他个人有影响的事件有关。"[2]二是"A.沃科娃在她的研究中已经指出了郁达夫是如何通过努力而接受马克思主义文学观点的。"[3]也就是说，普实克在研究郁达夫写作特点时参考了安娜的郁达夫研究，特别是在注释中，他指出此处引用了安娜的打字稿论文。由此可见，郁达夫的作品具有自传性质并不是由普实克首次发现，而是通过其学生安娜的研究而来。再如，普实克在作品中还曾引用这样一段话，"在文学中加入个人的、主观的，和自传性的因素，是所有现在作家的共同特点。我们以后要结合郭沫若的作品再来讨论这个问题。O.卡拉尔（O.Král）已经指出巴金最著名的著作和他个人经历之间的紧密联系。M.波斯科娃（M. Boušková）在题献给冰心的一篇论文中论证了她作品中的主观性。妇女作家丁玲也使用日记体裁。"[4]这两个观点分别出自王和达的《巴金的〈家〉》和玛歇拉的《冰

---

2 [捷]雅罗斯拉夫·普实克《普实克中国现代文学论文集》，李燕乔等译，长沙：湖南文艺出版社，1987年，第157页。

3 [捷]雅罗斯拉夫·普实克《普实克中国现代文学论文集》，李燕乔等译，长沙：湖南文艺出版社，1987年，第169-170页。

4 [捷]雅罗斯拉夫·普实克《普实克中国现代文学论文集》，李燕乔等译，长沙：湖南文艺出版社，1987年，第182页。

心小说研究》,普实克综合了二者对中国文学研究的共同观点—— 中国现代作家写作具有自传性特征。由此可以想见,中国文学具有自传性特质并非普实克的一家之言,而是综合布拉格各汉学家的观点所得出的结论。那么,以此引申的观点——中国文学具有主观主义和个人主义的特征也是对米莲娜等人观点的升华和深化。其次,普实克对布拉格汉学的影响依旧不容忽视。在《中国文学的三幅素描》中,他举郭沫若、郁达夫、茅盾为中国现代文学的三个代表人物,可见他对这三位作家的重视。从前文可知,高利克做茅盾的专题研究是在普实克的指导之下,从某种意义上讲,这是对普实克研究茅盾文学的一种传承和延续。而同样被普实克指导的安娜,则是对自己从前研究成果的整理和升华。普实克在自己的研究中多次认可了安娜的观点,同时,安娜自己在郁达夫的研究中也认可了普实克的相关论断。又如,史罗夫在老舍研究中就说了这样的话,"我从普实克未发表的关于茅盾、郁达夫、鲁迅和郭沫若的研究中得到了很大的帮助,在那里我第一次尝试从这个角度来解读中国现代文学。"[5]可见,以普实克为主导的师承关系是一种相互影响的学术交流体系。总之,布拉格汉学团体是以普实克为研究核心,其学生的研究环绕在周围,与普实克之间呈单线的互动影响关系。这仅仅是从已掌握的研究内容上考察所得出的结论。普实克在布拉格汉学团体中具有至关重要的作用,也是带动布拉格汉学学者将中国文学研究这个课题完美呈现的关键人物。他的研究方法和研究视角影响了一批又一批的布拉格汉学研究者。

不仅如此,所谓学派的"遗传—继承"传统指的是学术团体内部各汉学家之间研究理念上的共同认知以及学术方法上的相通性。从普实克等人的研究内容上看,布拉格汉学的确存在观点上的互操作性,方法上的一致性,以及研究对象的互补性。但是,仅凭普实克与其他汉学家的师承关系并不能说明普实克建立的学术体系呈现单向的影响性和结构上的决定性。这就需要对布拉格汉学学者做更为详细的传记研究,比如从个人采访、笔记、书信、日记和专著序言等方向上做更多的实证研究,如此就能更加充分地说明这些汉学家的确存在学术上的交流往来,思想上的交互影响。由于这部分研究与本文的阐释方法研

---

5 Zbigniew Slupski,"I derived great assistance from the unpublished studies by J. Průšek on Mao Tun,Yü Ta-fu,Lu Hsün and Kuo Mo-jo,where I found the first attempt to interpret modern Chinese prose from this angle." The Evolution of a Modern Chinese Writer -An Analysis of Lao She's Fiction with Biographical and Bibliographical Appendices,Prague: Czechoslovak Academy of Science, 1966.p.9.

究相距较远，故在接下来的研究中可作为重点考察的对象。这样，布拉格汉学的学术体系就还有许多"例外"值得分析，许多细化的问题值得探讨。

回到阐释模式的理论体系中来，布拉格汉学自成一体，即以马克思主义为指导，以俄国形式主义和布拉格结构主义为分析方法，通过比较文学的视野来研究中国文学的发展历程和发展规律。文学是作者的生活史，是作者经验下的对社会历史的反映。这是布拉格汉学学派马克思主义文学批评观的理论基础，并在一定程度上决定了布拉格汉学学派的文学史观。他们认为文学是随着历史的发展而发展的。个人在历史车轮面前只是反映历史前进的一道缩影。作家正是这样一个个性格鲜明的历史个体。从"普夏之争"的事件能够充分说明布拉格汉学家以更加客观的角度来观察文学，将中国文学作为标本进行考察，努力还原中国文学发展的真实性。这种真实地还原文学发展历程本身也是一种写实主义研究方法的体现。实际上，"普夏之争"对中国文学研究领域的意义并非互相对立排斥的关系。这两种学术研究方法填补了对方的学术空白。布拉格汉学家分析中国文学，英美新批评影响下的夏志清等人则评价中国文学。

此外，布拉格汉学家尤其重视文学的内部世界与外部环境。学者们将文学视为一个动态发展的事物，任何事物都分为内外两面。所以普实克等人就将中国现代文学视为一个内外结合的统一体。事物的发展是内因与外因的紧密结合，文学的发展也分为内在驱动力和外在驱动力。这是马克思主义辩证法视野下的文学发展观。在他们看来，中国文学发展的内部动力是古典文学向现代文学跨越的历史必然性造成。文学的发展也是一种进化论意义上的突进，所以研究中国现代文学不能完全忽视古代文学的传统。文学发展的外部动力是社会环境的急速变化，中国社会从封建社会跳跃进入现代社会需要一场彻头彻尾的社会革命，人们的思想需要大踏步迈进。文学是反映人们思想变化的主要载体，社会的发展导致了人的变化，人的进步促进了文学的发展。这是层层递进的决定关系。文学发展的外因通过内因起作用，内因才是决定文学进步的根本动力，这是布拉格汉学研究中国文学的总体观点。另外，这种内外相结合的研究思想还体现在具体的文本解读当中。比如研究文学内部的结构时会将其分为文本内的内部环境和外部环境，这主要表现在人物内心和外在世界的联系。研究作者的传记生平会将作者的内心世界的变化与社会环境的变化相结合。就作家创作而言，人生经历会内化进入作者的内部思想世界，而文学创作反而成为作者情感的外部表达。所以内外之间具有互相转化的特性，并非永恒不变的无机存在物。

　　不仅如此，布拉格汉学的传记批评研究是以马克思主义理论为基础的文学批评模式。其理论根据是个人的经历是对社会时代的反映，文学则是个人经历的书写，那么文学反映社会发展的历程，显然与现实主义文学的观点也相吻合。作家的个人经历是研究中国现代文学发展的重要母题。从以上研究中可知，布拉格汉学学派主要关注中国现代文学与欧美文学之间的关系，以及文学在社会发展中尤其是社会革命中所扮演的重要角色。在传记批评研究中，布拉格汉学学者尤其重视对这两点的解读。也就是说，研究者们一是通过寻找中国文学作品中受欧美文学影响的迹象来确立中西文学之间的关系，二是考察作家受欧美文学影响下的创作经历，通常包括作家的留学经历，作家的阅读经历等。除此之外，布拉格汉学学者尤其重视作家的童年经历，并认为童年是作家创作的内在基础。传记批评符合布拉格汉学家研究中国文学的总体逻辑，为学派的后续研究打下了坚实的基础，正是对作家生平经历的探讨和解读才能得出中国文学受欧美文学影响的总体特征。不仅如此，布拉格汉学的传记批评研究有着自己的研究特色，出于对文学作品结构的把握，现代小说在现实世界中的外部结构由作家个人与文学之间的交流经验密切相关。众所周知，布拉格结构主义引入历时发展的概念使得它比俄国形式主义更加先进。那么，研究作家个人的创作历史，文学批评思想的流变则成为现代文学"系统—结构"的有机组成部分。由此看来，有别于其他类型的人物传记研究，布拉格汉学的传记批评研究是结构主义的传记批评。

　　回归到文本内部结构，俄国形式主义和布拉格结构主义必然成为布拉格汉学家分析中国文学的主要工具。布拉格汉学学者都有着透视中国文学结构的意识，他们在研究当中重视文学的叙事结构和内部构造以及构成文章各要素的组成排列方式，也时常从语言学的角度来分析语言的发展对中国文学进步的巨大意义。语言学本身是共时语言学和历时语言学的结合体。布拉格汉学学派既有分析文章内部结构的共时的研究方法，也考察了中国文学在历史演变过程中的结构变化。以历史的眼光来考察民族国家文学的流变，是布拉格汉学家研究中国文学的又一突出特点。结构主义研究是不带有意识形态色彩的文学文本研究，通常包括对已经存在的文本做科学的结构分析、叙事线索探查、人称视角转换的探究。这就降低了布拉格汉学家研究中国文学的主观性，提升了其客观性，使得他们的研究充满着科学主义的光辉。此外，利用结构主义研究中国文学的布拉格汉学学者可以分为两类，一类是以普实克为代表的马克思主义者，一类是以米莲娜为代表的非马克思主义者。普实克、高利克等汉学家重视纵向的结构主义研究，也就是探查中国文学结构发展史。而米莲娜则多以横向的也就是共时的文本解读为主，如《鲁迅的"药"》是一篇以文本叙事结构分析为主要内容的形式研究，她并不考虑这篇小说在鲁迅文学体系甚至中国现代文学结构体系发展中的角色地位。普实克则有相似的结构主义研究论文——《鲁迅的〈怀旧〉——中国现代文学的先声》，文中不仅分析了鲁迅小说的叙事线索和叙事手法，也证实了《怀旧》的出现标志着中国文学萌发了现代性的元素，这就兼顾了文学的历时结构变化和文学内部的形式线条。

高利克则将马克思主义与结构主义融会贯通，使用了系统—结构这个概念来阐释文学，他将马克思主义与结构主义嵌入比较文学的研究中。将文学的结构分析与作者的文学创作经历结合，同时又用同样的办法作用于西方文学之上，并将二者进行比较。再将这个研究系统复制到不同的文学历史阶段中，就写成了比较文学方法下的中国现代文学发生史。由此看来，形式主义与结构主义与汉学家的意识形态倾向无关，而是将文学视为由多个零件拼接而成的存在物，分析文学并拆解文学更有利于对文学历史进行解读。由于形式主义与结构主义存在机械地解构文学而忽视文学外部世界的弊端，所以布拉格汉学的研究基本少有纯结构主义的分析。高利克成功地将人物传记研究与作品结构研究紧密结合，他认为作家自身就是文学发展系统中重要节点，这个节点内部又有一个小的系统组织。作家跟文学的每一次实际接触，都能够成为这个系统的重要组成元素。由此便更进一步证明了在布拉格汉学研究当中，传记批评研究成为了结构主义视阈下研究中国现代文学的重要组成部分。

普实克、高利克和米莲娜代表了布拉格汉学的几种不同的研究角度和方法。从三者的代表作品中，可以看到他们既有相通的理论基础，又有不同的理论侧重点。基于布拉格汉学的师承关系的特点，可以看到高利克与米莲娜的理论思想源头都来源于布拉格汉学的开山鼻祖普实克，即将文学作品放在作家所处的社会历史环境中考察，并对文学作品的内部结构以及演变规律进行分析。普克更加侧重从历史发展的角度来看中国文学的发展变化，通过观察文学内部结构的动态系统来反观历史的演变，在作家所处的社会背景中试图寻找文学变化的内部规律。而高利克则更加侧重通过比较文学的方法，将中国文学与国外文学作同质方面的比较研究，从作家所处的历史环境和阶级来探讨中国文学的内部结构。在此过程中，高利克的研究处处闪现着马克思主义者的光辉，这也同他的研究对象以及研究方法密切相关。三者之中，米莲娜是结构主义方法最忠实的拥护者。米莲娜更加侧重对中国文学作品内部结构的研究，探讨了近代中国小说以及现代文学的叙述模式。他是一个典型的结构主义者，受俄国形式主义以及布拉格结构主义影响颇深，她的研究往往充满了形式论的论调。以上三者的理论互为补充，形成了布拉格汉学的主要研究思路和理论阐释模式。但不可否认的是，尽管布拉格汉学家从多个角度对中国文学进行了透彻的分析，但其研究还存在着不足。如普实克与高利克一味地强调作家的历史经验对于分析文学发展规律的重要性就在一定程度上忽视了读者的反映在文学创作过程中的重要作用。不仅如此，由于偏重于比较文学研究，高利克在研究中难免会有过度强调外国文学对中国文学影响的倾向。而米莲娜则更忠实于分析文学作品的内部结构，这就相对忽视了文学作品所处时代对文学内部结构的影响。不过，由于布拉格汉学家是由多个擅长不同领域的学者组成，这样就能够完整地弥补了由于个体研究者的局限性所造成的不足。

值得注意的是，在实际的研究过程中，布拉格汉学学者往往结合两种理论使用，这就使得研究方法走向了"马克思主义符号学"的道路，马克思主义符号学融合了结构主义衍生的符号学理论和马克思主义理论，将文学视为符号文本进行解读，其代表人物有詹姆逊，巴赫金和阿尔都塞等等。而受结构主义影响颇深的布拉格汉学学者，试图将文学放入历史经验的角度进行考察。从某种程度上说，植根于布拉格结构主义的布拉格汉学研究也怀着深刻的马克思主义符号学理论的思想。比如普实克在研究茅盾的文学作品时，他既关注茅盾的写作手法是共时性语言，同时也强调茅盾对中国文学的现实主义态度。普实克对茅盾的评价更加中肯和客观，他认为茅盾作品的形式和内容与他对现实态度息息相关，并非仅仅受外国影响而创作。也就是说，普实克透过马克思主义理论观察到了中国文学现实主义的本质，又通过分析作家作品的结构和形式反证这一观点的准确性。再比如，在普实克对郁达夫的研究中，他认为郁达夫描绘了某个时代的典型现象，这种现象代表了一个时代的特点，这显然应用了马克思主义理论中的"典型"概念。在郁达夫如何树立典型的问题上普实克又回归到结构主义的方法，比如人称的变化，句式的变换。这也成为米莲娜研究中国文学的主要方法。值得注意的是，布拉格汉学家研究中国文学的结构是以完整地历史发展的角度来分析的。从米莲娜对明清时期小说叙述模式的研究开始，布拉格汉学家尤其关注明清小说到中国现代文学这一过程中结构的变化。在结构主义研究方法上，普实克和米莲娜有许多共同的关注点。比如叙述视角的变化，文章内部叙事线索的发展，句式的变换等等。事实上，将马克思主义理论与结构主义完美结合的汉学家是高利克。高利克在《中西文学关系的里程碑》前言当中提到，研究以马克思主义为指导，布拉格文学批评家"D.杜立申"[6]的"系统—结构"学说为依托，运用比较文学的方法研究中国文学发展史。高利克全面而完整地呈现了布拉格汉学学者研究中国文学的基本模式。

另外，布拉格结构主义者也强调文学作为一种符号与社会环境息息相关。艺术作品只是一种外在符号的存在，他们在集体意识当中才产生相关的意义。也就是说，文学作品与作者所处的社会集团密切相关，而作者所处的社会背景又与阶级和意识形态关联密切。受布拉格结构主义的影响，布拉格汉学的中国文学研究中也对这一问题有所探讨。普实克将社会变革、统治阶级的变化与文学的发展联系起来，认为晚晴时期中国文学形式的变化是由统治阶级的变化导致，文学具有阶级性。"属于下层的和民间的文学潮流现在在文学中占据了统治地位。正如地主阶级被人民革命所清除那样，这一阶级的文学也同样被剥夺了它的地位。"[7]普实克通过文学的发展变化来反观中国历史的发展，即认为中国社会的变革主要来自社会内部的力量，即使欧洲并未侵略中国，也不会阻碍中国社会发展的脚步。社会发展的历史推动着文学史的发展，而文学史的发展又反映了社会发展的历史。作为社会符号的文学，其所指在某一社会阶层，某一集团内部产生意义。这便产生了意识形态，这种意识形态往往代表着某一社会集团的主观意识。就如巴赫金所说："任何意识形态的符号，也包括语言符号，在社会交际过程中实现时，都是由这一时代的社会氛围和该社会团体所决定的。[8]"那么，社会变革会引起社会心理的变化，由此，经过变化了的社会心理所产生的文学作品就会呈现出来。符号是由某一社会集团共同认定的，并因此而产生意义。作为符号文本的文学也由某一特

6　注：也可翻译为"朱立申"。

7　[捷]雅罗斯拉夫·普实克《普实克中国现代文学论文集》，李燕乔等译，长沙：湖南文艺出版社，1987年，第29页。

8　张碧《从文学到文化——马克思主义符号学研究》，四川大学博士论文，2011年，第50页。

定社会集团所共同认定，其所指也会随着社会集团的变化而变化。普实克所谈观点正体现了马克思主义符号学的这一观点。除此之外，布拉格汉学的另一位学者高利克也在他的研究中讨论了意识形态、阶级与文学之间的关系，对中国现代文学批评进行了分析。高利克将中国现代作家的文学作品都看作是"系统—结构"的组成，从作家的生平事迹中看待作家的文学理念的发展，又从作家的文学作品中，寻找作家的阶级特征以及意识形态。

最后，布拉格汉学对中国现代文学的研究最终走向了比较。比较文学提高了民族文学研究的维度。在这个领域里，研究成果最多的布拉格汉学学者毫无疑问是高利克，他对中国现代文学研究的巨大贡献在于，首先以比较文学的方法书写了中国现代文学史，这种方法在从前的文学史书写中是从未有过的。第二，引入了"文学间性"这个概念研究现代文学，从结构主义的视角来观察"文学间进程"。所谓的"文学间进程"其实指的是各民族文学在发展的过程中出现的趋同和变异的现象。高利克正是抓住了这一关键要素，才使得不同文学之间的比较成为可能，这种研究同时实现了共时和历时的多重时间段的比较。同时也让利用比较文学方式书写文学史成为可能。"文学间性"这套理论是高利克从布拉格理论家"朱立申"那里借鉴而来，即利用结构主义的视角来解构不同民族文学之间的不同质素。利用这一理论进行比较文学研究存在以下特点，首先，高利克将所有影响文学发展的因素全部看成系统中的一个元素，每个元素都是系统的必要组成部分。这些因素可以是文学作品外部所处的社会环境、作家的生平经历，也可以是文学作品内部的叙事结构、叙述线索、意象。高利克将所有文学的有机组成部分统一视作元素，更有利于进行不同文学之间的比较。这样，他就可以更加有的放矢地将中国文学与外国文学进行全面的对比分析。在他的研究中，有中西作家因个人经历相似而引起文学创作上的趋同，也有中西文学之间相同意象的贯通性。除此之外，高利克认为中国现代作家在很大程度上模仿了欧洲文学的结构和叙述方式。中国现代文学在欧洲文学的影响下缓缓向前发展，这也正迎合了高利克希望通过比较文学来书写中国文学史的意图。在高利克看来，西方文学在中国文学的发展过程中扮演了不可或缺的角色。高利克后期的比较文学研究开始向文化研究转向，他开始寻找由于中西文化之间的影响而导致文学上创作异同的案例，其中"神话"和"圣经"成为了重要的课题。

布拉格汉学之所以受到俄国形式主义，结构主义符号学，马克思主义的影响，这其中的缘由是很复杂的。首先，布拉格汉学起源于布拉格查理大学，也就是布拉格结构主义的发源地。1929 年，首届国际斯拉夫语大会在布拉格召开，此后布拉格语言学派迅速建立起来。那么，布拉格汉学产生之时正值俄国形式主义向布拉格结构主义过渡时期，所以从布拉格汉学家的研究中可见几种理论交汇的痕迹。此外，中国现代文学的产生和发展与中国社会革命的发展息息相关，布拉格汉学家结合中国国情，受马克思主义无产阶级革命的意识形态的影响，这与他们本国社会主义运动潮流交相辉映。由于布拉格结构主义的核心观点已经不再拘泥于文学是一个封闭完善的自治系统，而是打破了俄国形式主义的局限性，着眼于系统的系统。那么，布拉格汉学家就利用结构主义的特点对中国文学作品在发展中的变化因素进行深入剖析。与此同时，对历时因素的探讨也就冲出了形式主义的局限，将文学作品看作系统—结构中的"符号"。这正迎合了当时中国文学的需求，所以汉学派在布拉格蓬勃发展既有其历史的偶然性，也有现实的必然性。

此外，从布拉格汉学的内部研究走向外部环境的角度来看，汉学研究模式的发展变化侧面反映了西方文学理论的历史进步。如普实克等人初期研究中国文学主要运用马克思主义理论、结构主义和传记批评等研究方法，进入20 世纪 70 年代后，学派的比较文学研究开始成为主流，此时正值国际文艺理论界将文学研究推入比较研究的黄金时代。在这之后，由于意识形态不再严格束缚着布拉格汉学家的学术研究，英美新批评影响下汉学研究方法也逐渐进入布拉格汉学家的研究视野。实际上，任何一个学术团体都不存在固定的学术研究方法，由此便无法明确界定汉学家在研究中国文学过程中是否严格按照某种理论庖丁解牛。他们只存在某种习惯性的理论使用倾向，这与汉学家所处特定的学术团体以及学术氛围密切相关，许多摒弃马克思主义理论的汉学团体也依旧会使用马克思主义相关理论方法研究中国文学，这其实决定于研究材料的需要。那么，论文实质上描摹了布拉格汉学的几种理论研究模式。如果深化细究就会发现，布拉格汉学学者与其他英美汉学学者之间并不存在一条泾渭分明的界线，反而二者是互相依赖、相互交流的学术共同体。举例说来，从普实克与夏志清的研究中就可以发现，传记批评研究是各派汉学家常用的文学研究手段，作为传统文艺理论方法之一，传记批评的地位虽早已被各种新的批评种类所取代，但在实际的文学批评研究中，它仍旧是重

要的文学研究辅助手段。方法论不存在意识形态的差异，无论学术团体有着
何种意识形态的倾向，根据研究内容的需要，不存在对任何方法的抵触或排
斥情绪。所以普实克与夏志清所代表的对中国现代文学的两种态度，在经历
了汉学研究史的洗礼之后，逐渐走向方法与观点上的融合统一。这尤其可以
在后辈的研究者中显露。比如，李欧梵将普实克的作品集结成册意在于展现
普实克的主要观点，即十九世纪欧洲现实主义小说影响下的"史诗"传统和
古典文学中所表现的"抒情性"。陈平原在《中国小说的叙事模式的转变》中
综合了各汉学流派的长处，融入自己独特的观点和看法，清晰地运用叙事学
方法阐述了中国文学结构的流变。陈平原说："'史传'与'诗骚'作为支配中
国叙事文学发展的两种主要的文学精神，不单自身影响中国小说叙事模式的
转变，还制约着小说家引其它文学形式入小说的方向和效果。'新小说'注重
'史传'，故更热衷于引轶闻、游记如小说；五四作家注重'诗骚'，故对引日
记、书信入小说更感兴趣。'新小说'与五四小说的基本面貌跟这两代作家对
这两种文学精神的不同选择大有关系。"[9]显然，"抒情与史诗"这个观点就从
中国学者的翻译和借鉴中影响了中国本土现代文学的研究和发展。

　　总之，从历史的延续性来看，布拉格汉学家研究中国文学的主要历程是，
首先，以结构主义的视角通过传记批评的方法对中国作家的主要写作背景进行
研究，得出传记性质的文学写作是中国现代文学的重要特点的结论。这成为中
国现代文学的主观主义和个人主义理论出现的前提。在此基础之上，运用形式
主义、结构主义的文本分析方法对中国文学的形式和结构进行分析，研究中国
文学发展结构的变化。这一系列研究的前提是将中国文学放入世界文学的背景
下，通过比较文学研究来反观中国文学在世界文学当中的地位。这样就形成了
对中国文学的立体印象，于内而言，结构主义的方法可以分析文学内部结构的
特点，以马克思主义为指导，则更接近"他者"的意识形态。于外而言，比较
文学可以提供文学研究的参照物，让文学的特点能够更立体地呈现出来。

二、迈向"自我"的"他者"研究

　　中国学者研究国际汉学常常使用"他者"视角这个概念，将"他者"和
"自我"对立，"他者"往往是西方世界对中国印象的一种扭曲，而"自我"
则代表中国文化的本真。"他者"视角往往与受英美新批评影响的汉学家有着

　　9　陈平原《中国小说叙事模式的转变》，上海：上海人民出版社，1988 年，第 165 页。

紧密的联系，他们一般出生在英美等发达国家，接受西方文明价值体系的教育，对殖民主义有着很深的理解。这就造成国内学者对西方汉学的普遍印象就是"他者"的研究。但从布拉格汉学研究中，可见到与其他英美汉学家不同的研究视角和研究方法。这当然与捷克斯洛伐克曾是社会主义国家息息相关，也同时与普实克本人有着密不可分的关系。实际上，作为共产党一员的普实克是一个左派的学术研究者，也是社会主义社会的倡导者。这一切决定了他研究中国文学的方法和视角极大程度地靠近中国本土学者的研究。此外，普实克还曾经到中国留学，与茅盾、冰心等人都有过真实地交往经历，这在一定程度上决定了他的成果具有极强的实证性。同时，这也消减了"普实克"作为"他者"的刻板印象。总体上来看，布拉格汉学以马克思主义理论为指导，认为中国现代文学的总体特征就是现实主义。这一论断基本定义了中国现代文学的特性，并被学界所广泛接受。对于中国文学这个主体来说，布拉格汉学对中国文学的定义就是一种"他者"的印象，这个印象被中国文学吸收并利用，成为了中国文学研究主体的一部分。同样，中国文学自身也存在于世界文学的总体印象当中，所以"他者"的印象也成为了中国文学的一部分。布拉格汉学作为"他者"相较于其他汉学团体的研究成果更接近"自我"。在一段时间内，普实克的观点引领了世界汉学发展的潮流，"普夏之争"的出现更是加深了中国文学对于世界文学的印象，从这个意义来说，布拉格汉学对中国文学的发展也做出了巨大的贡献。在这里，"他者"和"自我"并不是绝对二元对立的两个阵营，而是可以相互转化的关系。而更能够适应中国文学本土环境的汉学成果，显然是有着跟中国相似意识形态的布拉格汉学。由此可见，相似的意识形态更容易促成文化的传播，而相左的意识形态则更加艰难。意识形态可以突破文化本身的束缚，成为文化传播的重要介质。

由此可见，布拉格汉学在研究方法上和理论基础方面都与国内学者的研究有着众多的相似之处。由于意识形态的相似性，国内学者在马克思主义的理论环境下做中国文学的研究，马克思主义的视角就成为研究中国文学的前提条件。那么，布拉格汉学家的研究和国内学者的研究在理论基础上的一致性，就导致了研究结论的统一性。尤其在对革命文学的评价上，布拉格汉学派学者以及国内学者都肯定了革命文学为社会革命所做出的贡献及其在文学史上不可忽视的地位。在这一问题上，夏志清等学者则反对将文学视为社会发展的附庸，认为文学一旦成为政治的工具，将失去文学固有的美学特性。

所以在对左翼文学的态度上，布拉格汉学学者与夏志清、夏济安等学者的观点则完全相反，后者认为当文学成为了革命工具之后，文学本身迎来了黑暗。但布拉格汉学学者则抱有较为积极的态度。这与国内学者的结论基本一致。除此之外，他们研究中国文学时往往最终回归到比较文学领域当中，将中国文学引入世界文学的视野之下，从更为宏观的视角来审视中国文学的发展。国内学者在这一研究课题上则稍显不足。

　　举具体例证来说，鲁迅文学研究就可衡量各个汉学家的"他者"程度，在众多中国现代文学家中，鲁迅在汉学界所处的地位与其他作家截然不同。基于汉学家对鲁迅文学的态度，可以大致将汉学家分为两类，第一类是肯定鲁迅作为中国现代文学先驱的汉学家，第二类是在一定程度上否定怀疑鲁迅作品文学价值的汉学家。鲁迅几乎成为研究中国现代文学的标杆，同时也承载着汉学家评价现代文学价值的量尺。布拉格汉学学派正属于第一类，普实克有文《鲁迅的怀旧——中国现代文学的先声》，书写的是鲁迅的小说《怀旧》所表现出的新文学的特点，他认为鲁迅的作品打破了传统的文学模式，出现了新的形式，是中国新文学的先驱和典范。另外他还在《鲁迅的革命和艺术》一文中明确了鲁迅的政治立场，"鲁迅接受了马克思主义，这是他的政治立场，他毫不退缩地为之奋斗，直到他死去。这是一个任何争论都无法改变的事实。他努力达到这一立场的事实可以用他以前的全部发展、他的基本革命直觉、他对绅士的仇恨、他对中产阶级平庸的厌恶来解释。"[10]另外，米莲娜的《鲁迅的药》则是运用结构主义来分析鲁迅小说结构的精巧性，这进一步深化了普实克的观点，她认为鲁迅的作品体现了中国现代文学在文学形式上的新突破。高利克对鲁迅的研究则更多的是在比较文学的范围内，他对鲁迅的评价极高，"当时他首次使用了'鲁迅'这一笔名，他从未梦想到由此将会成为现代中国最著名的文学家，蜚声四海。"[11]高利克认为鲁迅对中国现代文学的意义是开创性的。他高度评价了鲁迅对中国现代文学所做的贡献，认为鲁迅奠

10　Jaroslav Prušek ,"Lu Hsün accepted Marxism, it was his politiacal stand, and he fought for it without flinching right up to his death. This is a fact which no arguments can change. The fact that he worked his way to this stand can be explained by the whole of his previous development, his fundamental revolutionary feeling, his hatred of the gentry, his dislike of middle-class mediocrity." Lu Hsün the Revolutionary and the Artist.Orientalistische Literaturzeitung,Volume 55.Issue 1-6.

11　[斯洛伐克]马立安·高利克《中西文学关系的里程碑》，伍晓明、张文定等译，北京：北京大学出版社，1990 年，第 21 页。

定了中国现代文学的基础，他开启了中国文学同世界文学融合的进程，在中国现代文学作家中是无与伦比的存在。由此看来，布拉格汉学家对鲁迅文学的态度与中国学界有着共识。

实质上，汉学家对鲁迅文学不同评判标准的焦点在于鲁迅与革命文学的关系。国内学者将普实克与夏志清划分为持有两种文学史观的研究者。普实克等人研究中国文学史具有左翼文学史观的倾向。这尤其表现在对革命文学的态度上。欧美新批评影响下的汉学家认为文学一旦成为政治的附庸，将失去全部美学价值。正如国内学者张莹莹所说："夏志清认为鲁迅不足以'跻身于世界名讽刺家'是因为鲁迅在后期表现出了对政治的软弱和怀疑，这种软弱和怀疑让他的讽刺能力减弱，因此后期的作品不及前期的有力量。"[12]而恰恰普实克为代表的布拉格汉学学派充分肯定了革命文学的现实主义价值："普实克对夏志清的批评正是由这一判断引起的，在对鲁迅个人的评价上，普实克认为鲁迅始终坚定地站在无产阶级的一方，并且对共产主义的信仰也非常坚定。"[13]本质上讲，革命文学直接反映了作家的意识形态立场，汉学家对待革命文学的态度从某种意义上来说也决定了汉学家的意识形态建构。那么，意识形态的差异就导致了对鲁迅文学态度的不同。同理，对于郁达夫和郭沫若等曾经创作过革命文学的左翼作家，持有不同意识形态立场的汉学家的评价也是大不相同。文学是否应该还原现实，还原到何种程度，这是文学家与文学批评家一直争论的问题。

由此可见，研究不同学派汉学家的"他者"身份，可以从他对鲁迅文学的态度中看出端倪。确切地说，是他如何看待革命文学在文学发展史中的地位以及如何对待文学的政治功能作为衡量文学价值的标准的问题。

此外，鲁迅研究并没有作为一个大专题而成为布拉格汉学家研究的对象。但这并不代表鲁迅文学在布拉格汉学研究体系中被忽视忘却。相反，鲁迅文学是普实克等人研究中国现代文学的指路灯，可以想见，鲁迅在这些汉学家进入现代文学研究领域之前就已经是颇具影响力的中国文学家，布拉格汉学学者不仅肯定鲁迅在中国学界的造诣，同时还将鲁迅的文学创作思想融入到对其他作家的研究体系当中。"先声、先驱"是普实克等人对他的高度评价，

---

12 张莹莹《立场与方法——论 60 年代"普夏之争"》，广东外语外贸大学硕士学位论文，2016 年。

13 张莹莹《立场与方法——论 60 年代"普夏之争"》，广东外语外贸大学硕士学位论文，2016 年。

这种崇高的地位无时无刻地展现在布拉格汉学研究的各处角落。由此看来，布拉格汉学的鲁迅文学研究应是一个重大的课题，这当中不仅涵盖鲁迅文学本身的实际意义，同时也包括鲁迅在中国文学史上辐射性的影响。此外，布拉格汉学作为当时西方主流汉学团体的一支，对鲁迅文学的高度评价直接促进并维护了鲁迅在国际文学界的声望。所谓的"普夏之争"的焦点也常常围绕评价鲁迅文学而展开，当鲁迅被冠以政治文学的附庸者之时，也是普实克坚定地指出了这一看法的非客观性。由此看来，评价汉学家的意识形态倾向似乎可以从其评价鲁迅文学的定论中看出些许端倪，这个猜想值得在后续研究中被进一步讨论。那么，将鲁迅研究的话题延伸就可以衍生出许多作家的专题研究，比如茅盾文学研究、郭沫若文学研究、郁达夫文学研究等。单一作家的专题研究可以更完整地展现布拉格汉学学派研究中国文学的继承性。他们往往面对同一对象时可以做到研究话题互相交叉但不重复，这样经由多个汉学家不同角度的深入剖析，作家的创作特点以及文学的历史价值就被完整地描绘出来。另外，专题研究不仅有利于不同汉学流派对同一作家研究的对比分析，也有利于将汉学中的文学研究与中国本土的民族文学研究进行对比剖析。

由此，通过将布拉格汉学与其他汉学团体研究相比，有结论如下，相较于受英美新批评影响的汉学家，布拉格汉学学者研究中国文学的方法在欧美学术体系中更为传统。就评价文学的体系而言，英美新批评影响下的汉学家史侧重于对文学的主观认识和主观评价，通过美学的角度来评价文学，这种研究方法将作者与作品所产生的时代背景置于场域之外。而单从研究者的视角来感受文学作品当中的美感，可谓是较为主观主义的研究方法。布拉格汉学学者则倾向于以一种更为客观的视角来研究中国文学，他们企图寻找更多的证据来证明文学发展的规律。马克思主义理论指向的是社会客观现实对文学的影响，结构主义理论则指向的是文本客观存在的结构。也就是说，布拉格汉学学派的研究更忠实地还原了中国现代文学的总体样貌，这是学派的特点也是优越之处。同时，不可否认，过分追求客观地还原真实就忽略了作为批评家以及研究者个人对文学的总体看法。在这一问题上，英美新批评影响下的学者则有可取之处。以夏志清为代表的汉学研究者们，肯定了中国文学的美学价值，确立了中国文学为世界文学所做出的美学贡献。

事实上，"他者"的视角也是形成中国文学的重要组成部分，内在意识和外在意识构成了一个完整的印象。这样，布拉格汉学就也成为了中国文学总体印象的组成部分。将布拉格汉学与其他汉学研究相比较是"他者"与"他者"之间的比较,二者之间所表现出的是意识形态的不同所导致的研究视角差异,但文化背景上的相通又使得二者在文化立场上具有一致性。那么,将布拉格汉学的中国文学研究成果与中国本土的研究相比较,本质上就是"他者"与"本我"研究的比较,二者之间所表现出的是意识形态相同所导致的研究视角的趋同,但文化上的不同就导致了文化立场上的不一致性,这尤其表现在中西文学比较研究中的"对抗性"。与本土学者的研究相比,布拉格汉学的研究表现出了"实时性",即早在二十世纪三四十年代,学派就已经对中国现代文学开始研究,可谓布拉格汉学学派与中国现代文学的发生发展几乎是同步进行的。那么,前者较后者在当时就更有先进性和前沿性。其中,最重要的几个观点在中国文学领域一直延续至今,首先,就是前文提到的中国文学的现实主义特质。布拉格汉学家关注中国文学从古至今的发展规律,认为现实主义一直是中国文学的主流,并肯定了现实主义文学的社会意义和美学价值。除此之外,尤为重要的是,普实克等人高度肯定了左翼文学的价值,认为革命文学有其独特的历史意义。在中国文学史上,革命文学应该是浓墨重彩的一笔。国内学者对现实主义文学和革命文学的态度,基本与布拉格汉学学者相一致。此外,传记文学的研究也成为了近几年国内学者讨论的话题。而早在二十世纪三十年代,布拉格汉学学者就利用传记批评研究方法得出中国文学具有自传性特征的结论。总之,促使布拉格汉学"他者"和中国本土"本我"研究之间产生如此程度的相似性的主要原因还是在于意识形态的同质性。即马克思主义理论为指导的文学批评研究,势必充分肯定现实主义文学的崇高地位以及革命文学对于社会革命的贡献,这正是新批评阵营的英美汉学家所诟病的论点。虽然如此,普实克的许多观点在中国学术界深入人心,这些论点在中国学术界被广泛认可,并且衍生出许多具有延续性的研究成果。

　　"他者"是文化研究的一个热门术语,是西方殖民主义文化霸权政治下对异域文化的塑造。近些年,国内学者常常将西方汉学家视为"他者"的存在,认为汉学家眼中的中国是殖民者想象中的"中国",势必带有中西文化之间不可调和的矛盾性。那么,是所有的西方汉学研究者都是"他者"吗?答案显然不可一概而论。布拉格汉学学者研究文学是在异域文化背景下进行的一场对同类意识形态国家民族文学的文学研究活动。在学派产生之初,研究成果的确以"他者"的形象出现,是西方汉学界对中国现代文学最客观权威的解读。随着世界文学研究活动的发展，中国本土学者吸收认同了布拉格汉学的诸多观点。此时，普实克等人的研究成果已经融合成为本土中国文学研究的重要组成部分。就此所见，此刻的"他者"正向"自我"迈进，虽然这些东欧汉学家的身份并非中国本土学者，但其研究思想和方法可谓很"中国"。相反，夏志清是中国文化背景成长起来的本土学者，后经由英美教育体系塑造，其意识形态与研究观点与英美汉学家无异，那么他的研究是否在某种程度上更西方、更"他者"？这需要更进一步地分析和研究。比如，普实克对夏志清的中国文学研究做了这样的评价："更仔细地研究一下夏志清对中国文学在这一革命时期的发展的描述我们就可以看出，他未能把他在研究的文学现象正确地同当时的历史客观相联系，未能将这些现象同在其之前发生的事件相联系或最终同世界文学相联系。他没有采用一种真正科学的文学方法，而是满足于运用文学批评家的做法，而且是一种极为主观的做法。"[14]造成二者观点有如此差距的原因与意识形态倾向的差异有着密不可分的联系。由此看来，"他者"的定义和内涵是复杂而多样的。研究汉学家的身份、意识形态和研究成果就能够在一定程度上为"他者"这个概念重新定义。

不仅如此，以上观点就衍生出一个文化研究的问题，文中涉及中国文学的三类研究者，从文化背景和意识形态两个方面可以如此描述。布拉格汉学学者（这里指捷克斯洛伐克分裂之前的社会主义国家阶段）是在西方文化背景下成长起来，具有马克思主义意识形态倾向的中国文学研究者。夏志清为代表的英美汉学学者则是从西方文化背景成长或教育背景发展起来的汉学家，反马克思主义意识形态的研究者。中国学者是中国文化背景成长，马克思主义意识形态倾向的本土研究者。这三类学者之间存在着两个共同的变量——文化背景和意识形态。如果研究这三类学者在面对中国文学这一相同对象所表达的不同态度似乎可以从侧面说明文化身份与意识形态二者对人思想的影响程度。那么建立以文化背景和意识形态为自变量的观察系统，就能得出相应的结论。事实上，以上三类学者的划分标准也是粗糙而不可靠的，在实际研究中情况要复杂地多。如，米莲娜是布拉格汉学的主要成员之一，虽然她的研究路径和手段与普实克一脉相承，但米莲娜却并非马克思主义者，这也解释了为何米莲娜的著作多从结构主义和形式主义的角度进行文本结构

---

14 [捷]雅罗斯拉夫·普实克《普实克中国现代文学论文集》，李燕乔等译，长沙，湖南文艺出版社，1987年，第220页。

研究。夏志清虽然出生于中国文化背景下，但在美国接受了英美新批评的教育传统，在研究中国现代文学时，其研究理论思路更接近英美汉学的研究方法，甚至在国际学术界成为了英美汉学的代表人物之一。夏志清本人是反马克思主义者，所以即使文化背景相同，但意识形态和教育背景的差异，也会使同一文化背景的学者研究本土文学现象时产生两极的结论。基于此，意识形态和文化背景就在汉学研究中成为衡量汉学家个人研究"系统—结构"的重要影响因子。

那么，汉学研究者的意识形态和文化背景研究还可以拓展到更广泛的文化研究课题上来。这是一个复杂而庞大的问题，在世界文化的版图中，儒家文化圈与基督教文化圈是世界两大文明的中心。文化身份的相似性总是能激起不同民族的亲切感，如韩国、日本、新加坡等国家历史上长期受中国文化的影响，在民间交流中体现出了国与国之间的亲和。诚然如此，社会主义与资本主义两种意识形态也代表着人类思想的两大阵营。在儒家文化圈中，日本、韩国等国家长期实行资本主义制度，在政治体制上与中国相距甚远，因此国家之间的政治往来又出现了陌生化、甚至敌对化的倾向。而曾经是社会主义阵营的基督教文化圈国家捷克斯洛伐克，虽然文化背景上与中华文化有着巨大的差异，但在两国政治文化交流中却产生了前所未有的亲切感。如此看来，文化的发展繁荣，中华文化的海外传播发展，似乎需要将文化身份与意识形态背景都纳入分析评估的范围内，这样才能寻找一条切实可行的文化传播发展道路。

三、未竟之话题讨论

布拉格汉学的中国现代文学研究是一个宏大的课题，除前文中涉及的话题之外，还有诸多待解决的问题值得后续研究讨论。

首先是对布拉格汉学研究史的深入解读，布拉格汉学派兴起于二十世纪三十年代，鼎盛于五六十年代，其发展的历史严重受到本国政治运动以及冷战世界格局的限制，研究布拉格汉学的发展史有利于解读政治运动与文学研究活动之间的联动关系。二十世纪八十年代以后传统概念下的布拉格汉学研究逐渐式微，但布拉格查理大学的东方学研究并没有就此终结，这之后涌现了许多新的中国学研究者，在这些年轻学者中不乏优秀的研究成果。捷克斯洛伐克分裂成两个国家之后，捷克中国学研究和斯洛伐克中国学研究就成为了旧布拉格汉学的继承者，他们在研究方法和研究手段上都进行了革新，逐渐开始使用英美汉学研究的方法，让布拉格汉学朝着新世纪挺进。当今的布拉格汉学仍旧以捷克布拉格查理大学东方研究所为主要阵地，捷克科学院等组织都是这个学术团体的参与者。罗然目前作为布拉格汉学学派的传承人、布拉格汉学研究的带头人在近年来做了一系列的学术研究工作。另外，斯洛伐克派系主要还在高利克的影响下稳步前进，不断的有新成果发表出来。这些研究成果国内目前还未有人进行系统的探讨，未来具有较高的研究价值。

第二，通过研究布拉格汉学发展史可知，普实克、高利克等人与中国现代作家曾有着直接的接触关系，这得益于上个世纪三四十年代中苏友好关系的建立。布拉格的中国文学研究者曾通过留学生交流项目到中国实地考察，搜罗了大量的纸质资料，并得以与冰心、茅盾等人进行面对面地学术交流，这就决定了布拉格汉学对中国学界的影响不容忽视。由于政治运动的影响，普实克作为捷克共产党的一员最终遭到了政治上的驱逐，这给布拉格汉学的发展造成了严重地打击，布拉格汉学与中国学界的联系也日益减少。但普实克等汉学家们对中国现代文学做出的努力却在中国学界得到了广泛地传播。那么，研究布拉格汉学如何影响中国现代文学史的编撰、文学研究的发展也是一个重大课题，这就是布拉格汉学在中国境内的学术传播史的研究。学术传播史更多地是史学的考察，运用比较文学史的相关理论办法有利于解决这个复杂的课题。在前文研究中发现，布拉格多名汉学家与国内学者长期保持着友好往来，这是布拉格汉学得以在中国传播的基础。从普实克到中国接触中国文学开始，布拉格中国学的思想便在华夏大地上生生不息，以多种多样的形式随着时局的变化而变化。

从接触的方式来看，布拉格汉学的论著被中国学者翻译进入国内，被文学理论家引用吸收，这是最为广泛的接触方式。如米莲娜的《从传统到现代——19 至 20 世纪转折时期的中国小说》就有多位学者对其进行了中文翻译的工作，其中包括学者伍晓明、胡亚敏。不仅如此，胡亚敏还曾在她的论著《叙事学》中将其作为参考引用书目。李燕乔翻译了普实克的《中国现代文学论文集》成为了国内学者研究中国现代文学的重要参考书目，高利克的"双子"——《中国现代文学批评发生史》与《中西文学关系的里程碑》分别由陈圣生和伍晓明翻译，这两部是他在中国最富有影响力的著作。从接触的内容来看，布拉格汉学对中国学者的影响有内容方面、方法论和观点上的影响。

这尤其体现在陈平原的《中国小说叙事模式的转变》之中。陈平原在方法上虽然借鉴了英美汉学的研究方法，但内容上则深化了普实克、米莲娜等人的观点。如前文提到他在文中借鉴了普实克"抒情"与"史诗"的概念，"尽管非常赞赏普实克关于中国文学中'抒情诗'与'史诗'两大传统的辨析，在描述中国小说发展道路时，我仍注重'史传'、'诗骚'的决定性影响。"[15]陈平原不仅承认并认同普实克的观点，并将"史"与"诗"如何在中国现代文学中被发扬并传承做了更为细致的剖析。国内学者诸如此类的研究还有许多，总之，布拉格汉学的研究在中国学界影响深远。这其中不仅包括中国文学，还包括中国语言、历史和经济等多个学科的累累硕果。

第三，马克思主义符号学还体现在汉学家对翻译的研究上。例如，受布拉格结构主义的影响，高利克在《中德跨文化交流中》运用符号学理论来研究中德文学在翻译过程中的异同。在《歌德〈浮士德〉中的哥特式房间和日本箱崎的一间陋室》一文中，通过"夜"、"明月"、"大宇宙的记号"、"地灵的记号"的几个符号意象的解读来对比分析中德文学翻译中文化符号的差异。"穆卡洛夫斯基认为：每一个艺术记号作品由三个部分组成：1. 作为记号之物质载体的作品；2. 作为存储于集体意识中的记号意义的美学对象；3. 与被意指物的关系。正是第三个成分使艺术记号不同于一般记号。"[16]布拉格结构主义较俄国形式主义的发展就在于将作品内部的结构与作品外部的社会环境视为同等重要的地位。在此文中，高利克在分析郭沫若翻译《浮士德》的过程中，将郭沫若所身处的环境因素考虑到影响翻译的因素中来。如："歌德在写《夜》这一幕时并不喜欢哥特式建筑，因为他'钳制、压抑且远离自然'。歌德对哥特式的房间有着自己的想法，而郭沫若眼前的房间却是他自己的天地，有一张供他学习与翻译的书桌，围在身边的是妻子佐藤富子（Sato To-mito）、大儿子和生与尚在腹中的二儿子博生。"[17]高利克通过对郭沫若一系列生平经历的解读来寻找郭沫若翻译中对一些符号意象翻译的处理方式。不仅如此，他还从结构主义语言学的角度对郭沫若的翻译进行了分析。如在《歌德〈浮士德〉在郭沫若写作与翻译中的接受与复兴（1919-1922）》一文中，"歌

15 陈平原《中国小说叙事模式的转变》，上海：上海人民出版社，1988 年，第 223页。

16 李幼蒸：《理论符号学导论》，北京：社会科学文献出版社，1999 年，第 588 页。

17 [斯洛伐克]马立安·高利克《从歌德、尼采到里尔克：中德跨文化交流研究》，福州：福建教育出版社，2017 年，第 67 页。

德原文使用第一人称代词'我'两次，其宾格与所有格形式共享了 2 次；而郭沫若译文虽然也用了第一人称代词'我' 2 次，但其他格形式共享了 6 次。歌德只提到了 1 次'心'（Herz），而郭沫若则提到了 2 次（他译为'心旌'），连续的出现是为了凸显其意义。"[18]即用分析人称的"格"形式来反观郭沫若在翻译时的心境，以及跨文化翻译过程中所产生的语义的变化。

实际上，对异域文学中的文化符号的翻译本质上就是一种文化交流的过程。而高利克也正是通过分析这种跨文化符号的流动来呈现中德跨文化交流的历程。如高利克所说，这种翻译从某种程度上看即是"通过跨文化文本或跨文化话语，认知主体对其跨文化认知进行跨文化转移，进行跨文化符号的建构或重构呈现。[19]"

翻译文本便是一种跨文化文本，翻译者通过翻译的过程将异域文化符号引入本土文化中来。例如，高利克在文中写道："郭沫若把'moonshine'翻译成更契合中国诗学韵味的'明月'。'月光'只是'明月'这个比喻的一部分，而'月亮'的比喻在中国传统诗歌中司空见惯。郭沫若在翻译过程中，很可能不但把这段场景中国化，而且也将其转化为自己的现实。"[20]也就是说郭沫若是将《浮士德》中的文化符号进行重构，在本土文化中寻找与之相应的文化符号，"明月"在此时也便有了跨文化符号的特质。"异域文化认知符号的跨文化转移既是认知主体对异域文化认知的一种跨文化呈现过程，也是一种跨文化符号的修辞建构或重构过程。"[21]也正是这种修辞重构，使得高利克在分析这类跨文化符号的过程中来审视中德文化间的异同。实质上，这类符号更多的具有"超文化符号"的特质。就"明月"来说，在中外诗歌当中都能够成为寄托情感的对象。而高利克认为郭沫若在翻译时增添了许多原文中不存在的内容。这一过程也就是超文化符号的重构的过程。仔细说来，就是"基于对异域文化符号的所指认知，认知主体在本土语言文化系统内设置或寻找相应的符号能指，进行

---

18 [斯洛伐克]马立安·高利克《从歌德、尼采到里尔克：中德跨文化交流研究》，福州：福建教育出版社，2017 年，第 45 页。

19 钟晓文《广义修辞学视阈下的跨文化符号研究》，载《阜阳师范学院学报》2013 年第 4 期。

20 [斯洛伐克]马立安·高利克《从歌德、尼采到里尔克：中德跨文化交流研究》，福州：福建教育出版社，2017 年，第 38 页。

21 钟晓文《广义修辞学视阈下的跨文化符号研究》，载《阜阳师范学院学报》2013 年第 4 期。

符号能指变异，以便把异域文化符号向自己文化系统内转移，实现异域文化符号能指的跨文化转移。"[22]在翻译时，翻译者在异域文化符号能指上进行了自己的加工和重构。高利克认为，这与翻译者个人所处的时代环境息息相关。"在译文头两行，他描写了在日本寄居陋室的环境及其当时的心境；"[23]这种文化符号能指的跨文化转移实质上与翻译者自身有着密切的关系。翻译者首先是异域文化符号的接触者，也是文化符号转移过程中重要的加工者。这一加工过程被高利克细致的呈现了出来，这也是中德文化交流研究的重要一环。

另外，从文化传播的角度也可以解释中西文学交流的原因，如高利克的《中德跨文化交流研究》就是从一个"文学间进程"的角度来进行的一种跨文化交流研究。从论著的发展脉络来看，更像是文学间相互作用的"历时"的研究。例如，在《尼采在中国》一文中，高利克先从尼采进入中国的源头讲起，即对王国维和谢无量的介绍，随后便通过介绍鲁迅来展示当时中国社会的氛围，即采纳符合实践的哲学以服务于社会变革。这就是一种"需求"而导致的外来哲学的传播。实质上，这也符合文化传播的基本条件，即本国文化不能足够满足社会变革的需求时，借用外来文化推动社会变革的发展，而这种"借用"也往往抱着"功利而实用"的目的。之后，高利克便强调了茅盾在传播"尼采"学说过程中的关键作用，包括茅盾对"权力意志"的把握。而高利克认为李石岑的《尼采思想之批判》则奠定了尼采在中国研究的基础。在之后的讨论中，高利克分别阐述了郭沫若、鲁迅等学者的对尼采思想的态度。在行文中，他实质上是将这些学者的观点与尼采的观点进行了比较，并且通过分析当时的社会状况和这些学者个人的生平经历来分析这些因素对这些学者的观点所造成的影响，也就是尼采在中国传播的一个历史的过程。由此看来，将布拉格汉学放入中华文化国际传播的理论框架体系中分析也未尝不是一个新颖的研究思路。

总之，诸如以上各类话题是本论著不曾深入研究的课题，但这并不代表它们自身不具备深入讨论的价值。由于论文题目的限制，这些话题无法被放入文中被系统研究。这其中包括跨文化传播研究、翻译研究、汉学史的研究等多学科，多维度的问题，在今后的学术研究中需要被更加全面客观地讨论。

22 钟晓文，《广义修辞学视阈下的跨文化符号研究》，载《阜阳师范学院学报》2013年第4期。

23 [斯洛伐克]马立安·高利克《从歌德、尼采到里尔克：中德跨文化交流研究》，福州：福建教育出版社，2017年，第39页。

四、布拉格汉学研究的缺陷

　　布拉格汉学在上个世纪五六十年代全面而透彻地研究了中国现代文学发展的态势，遗憾的是，由于政治运动、社会环境变化等影响，这种繁荣之势只经历了十年左右便走向衰落。这进一步阻碍了汉学家们对中国文学的后续研究，许多当时因为材料受限，时代局限而导致的弊端无法被修正。在今时今日看来，布拉格汉学学者的研究虽自成一体，但许多观点和方法也不可避免地有着地域、文化、时间的局限性。诚然，布拉格汉学学派研究中国文学具有客观性和科学性，但这也成为其研究的最大弊端。将文学视为客观存在的观察对象就缺乏了对文学自身美学的探讨。马克思主义文学批评观和结构主义的方法论主要面向文学创作活动中作者和文本的讨论。它们注重的是现实世界的实际影响，对已经存在的关系、文学创作活动做史学考证。然而，文学活动是由作家、文本和读者三部分构成的。读者往往对应了文学的美学思考，这就不可避免地涉及到文学批评的主观评价。但是，布拉格汉学学者恰恰反对这种不假思考地主观臆断，他们认为文学产生于社会历中的发展当中，文学发展是一种客观存在物的规律性衍变。所以在布拉格汉学的研究中可看到各式各样地实证性研究，唯独缺乏对文本自身的美学评价。在这种研究标准和研究体系下，文学的社会功能被放大到极致，而它作为艺术创作的重要手段则被忽视。文学反映了所处时代的社会全景，这就涉及到一个问题，如果文学只能放映所处时代的环境，那么文学就不具备时代的超越性，更不存在对未知事物的合理想象，对未来可能的真实推测。这就决定了布拉格汉学学者在选择研究对象时倾向于研究具有时代意义的文学，如五四时期的"新文学"、社会变革中的"革命文学"等等。如此一来，许多不迎合当时所处时代社会功用的文学类别就被边缘化了，而具有超时代意义的文学种类也被忽视。那么，将社会功用作为判断文学价值的唯一标准就容易陷入庸俗主义的泥潭，也不利于文学的多元化和多样性发展。

　　此外，由于时代的限制，普实克等人几乎在现代文学产生之初就跟进了中国文学发展的研究，这就高度还原了中国文学发展的现状，同时也保证了材料的可靠性、实证研究的可信度。然而，由于布拉格汉学学派对中国现代文学的研究很快停滞，后期就不再涌现出大量的研究成果和观点。所以布拉格汉学的研究传统在后期就出现了历史的断裂，除高利克还在继续关注后期现代文学的发生发展，再鲜有布拉格汉学学者在这个领域做出具有影响力的研究，所以布拉格汉学研究传统中的弊端就被留存下来并少有人纠正。文学的确是社会意识的载体，在一定程度上能够反映社会发展的现状，但这并非是绝对意义上的决定关系，研究文学的发展规律，还需要根据具体情况进行全面地分析。

最后，值得强调的是，汉学研究并非如一些国内学者所指出的那样，是歪曲中国历史文化的"他者"之作。分析汉学、了解汉学有利于跳出本土学者研究的视野局限，文学研究只是汉学研究的冰山一角，想必在更广阔的领域有更多值得中国学者研究的宝藏等待挖掘。

最后的最后，引用一段笔者与汉学家的闲谈之语："中国学者研究中国，就如一个人坐在自己家中观察，他们了解家里的衣柜、桌椅、厨具甚至角落里的灰尘，但却往往忘记了窗外的世界。而汉学家研究中国，就如一个人站在房子的外边观察屋中的器具，也许错过了桌子下的牙签盒、散落在沙发背后的图钉，却不会忽视整座房子所处外在世界中的位置。"这也许能够在一定程度上为汉学家正名，也时刻提醒中国学者海外汉学研究的重要性。

参考文献

一、中文译著

1. [比]J.M.布洛克曼《结构主义——布拉格巴黎莫斯科》李幼燕译,北京:商务印书馆,1981 年。

2. [德]恩格斯《卡尔·马克思》(1877 年),《马克思恩格斯全集》(第 19 卷),北京:人民出版社,2006 年。

3. [德]恩格斯《致·哈克奈斯(1888 年 4 月初)》,《马克思恩格斯全集》(第 37 卷),北京:人民出版社,2016 年。

4. [德]马克思、恩格斯《共产党宣言》,北京:人民出版社,1966 年。

5. [德]马克思、恩格斯《〈新莱茵报。政治经济评论〉第四期发表的书评》(1850 年 3-4 月),《马克思恩格斯全集》(第 7 卷),北京:人民出版社,2016 年。

6. [法]托多罗夫《巴赫金、对话理论及其他》,蒋子华、张萍译,天津:百花文艺出版社,2001 年。

7. [加]多莱热罗娃-韦林格洛娃《从传统到现代——19 至 20 世纪转折时期的中国小说》,伍晓明译,北京:北京大学出版社,1991 年。

8. [加]M.D·维林吉诺娃《世纪转折时期的中国小说》,胡亚敏、张方译,武汉:华中师范大学出版社,1990 年。

9. [捷]雅罗斯拉夫·普实克《普实克中国现代文学论文集》,李燕乔等译,长沙,湖南文艺出版社,1987 年。

10. [美]弗雷德里克·詹姆逊《语言的牢笼：马克思主义与形式》，钱佼汝译，天津：百花洲文艺出版社，1997年。

11. [斯洛伐克]马立安·高利克《从歌德、尼采到里尔克：中德跨文化交流研究》，福州：福建教育出版社，2017年。

12. [斯洛伐克]马立安·高利克《中西文学关系的里程碑》，伍晓明、张文明等译，北京：北京大学出版社，1990年。

13. [斯洛伐克]马立安·高利克《捷克与斯洛伐克汉学研究》，李玲等译，北京：学苑出版社，2009年。

14. [斯洛伐克]玛丽安·高利克《中国现代文学批评发生史》，陈圣生等译，北京：社会科学文献出版社，1997年。

15. [苏联]里夫希茨《马克思论艺术和社会理想》，佟景韩译，北京：人民文学出版社，1983年。

16. [匈]卢卡奇《历史与阶级意识——关于马克思主义辩证法的研究》，杜章智等译，北京：商务印书馆，2004年。

17. [匈]卢卡契《卢卡契文学论文集》第2册，卢永华译，北京：中国社会科学出版社，1981年。

18. [英]特伦斯·霍克斯《结构主义和符号学》，瞿铁鹏等译，上海：上海译文出版社，1987年。

19. 乐黛云编《国外鲁迅研究论集》，北京：北京大学出版社，1981年。

二、中文翻译论文

1. [德]奥古斯丁·帕拉特《19世纪末至今的捷克汉学史》，王骏译，载《国际汉学》2006年。

2. [法]兹维坦·托多罗夫《对话与独白：巴赫金与雅各布森》，史忠义译，载《西安外国语大学学报》2007年12月。

3. [加]米列娜、瓦格纳《思维方式的转型与新知识的普及——清末民初中国百科全书的发展历程》，林盼译，载《复旦学报（社会科学版）》2015年第2期。

4. [加]米列娜《创造崭新的小说世界：中国短篇小说1906-1916》，载《中华读书报》2000年第9期。

5. [加]米列娜《文化记忆的建构——早期文学史的编纂与胡适的〈白话文学史〉》，董炎译，载《当代作家评论》2009 年第 4 期。

6. [捷]白利德《捷克汉学简史和现状》、《捷克东方研究所》，载《国际汉学》2000 年第 2 期。

7. [捷]白利德《捷克汉学研究概述》徐宗才译，载《东欧》1996 年第 2 期。

8. [捷]白利德《普实克的学术活动 1943-1980》李梅译，载《国际汉学》2009 年第 1 期。

9. [捷]马立安·高利克《论 1992-2015 年间"世界文学"概念的界定》，牛光忠、刘燕译。

10. [捷]普实克《来自中国集市的传奇故事——〈中国话本小说集〉》（捷克文版前言节译]，李梅译，载《国际汉学》2010 年第 1 期。

11. [捷]普实克《新中国文学在捷克斯洛伐克》，载《世界文学》1959 年第 5 月。

12. [捷]普实克《郁达夫作品中的主观性与人称视角》，吴承诚译，载《世界经济与政治论坛》1988 年第 8 月。

13. [美]安敏轩《白话书写的音乐性实验：鲁迅的〈野草〉和〈好的故事〉》，郑艳明译，《长江学术》2018 年第 3 期。

14. [斯洛伐克]M.高利克《中国当代文学中的寻根与身份认同》，谢润宜译，载《东南学术》2003 年第 4 期。

15. [斯洛伐克]马立安·高利克《茅盾小说中的神话视野》，载《东北师大学报（哲学社会科学版）》1993 年第 2 期。

16. [斯洛伐克]马立安·高利克《普西芬尼、潘多拉和梅小姐：古典希腊神话与现代中国小说中的神话视野》，周耀光译，载《茅盾与二十世纪》1996 年 7 月。

17. [斯洛伐克]马立安·高利克《诸神的使者：茅盾与外国神话在中国的介绍 1924-1930》，周宁译，载《茅盾与中外文化——茅盾研究国际学术讨论会论文集》1991 年 10 月。

18. [斯洛伐克]玛利安·高利克，《世界文学与文学间性——从歌德到杜里申》，载《厦门大学学报（哲学社会科学版）》2008 年第 2 期。

三、中文论文

1. 陈国球《"文学批评"与"文学科学"——夏志清与普实克的文学史辩论》，载《北京大学学报（哲学社会科学版）》2011 年第 1 期。

2. 陈国球《如何了解汉学家-以普实克为例》，载《读书》2008 年第 1 期。

3. 陈美兰《晚晴小说的"现代"辨析——兼议"现代文学的起点在晚晴"一说》，载《长江学术》2013 年第 3 期。

4. 陈圣生《高利克的〈中国现代文学批评发生〉的简介》，载《中国现代文学研究丛刊》1987 年第 2 期。

5. 陈漱渝《布拉格学派的领军人普实克》，载《湖南人文科技学院学报》，2009 年第 5 期。

6. 陈漱渝《普实克和他的东方传奇》，载《上海鲁迅研究》2010 年第 1 期。

7. 陈思和、李辉，《巴金和外国文学》，载《外国文学》1985 年第 7 期。

8. 陈雪虎《史诗的还是抒情的?——试谈普实克的文学透视及其问题意识》，载《中国图书评论》2014 年第 2 期。

9. 费冬梅《"怀旧"的主题与形式——对普实克论文的再讨论》，载《现代中文学刊》2015 年第 2 期。

10. 戈宝权《回忆捷克的鲁迅翻译者普实克博士》，载《鲁迅研究月刊》1990 年第 3 期。

11. 郭沫若《中国文学艺术工作者第二次代表大会开幕词》，载《文艺报》1953 年第 19 号。

12. 何俊的《一位斯洛伐克汉学家眼中的郭沫若——评杨玉英的〈马立安·高利克的汉学研究〉》载《郭沫若学刊》2016 年第 1 期。

13. 蒋承勇《人文交流"深度"说——以 19 世纪西方文学思潮之中国传播为例》，载《外语教学与研究》2018 年第 4 期。

14. 旷新年《〈狂人日记〉、〈药〉及鲁迅小说的潜结构〉》，载《社会科学辑刊》1996 年第 1 期。

15. 李昌云《论夏志清与普实克之笔战》，载《西华大学学报（哲学社会科学版）》2008 年第 2 期。

16. 李航《布拉格学派与结构主义符号学》，载《外国文学评论》1989 年第 2 期。

17. 李敏《语言之药：从柏拉图到鲁迅——关于〈药〉的解构阅读》，载《小说评论》2008 年 1 月。

18. 李跃力《革命文学中的现实主义与崇高美学——由〈蚀〉三部曲所引发的论战谈起》，载《文史哲》2013 年第 4 期。

19. 令狐郁文《苏联关于社会主义现实主义论争简述》，载《文谭》1983 年第 8 期。

20. 刘焕林《欧洲神话与茅盾的小说创作》，载《茅盾与二十世纪》1996 年 07 月。

21. 刘麟《模仿与扬弃——关于老舍与狄更斯片断》，载《中国比较文学》1986 年第 1 期。

22. 刘燕《漫漫求索之路：汉学家马瑞安·高利克博士 80 寿辰访谈》，载《国际汉学》2014 年第 1 期。

23. 刘燕的《从普实克到高利克：布拉格汉学派的鲁迅研究》，载《鲁迅研究月刊》2017 年第 4 期。

24. 刘云《结构主义视域下普实克中国现代文学审美功能论——由"普夏之争"说起》，载《新疆大学学报（哲学人文社会科学版）》2016 年第 4 期。

25. 刘云《普时克论中国文学的抒情传统》，载《安徽大学学报》2015 年第 1 期。

26. 刘云《由"普夏之争"论普实克文学研究的科学化路径及其理论价值》，载《中山大学学报》2017 年第 2 期。

27. 刘云《中国文学的整体观及其独特性》，载《河南大学学报（社会科学版）》2016 年第 6 期。

28. 路杨《理论的张力：在史观与方法之间——重读普实克〈抒情与史诗：中国现代文学论集〉》，载《云梦学刊》2014 年第 6 期。

29. 茅盾《新的现实和新的任务——在中国文学工作者第二次代表大会上的报告》，载《文艺报》1953 年第 19 号。

30. 莫言《作为世界文学之一环的亚洲文学》，载《艺术评论》，2010 年第 6 期。

31. 聂国心《鲁迅与瞿秋白文学思想的差异》，载《文艺研究》，2013 年第 7 期。

32. 彭松《对抗与交融中的中西文学关系——论高利克的中国现代文学研究》，载《兰州学刊》2009 年第 3 期。

33. 冉正宝的《文学史的描述和结构主义的文本分析——捷克汉学家米莲娜〈从传统到现代〉对中国晚清小说的解读》，载《齐齐哈尔大学学报》2000 年第 2 期。

34. 任一鸣《李初黎、冯乃超、成仿吾与革命文学倡导》，载《鲁迅研究月刊》2012 年第 8 期。

35. 述闻《奥·克拉尔、高利克访问红楼梦研究所》，载《红楼梦学刊》1990 年第 1 期。

36. 孙中田《高利克印象——〈中西文学关系的里程碑〉》，载《文艺争鸣》1993 年第 5 期。

37. 汤淑敏《高利克和他的瞿秋白研究》，载于《瞿秋白研究文丛》第六辑。

38. 唐均《高利克与红学》，载《红楼梦学刊》2015 年第 6 期。

39. 陶东风《论文学史的建构方法》，载《文艺理论研究》1990 年第 5 期。

40. 童庆炳《作家的童年经验及其对写作的影响》，《文学评论》1993 年第 4 期。

41. 涂途《艺术反映论的来龙去脉》，载《文艺理论与批评》1989 年第 1 期。

42. 汪正龙《穆卡洛夫斯基的美学思想——兼论布拉格学派的美学贡献》，载《广州大学学报》2006 年第 6 期。

43. 王恩洋《全盘西化与中国本位文化评论》，载《海潮音》第十六卷，第十号。

44. 王建波《中西古典文论中关于文学构思活动阐释异同之一种——刘勰的"神思"说与柏拉图的"灵感"说之比较》，载《语文学刊》2010 年第 3 期。

45. 王静《浅论普实克的中国现代文学研究——评〈抒情与史诗〉》，载《文学界理论版》2013 年第 1 期。

46. 王炜《"对抗性"与文学接触的踪迹——高利克关于现代中国文学国外因素及其转化的论述》，载《山西大学学报》2007 年第 1 期。

47. 王勇《汉学大师高利克》，载《国际人才交流》2009 年第 10 期。

48. 王智慧《在创作自由与集团规戒之间——从蒋光慈看革命作家的精神困境》，载《中国现代文学研究丛刊》2012 年第 7 期。

49. 王志明《外国文学和茅盾早期的现实主义文学观——兼评茅盾早期文学思想中的自然主义因素》，载《兰州教育学院学报》1985 年第 1 期。

50. 温儒敏《李长之的鲁迅批判及其传记批评》，载《鲁迅研究月刊》1993 年第 4 期。

51. 吴向北《茅盾〈蚀〉神话模式的象征和文学史价值》，载《茅盾研究》第 11 辑。

52. 徐伟珠《汉学家普实克造就的布拉格"鲁迅图书馆"》，载《北京第二外国语大学学院学报》2016 年第 4 期。

53. 徐宗才《捷克汉学家》，载《中国文化研究》1996 年第 11 期。

54. 杨玉英、廖进《普实克的郭沫若早期小说研究——〈中国文学的三幅素描：郭沫若〉》，载《现代中文学刊》2012 年第 5 期。

55. 杨玉英《马立安·高利克的茅盾研究》，载《茅盾研究》第 13 辑。

56. 杨玉英《玛利安·高利克的郭沫若唯美-印象主义批评研究》，载《郭沫若与文化中国——纪念郭沫若诞辰 120 周年国际学术研讨会论文集（上卷）》2012 年。

57. 杨玉英《茅盾论文人、文学的本质及其功能——谨以此译文献给高利克先生八十岁生日》，载《茅盾研究》第 12 辑。

58. 杨正润《为文学反映论辩护》，载《文艺理论与批评》1981 年第 5 期。

59. 杨治宜《中国情铸五十秋——汉学家高利克访谈录》，载《国际汉学》2017 年第 1 期。

60. 叶隽《"娜拉形变"与"妇女解放"——中国现代文学史与思想史上的〈娜拉〉之争》，载《鲁迅研究月刊》2016 年第 5 期。

61. 尹慧珉《普实克和他对我国现代文学的论述——〈抒情诗与史诗〉读后感》，载《文学评论》1983 年第 3 期。

62. 余夏云、梁建东《现实与神话——汉学家高利克教授访谈》，载《书城》2010 年第 3 期。

63. 张冰，《巴赫金〈马克思主义与语言哲学〉研究》，载《文化与诗学》2010年第 1 期。

64. 张广海《茅盾与革命文学派的"现实"观之争》，载《中国现代文学研究丛刊》，2012 年第 1 期。

65. 张洪琪《关于郁达夫后期小说的现实主义倾向问题》，载《山东社会科学》1993 年第 1 期。

66. 张慧佳、赵小琪《普实克与夏志清中国现代诗学形象建构方式论》，载《中南民族大学学报（人文社会科学版）》2014 年第 6 期。

67. 张娟《鲁迅、普实克与捷克的鲁迅图书馆》，载《上海鲁迅研究》2017 年 01 期、长安《鲁迅图书馆与越南村》，载《书城》2017 年第 5 期。

68. 张岩《神话的还是历史的？——论茅盾神话小说的艺术追求》，载《中国现代文学研究丛刊》，2012 年第 9 期。

69. 张勇《高利克的中国现代文学研究及启示》，载《中国现代文学研究丛刊》2016 年第 6 期。

70. 张勇《以中国为中心的文学观——布拉格汉学派的中国现代文学研究》，载《兰州学刊》2016 年第 8 期。

71. 赵婉孜《托尔斯泰和佐拉的小说与〈子夜〉的动态流变审美建构》，载《中国比较文学》2009 年第 2 期。

72. 赵小琪《普实克与夏志清中国现代诗学权力关系论》，载《广东社会科学》2014 年第 5 期。

73. 赵燕平《当代斯洛伐克的中国研究》，载《国外社会科学》2011 年第 4 期。

74. 钟晓文《广义修辞学视阈下的跨文化符号研究》，载《阜阳师范学院学报》2013 年第 4 期。

75. 周维东《大文学史的边界》，载《扬子江评论》，2017 年第 4 期。

76. 朱晓进《二十世纪中国文学史观的反思》，载《中国社会科学》，2006 年 01 期。

四、中文专著及学位论文

1. 陈平原《中国小说叙事模式的转变》，上海：上海人民出版社，1988 年。

2. 胡亚敏，《叙事学》，武汉：华中师范大学出版社，2004 年。

3. 李长之，《鲁迅批判》，天津：天津人民出版社，2010 年。

4. 廖利萍，福建师范大学学位论文，2006 年。

5. 刘海波《二十世纪中国左翼文论研究》，复旦大学博士论文，2003 年。

6. 刘松燕《他律与自律的隔阂与超越-西方文学史观研究》，吉林大学博士论文，2018 年。

7. 刘云《普实克中国现代文学研究的科学主义倾向》，武汉大学博士论文，2014 年。

8. 王德威《写实主义小说的虚构：茅盾，老舍，沈从文》，上海：复旦大学出版社，2011 年。

9. 王中忱《论茅盾现实主义文学观的基本特征》，载《茅盾研究论文选集》，长沙：湖南人民出版社，1983 年。

10. 张碧《从文学到文化——马克思主义符号学研究》，四川大学博士论文，2011 年。

11. 张德强《论夏志清〈中国现代小说史〉的文学史建构方式、文学史观和批评标准》，吉林大学硕士论文，2006 年。

12. 张莹莹《立场与方法——论 60 年代"普夏之争"》，广东外语外贸大学硕士学位论文，2016 年。

13. 郑伯奇《郑伯奇文集》（第 1 卷），西安：陕西人民出版社，1988 年。

五、英文专著

1. Anderson Marston Edwin, Narrative and critique: The Construction of Social Reality in Modern Chinese Literature. Berkeley: Dissertation of University of California, 1989.

2. Anna Doleželová.YU TA-FU: Specific traits of his literary creation. Czechoslovakia: The Slovak Academy of Sciences`LondonC.Hurst & Comoany`NewYork, 1971.

3. Brian Roberts,Biographical Research.Buckingham · Philadelphia.Open University Press, 2002.

4. C.T.Hsia,C.T.Hsia on Chinese Literature-Masters of Chinese studies,New York: Columbia University Press, 2014, Volume1.

5. David Tod Roy, Kuo Mo-jo: The Early Years, Cambridge: Harvard University Press, 1971.

6. Dionýz Ďurišin.Theory of Literary Comparatistics.Bratislava: The Slovak Academy of Sciences, 1984.

7. Harold Shadick,The travels of Lao Ts'an.New York: Cornell university press, 1952

8. Jan Mukařovský,Aesthetic function,norm and value as social facts. translated from Czech,with notes and afterword by Mark E.Suino. Michigan: Ann Arbor, 1970.

9. Jan Mukařovský,On poetic language. translated and edited by John Burbank and Peter Steiner. Belgium: The Peter De Ridder Press, 1976.

10. Jan Mukařovský ,The word and verbal art.John Burbank and Peter Steiner ed,New Haven and London: Yale University Press, 1977.

11. Jan Mukařovský,Structure,Sign,and Function.translated and edited by John Burbank and Peter Steiner. New Haven and London: Yale University Press, 1977.

12. Jaroslav Průšek ed,Studies in modern Chinese literature. Berlin. Akademie. Verlag, 1964.

13. JaroslavPrůšek,Chinese History and literature.Prague.Czechoslovak Academy of Sciences, 1970.

14. JaroslavPrůšek,Three Sketches of Chinese Literature. Prague: Oriental Institute in Academia, 1969.

15. Kirk A.Denton ed,Crossing between traditon and modernity. Prague: Karolinum Press, 2016.

16. M. Doleželova´-Velingerova´ and R.G. Wagner eds,Chinese Encyclopaedias of New Global Knowledge （1870–1930）.Transcultural Research – Heidelberg Studies on Asia and Europe in a Global Context, 2014.

17. Marián Gálik, MaoTun and Modern Chinese Literature Criticism. Germany: Franz Steiner Verlag Gmabh · Wiesbaden, 1969.

18. Merle Goldman ed,Modern Chinese Literature in the May Fourth Era.Cambridge: Harvard University Press, 1977.

19. Milena Doleželová-Velingerová ed,The Chinese Novel at the Turn of the Century. Toronto .Uinversity of Toronto Press, 1980.

20. Milena Doleželová-Velingerová With L. Doležel.An Early Chinese Confessional Prose: Shen Fu's Six Chapters of a Floating Life.T'oung Pao, 1972.

21. O.Král-V.Kubičková.M.Novák-D.Zbavitel Z. Černá-B.Krebsocvá-K.Petráček, Contributions to the Study of the Rise and Development of Modern Literatures in Asia.VolumeII. Prague: The Czechoslovak Academy of Sciences, 1968.

22. Tsi-an Hsia,The Gate of Darkness Studies on the Leftist Literary Movement in China, Seattle and London: University of Washington Press, 1968.

23. William A.Lyell.Lu Hsün's Vision of Reality.Berkeley · LosAngeles · London: University of California Press, 1976.

24. Zbigniew Slupski,The Evolution of a Modern Chinese Writer -An Analysis of Lao She's Fiction with Biographical and Bibliographical Appendices.Prague: Czechoslovak Academy of Science, 1966.

六、英文论文

1. C. T. Hsia,On the "Scientific" Study of Modern Chinese Literature-a Reply to Professor Průšek.T'oung Pao, 1963.

2. CHIH-YU SHIH,Sinology in Post-Communist State: Views from the Czech Republic ,Mongolia, Poland and Russia: Hong Kong Chinese University Press, 2016.

3. J. Průšek,Basic Problems of the History of Modern Chinese Literature and C. T. Hsia, a History of Modern Chinese Fiction.T'oung Pao, 1962.

4. M.Doleželová-Velingerová and L.Doležel, An early Chinese confessional prose Shen fu's six chapters of a floating life. T'oung Pao, 1972.

5. Mabel Lee, Lu Xun's Wild Grass: Autobiographical Moments of the Creative Self,Journal of Modern Literature in Chinese,Spring2014.Vol. 11 Issue 2.

6. MariánGálik,Interliterariness as a Concept in Comparative Literature.CLCWeb: Comparative Literature and Culture 2.4 , 2000.

7. MariánGálik,The Slovak Comparativist,Dionýz Ďurišin,and his International Reception.Word literature studies, 2009.1.

8. Melissa Shih-hui Lin ,Linguistic choices for the identity of "China"in the discourse of Czech Sinologists.Mongolian Journal of International Affairs, 2014.

9. Milena Doleželová-Velingerová and Lubomír Doležel,An Early Chinese Confessional Prose: Shen Fu's Six Chapters of a Floating Life.T'oung Pao, 1972.

10. O.Král,Several Artistic Methods In The Classic Chinese Novel Ju-Lin Wai-Shin.Archiv orientální 32, 1964.

11. O.Král,The symbolic formula of The Story of the Stone and its setting in Chinese aesthetic thought.Journal of Sino-Western Communications, 2015.

12. O.Král,Tradition and Change -The Nature of Classicism in Wen Hsin Tiao Lung.Acta universitatis carolinae-philologica 5, 1970.

13. Olga Lomová and Anna Zádrapová, Beyond Academia and Politics: Understanding China and Doing Sinology in Czechoslovkia after World war II.China Review.The China University Press,2014. Vol. 14.No. 2.

14. Táňa Dluhošová,Baihuawen: Its Origins and Significance,Fifth Annual Conference of European Association of Taiwan Studies.

15. Ter-Hsing Cheng,Between Sinology and Socialism: Collective Memory of Czech Sinologists in the 1950s .Mogolian Journal of International Affairs, 2014.

后　记

　　这本书由我的博士论文改编而成，它汇聚了我在博士研究生期间四年的心血和成果。文中主要囊括了布拉格汉学家的中、英文学术成果的分析。由于篇幅的原因以及学位论文的休裁限制，许多话题未进行更进一步的深入挖掘。在博士论文完成之后，我发现了如下问题值得与读者探讨。首先，国内学界普遍认为普实克的汉学研究充满了对中国人民的同情，在我进一步的研究中，找发现这种同情不仅仅来源于汉学家对研究对象的好感和关注，同时也来源于普实克个人的信仰。在布拉格之春之后，捷克国家内部发生了剧烈的动荡，普实克等左翼精英知识分子也受到了打压和驱逐。在这种时代背景下，普实克对当时正在进行社会主义改革的中国充满了命运的共鸣和理想的期待。普实克对中国现代文学的研究在与夏志清的论辩中被学界所接受与认识。实际上就如高利克所言，普实克还有许多非常有价值的学术成果未被人所挖掘，比如他对中国革命文学的独特见解，对现实主义文学的深入分析都值得被更深入的讨论。这个话题已经被列入我目前的研究计划当中。另外，一些学者认为布拉格汉学受到法国汉学的影响才得以有当时之成就，我认为布拉格汉学学派有其自身的发展传统，与其说是受法国汉学的影响，不如说是研究方法受到法国比较文学阐述模式的影响，这一点是不可否认的。在这本书中，我并没有追溯这个问题，这的确有些遗憾。布拉格汉学学派成员主要由普实克的学生组成，在学派发展繁荣时期，研究内容和研究方法受到普实克的深刻影响。普实克最为著名的学生当属高利克，实际上也正因为他的不懈努力，才将更多地布拉格汉学成果引入中国。高利克是比较文学的专家，相较于汉学家这个标签，高利克更愿意称自己为比较文学家，他的比较文学方法论可以追溯到捷克本国的比较文学理论家杜里申的学术思想中。所以我认为捷克——斯洛伐克汉学自身有其布拉格结构主义的理论传统，其比较文学方法论也颇具本国特色。

布拉格汉学派的另外一项突出成就我认为当属对鲁迅文学的研究，如高利克所言，普实克等布拉格汉学学者研究中国现代文学之时，还没有其他学者涉猎这个领域，几乎在现代文学产生以后，布拉格汉学家就在跟进现代文学的发生和发展。就像一个历史学家记录当代史一样，布拉格汉学家以客观科学的方法论，确立了鲁迅在中国现代文学中的重要地位。在经过一段时间的材料搜集后，布拉格汉学家的鲁迅研究也被我列入研究计划中。

实际上，布拉格汉学虽然在20世纪70年代之后进入了发展的瓶颈期，这与本国的发展战略息息相关。但捷克——斯洛伐克汉学并没有中断，在高利克这批汉学家之后第三代布拉格汉学家仍旧在国际汉学领域活跃发展。如布拉格查理大学的罗然教授就是布拉格汉学研究的代表。另外，捷克科学院的《东方档案》、《新东方》杂志也起到了传播学术成果的重要作用。在我未来的研究中，将19世纪末20世纪初的捷克——斯洛伐克汉学研究成果引入国内也将成为重要的研究目标。

出版此书之前，我本意将最新的成果融入成书之中，但经过思虑之后，我认为这是我博士研究生阶段的思想结晶，其自身有完整的逻辑体系，大篇幅修改将不利于保持论文的完整性。就如审阅本文的学者所说，这本书是我全面进入布拉格汉学研究领域的基础性成果，这当中必然有诸多问题需要展开研究。由此，我尽量将原文以书稿的形式呈现在读者面前。以期未来有更多志同道合的学者共同钻研布拉格汉学研究。

最后，我还要真诚地感谢为本书提供材料的多位海内外的老师，其中包括布拉格查理大学的罗然教授，在布拉格开会之时，罗然教授特意找到了我，并热情地赠与我大量的原始材料。不列颠哥伦比亚大学的 Catherine Swatek 教授、Alison Bailey 教授，没有她们的帮助，我无法到加拿大搜集更多的资料。还要感谢中国的北京第二外国语大学的刘燕教授、安徽大学的刘云老师。她们的热情帮忙为我在学术道路上提供了助力。最后要感谢我的导师傅其林教授，他教会了我克服一切困难，将研究进行到底。

学术之路道阻且长，我并非一名天赋异禀的选手，只期盼在未来的研究中勤恳认真，尽力让笔下的每一个字都凝练真切。

袁喆

2021 年 12 月 5 日写于成都